22.12.

ULLSTEIN

## DAS BUCH

Mick Fortney und sein Partner Leeds haben es geschafft, dem Mief dumpfer Polizeibüros zu entkommen – sie sind Watercops beim Club Harbour, unterwegs mit einem Patrouillenboot in der Bucht von San Diego. Normalerweise kümmern sie sich um die Probleme der kalifornischen Beachszene: Sie fischen über Bord gegangene Schönheiten aus dem Wasser, helfen gestrandeten Jungs auf die Beine und durchforsten Luxusyachten nach den neuesten Modedrogen.

Nun aber stehen andere Zeiten ins Haus: Der *Admiral's Cup*, die berühmteste Segelregatta der Welt, wird ausgetragen. Yachten aus aller Welt treffen im Hafen ein. Seit vielen Jahren hat die Siegestrophäe einen Stammplatz im San Diego Yacht Club, doch in diesem Jahr sind die Neuseeländer die Favoriten. Was jedoch nicht im Interesse von Ambrose Lutterworth liegt, dem Hüter und Promoter des Cup, und so kommt er auf eine raffinierte Idee: Blaze Duvall, eine aufreizende Rothaarige, soll all ihre Verführungskünste einsetzen, um den Sieg der Amerikaner sicherzustellen. Doch Fortney und Leeds schöpfen schnell Verdacht, daß an der Wasserfront etwas faul sein könnte.

## DER AUTOR

Joseph Wambaugh, geboren 1937 in East Pittsburgh, begann seine Karriere als Schriftsteller nach seinem Dienst beim Los Angeles Police Department. Er gilt als Spezialist für Polizeiromane und ist ein internationaler Bestsellerautor. Mit dem Buch »Wasserpatrouille«, das am Tag seines Erscheinens auf die amerikanischen Bestsellerlisten schoß, legt Wambaugh seinen fünfzehnten Roman vor.

Joseph Wambaugh

# Wasserpatrouille

Krimi

Aus dem Amerikanischen
von Bernhard Schmid

Ullstein Gelbe Reihe

Ullstein Buchverlage GmbH & Co. KG, Berlin
Taschenbuchnummer: 24521
Titel der amerikanischen Originalausgabe:
*Floaters*

Ungekürzte Ausgabe
Februar 1999

Umschlaggestaltung: Vera Bauer
Photo: Tony Stone

Amerikanische Originalausgabe 1996 by Bantam Books,
a division of Bantam Doubleday Dell Publishing Group, Inc.

Satz: LVD GmbH, Berlin
Druck und Verarbeitung: Ebner Ulm
Printed in Germany
ISBN 3-548 -24521-8

Gedruckt auf alterungsbeständigem Papier mit chlorfrei gebleichtem Zellstoff

Die Deutsche Bibliothek
CIP-Einheitsaufnahme

Wambaugh, Joseph:
Wasserpatrouille: Krimi/Joseph Wambaugh.
Aus dem Amerikan. von Bernhard Schmid. – ungekürzte Ausg. –
Berlin: Ullstein, 1999
(Ullstein-Buch ; Nr. 24521 : Gelbe Reihe)
Einheitssacht. : Floaters <dt.>
ISBN 3-548-24521-8

*Für die Gants:*
*Dick, Janene, Loxie und Holden*

# DANK

Wie immer hat mir Detective Tony Puente, Geschichtenimpresario der Stadtpolizei San Diego, eine Reihe phantastischer Polizistensprüche zusammengestellt.

Ich danke folgenden Beamten der Stadtpolizei San Diego: Russ Bristol, Cheri Curley, Jorge Duran, Antoine El-Assis, Karl Ellison, Christine Gregg, Rick Hansen, Barbara Harrison, Renee Hill, Roy Huntington, Alicia Lampert, Scott Lee, Joe Lehr, Dave Michalek, Bill Montejano, Sharon Newberry, Anne O'Dell, Mike O'Neill, Mike Richardson, Rich Rundberg, Sandra Smullen, Lou Tamagni und John Tefft.

Herrliche Gespräche verdanke ich folgenden Beamten der Hafenpolizei: Jen Borgen, Kathy Fabregas, Gordon Galligan, Dave King, Gary Leeson und Cynthia Markley.

Anekdoten über das Team New Zealand lieferten Grinder Craig Monk sowie Dave Pizzini von der Polizei in Otahuhu und John Purkis von der Polizei Auckland, die Sicherheitsleute des Teams.

Ausgesprochen hilfreich beim Entwirren so mancher Raffinesse des America's Cup-Reglements war Jerry La Dow vom Team Dennis Conner.

Die faszinierende Geschichte des Cup sowie fesselnde Anekdoten rund um ihn erzählten mir Tom und Jane Wilson vom Yachtclub San Diego.

Weitere Yachtsegler, denen ich anregende Gespräche und Einsichten verdanke: Fred Delaney, John Driscoll, Mike Driscoll, Larry Maio und Bryan Worthington vom Yachtclub San Diego.

Dr. Tom Cummings und John Urquhart lieferten ebenfalls wertvolle Informationen.

Der Autor entbietet jedem einzelnen von ihnen tausendfachen Dank. Es gäbe kein Buch ohne sie.

# PROLOG

Am 7. Dezember, auf den Tag genau dreiundfünfzig Jahre nach jenem rabenschwarzen Datum, schoß jemand Fotos einer 24-Meter-Yacht, die kaum weniger gekostet hatte als einige der seinerzeit in Pearl Harbor zerstörten Boote, und das kurz nach einem Fünf-Meter-Sturz von ihrem Bock auf den Kai. Ihr Kiel, ein streng gehütetes Geheimnis wie die Kiele aller America's Cup-Yachten, fuhr wie ein Torpedo durchs Deck. Man hatte versucht, das Boot, die *France 2* des französischen Yachtsyndikats, für seine Jungfernfahrt zu Wasser zu bringen.

Die Mitglieder des Teams waren so außer sich, daß einer der Segler doch tatsächlich zu schreien begann: »*Sacré bleu! Sacré bleu*!« Was den Mann, der knipste, zu der Bemerkung gegenüber seinem Kollegen veranlaßte: »Und ich hab' immer gedacht, das sagen die bloß im *Rosaroten Panther*.«

Die Ironie darin, daß das Boot ausgerechnet am Jahrestag von Pearl Harbor zu Bruch gehen mußte, war seinem Partner keineswegs entgangen. Er meinte: »Nur daß es diesmal keiner auf die Japse schieben kann. Die sind viel zu sehr mit den Kiwis beschäftigt. Keine Zeit für Überraschungsangriffe.«

Eine Anspielung auf den Umstand, daß das Team Nippon in diesem für Spionage berüchtigten Sport vollauf mit Regatta- und Cup-Politik beschäftigt war: Man sah sich nicht nur mit gleich zwei heißen Booten aus Neuseeland konfrontiert, sondern obendrein mit Vorwürfen der Kiwis, deren Ansicht nach Japan mit ihrem zusätzlichen *JPN-30*-Rumpf gegen das Zwei-Boote-Limit verstieß.

Darüber hinaus mußte das Team Nippon sich mit oneAustralia um einen schrecklichen Gegner sorgen, wenn auch dafür der zweite australische Herausforderer, ebenso wie die Spanier, keinem Angst machte. Dasselbe galt nun für das französische Team, jetzt wo es mit offenen Mäulern vor seinem Waterloo in der Mission Bay stand.

Plötzlich erspähte einer der Franzosen – ein Steuerbordtrimmer aus Cherbourg, der noch ungehobelter war als die anderen – den Mann, der die Fotos schoß. Es war derselbe Franzose, der jedesmal das Konsulat anzurufen drohte, wenn man ihn stoppte, weil er wieder mal in einem dieser dußligen kleinen Citroëns, die allenfalls für die Autobomben neurotischer Araber taugten, wie ein Pariser Taxikutscher um die Mission Bay schoß. Defensives Fahren hieß seiner Ansicht nach hupen, und unter den Cops in der Mission Bay war er nur der »lausig resozialisierte algerische Terrorist«. Außerdem nannten sie ihn »Crème de la Bagage«.

Der Franzose kam quer über den Bootslagerplatz an den Zaun geschossen und schrie: »Nein! Sie werden nischt machen Fo-*toh* von le Kiel!«

Der Partner des Knipsers konnte nur staunend zusehen, als die 25-Tonnen-Yacht um einige weitere Zentimeter zusammensackte, was den Kiel im Winkel herausgucken ließ. Sein Kommentar: »*Oh la la.* Wie ein Riesenständer, der aus der Hose will.«

Der Fotograf hörte lange genug mit der Knipserei auf, um zu sagen: »Wir machen besser, daß wir zum Photo-Mat kommen, damit wir die hier bei der Zeitung haben, bevor Carlos der Schakal den Bürgermeister, das Außenministerium und Catherine Deneuve alarmiert!«

Während der wutschnaubende Franzose noch vor sich hinwetterte und seinem Team vorjammerte, daß das Geheimnis ihres Kiels bedroht war, warfen zwei Sicherheitsleute etwas zu spät eine Persenning über das Ding. Und der Kranführer, der das Boot hatte fallen lassen, saß in seinem Häuschen, das Kinn auf der Brust, und überlegte, ob er in die Mission Bay springen und nach Catalina schwimmen oder hinunterklettern sollte, um sich von drei Dutzend tobenden Franzosen in Stücke reißen zu lassen.

Im Gegensatz zu den Kiwis und Aussies legten die Franzosen der Polizei gegenüber eine so gnadenlose Arroganz an den Tag, daß sie sich den Zorn sämtlicher fünf Leute von der Wasserschutzeinheit der Stadtpolizei San Diego zuzogen. Einen Kasten Bier hatten die Beamten dem versprochen, der den ersten Franzosen wegen Trunkenheit am Steuer oder irgendeinem anderen Vergehen kassierte – zu Wasser oder zu Land. Und das galt auch für Sponsoren, Freunde, Freundinnen, Priester und Pudel.

Mit dem Grinsen ködergeiler Tigerhaie auf den Gesichtern gingen der Fotograf und sein Partner kurz darauf an Bord ihres 7-Meter-Boston Whaler, um ihren Streifendienst in der Mission Bay anzugehen. Als sie das Lager der Franzosen passierten, die noch am Überlegen waren, was man mit einem 2-Millionen-Dollar-Haufen fiberglasverstärkten Verbundschrotts anstellen sollte, ließ der Amateurfotograf die blaue Lampe des Streifenbootes aufblinken und jaulte sie ein paarmal mit der Sirene an.

Die Franzosen erwiderten das Feuer mit rüden gallischen Gesten und amerikanischen Wendungen, die allesamt auf »Schwanz-lüt-schehr!« endeten. Worauf sich der Knipser an seinen Partner wandte: »Hin und wieder ist das Los des Polizisten *doch* nicht so schlecht.«

Sein Foto war bald unter der Überschrift »Potpourri« rund um den Globus überall dort zu sehen, wo man auch nur das geringste Interesse an einer Regatta hatte, die beim letzten Mal die verlierenden Italiener über 100 Millionen Dollar gekostet hatte, worauf es zu Bankrott und Selbstmord gekommen war.

Natürlich konnte der glückliche Knipser nicht wissen, daß sein Bild eines Dildo-Kiels bald jemanden zu einem Komplott inspirieren würde, in dem sich Menschen wie Delphine in einem Wandnetz verfangen und das zu Mord führen sollte. Schließlich war er nur ein Bulle aus San Diego, der ein Boot fuhr, und kein echter Seebär. Keiner, der auf dem Grunde seiner Seele verstanden hätte, daß alles Tun des Menschen dem Gang der Gezeiten gleicht, die sich auf die Jagd nach dem Mond machen, um dann doch unweigerlich und tosend wiederzukommen, alle möglichen zappelnden Dinge in ihrem gischtigen Sog.

# 1

Bevor Blaze sich auf Massagen und Hausbesuche verlegte, hatte sie sich das Schamhaar mit Henna gefärbt. Natürlich war sie ebensowenig eine richtige Masseuse, wie sie zuvor, als sie noch auf Partys Telegramme überbracht und gestrippt hatte, eine richtige Tänzerin gewesen war. Ihre Massagekunden kümmerten flammende Schamhügel ebensowenig wie die Empfänger ihrer Striptelegramme die Tatsache, daß sie als Sängerin und Tänzerin eine Niete gewesen war; sie hatte eben andere Vorzüge.

Als herrlich muskulöse und doch gnadenlos weibliche Aerobicjüngerin absolvierte Blaze Duvall gewissenhaft jede Übung, die laut der Trainer des Kurses, in den sie fünfmal die Woche ging, einen stählernen Hintern versprach. Als sie jedoch hart auf den Dreißigsten zuging, bildete Blaze sich ein, in dem Ganzfigurspiegel hinter der Wohnungstür ihres überteuerten Zwei-Zimmer-Apartments in Fashion Hills beunruhigende Dinge zu sehen: ein Klümpchen Zellulitis hier, ein kleines Absacken da, wo das Fleisch immer fest wie Hartplastik gewesen war.

Mit nur tausend Dollar auf dem Konto und einem Nettowert von vielleicht gerade mal zwanzigtausend – ihr gelbes Mustang-Cabrio ebenso inklusive wie ihr bescheidenes Mobiliar und etwas ordentlicher Schmuck von den betuchteren ihrer zufriedenen Kunden – war es um Blazes Zukunft nicht eben rosig bestellt.

Ihr größtes Talent war die Fähigkeit, mit Männern zu reden. Schon lange bevor ihre schulterlange Mähne für sieben Dollar fünfzig pro Friseurbesuch – Trinkgeld extra – flammendrot wurde, ja, sie war noch nicht einmal Blaze Duvall gewesen, da hatte sie das schon ausgezeichnet gekonnt. Weil sie schon immer eine Frau gewesen war, und jeder Mann, den sie jemals gekannt hatte, ein Kind. Zudem war Blaze ein Chamäleon und paßte sich jedem Publikum an.

Blaze musterte ihren nackten Körper im Spiegel. Braunes Schamhaar? Wen interessierte das, jetzt, wo sie sich nicht länger in grellen Räumen auszog und dabei völlig falsch zotige Telegramme vorsang?

Für diesen Abend wählte sie ein passendes Set aus BH und Höschen, rosa mit Bogenspitze. Ihr Kunde, die »Nummer Acht«, stand auf Rosa, obwohl es nicht ihre Farbe war, nicht bei der Flammenmähne, den weit auseinanderstehenden grünen Augen und den feingesprenkelten sandfarbenen Sommersprossen von Kopf bis Fuß. Aber der Kunde war König, solange er sich an ihre Regeln hielt.

Es klingelte an der Tür. Blaze warf einen Blick auf die goldene Rolex und legte ihren blauen Frotteemantel an. Sie spähte durch den Spion auf eine spillerige Blondine hinaus, die in der Dämmerung stand und wußte, daß man sie sah.

»Hi, Blaze!« sagte Dawn Coyote, die in Wirklichkeit ebensowenig Dawn Coyote hieß wie sie Blaze Duvall. Für die Polizei von San Diego und ihre Mutter war sie Jane Kelly.

Dawn kam in ihrem Straßenaufzug herein: durchsichtige rote Spinnwebenbluse, glänzender schwarzer Lacklederrock, hochhackige rote Pumps. Mager war gar kein Ausdruck mehr; an Handgelenken, Knien und Fesseln standen die Knochen hervor. Mit traurigen blauen Augen spähte sie unter einem ausgefransten schmutzigblonden Pony hervor, den sie mit der Baumschere geschnitten zu haben schien.

Blaze war wütend. »Hab' ich dir nicht gesagt, du sollst hier nicht während der Arbeit aufkreuzen? Schleppst mir noch eines Tages die Bullen vorbei. Woher willst du wissen, daß du nicht die Sitte am Hacken hast?«

Dawn stürzte an ihr vorbei, wegen der Stilettabsätze wie auf Eiern gehend, und hielt schnurstracks auf die winzige Küche zu. »Hab' ich nicht, Blaze, hab' ich nicht.«

Dawn lispelte, seit sie sich die Zunge hatte piercen lassen: Mit dem kleinen Ring im Weg brachte sie die Zischlaute nicht mehr so recht heraus. Sie riß eine Packung M&Ms auf und warf ein paar in den Mund.

Blaze sah zu, wie Dawn die Ärmel ihrer roten Polyesterbluse hochzog, um die Bahnen in Augenschein zu nehmen, wo sie sich ihre Speedballs drückte, eine Mischung aus mexikanischer Heroinpaste und Kokain.

»Wehe, Mädel, du willst dir hier bei mir einen setzen!« sagte Blaze.

»Ich doch nicht, Blaze!« lispelte Dawn. »Ich geb' bloß 'n bißchen Vitamine drauf, weiter nichts. Ist besser als Creme. Ich sollt's halt bloß immer gleich draufgeben, wenn ich was drück'.«

Die knochige Hand der jungen Frau zitterte, als sie Gel aus einer Plastikflasche drückte und etwas davon auf die Innenseite ihres Unterarms gab. Dann stellte sie die Flasche beiseite und begann sich zu kratzen. Erst am Hintern, dann an den Unterarmen, schließlich unter der winzigen Brust. Dann drückte sie sich gegen den Kühlschrank und schubberte sich an dem verchromten Griff.

Angewidert meinte Blaze: »Auf Speed warst du besser drauf. Du hast ja überhaupt keine Farbe mehr. Deine schöne Haut ist im Arsch. Wirst mit dreißig wie vierzig aussehen, wenn du mit den Speedballs nicht aufhörst.«

»Ich hör' ja auf«, versprach Dawn. Wie immer. »Sobald ich Oliver den Laufpaß gegeben habe.«

»Ich bin's leid, dich vor diesem Zuhälter zu warnen. Den sollteste gleich absausen lassen.«

»Kannste mir 'n Hunni pumpen, Blaze? Ich hab' für Samstagabend 'n Date für zwei Blaue.«

»Warum pumpst du nicht Oliver an?«

»Der ist zur Zeit total übel drauf. Von dem seh' ich so gut wie gar nix. Ich geh' nach L. A., zu meiner Schwester. Vielleicht bleib' ich auch einfach da.« Sie schwieg einen Augenblick und sagte dann: »Hast du Kaugummi?«

Blaze öffnete den Küchenschrank und gab Dawn ein Päckchen Juicy Fruit. »Da, ist der beste Geschmack dafür.«

»Haste schon mal mit Double Bubble probiert?« fragte Dawn und riß das Päckchen mit den Zähnen auf. »Paar von den Mädels meinen, Double Bubble ist am besten.«

»Was machst du denn mit dem Baby?«

Das blaßgelbe Mädchen mit der laufenden Nase schob sich zwei Streifen zwischen die Zähne und begann unter Schmerzen zu kauen.

»Mit Billy hilft mir meine Schwester. Würd' sie nie, wenn er Olivers Kleiner wär'. ›Solang' er kein halber Nigger ist‹, meint sie immer, ›nehm' ich ihn schon.‹ Was 'n Glück für den, daß er keiner ist.«

»Wart' hier.« Blaze verschwand im Schlafzimmer und schloß die Tür. Dawn war ihre Freundin, aber Junkie blieb Junkie. Sie holte ein Bündel Scheine aus einer gestrickten Skimütze aus dem obersten Fach ihres Schrankes und zählte fünf Zwanziger ab. Als sie wieder herauskam, knöpfte Dawn eben die Polyesterbluse auf und baute sich mit bloßem Oberkörper vor dem Ganzfigurspiegel auf.

»Na, was meinst du, Blaze? Oliver meint, die Freier zahlen schon allein, um 's zu sehen!«

Dawns kleine Brüste waren mit riesigen Spinnen tätowiert, deren Beine sich um ihre Nippel schlossen. An diesen hing je eine goldene Krokodilklemme, die durch eine Kette verbunden waren, von der aus eine weitere im Saum ihres Minis verschwand. Dawn zog den Reißverschluß des Lederrocks auf, schälte ihn von den Hüften und zeigte Blaze, wo die zweite Kette hinging.

»Titt 'n' Klit-Kette. Im Augenblick ist sie bloß mit der Klammer angemacht, aber ich laß mich piercen, sobald ich mich an die Schmerzen gewöhnt hab'.«

»Blöde Kuh!« sagte Blaze. »Nimm das ab!«

»Nein, warte. Es tut ja nicht mehr weh, wenn's erst mal richtig gemacht ist. Oliver meint, die Freier ziehen gern mal so 'n bißchen an der Kette, wenn sie nicht so richtig in Fahrt kommen. Dann mach' ich total auf wahnsinnige Schmerzen und so! Und der Freier kriegt so 'n richtig schlechtes Gewissen, verstehste? Ich mein', ich heul' schließlich! Also legt er noch 'n Zwanziger drauf! Oliver meint –«

Blaze fiel ihr ins Wort: »Erinnerst du dich noch an *Pretty Woman,* den Film? Der dir so gefallen hat, über die junge Nutte, die so gut drauf war? Also den Scheiß da haben die da glatt vergessen!«

Als Dawns Rock sich an der Klitoriskette verfing, wimmerte sie und zog dann vorsichtig den Reißverschluß zu.

»Sag' mal, Dawn«, sagte Blaze, »hast du eigentlich deinen Kleinen gestillt, als du dir Speedballs gedrückt hast?«

Dawn schüttelte den Kopf. »Ich doch nicht, Blaze. Ist 'n reines Flaschenkind, echt.«

»Wie dumm von mir,« sagte Blaze rein rhetorisch, gab ihr aber die Zwanziger.

Dawn verstaute das Geld im Slip, holte das Päckchen Kaugummi heraus und schob einen weiteren in den Mund.

Als Blaze ihr die Tür öffnete, sagte Dawn: »Ich weiß nicht. Ob Double Bubble vielleicht nicht doch besser wär'? Ich krieg' einfach den Geschmack von den Präsern nicht weg! Wie ist das bei dir?«

Gegen den Vorwurf der sexuellen Belästigung war Norman G. »Letch« Boggs, wie so mancher Polizist mittleren Alters, schlicht und ergreifend immun. Letch war klein, kahl, speckig um die Hüften und hatte den Muskeltonus einer überreifen Banane. Da sein Knoblauchverbrauch den Siziliens übertraf, müffelte es in seiner Nähe schlimmer als auf einem Konzert der Beastie Boys. Er stand auf das Zeug gedünstet, geröstet, sautiert oder roh. Er verschlang Sandwiches mit Tomaten, Mayonnaise und rohem Knoblauch, bei deren Anblick anderen das Kotzen kam. Überzeugt, daß Knoblauch den Alterungsprozeß verzögerte und die Potenz förderte, behauptete Letch, auf Entzug zu kommen, hörte er auch nur einen Tag damit auf. Also versuchte er es erst gar nicht.

Letchs feuchtes Grinsen – eher ein anzügliches Blecken seiner überdimensionalen Rattenzähne – hatte definitiv etwas Lüsternes. Darüber hinaus verbrachte er mehr Zeit mit beschlagnahmten Pornovideos als jeder andere Beamte in der Geschichte des Sittendezernats, hatte sich seinen Ruf als alter Lustmolch also redlich verdient. Obwohl er so gut wie jede Frau angemacht hatte, die je ihren Fuß in den fünften Stock des Präsidiums gesetzt hatte, konnte keiner glauben, daß ihn je eine Frau ernst nehmen könnte. Trotzdem, einige hatten; er war zweimal geschieden.

Letch kam mit seinen amourösen Anträgen und geflüsterten Anzüglichkeiten durch, ja selbst mit einer gelegentlichen Handgreiflichkeit, die sein Opfer nach Luft schnappend davonlaufen ließ, kaum daß es ihn roch; man beschwerte sich nicht über ihn, weil Sex mit dem schmierigen Lüstling einfach unvorstellbar war. Letch war der Polizeihund, der sich am Hosenbein eines Kollegen verging.

Dafür war er ein erstaunlich effizienter Polizist mit dem Gedächtnis eines IBM-Laptops und dem Instinkt eines Spürhunds. Letzteres war für jemanden in seiner schmuddligen Branche Gold wert.

Letch saß dösend in seiner Zivilstreife in einer Straße in Fashion Hills; er observierte Dawn Coyote, die eben zu Besuch bei einer unbekannten Person in eines der hübschen kleinen Apartments mit Blick auf das Mission Valley gegangen war. Es ging ihm nicht eigentlich um eine kleine Junkienutte wie Dawn, aber er wußte, daß sie für Oliver Mantleberry anschaffen ging, einen Luden, der längst für ein paar Jährchen Knast fällig war. Er hatte Dawn zweimal hoppgenommen, als sie noch ein Meth-Freak gewesen war, und gehört, daß sie jetzt Speedballs drückte, und er schätzte, daß sie reif war, ihren Luden zu verpfeifen. Besonders, wenn sich ihr Kleiner dabei als Druckmittel einsetzen ließ.

Sie waren eine wie die andere, diese Junkienutten: Ihre Brut war das letzte Bindeglied zu einem Rest von Selbstwertgefühl. Setzte man ihnen mit Hilfe ihrer Kleinen das Messer an die Kehle, dann verpfiffen sie sogar ihre Mütter. Oder ihre Luden, was immer angesagt war.

Letch war schläfrig, weil er nun schon die dritte Nacht hintereinander, statt im Bett zu liegen, an einen Baum gepinkelt hatte. Und das nur, weil ihn der durchgeknallte kleine Scotchterrier von nebenan in den Wahnsinn trieb. Der begann in dem Augenblick zu bellen, in dem sein Frauchen um acht Uhr morgens zur Arbeit ging. Also genau dann, wenn der müde Mann von der Sitte nach einer Nachtschicht seine Tiefschlafphase hatte und von Whirlpools und gerade mal geschlechtsreifen Jungfern zu träumen begann. Er hatte schon daran gedacht, dem Kläffer etwas Schlafpulver unterzujubeln, hatte aber Angst, daß er abkratzen könnte. Einen an einer Überdosis krepierten Scotchterrier auf dem Gewissen zu haben, das hätte ihm noch gefehlt.

Eines Morgens bekam er mit, daß der Scottie, wann immer sein strammes Frauchen ihn Gassi führte, geradezu obsessiv über sämtliche Marken anderer Hunde zu pissen begann. Besonders angetan hatte es ihm ein Peruanischer Pfefferbaum zwischen dem Haus der Nachbarin und Letchs Maisonettewohnung in dieser Wohngegend auf der Nordseite von Ocean Beach.

Das Frauchen des Terriers war eine fitneßgestählte Australierin und trug für gewöhnlich, wenn sie am Spätnachmittag von der Arbeit kam und den Hund Gassi führte, einen Wickelrock über Body und Leggins. Anfangs hatte Letch sein Hamstergrinsen aufgesetzt und es ein paarmal mit einem »G'ntach!« versucht, aber sie hatte nur eisig genickt. Einmal, sie trug nur Body und Leggins ohne den Rock, hatte er »Tie Me Kangaroo Down, Sport« gepfiffen, aber sie hatte ihm gesagt, er solle sich verziehen.

Also hatte Letch schließlich andere Saiten aufgezogen und sie am Randstein vor seinem Haus zur Rede gestellt. Er hatte angedeutet, daß ihr Fiffi ja vielleicht todunglücklich war, wo sie sechs Tage die Woche arbeiten ging, da der kleine Mistköter von acht Uhr morgens an nonstop kläffte, bis er stockheiser war. Letch schlug ihr vor, mal drüber nachzudenken, ihn der netten Familie von gegenüber zu geben, wo er eh immer nur dann das Maul hielt, wenn ihm die Kinder, die zum Spielen rüberkamen, ein Gutzi mitbrachten. Sie nähmen den Hund mit Handkuß, da sei er sich sicher, und die Töle wäre viel glücklicher dort.

Die Australierin sagte Letch, sie bezweifle, daß der Hund soviel bellte, schließlich hätte sich außer ihm keiner beschwert. Und obwohl er selbstverständlich tagsüber jederzeit durch die Hundeklappe nach draußen konnte, blieb er meist lieber im Haus und saß leise auf der Lehne des Sofas am Fenster. »Um sich still«, hatte sie ihm gesagt, »wie ein braves Hundchen das Treiben auf der Straße anzusehen.«

Letch sagte ihr, er schlafe tagsüber und sie dürfe es ihm ruhig glauben, der Hund hockte nicht still auf dem Sofa herum, und vielleicht könnte sie ihn ja, bitte, wenigstens einsperren, wenn sie zur Arbeit ging, vielleicht wäre ja sein Gekläffe dann etwas gedämpft.

Sie sagte, man könnte von einem Hund nicht verlangen, es sich solange zu verkneifen, Gassi zu gehen, und sie hätte nicht die Absicht, einen Nierenschaden zu riskieren, indem sie ihn dazu zwang.

In diesem Fall, so sagte Letch, müßte er die Angelegenheit eben selbst in die Hand nehmen. Sie fragte ihn, was er damit meine, und Letch antwortete ihr, das wisse er nicht – daß er vielleicht einen Kidnapper dazu bekam, den kleinen Mistkerl in ein ›Altwasser‹ zu werfen – was immer das war –, so wie der arme alte Penner in dem australischen Lied.

Worauf sie ihm mit der Polizei drohte.

Daraufhin dachte Letch sich den Plan aus, an den Baum zu pinkeln und den kleinen Wauwau damit in den Wahnsinn zu treiben.

Schon beim ersten Probelauf ging es wie geschmiert. Am Samstag nach der Schicht kam Letch sehr spät nach Hause, würgte drei Gläser Wasser hinab, schlich nach draußen und machte dabei gerade genug Lärm auf dem Pflaster, damit der Terrier ans Fenster kam.

Dann holte Letch seinen Zauberstab heraus und pinkelte an den Baum, direkt durch den Maschendrahtzaun, und damit der Hund es auch mitbekam, beleuchtete er die Szene mit der Taschenlampe.

Der Köter drehte völlig durch. Bellend und winselnd kratzte er am Fenster. Letch stellte den Hahn vorzeitig ab und schlich auf Zehenspitzen in die Wohnung zurück, um Wasser trinkend abzuwarten.

Es dauerte nicht lange, und er hörte die Hundeklappe aufgehen, als sie den Riegel hob, um den Terrier herauszulassen. Natürlich tappte die Töle die Treppe hinab schnurstracks auf den Baum zu, um über Letchs Pisse zu pinkeln.

Nachdem der Terrier wieder im Haus war, schlenderte Letch wieder hinaus und pfiff gerade mal laut genug für Hundeohren. Als der Köter wieder aus dem Fenster guckte, hielt Letch auf den Baum, machte die Lampe an und den Hahn auf.

Diesmal heulte der Terrier wie ein Wolf. Letch schlich sich in den Waschraum an der Veranda hinter dem Haus und hörte die Australierin die Tür öffnen. »Verflucht noch mal, Nigel!« rief sie dabei. »Das ist aber das letzte Mal!«

Der rasende Terrier huschte die Treppe hinab, schoß ohne

Umweg auf den Baum zu und pinkelte, kaum daß er sich Zeit zum Schnüffeln nahm, über Letchs Marke. Drei Minuten, nachdem der eifrige Kläffer wieder ins Haus gehuscht war, exerzierte Letch das ganze noch einmal durch. Er brachte kaum mehr als ein paar Spritzer heraus, aber Nigel spähte aus dem Fenster und machte einen Heidenradau. In den Ohren eines müden Mannes von der Sitte war es Musik.

Letzte Nacht war die dritte am Stück, die er den zwanghaften Terrier getriezt hatte. Letch schätzte, noch ein, zwei Nächte, und die Braut würde den Kindern von gegenüber noch was draufgeben, damit sie die gestreßte Töle adoptierten. Aber Letch war selbst hundemüde von all der nächtlichen Schleicherei. Ganz zu schweigen davon, daß das ständige Auf-und-Zu weder seiner Prostata noch seiner Blase bekam.

In eben diesem Augenblick kam Dawn Coyote aus einer Tür im ersten Stock des Apartmentkomplexes, und Letch richtete seinen Feldstecher darauf, bevor sie sich schloß. Die Tür war im Halbschatten kaum auszumachen, aber er erhaschte einen Blick auf das »2 A« darauf und speicherte es.

Als Dawn sich wieder hinters Steuer von Oliver Mantleberrys weißem Jaguar setzte, folgte Letch ihr in sicherer Entfernung an ihren Standort, einer Ecke am El Cajon Boulevard. Unter einer Straßenlampe. Das war bei den Huren hier seit hundert Jahren so Brauch.

Während Blaze ihren überfüllten Schrank nach etwas in Pink für die modisch behinderte Nummer Acht durchwühlte, war sie das Thema eines Anrufs von Nummer Dreiundsechzig.

Dieser Anruf entwickelte, wie alle Anrufe Blaze Duvall betreffend, ein Eigenleben. Zuerst erreichte der Anrufer eine Nummer bei einem Auftragsdienst, der nicht ranging. Nach einmaligem Klingeln wurde er weiterverbunden an eine zweiundsiebzigjährige Exprostituierte namens Serenity Jones, die früher einmal zwanzig Mädchen für sich arbeiten ließ, bevor sie aus dem Verkehr gezogen und wegen Kuppelei zu sechs Monaten verknackt worden war. Jetzt hatte Serenity Jones nur noch drei Mädchen unter Vertrag, die, für 200 Dollar pro Besuch, als Masseusen unterwegs waren. Was sie darüber hinaus bekamen, war ihre eigene Sache, solange Serenity ihre vierzig Prozent Provision auf den Standardsatz bekam. Serenity versucht ihre Mädchen nicht übers Ohr zu hauen und duldete das umgekehrt auch nicht bei sich.

Nichtsdestoweniger hauten Blaze und die beiden anderen Masseusen die alte Kupplerin gelegentlich übers Ohr. Wenn sie einen Stammkunden hatten, dem sie trauen konnten, schlugen sie ihm vor, hin und wieder eine andere Nummer anzurufen, die unter dem Namen einer guten Freundin gemeldet war. Auf die Art und Weise konnte die Masseuse den ganzen Tarif einstecken, und was Serenity nicht wußte, machte sie auch nicht heiß.

Blaze mochte Serenity, und ganz besonders die erstklassigen Kunden, die sie ihr schickte, und so sah sie zu, das alte Mädchen nicht zu oft zu lackieren. Blazes Partnerin für den gelegentlichen Anruf hinter dem Rücken der Kupplerin war Dawn, die dafür eigens einen Anschluß mit einem Anrufbeantworter von Blaze Duvall unterhielt. Blaze bezahlte Dawn 200 Dollar im Monat für diesen Dienst.

Als Serenity den Anruf von Nummer 63 entgegennahm, lag sie in ihren ledernen Fernsehstuhl gefläzt und hatte ihre Siamkatze auf dem Schoß. Eistropfen landeten auf ihrem geblümten Hawaiikleid, und die Katze leckte hin und wieder daran. Das Platinhaar war auf Lockenwickler gedreht, und sie trug selbst am hellichten Tag pfundweise Lidschatten, und über die scharlachroten Akrylkrallen hätte sich jeder Speerfischer gefreut.

Serenity wußte aus Erfahrung, daß sich die Bullen ohne Scanner schwertaten, den Anruf zu ihr zu verfolgen, wenn sie ein Handy benutzte. Trotzdem, wenn sie einen verdächtigen

Anruf über das Handy bekam, war sie allzeit bereit, adieu zu sagen und ein paar Häuser weiterzuziehen. In ihrer Branche leistete man sich keine Sentimentalitäten für Heim und Herd.

An diesem Nachmittag fand Serenity die Talkrunde ihrer Lieblings-Trash-Talkshow toller denn je. Fünf Transsexuelle, der leichteste brachte es auf über hundertzehn Kilo, sagten dem Publikum, daß es einfacher sei, eine feiste Braut zu sein als ein feister Typ. Es ärgerte Serenity, als das Handy sich meldete, trotzdem stellte sie den Fernseher per Knopfdruck auf stumm und ging ran.

Während Blaze Duvall noch immer dahinterzukommen versuchte, wie zum Teufel sie in Pink gut aussehen sollte, sagte eine Männerstimme zu Serenity Jones: »Nummer dreiundsechzig. Sagen Sie bitte der hübschen Rothaarigen, ich würde sie morgen abend gern sehen. Halb neun. Selber Ort wie das letzte Mal. Selbes Zimmer.«

Serenity sagte: »Alles klar, Baby, ganz dufte. Irgendwelche speziellen Wünsche?«

Die Männerstimme sagte: »Warm. Ich hätte es diesmal gern warm.«

»Ganz dufte, Baby«, sagte Serenity, legte auf und stellte den Ton gerade rechtzeitig wieder an, um den Talkmaster eine der Transsexuellen fragen zu hören, ob sie ihren Penis vermisse. Und was ihr durch den Kopf ging, wenn irgend so ein kranker Typ wissen wollte, ob sie sich den zur Erinnerung in Spiritus gelegt hätte.

Serenity warf die getigerte Katze von ihrem Bauch und watschelte an den Kühlschrank auf einen Nachschlag an Keksen und Eis. Sie fragte sich, wie sie nur vor den Perversenshows mit dem Leben fertiggeworden war. Nachdem sie wieder in den Sessel geplumpst war, wählte sie eine Nummer und erreichte Blazes Anrufbeantworter.

Blaze ging nie ran, hörte Serenity jedoch sagen: »Hallo, Maus. Nummer 63 möchte deine Wenigkeit morgen abend sehen. Halb neun. Selber Ort wie das letzte Mal. Ach ja, und er will's diesmal warm. Ciao, Süße.«

Nachdem sie sich so hübsch gemacht hatte, wie das mit einem rosa Rolli und engen Bluejeans eben ging, schrieb Blaze auf einen Notizblock neben dem Anrufbeantworter: »Icy Hot. 63.«

Sie freute sich aufrichtig, von Nummer 63 zu hören. Drei Monate waren vergangen, obwohl er sonst ein zuverlässiger Stammkunde gewesen war, zweimal im Monat zu 200 Dollar. Und er gab ihr wenigstens zwanzig Dollar Trinkgeld, legte sie auch nur einen Hauch von Phantasie an den Tag.

»Will es warm« verwies auf seine Vorliebe für Icy Hot oder Ben-Gay, Salben für gezerrte Muskeln und Sportverletzungen. Als Blaze in diesem Geschäft noch neu gewesen war, hatte sie den Fehler gemacht, einem Kunden versehentlich was davon auf die Eier zu schmieren. Der Freier war wie ein Senkrechtstarter vom Bett gekommen, und sie hatte aus ihrem Fehler gelernt.

Als sie Serenity von dem Unfall erzählte, hatte ihr der alte Profi nur lächelnd die Grübchen in den Backen gezeigt. »Bleib mit dem Zeug von Hänschen und den Zwillingen weg. Das kriegen die Freier auch samstags im Stadion.«

»Was?« hatte Blaze wissen wollen.

Serenity hatte ihrer neuen Masseuse ein pädagogisch wertvolles kleines Liedchen vorgeträllert: »Heiße Nüsse! Brandheiße Nüsse! Die kriegen sie beim Erdnußverkäufer!«

# 2

Der 1. April fiel auf einen Samstag, und der Verwahrer des Cup war hocherfreut, den Fernseher einschalten zu können, ohne befürchten zu müssen, auf den Gerichtszirkus um O. J. Simpson zu stoßen. Für die Regatta um den America's Cup war der Prozeß besonders fatal, da die Berichterstattung im Fernsehen von den Endausscheidungen um Herausforderung und Verteidigung im America's Cup ablenkte, die auf den 10. und 11. April angesetzt waren und von ESPN live übertragen wurden.

Der Verwahrer des Cup saß auf der rückwärtigen Terrasse seines Hauses über dem Steilufer von Point Loma und genoß beim Morgenkaffee den freien Blick auf den Hafen von San Diego und die Halbinsel Coronado, die dahinter im weißen Wasser lag. Seit dem Tod seiner Schwester war er Alleinerbe der Hinterlassenschaft seiner verwitweten Mutter, die aus nichts weiter als einem unscheinbaren fünfundsechzig Jahre alten Haus mit undichtem Dach und einem Heer von Termiten bestand.

Allein wegen des herrlichen Blicks war das Haus wenigstens eine und eine Viertel Million wert. Seine Kollegen aus der Maklerbranche meinten, ohne das baufällige Haus brächte der Grund womöglich noch mehr, aber weil er einer der wenigen Makler am Ort war, die daran glaubten, daß der kalifornische Immobilienmarkt sich wieder erholen würde, war er entschlossen, in dem Haus wohnen zu bleiben, bis es soweit war. Oder bis es ihm wegen der Termiten über dem Kopf zusammenfiel, was durchaus im Bereich des Möglichen lag.

Das Grundstück garantierte ihm, wie seine Mutter ihn gerne und oft erinnert hatte, einen angenehmen Lebensabend – für den er, wie sie sagte, selbst ja nie hinreichend vorgesorgt hätte. Schließlich sei er noch nicht einmal selbständiger Makler, sondern nur angestellt. Sie war es nie müde geworden, ihn daran zu erinnern, daß er von dem Augenblick an, in dem er ohne Abschluß vom College abgegangen war, zum Mittelmaß bestimmt gewesen sei. Eine leichtfertige Entscheidung, über die sein Vater nie hinweggekommen sei und an die seine Mutter ihn fast sein ganzes Leben lang erinnerte.

Schon lange vor ihrem Tod mit fünfundachtzig hatte er es aufgegeben, sich gegen ihre Abschätzigkeiten und die nicht eben schmeichelhaften Vergleiche mit Bradley zu verteidigen, dem unerträglich dynamischen Gatten seiner Schwester Sheila, der ein betuchter Schönheitschirurg war. Tatsache war, daß er beim Ableben keiner der beiden Frauen in seinem Leben seine Tränendrüsen strapaziert hatte. Was Wunder, daß er nicht verheiratet war, hatte er diesen männermordenden Ungeheuern doch ein Leben lang davonzulaufen versucht.

Er dachte daran, sich noch eine Tasse Kaffee einzuschenken, und hoffte, daß der verhangene Morgen sich bald aufklärte. Alle Welt sprach darüber, daß der feuchte Winter dieses Jahr endlos zu dauern schien und welchen Einfluß er wohl auf die unberechenbare See vor San Diego und damit das Rennen um den America's Cup haben würde.

Dann dachte er, vielleicht sollte er ins Büro gehen, Wochenende hin oder her. Es waren während der Qualifikationsrennen um die Herausforderung eine ganze Menge Touristen in die örtlichen Maklerbüros spaziert. Man hoffte, daß noch weit mehr kämen, wenn erst das Finale begann, aber natürlich kamen die meisten nur zum Gucken vorbei. Aber man konnte nie wissen. Leute, die sich für Yachtregatten interessierten, lebten nicht gerade von Essensmarken. Ja, einer seiner Maklerkonkurrenten hatte sogar erst diese Woche an eine Laufkundschaft ein Strandanwesen in Sunset Cliffs im Wert von 1.350.000 Dollar verkauft. Die Seglergemeinde von auswärts war unberechenbar.

Es war diesen Morgen ein langer Artikel über den Herausforderer aus Neuseeland in der Zeitung, und als er die Überschrift sah, hatte er mit einemmal einen eisigen Klumpen im Bauch; sein Magen fühlte sich an wie ein Sack nasser Sand. Die Neuseeländer waren mehr als gut. Und ihre beiden Boote? Seetüchtige Raketen. Allein der Gedanke, der Cup könnte kommenden Monat nach Auckland gehen, machte ihn krank.

Alle Welt sagte, wenn der Cup den Yachtclub San Diego verließ, würde er nie wiederkommen, jedenfalls nicht zu Lebzeiten des Verwahrers, vielleicht noch nicht mal zu Lebzeiten des Cup. Nie wieder würde jemand eine 65-Millionen-Dollar-Kampagne unter der Ägide des Yachtclubs San Diego auf die Beine stellen wie Bill Koch, der Millionär aus Kansas, bei der erfolgreichen Regatta 1992. Seither hatte sich der aufbrausende Koch des Gefühls nicht erwehren können, vom Yachtclub schlecht behandelt worden zu sein, eine Ansicht, aus der er keinen Hehl gemacht hatte. Der Verwahrer des Cup mußte sich der allgemeinen Meinung anschließen: War der Cup erst einmal weg, holte ihn ein Herausforderer aus San Diego mit Sicherheit nicht zurück.

Er sah nach der Zeit: 9:10. Sein goldener Chronograph, ein Omega Speedmaster, erinnerte ihn daran, woher er ihn hatte: Ein Manager bei Omega selbst hatte ihn ihm geschenkt, als er den Cup auf die Bootsausstellung nach Barcelona begleitet hatte.

Zweimal waren sie in Spanien gewesen, er und der Cup, dreimal in Paris, und in Monaco hatte er auf einem Empfang Fürst Rainier persönlich kennengelernt. Er war viermal in England und Irland gewesen, wo die Begeisterung grenzenlos war.

Er war mit dem Cup nach Hongkong gereist und nach Tokio, wo die Japaner völlig durchgedreht waren. Er hatte ihn nach Sydney gebracht, nach Toronto und Bern. In den siebeneinhalb Jahren, seit Dennis Conner mit *Stars and Stripes* den Aussies den Cup in Freemantle wieder hatte abjagen können, hatten er und der Cup hundert amerikanische Städte besucht.

Was für ein Triumph das gewesen war! An einem Samstagnachmittag war in San Diego eine DC-10 gelandet, fast ausschließlich mit Fans des America's Cup. Ein rasch zusammengestellter Autokorso aus Kabrios war mit dem Cup und seinen Eroberern vom Flughafen zum Broadway Pier gefahren, dann wieder zurück zur Maschine, die nach New York weiterflog, wo sie Ronald Reagan mit zweitausend Yachtbegeisterten empfangen hatte. Nostalgisch dachte der Verwahrer des Cup an all das zurück: die Dudelsackpfeifer, die Kapellen, die Commodores der Yachtclubs, alle erwarteten sie in New York.

Und er verübelte der Yachtwelt die Kritik an San Diegos Umgang mit dem Cup. Die Verwahrer des Cup im New Yorker Yachtclub hatten ihn von 1851 bis 1983 keiner Menschenseele gezeigt, während der Yachtclub San Diego ihn der Welt vorgeführt hatte. Und er, ein ehrenamtlicher Freiwilliger, ein engagiertes Clubmitglied, weiter nichts, hatte die neunundsechzig Zentimeter hohe barocke Silberkanne begleitet, wo auch immer sie hingereist war – in diesen siebeneinhalb Jahren immerhin fünfhundertdreißigmal!

Was, wenn die Herausforderer aus Neuseeland Erfolg hatten? Wenn er zu lange daran dachte, den Cup für immer zu verlieren, so glaubte er, weinte er womöglich noch – er, der noch nicht einmal geweint hatte, als er seinen Vater, seine Schwester und seine Mutter verlor, und das alles innerhalb der kurzen Spanne, seit er zum Verwahrer des Cup ernannt worden war.

Selbst seine Mutter hatte den Mund gehalten und aufgehört mit ihren unfairen Vergleichen, als er im Mai 1991 von seiner zweiten Englandreise zurückgekehrt war. Anlaß war das zweihundertfünfzigjährige Bestehen von Garrard, dem britischen Kronjuwelier, gewesen, in dessen Silberschmiede der Originalcup aus hundert Stücken antikem Silber hergestellt worden war. Königin Victoria hatte 1851 bei Garrard drei der »Hundert-Guinea-Kannen« bestellt, aber erhalten war nur noch der Cup.

Margaret Thatcher hatte an jenem Tag eine wunderbare Rede

gehalten, während er bei Garrard auf der Treppe stand. Sie hatte sie ohne Notizen gehalten, und er hatte ihr danach die Hand drücken dürfen. Seine Mutter, eine eingefleischte Anglophile, die nie auch nur eine Episode von *Masterpiece Theatre* versäumte, hatte ihn mit Fragen bombardiert, und er hatte ihr gesagt: Ja, es stimmt, Dennis Thatcher ist ein lieber Kerl, aber er steht ganz furchtbar unter dem Pantoffel. Und daß Dennis (sie nannten sich selbstverständlich beim Vornamen) ihn zur Blumenausstellung nach Chelsea eingeladen hatte.

In Wahrheit hatte er Mrs. Thatchers Gatten nie kennengelernt, aber dieses eine Mal hatte seine Mutter den Mund halten müssen. Dieses eine Mal war er mehr gewesen als bloßes Mittelmaß.

Und dann reiste der Cup *nie* als Gepäck. In seiner Schutzkiste verpackt, wog er, zusammen mit seinem Wagen, achtundsechzig Kilo und saß neben ihm auf einem Platz in der ersten Klasse oder in der Businessclass, wenn es ins Ausland ging. Der San Diego Yachtclub verlangte von jedem, der den Cup anforderte, 1000 Dollar pro Tag und 125 für den Verwahrer des Cup, zuzüglich Flugkosten und Tagegeld. Abgestumpfte Piloten internationaler Fluggesellschaften, die jeden Tag Prominente sahen, kamen doch tatsächlich aus dem Cockpit, um mit ihm zu plaudern, und baten sogar nicht selten um ein Foto von sich mit dem Cup.

Um die Wahrheit zu sagen, der Rest der Segelwelt war von dieser, der ältesten Sporttrophäe der Welt, weit mehr beeindruckt als der nicht segelnde Amerikaner. Für die Segelfans repräsentierte der Cup Geschichte und Tradition, Dinge, die Amerika ihres Wertes beraubt hatte. Und er stand für Geld, sowohl »altes« – wie es der New Yorker Yachtclub hatte – als auch »neues«, für das ein emporgekommener Millionär wie Bill Koch oder der unerschütterliche Pirat Dennis Conner standen.

Als der Verwahrer des Cup aufstand, um das Frühstücksgeschirr vom Tisch auf der Terrasse zu räumen, war er zutiefst traurig, ja deprimiert. Später, beim Rasieren, geriet auch noch sein Magen in Aufruhr. Nicht wie bei Seegang, eher als stehe er unter Strom. Eine merkwürdige Unruhe, fast schon Angst erfaßte ihn. Sein Gesicht glühte. Es bestürmten ihn Irrlichter einer Idee.

Er zwang die gestaltlosen Bilder in einen Winkel seines Verstands, rasierte sich bewußter, beschäftigte sich mit Routine. Es war ein Strom, der ihm gar nicht gefiel.

Während er sich so auf sein gut geschnittenes, aber wettergegerbtes Gesicht konzentrierte, dachte er, sein Schwager könnte vielleicht etwas gegen die Lappen unter seinem Kinn tun. Aber seine Lider? Er fragte sich, ob die Laserchirurgie wohl so gut war, wie es hieß. Er war sich ziemlich sicher, daß Bradley ihm auch nicht einen Cent nachlassen würde. Sheilas Gatte trug es ihm nach, daß er und seine beiden erwachsenen Kinder nichts vom Haus ihrer Mutter bekommen hatten, obwohl Bradley noch nach Abzug der Steuern zehnmal mehr als den Wert des baufälligen Familiensitzes in Point Loma besaß.

Dann hielt er inne, um das blasse Haar in Augenschein zu nehmen: Es war eher karamelfarben als silbern, wie er es gern gehabt hätte. Ein Dermatologe aus dem Yachtclub hatte ihm gesagt, es würde nicht weiter ausdünnen, aber es hörte nicht auf damit. Die Fotos von sich, die die Wand seines Schlafzimmers bedeckten, waren der Beweis. Eines zeigte ihn, wie er den Cup König Juan Carlos von Spanien zeigte. Auf dem daneben drückte er König Harald von Norwegen die Hand. Auf einem weiteren dem ehemaligen König von Griechenland, Konstantin. Und auf einem seiner liebsten, auf dem er definitiv mehr Haare hatte als jetzt, war er mit Prinzessin Anne im Royal Thames Yacht Club zu sehen. Sie war überrascht zu hören, daß er nicht der Commodore des San Diego Yachtclubs war, aber er hatte Ihre königliche Hoheit informiert, der Commodore reise nicht gern, und außerdem führe er einen, auf seine Art, weit erhabeneren Titel: Verwahrer des Cup.

Dann spürte er es: Es war Angst! Er versuchte seinen eleganten ergrauenden Schnurrbart zu trimmen, aber ihm begannen die Hände zu zittern. Er legte die Schere weg, ging in das ehemalige Nähzimmer seiner Mutter, das ihm jetzt als Büro diente, und durchwühlte die Akten mit Zeitungsausschnitten und anderem zusammengetragenen Material über den Cup. Als er fand, wonach er gesucht hatte, stockte ihm für einen Augenblick der Atem: ein Foto des französischen Zwölfers, nachdem er zu Boden gegangen war – der Kiel stak direkt aus dem Deck.

Es wirkte wie ein Donnerschlag über Point Loma. Wie ein Brecher schlug die fertig ausgebildete Idee über ihm zusammen, schwemmte die Angst weg und ließ eine zappelnde Erregung zurück.

Die Jungs von der Wasserwacht der Mission Bay waren Möchtegerncops, denen man begrenzte Polizeigewalt übertragen hatte. Das heißt, sie durften in ihrem Rettungsboot Strafzettel ausstellen und konnten mithelfen, die Armada von Booten in den Griff zu bekommen, die an Wochenenden und Feiertagen über die Bucht hereinfiel. Die Hafeneinheit bei der Stadtpolizei tolerierte die Faxen der Wasserwacht, solange es nicht irgendeinem übereifrigen, unbewaffneten Rettungsschwimmer einfiel, einen übergewichtigen asozialen Speedfreak in einer Rostlaube von Kahn anzumachen, der vielleicht gerade mal zweimal im Jahr ins Wasser kam. Genaugenommen war so ein »Buchtkreuzer« eines Speedfreaks kaum mehr als ein schwimmender Pick-up – mit mehr Lecks und weniger Kilometern pro Tankfüllung –, der sich mit einer Bierdose in der Pranke steuern ließ. Zum Bremsen rammte so ein Meth-Freak einfach ein anderes Boot.

Selbstverständlich brachten die meisten Speedfreaks gern ihre Alte mit sowie drei, vier Gören, die sie selbst gezeugt haben mochten oder auch nicht, dazu den Pitbull, der zu Wasser und zu Lande auf ihrem Vorrat an Crystal Meth saß. Und man konnte darauf wetten, daß sie irgendwo in der Nähe der Rampe, illegal, versteht sich, einen baufälligen Haufen rußrülpsenden Schrotts mit zwei platten Reifen abgestellt hatten. Mußten die Polizisten dann den Wasserwachtlern zu Hilfe kommen, erbten sie einen Kahn voll seetüchtiger Hautkrankheiten und durften sich mit dem ganzen Mist herumschlagen – einschließlich Hund.

Für die Cops waren die Leute von der Wasserwacht ewige Teenager, die einen Ferienjob zum Beruf gemacht hatten. Wann immer die Beamten von der Hafeneinheit an dem vor der Südmole ankernden roten Boot der Wasserwacht vorbeikreuzten, konnten sie damit rechnen, darauf einen Rettungsschwimmer beim »Abhängen« zu finden, der – mit seligem Blick auf das Meer – irgendwelche Sprüche abließ: »So auf Land, das is' ja vielleicht total bockstark und so, ej, aber da draußen« – hier kam ein Wink mit der Hand – »da draußen, ej, das ist ... kosmisch astreine Metaphysik!«

Worauf die Polizeipatrouille unweigerlich das Weite suchte; der Wasserwachtler mit der Metaphysik im Blick blieb zurück und wartete auf den grünen Blitz, der zuweilen zu sehen war, wenn die Sonne tief über den Horizont sank.

Genauso hätte die Polizei ihre Wasserwacht gern gehabt: den Blick aufs Meer gerichtet, anstatt auf Kriegspfad im Quivira Basin, um dort völlig unnötigerweise irgendwelchen tätowierten Rockern auf gemieteten Jet Skis auf den Senkel zu gehen. Oder schlimmer noch, die asiatische Jugendbande anzumachen, die in der South Cove herumhing und wie tollwütige Hunde auf jede rivalisierende Gang losging, die sich in ihr Revier wagte. Die Cops bezeichneten diesen Teil der Vacation Isle als »Laos Beach«.

Jeder der Beamten hatte eine Geschichte auf Lager, wie er den Kragen eines Rettungsschwimmers aus der Schlinge gezogen hat, nachdem dem Wassercowboy wieder mal nach einer

Clint-Eastwood-Nummer auf Wellen gewesen war. Die Leute von der Wasserwacht träumten davon, bewaffnet zu sein, aber falls es tatsächlich so weit kommen sollte, würden die Polizisten nur noch mit kugelsicheren Westen Dienst tun. Das Risiko, mit einer Panzerweste abzusaufen, wäre allemal weniger groß, als aus Versehen von einem alternden Surfer über den Haufen geschossen zu werden, der mit einem Blick auf den toten Polizisten zweifellos einen seiner Sprüche abließ: »Sorry, ej. Das war jetzt echt total uncool von mir.«

Oder, wie sich der Sergeant von der Hafeneinheit ausdrückte: »Die von der Wasserwacht sollten immer in Richtung Westen schauen, aufs Meer raus, nicht Richtung Osten auf die Parkplätze an Land.«

An diesem Samstagvormittag, dem 1. April, versuchte einer der Wasserwachtler in der Fiesta Bay – westlich der kleinen Insel Government Island, auf der das Leuchtfeuer für das Lindbergh Field stand – Eindruck auf eine mitfahrende Zivilistin zu schinden, indem er sein Boot im Kreis tanzen ließ. Natürlich sind Rettungsboote für diese Art Kreisverkehr nicht gebaut, ebensowenig wie mitfahrende Zivilistinnen dafür gebaut sind, auf den schaumgekrönten Wellen der Mission Bay in perfekter Balance zu stehen; und so …

Als der Beamte von der Wasserschutzpolizei, der das Geheimnis des französischen Kiels gelüftet hatte, die halb ertrunkene Mitfahrerin aus den schaumigen Fluten zog, sagte er ihr: »Deswegen nennen wir den Kahn von der Wasserwacht auch die *Hasen-Schleuder*.«

An warmen Nachmittagen war auf den gut achtzehnhundert Hektar des Wasserparks eine ungeheure Anzahl von Freizeitbooten unterwegs, darunter auch Einmannfahrzeuge wie Jet Skis, Wet Bikes, Dynafoils, Wave-Runners und Wave-Jammers. Der größte Teil des Parks, über tausend Hektar um genau zu sein, hatte eine Tiefe von maximal sieben Metern. Für gewöhnlich parkte, illegal, eine gute Hundertschaft Wohnmobile rund um die Bucht; da die offiziellen Parkplätze von zwei bis vier Uhr morgens geschlossen sind, müssen die Wohnmobile während dieser Zeit raus, was etwas unbequem ist im Vergleich zur kostenlosen Benutzung von Privatstränden, gepflegten Rasenflächen und hübschen öffentlichen Toiletten – solange es einen nicht störte, daß man sie gelegentlich mit einem Penner teilt.

Diesen Nachmittag kreuzten die Cops ganz zufällig am Lager der Australier vorbei, als eben die *AUS-31* vom Training auf dem Ozean kam. Die Aussies hatten nur noch ein Boot und damit gegen die eiskalte Effizienz der Kiwis kaum eine Chance. Drei Wochen zuvor, während eines Rennens gegen Neuseeland, hatte oneAustralia eine seiner beiden Slups verloren, das erste Mal in der Geschichte des America's Cup, daß eine Yacht sank. Der Rumpf des Zwölfers hatte zu beiden Seiten achtern vom Mast Risse bekommen, war dann zusammengeklappt und in weniger als zwei Minuten gesunken.

Als das Meer in die Slup rauschte, hatte sich einer der Crew fassungslos an seinen Nachbarn gewandt: »Was denn, Alter, wir sinken doch nicht?« Er beantwortete sich seine dußlige Frage mit einem Sprung über Bord. Der Mastmann, der unter Deck mit den Segeln beschäftigt war, konnte von Glück reden, daß er mit dem Leben davongekommen war.

Die Aussies winkten der Polizeipatrouille grüßend, und einer von den Seglern, ein Brocken von einem Grinder aus Perth, schrie: »Ich geb' euch später 'n Foster's aus!«

Die Polizisten zeigten ihm den erhobenen Daumen. Sie mochten die geselligen, trinkfesten Aussies in dem Maße, wie sie die schwierigen Franzosen nicht haben konnten, mit denen es erst kürzlich wieder Knatsch wegen der rund um ihr Lager geparkten Autos gegeben hatte; sie hatten dort nämlich ein eigenes kleines Restaurant aufgemacht, um die widerliche Kost der Einheimischen zu umgehen.

»Unbedingt notwendisch, daß wir parken hier«, hatten die

Franzosen die Cops informiert. »Bitte, die Touristen von der Straße zu gehen!«

Die Beamten hatten dem Franzosen gesagt, die Touristen seien amerikanische Staatsbürger, keine Gäste, die bald wieder nach Hause fuhren, und bräuchten sich deshalb auch nicht mit Leuten abzugeben, die ihnen auf den Geist gingen, Leute, die jeden Tag badeten. Dann erinnerten die Polizisten den Franzosen noch daran, daß sie Weltmeister waren, wenn es darum ging, ihre 2CVs auf Rasen, Gehsteigen und Zufahrten abzustellen. Man könne beim Picknicken ja noch nicht mal sein Eiersandwich unbeaufsichtigt liegen lassen, ohne daß einem im Rückwärtsgang irgend ein komisches französisches Gefährt drüberfuhr!

Nachdem der Franzose sich die Namensschilder der Polizisten angesehen hatte, wurde ihm klar, daß es dieselben waren, die die Franzosen vor aller Welt durch das Foto ihres Kiels gedemütigt hatten. Er warf entrüstet die Hände hoch und stürmte davon.

Auf dem Namensschild des Fotografen stand FORTNEY, auf dem seines Partners LEEDS. Beide waren sie schon über fünf Jahre bei der Hafeneinheit, und keiner hätte den Job getauscht, obwohl die Einheit sich ständig von Haushaltskürzungen bedroht sah. Dann könnten sie wieder als Landratten Streife schieben, oder kamen, wenn sie Glück hatten, irgendwo in Zivil unter. Fortney war zwanzig Jahre bei der Polizei, Leeds neun.

Das Funkgerät ihres Patrouillenbootes war auf die VHF-Frequenz des Nordteils der Stadt gestellt, die sie abhören sollten, aber für gewöhnlich hatten sie die Schnauze bald voll und machten es aus. Das ständige Hin und Her der Kollegen an Land, die nichts weiter als Sklaven ihres Funkgeräts waren? Das war nichts für sie. Sie zogen es vor, ihre Polizistenlaufbahn im »Hafenclub« nach Schema Vier-Zehn abzureißen: vier Zehn-Stunden-Tage, drei Tage frei.

Beim Wasserschutz hatte man an den Wochenenden nicht wie bei der regulären Streife frei, schon gar nicht im Sommer, wenn die Mission Bay von Ufer zu Ufer gerammelt voll war mit Freizeitfahrzeugen, aber man hatte seinen Ausgleich. Einer davon war, daß sie nur tagsüber arbeiteten, von neun Uhr morgens bis abends um sieben. Es gab keine Nachtschicht, weil es nachts keinen Bootsverkehr gab. Bei Einbruch der Dämmerung mußten die Skipper, selbst in der Fiesta Bay, wo es keine Geschwindigkeitsbegrenzung gab, auf fünf Meilen die Stunde heruntergehen, auf dasselbe Limit, das für alle Fahrwasser und kleineren Passagen des Wasserparks galt.

Die Wassercops hielten allein schon ihre Uniform für ein Plus. Statt der bei der Stadtpolizei San Diego sonst üblichen hellbraunen Mischwolle, trugen sie bequemen Baumwollkhaki mit aufgesticktem Abzeichen, das in der Salzgischt nicht zu rosten begann. Und Nylonkoppeln mit Tempoverschluß für den Fall, daß man über Bord gehen sollte. Dazu blaue Baseballkappen mit blauen Jacken, die gleichzeitig als Schwimmwesten dienten. Sie konnten sogar Shorts tragen, wann immer es das Wetter zuließ. Die Nylonkoppeln gab es, seit man festgestellt hatte, daß so eine Lederkoppel nach nur wenigen Monaten in der Bucht einem Elefantenarsch zu gleichen begann.

Bisher war Leeds noch kein Aprilscherz für seinen Boß eingefallen. Zwei Jahre zuvor hatte er sich die Mühe gemacht, ein Backenhörnchen zu fangen und im untersten Schreibtischschubfach des Sergeants zu verstauen. Beim Versuch, es wieder einzufangen, nachdem der Mann vor Schreck fast gestorben war, hatte man fast das ganze Büro ruiniert.

Dieser Tage freilich beschäftigte Leeds eher die Politik als Lausbubenstreiche. Als eingefleischter Republikaner hatte er es sich zur Aufgabe gemacht, die Nation von Präsident Clinton zu befreien, den er den Typ mit dem schlechtesten Geschmack in Sachen Bräute nannte. Nichts, was nicht eine politische Schmährede hätte auslösen können. Als sie am Jugendlager auf Fiesta Island vorbeikreuzten, wo ein Haufen angesoffener Teenager beim Strandvolleyball ihnen den Finger zeigte, meinte Leeds: »Ich möcht' mich irgendwo zur Ruhe setzen, wo man Bullen mit der ganzen Hand winkt. Ist noch immer nicht zu spät, das Land herumzureißen, wenn die Republikaner erst wieder im Weißen Haus einziehen.«

»Geht das wieder los.« Fortney seufzte.

Leeds sagte: »Okay, okay«, und meinte damit, er würde nicht wieder mit Politik anfangen, die Fortney nur irritierte. Fortney war ein Freigeist von eigenen Gnaden, der grundsätzlich alle Politiker für Schwätzer hielt; seiner Ansicht nach wurden Leute in Tongs und Stämmen besser geführt.

Um Leeds auf ein anderes Thema zu bringen, wies Fortney auf einen ultramodernen Yuppie am Bug einer 10-Meter-Chaparall mit Doppelschrauben und Radarbogen. Der Typ trug eines dieser Hemden mit Blendenkragen und trendigen Ärmeln bis knapp unter die Ellbogen, dazu nagelneue Chambrayshorts und Topsiders, sockenlos; die Krönung bildete eine Golfmütze – Greg Norman. Er schwang lässig ein Fünfer-Eisen, während seine bikinibekleidete Freundin am Steuer stand. Nach jedem Schlag verharrte er in Pose, und fragte sie, ob der Schläger horizontal gekommen war.

»Schlägt wie ein Spasti«, sagte Fortney. »Dem sollten sie ein Benefiz geben. Heute abend hockt er in der Kajüte, stiert, die Handflächen gehoben, in eine Kristallpyramide und hört dabei Yanni. Ich hab' bei Letterman Schimpansen gesehen, die besser angezogen waren als der.«

Leeds antwortete: »Bist ja bloß neidisch auf sein Boot. Und seine Klamotten, und vor allem auf seine Freundin.«

»Kein Scheiß«, meinte Fortney. »Dir entgeht aber auch nichts.«

»Das Problem mit dir ist, daß du ein sehr archaischer Mensch bist für einen, der noch gar nicht so alt ist«, sagte Leeds, der die Kleine beäugte, die ihn lächelnd ansah.

Fortney sagte: »Im August werde ich fünfundvierzig. *Dann* bin ich alt.«

»Du bist schon seit Jahren alt«, sagte Leeds. »Gib der modernen Welt eine Chance. Hast wahrscheinlich bei der letzten Wahl nicht republikanisch gewählt, weil die Gattin unseres Senatskandidaten New-Age-Priesterin ist. Hab' ich recht?«

Fortney antwortete: »Okay, dann sag mir mal, ob's auf dieser Welt einen größeren Quatsch gibt als New-Age-Musik, koffeinfreien Kaffee, alkoholfreies Bier und Ross Perot.«

»Du hast unseren Kandidaten nicht gewählt, stimmt's?« sagte Leeds hartnäckig. »Obwohl eine ganze Menge politische Führer Ehepartner mit 'ner Macke hatten. Abe Lincoln, zum Beispiel, Ferdinand Marcos, Nelson Mandela, Hillary Clinton.«

»Jetzt fängst du schon wieder an«, sagte Fortney. »Ich finde Willies Alte zufällig recht sexy. Wenn ich je 'n drittes Mal heiraten sollte, dann sollt's jemand wie Hillary Clinton sein, nur warmblütig.«

»Was hat dich denn an der Braut neulich abend in der Bar gestört?« wollte Leeds wissen. »Das Cuppie mit den schwarzen Haaren und den leicht angegrauten Wurzeln? Sie hatte ja nicht grade Hillarys füllige Lenden, aber was soll's.«

»Was ist denn ein Cuppie?«

»So nennen sie die America's Cup-Groupies«, sagte Leeds. »Cuppies.«

»An ihr hat mich überhaupt nichts gestört, außer daß sie älter war als der Cup.«

»Mir hat sie gesagt, sie wär' achtunddreißig.«

»Von wegen«, sagte Fortney. »Solltest du der mal das Miederhöschen ausziehen, dann zähl die Ringe und mach' mir Meldung, ob die achtunddreißig ist.«

Leeds beäugte eine langbeinige Braut, die sich auf dem Sitz eines Sieben-Meter-Wasserskiboots räkelte. Ihr Freund versuchte das Tempo auf das Limit zu drosseln, als er die Cops sah. »Bei mir werden keine Miederhöschen mehr ausgezogen«, sagte er. »Meine Ehe ist mir heilig wie Omas Schlüpfer.«

Fortney antwortete nicht. Er wußte, daß sein hübscher junger Kollege wenigstens zwei Abende die Woche in der kleinen Schwemme am Quivira Way die Übrigbleibsel der Aussies vernaschen ging, wenn die Segelprofis mal was anderes zu tun hatten, als sich um streunende Cuppies zu kümmern.

»Guck dir die an«, sagte Fortney plötzlich und drehte den Boston Whaler in Richtung eines gemieteten Bayliners, der am Crown Point auf Grund gelaufen war.

An Bord des festsitzenden Powerbootes befanden sich sechs Mitglieder einer schwarzen Jugendbande, alle in ihren Farben. Sie trugen übergroße Unterhemden oder Sweatshirts, und in ihre bauchigen Hosen hätte neben dem Arsch noch ein Kasten Starkbier gepaßt. Zwei der Typen hatten den Kopf rasiert, zwei trugen Strickmützen, alle trugen sie Basketballschuhe, nur zur Hälfte geschnürt. Sie gaben sich alle Mühe, wie richtig üble Kerle zu wirken, aber das ist nicht so einfach, wenn man im Wasser festsitzt und ein Strand voll weißer Teenager jolt und pfeift.

Das erste, was Fortney sagte, als er auf den Bayliner zutrieb, war: »Okay, meine Herren, wir sind hier, um zu helfen, aber zuerst mal ziehen wir die Dinger hier an.«

Leeds warf den jungen Gangstern sechs dußlig aussehende orangene Schwimmwesten zu. Sie sagten: »Scheiße, wir sollen die Dinger da anziehen? Da saufen wir lieber ab, Mann!«

»Sicherheit geht vor, wenn wir eine unserer heldenhaften Rettungsaktionen abziehen«, erwiderte Leeds.

Die Bandenmitglieder blickten wütend auf die Teenager am Strand, die sie lauter heruntermachten denn je, und als die Cops die mit Schwimmwesten bewehrte Gang schließlich zum Bootsverleih zurückschleppten, fing sich Fortney einen bitterbösen Blick vom Verdrossensten des Haufens ein, einem Kerl mit Hightop und Knubbeln obendrauf.

Also sagte Fortney ihm: »Ich weiß, wie das ist, Mann. Ist verdammt schwer, in diesen beknackten Scheißjacken auf Schau zu machen. Irgendwie sieht man damit wie 'n Plastikhütchen von 'ner Baustelle aus.«

Spät am selben Samstagnachmittag hatte Serenity Jones ihre Körperfülle zum Einweichen in die Wanne geparkt und verschlang zu Keksen mit Schokoknispern Amerikas Lieblingsrevolverblatt, als sie auf ihrem Handy einen Anruf bekam.

Sie nahm beim dritten Klingeln wie gewöhnlich ab und war überrascht, die vertraute Stimme von Nummer 63 zu hören.

»Richten Sie doch bitte der Rothaarigen aus, daß wir uns heute abend woanders treffen«, sagte er ihr. »Bitten Sie sie, auf mich um acht zu warten. Ecke Rosecrans Shelter Island Drive in Point Loma. Ich parke in der Nähe der Kreuzung.«

»Dufte, Baby«, sagte Serenity. »Ich seh' zu, daß sie's erfährt. Sonst noch was?«

»Nein«, sagte er, »das ist alles.«

Auch Blaze Duvall war überrascht, daß Nummer 63 den Ort ihres Tête-à-têtes änderte. Es war das erste Mal. Nummer 63 war ausgesprochen anal, steif und berechenbar. Einmal hatte er ihr erzählt, er trage selten eine Krawatte, die er nicht aus einem bestimmten Katalog per Post bestellt hatte. Einige dieser Krawatten kämen auf hundert Dollar, aber sie seien es wegen ihrer »absoluten Zuverlässigkeit« unbedingt wert. Blaze hatte sich damals gefragt, was ein Schlips haben mußte, um »absolut zuverlässig« zu sein, hatte Nummer 63 dann aber lieber nicht gefragt.

Jetzt fragte sie sich, warum er sich wohl mit ihr in seinem Wagen treffen wollte. Offensichtlich wollte er sie irgendwohin mitnehmen. Sie hoffte inbrünstig, er wäre nicht in Stimmung für ein richtiges Date! Bei Kunden seines Alters kam das schon mal vor. Statt Massage und einmal schnell Französisch im Motelzimmer war ihnen plötzlich nach einem sentimentalen Abendessen bei Kerzenschein. Blaze mußte ihnen dann mit sanfter Bestimmtheit klarmachen, daß eine Massage weit weniger Zeit in Anspruch nehme als ein Essen, so angenehm ein solcher Abend auch sei. Und daß sie einfach nicht die Zeit hätte, wo sie den lieben langen Tag als therapeutische Masseurin in der Praxis eines Arztes arbeitete, der auf Schmerzbekämpfung durch Massage und Akupunktur spezialisiert war.

Was natürlich alles Krampf war. Blaze hatte alles, was sie über Massagen wußte, aus Leihvideos und einer Broschüre gelernt, die sie in einer halben Stunde durchgehabt hatte. Aber die Kundschaft wollte nun mal glauben, daß sie ein Diplom hatte und die »Extras« nur machte, weil eine »echte Sympathie« zwischen ihnen bestand. Daß eine so offensichtlich intelligente junge Frau die besonderen Bedürfnisse sah, die Ehefrauen oder Freundinnen einfach nicht befriedigen konnten. Ihre Kunden waren schnell dabei, Blaze zu versichern, daß ihre die erste »Massage dieser Art« sei und sie sie überhaupt nur auf Empfehlung eines »ausgesprochen feinen Massagesalons« hin kontaktiert hätten, dessen Kundschaft ausschließlich aus Geschäftsleuten aus dem Zentrum bestand.

Als wenn Blaze Duvall das interessiert hätte. Außerdem war der Massagesalon im »Zentrum« nicht im Zentrum, sondern am El Cajon Boulevard in der Nähe vom North Park, wo der Boulevard über zehn Blocks entlang von Nutten bevölkert war, und das Tag und Nacht. Den Salon leitete ein alter Spezi von Serenity Jones, der vielversprechende Kunden an Serenity verwies, wenn sie etwas »Besonderes« wollten, was man im Salon aus Angst vor einem Überraschungsbesuch der Sitte nicht zu tun wagte.

Blaze zog sich für den Termin so an, wie Nummer 63 seine Frauen gern sah: tadellos. Das hatte er ihr bei ihrem ersten Treff schon gesagt. Sie entschied sich für ein kariertes Jackett und lange Hose, Leinen und Wolle, beide in neutralen Beigetönen. Darunter trug sie eine langärmelige cremefarbene Baumwollbluse, und dazu natürlich vernünftige Pumps. Das würde ihm gefallen.

Sie hatte nicht den geringsten Zweifel daran, daß er einen blauen Blazer tragen würde, graue oder braune Hose, leichte Slipper dazu. Da Samstagabend war, käme dazu ein weißes oder blaues Anzughemd und eine seiner Hundert-Dollar-Krawatten, die er als »Clubkrawatte« bezeichnete.

Blaze hoffte, daß er nicht »richtig« mit ihr ausgehen wollte. Diese Episoden konnten so was von gefühlsduselig werden. Sie mußte einen Augenblick überlegen, ob er ihren gelben Mustang kannte. Er war immer bereits vor ihr in dem Motelzimmer, und sie gingen niemals zusammen weg. Was sollte es, war schließlich sein Problem. Schließlich hatte er den Treff an die gottverdammte Straßenecke verlegt.

Während sie durch die Dämmerung nach Point Loma fuhr, beschloß sie ihm, statt langatmig zu erklären, warum sie nicht mit ihm essen gehen könnte, lieber gleich im Wagen einen zu blasen. Dawn würde das tun. Aber dafür wanderten die Dawn Coyotes dieser Welt auch oft in den Knast, wurden zusammengeschlagen oder gar umgebracht, weil sie ihren Job im Auto machten. Manchmal sogar von Freiern, mit denen sie ihr Geschäft anderswo problemlos erledigt hatten. Es gab eine Menge ungeklärte Morde an Prostituierten in San Diego – wie in jeder anderen Stadt auch.

Als Blaze eintraf, erspähte sie ihn vom Fleck weg hinterm Steuer eines zehn Jahre alten roten Cadillac Seville; nervös fummelte er an seiner Clubkrawatte herum.

Er sah sie und winkte schüchtern.

Als sie neben seinem Wagen hielt, bildete er mit den Lippen die Worte »Folgen Sie mir« und fuhr, die Führung übernehmend, davon. Es ging stadtauswärts Richtung Marinebasis, dann nach La Playa, dem teuren Teil von Point Loma, wo sie nie gewesen war.

In einer ruhigen Wohngegend gleich hinter der Rosecrans

fuhr er rechts ran, und Blaze hielt hinter ihm. Er lehnte sich aus dem Fenster und machte ihr Zeichen, den Wagen abzuschließen, also stieg sie aus; ihre Strandtasche mit Puder, Ölen und anderem Handwerkszeug nahm sie mit.

»Ich nehme Sie mit nach Hause, Blaze«, sagte er und hielt ihr die Tür des Cadillac auf. »Ich habe etwas Wichtiges mit Ihnen zu besprechen.«

»Okay«, sagte sie mit ihrem strahlendsten Lächeln, aber irgendwie schwante ihr nichts Gutes dabei.

Während der Cadillac im Slalom auf engen Straßen auf den Gipfel zufuhr, fiel nicht ein Wort. Das war schwer einzuschätzen, aber sie spürte, daß Nummer 63 harmlos war, ein sehr schüchterner, höflicher älterer Herr.

Es beruhigte sie, daran zurückzudenken, wie sie ihm vor sieben Monaten, beim Beginn ihrer Beziehung, gesagt hatte, es sei besser für beide, keinen Namen zu benutzen, nur eine Nummer für seine Anrufe, und zwar eine, die er nicht vergaß.

»Dreiundsechzig«, hatte er auf der Stelle gesagt, ohne Kommentar zu seiner Wahl.

Sie hatte sie sich, ohne etwas zu sagen, notiert. Aber bei einer Gelegenheit, als er sich nach einer Massage im Bad duschte, hatte sie in seine Brieftasche gespitzt und seinen richtigen Namen und seine Adresse erfahren. In ihrem Geschäft konnte man nie wissen, wann eine solche Information nützlich sein könnte.

Sie hatte sich ein Kichern verkneifen müssen, als sie sein Geburtsdatum las. Ausgesprochen berechenbar. Er war dreiundsechzig.

# 3

Die Wände des Büros waren popelgrün, wie das bei Polizeiwachen so ist. Alles andere, einschließlich der Schreibtische und Aktenschränke, war schleimgrau. Der »Inneneinrichter« hatte einen Hauch von »Nouvelle Cop«, wie die Beamten von der Sitte es nannten, hinzugefügt: einen florlosen popelgrünen Teppich, auf dem jeder Kaffeefleck zu sehen war, bis er einer Tarnplane aus dem Golfkrieg gleichsah. Wenn er Risse bekam, wurden sie von den Polizisten mit grauem Isolierband geklebt.

»Ist doch nicht zu fassen!« sagte Officer Rita Mason, als sie an jenem Abend mit Letch Boggs zusammentraf. Er saß allein in seinem Büro bei der Sitte, die Füße auf dem Tisch, und war damit beschäftigt, worin er unschlagbar war.

Letch guckte ein beschlagnahmtes Video. Darin räkelte sich, zu einem Song von Madonna, eine nackte Frau auf dem Bett. Und plagte sich ab, eine kleine Boa in ihre Vagina einzuführen, mit dem Schwanz zuerst.

Letch hatte Rita Mason nicht hereinkommen hören. Völlig versunken kaute er auf einem seiner grauenhaften Tomaten-Knoblauch-Sandwiches, die er von zu Hause mitnahm. Unter dem Tisch sah sie eine Flasche Pepsi stehen, zweifelsohne auch von daheim. Der Hamster mit dem lüsternen Grinsen war als Pfennigfuchser bekannt; an Getränkeautomaten ging er nicht ran. Wie gewöhnlich trug er eines seiner geschmacklosen Hawaiihemden, diesmal eines mit den häßlichsten Flamingos der Welt, die wie Schildkröten auf Stelzen aussahen.

Schließlich bemerkte Letch Rita hinter sich, die für einen weiteren Abend auf Freierfang aufgemöpst war: leuchtend grüne Satinshorts, kniehohe grüne Plastikstiefel mit Stilettabsätzen, ein durchsichtiges weißes Hemd, darüber ein paillettenbesetztes Jäckchen. Das Haar aufgeplustert toupiert – sie fand sich einfach grauenhaft.

Letch dagegen fand sie umwerfend. Er stand auf Frauen mit vollen Hüften. Mit dem für ihn typischen geilen Grinsen sagte er: »Mensch, Rita, siehst ja sagenhaft aus!«

»Wie sollte ich auch nicht?« antwortete sie. »Wo mir sechzehn Kerle beigebracht haben, wie man zur Schlampe wird? Alles, was dem Outfit noch abgeht, sind Neonröhren. Wie kommst du denn wieder dazu, dir diesen Mist anzusehen? Schämst du dich denn gar nicht?« Und gab sich die Antwort selbst: »Blöde Frage.«

»Ich seh' mir doch bloß die Tapete an, Rita«, sagte Letch. »Ich glaube, ich weiß, wo das aufgenommen wurde. In einem Motel am Midway Drive.«

Rita bedachte den ewig spitzen Kerl von der Sitte mit einem höhnischen Blick. »Aha. Und was ist mit dem Schlangerich? Erkennst du den auch?«

»Ich glaube, der arbeitet unten beim Bürgermeister, bin mir aber nicht sicher.« Letch zermalmte die letzte der Knoblauchzehen zwischen den Nagerzähnen und sagte: »Los, Schlange, du schaffst es!«

»Du bist so krank im Kopf!« sagte Rita. »Ich kann's kaum erwarten, wieder zur Funkstreife zu kommen, wo ich mich bloß mit netten sauberen Stechereien und Schüssen aus fahrenden Autos herumschlagen muß.«

Letch seufzte und stellte den Fernseher ab. »Okay, Rita, an die Arbeit. Wenn ich hier noch länger zuseh', dann leg' ich noch Hand an mich.«

»Du bist wirklich ein ekelhafter alter Perversling!« sagte Rita ernsthaft. Dann sah sie sich die Pepsiflasche auf dem Boden näher an. »Wieso ist 'n die Pepsi gelb?«

Worauf Letch nicht antwortete.

»Was ist in der Flasche, verflucht noch mal?« wollte Rita wissen. »Ist es, was ich denke?«

»In einer Stierkampfarena in Tijuana hätten sie mehr Mitgefühl mit mir als du«, meinte Letch brummig, während er Dienstwaffe, Handschellen und Taschenlampe zusammensuchte. »Meine Prostata ist keine Haselnuß mehr. Ich bin dreiundfünfzig, und es ist hier eine Ewigkeit bis aufs Klo. Und außerdem wollte ich die beste Szene nicht versäumen, weißt du, wo die Schlange so diesen dußligen Ausdruck auf der Reptilienvisage kriegt und sagt: ›Kleines, ich sag' das nicht, weil ich besoffen bin, ich mag dich echt.‹ *Die* Szene.«

Rita Mason wurde blaß um die Nase. »Ich warte im Auto auf dich. Nimm verdammt noch mal die Flasche und schütt' sie ins Klo!«

Während sie in ihren hochhackigen Stiefeln den Flur hinabstakte, hörte sie Letch etwas vom Abgang eines Nierensteins murmeln – größer als Alcatraz.

Als sie in Letchs Dienstwagen, einem braunen Camaro, auf den El Cajon Boulevard zuhielten, wo der Treff mit zwei anderen Teams von der Sitte vereinbart war, die sich auf die Frequenz des Senders in Ritas BH einschalten würden, sagte Letch: »Kennst du eine Nutte namens Dawn Coyote? Junkie? Spillerige Blondine? Hat ständig den Flattermann?«

»Gesehen hab' ich so eine«, sagte Rita. »Wieso?«

»Ich versuche seit einiger Zeit ihren Alten dranzukriegen, Oliver Mantleberry, einen Luden. Wie ich höre, nimmt sie, wenn sie zu Hause Probleme mit Oliver hat – sprich, wenn er sie wieder mal grün und blau geschlagen hat – ihr Baby mit auf den Strich. Und wie ich gehört habe, hat er sie gestern abend zusammengeschlagen.«

»Was macht sie denn mit dem Baby?«

»Laut einem Spitzel bringt sie es in dem Motel unter, das wir letzten Monat haben hochgehen lassen. Das Dream Scene?«

»Wie alt ist das Kleine denn?«

»Alt genug, um auf sich selbst aufzupassen«, sagte Letch. »So zirka zehn Monate, denke ich.«

»Herrgott«, sagte Rita. »Also echt, eine Messerstecherei, Schüsse aus dem fahrenden Wagen, alles, nur nicht diesen Scheiß bei der Sitte!«

»Na jedenfalls«, meinte Letch, »während du da draußen zum Anbeißen aussiehst und dir jede Menge Angebote von geilen Freiern einfängst, halte doch Ausschau nach Dawn, ja? Wenn du sie siehst, sag's einfach ins Mikro. Sag' mir, wo sie ist, was sie macht. Und sag mir, wenn du einen schwarzen Luden im weißen Jaguar den Boulevard langjuckeln siehst.«

»Noch vier Wochen.« Rita seufzte. »Dann komm' ich hier raus.«

»Ich hab' mal 'ne Nutte aus einem Massagesalon gekannt, die sah haargenau aus wie du«, sagte Letch, und zog die graubraunen Brauen hoch, die wie langliegende Streifenhörnchen aussahen. »Hat mir eine Massage mit Gummihandschuhen verpaßt, bevor ich sie hoppgenommen habe. Wenn ich heute in einem Supermarkt Küchenhandschuhe sehe, wächst mir jedesmal eine Riesenlatte. Schon mal dran gedacht, einem Typ 'ne Massage zu geben?«

»Sicher, Letch«, sagte sie, »solang' ich was andres als Öl nehmen kann.«

»Spucke?«

»Gemahlenes Glas.«

»Mensch, du wirst mir fehlen, Rita«, sagte Letch verträumt.

Verächtlich antwortete sie: »Du mir auch, Letch. Wie Anwälte und Vaginalwarzen. Oder eine Schlange in der Strumpfhose.«

Während Rita Mason sich anschickte, die Sexangebote geiler Freier entgegenzunehmen, damit die auf der Lauer liegenden Kollegen von der Sitte sie hoppnehmen konnten, betrat Blaze Duvall an der Steilküste von Point Loma das Haus von Nummer 63, die sie bei früheren Treffs »Jeremy« genannt hatte. Seit der heimlichen Durchsuchung seiner Brieftasche wußte sie, daß er ein gewisser Ambrose Willis Lutterworth Jr. war.

»Das Haus ist nichts Besonderes«, sagte er, als er das Licht im Wohnzimmer anmachte und hinter ihnen die Haustür abschloß.

»Toll!« Blaze war überwältigt von dem atemberaubenden Blick aus dem Panoramafenster. Um diese Zeit hing ein steigender Mond über den blinkenden Bürohochhäusern am Strand; der Himmel und der spiegelglatte Hafen lagen lavendelfarben im schwindenden Licht.

Ambrose Lutterworth lachte nervös. »Wie man in der Immobilienbranche so sagt: Die Lage ist alles. Das Haus ist schlecht gebaut und wertlos, aber der Grund ist um so mehr wert. Ist sogar ein Doppelgrundstück.«

Blaze stellte ihre blaue Strandtasche auf dem Sofa ab und gab vor, das Mobiliar zu bewundern, während sie sich in Wirklichkeit nur vergewisserte, ob nicht jemand in einer der unheimlichen kleinen Nischen lauerte.

»Kann ich Ihnen etwas anbieten, Blaze?« fragte er. »Wir hatten ja in unseren Motelzimmern noch nie Gelegenheit, ein Gläschen zu trinken.«

»Sicher. Weißwein, wenn Sie welchen haben.«

»Ich habe eine Flasche im Kühlschrank«, sagte er. »Machen Sie es sich bequem.«

Nachdem er in der Küche verschwunden war, spähte Blaze in das kleine Büro gleich neben dem Wohnzimmer. Das ganze Haus war picobello. Auf dem Schreibtisch lag eine Reihe Bleistifte, Nummer 2, in perfekter Formation, alle gleich lang.

Als sie die Tür des Kühlschranks aufgehen hörte, riskierte sie einige Schritte in den Flur, um in einen Raum zu spähen, der wie das Schlafzimmer einer alten Dame aussah. Ein Spitzenzierdeckchen lag auf dem abgewetzten Lesesessel, auf dem Lampentischchen daneben eine Spitzendecke, schneeweiß und gestärkt. Ein Doppelbett mit Baldachin, wie aus einer modrigen Filmkulisse.

Blaze eilte zurück in das ordentliche Wohnzimmer, bevor er wiederkam, und als er ihr ein Kristallglas reichte, brachte sie ein Lächeln zustande.

Er schenkte sich selbst ein und wies dann auf das lederne Chesterfield-Sofa. »Setzen Sie sich doch, Blaze. Hier, wo sich die Aussicht genießen läßt. Wenn in der ganzen Stadt die Lichter angehen, ist es sehr schön. Einer der Gründe, warum ich noch nicht verkauft habe. Mir würden die Lichter der Stadt fehlen.«

Blaze nippte am Wein. »Sehr gut. Chardonnay?«

»Ganz richtig, Blaze«, sagte er. »Sie sind offensichtlich eine junge Frau von Welt mit Sinn für die schöneren Dinge. Ich habe vom ersten Augenblick an gewußt, daß Sie was Besonderes sind.«

Jetzt kommt es. *Ich möchte Sie näher kennenlernen, Blaze. Ich bin einsam, Blaze. Vielleicht könnten wir hin und wieder zusammen ausgehen. Vielleicht ...*

Er unterbrach ihre Gedanken: »Ich gebe Ihnen Gelegenheit, etwas Geld zu verdienen. *Viel* Geld. Ich möchte Ihnen ein geschäftliches Angebot machen.«

Mit einem niedlichen, aber verführerischen Lächeln antwortete Blaze: »Wie Dumbo sagen würde: Ich bin ganz Ohr.«

»Zunächst einmal«, sagte er, »ich heiße nicht Jeremy. Ich heiße Ambrose. Ambrose Lutterworth.«

»Tja, ich verstehe ja, daß man vorsichtig sein muß.«

»Ich frage mich, ob Sie wohl wirklich Blaze heißen?«

»Ich heiße wirklich so.«

»Paßt zu Ihnen. Diese wunderschöne rote Mähne.«

»Danke ... Ambrose.«

»Schon besser. Schön, Sie meinen richtigen Namen sagen zu hören.«

Sie warf einen diskreten Blick auf ihre Uhr und sagte: »Ich fürchte, ich habe nicht sehr viel Zeit, Ambrose.«

»Machen Sie sich keine Sorgen wegen der Zeit, Blaze«, sagte

er. »Ich möchte den ganzen Abend. Sie bekommen fünfhundert Dollar für heute abend, ob Sie mein Geschäft nun annehmen oder nicht. Ist das in Ordnung?«

»Ich gehöre ganz Ihnen«, sagte sie mit einem mädchenhaften Grinsen, das die zarten Sommersprossen auf ihrer Nase zur Geltung brachte. »Für den Abend.«

»Zuerst würde ich Ihnen gern etwas über mich erzählen. Ich bin ein begeisterter Segler. Segeln Sie?«

»Hab's nie versucht.«

»Ich hatte früher eine Zehn-Meter-Slup«, sagte Ambrose. »Mußte sie aber verkaufen, als der Immobilienmarkt zusammenbrach. Ich bin Makler, wissen Sie.«

Für fünfhundert würde sie es ertragen, also knöpfte sie die Jacke auf und nippte noch mal an ihrem Glas. Wenigstens war der Wein gut – besser als sie ihn sich leisten konnte.

Officer Rita Mason richtete an diesem Samstagabend eine Menge Schaden bei der männlichen Libido an. Noch bevor sie eine Stunde draußen war, hatte sie drei Autofreier aus dem Verkehr gezogen. Auf dem El Cajon Boulevard war an diesem Abend mächtig was los, und die geilen Freier umkreisten die Nutten wie kleine Satelliten im Orbit. Und je intensiver sie kreisten, desto mehr gerieten sie in Fahrt. Nicht einer von ihnen kam auf die Idee, daß die stramme Kleine in den quietschgrünen Shorts Polizistin sein könnte. Aber so richtig schockiert waren sie, als sie merkten, daß die Bullen bei Verstößen gegen den Unzuchtparagraphen keine Knöllchen mehr ausstellten – der Freier ging direkt in den Bau.

Einer von ihnen wurde, während er Rita in seinem Wagen an der Ecke Ohio Street herunterzuhandeln versuchte, so scharf, daß er gleich die Hand in die Hose schob. Rita schätzte ihn auf einen von den Scheißkerlen, die die Huren zu prellen versuchten, indem es ihnen bloß vom Quatschen in die schweißnasse Hand kam. Er fummelte noch immer an sich herum, als ein blauer Olds mit zwei schnurrbärtigen Cops quietschend neben seinem Wagen zum Stehen kam.

Sein Blick glitt in Richtung des Wagens von der Sitte, dann wieder zurück zu Rita. »Wollen die meinen Wagen klauen?« rief er.

»Ganz ruhig, Schatz«, sagte Rita. »Dein Hobel ist denen wurscht. Und hör auf, an dem Kleinen rumzuzupfen. Du bist verhaftet.«

Nachdem das Team von der Sitte ihn auf den Rücksitz ihres Wagens verfrachtet hatte, bettelte er heulend, ihm nur ein Strafmandat auszustellen.

»Knöllchen sind nicht mehr«, informierte Rita ihn. »Für dich heißt es Bau, mein scharfer Hengst.«

Als er greinend darum bettelte, seine Frau nicht zu informieren, meine Rita fies: »Hat deine Familie vielleicht kein Recht darauf zu erfahren, daß du dir unbedingt AIDS holen willst?«

Ein blauer Lexus hielt einen Block von der Stelle, wo Rita Mason den heulenden Freier traktierte. Sie sah eine knochendürre Blondine aussteigen, in einem Rock, in den Rita noch nicht mal mit zwölf gepaßt hätte. Die Blonde bedankte sich bei dem Fahrer, schlenderte an die Kreuzung und wartete, das Täschchen an den Schenkel gedrückt, auf den nächsten.

Rita sprach in ihren BH: »Letch, ich glaube, ich hab' die Kleine, die dich interessiert. Ecke Dreißigste.«

Dann ging sie wieder zu dem Wagen von der Sitte zurück, wo der in Tränen aufgelöste Freier sie anschrie: »Sie können mich nicht verhaften! Sie haben mich angelogen!«

Worauf Rita antwortete: »Ich wüßte nicht, wo geschrieben steht, daß ich dir meinen richtigen Job sagen müßte.«

Darauf heulte der Freier: »Sie können mich nicht verhaften! Ich muß meine Kinder von den Pfadfindern abholen!«

Worauf Rita antwortete: »Ich werd' deine Frau anrufen, damit sie sie abholt. Soll sie auf dem Heimweg noch eine Pizza mitnehmen?«

Letch Boggs beobachtete, wie Dawn Coyote an diesem Abend noch zwei Kunden auflas. Dawn war zu ausgebufft, um sich beschatten zu lassen, aber Letch sah, daß sie beide Freier in die Gegend des Dream Scene Motels brachte, das einem Perser gehörte, den sie erst zwei Monate zuvor verhaftet hatten.

Daß sie die Unkosten eines Motelzimmers auf sich nahm, war an sich schon verdächtig. Meistens nahmen Straßenhuren ihre Freier nur an einen sicheren Ort mit, zum Beispiel die Tiefgarage eines Wohnblocks, wenn gerade ein Tor offenstand.

Die Cracknutten, die ein Stück den Boulevard hinauf standen, bliesen ihren Freiern gleich im nächsten Eingang einen, nur um an ein bißchen Crack zu kommen; Dawn dagegen machte es ihren Freiern lieber auf dem ruhigen Parkplatz einer Kirche in North Park. Manchmal kam dort zu Dawns Blasmusik noch die Orgel im Hintergrund dazu.

Letch meinte den persischen Motelbesitzer, als er zu seinem Partner sagte: »Paar von diesen Kameltreibern lernen's auch nie.«

Westbrook, sein Partner für den Abend, war ein stämmiger bärtiger Cop, dessen Mutter eine Muslime aus dem Libanon war. Er hielt den Mund.

Als Dawn nach Abfertigung ihres zweiten Freiers aus dem Motelzimmer kam, ging sie nicht zurück auf den Boulevard, sondern direkt von der Nummer 4 im Erdgeschoß nach oben zur Nummer 13. Sie war zehn Minuten in der Nummer 13, bevor sie herauskam, um wieder an die Arbeit zu gehen.

Als sie wieder auf dem Boulevard stand, traten Letch und Westbrook ins Büro des Motels, wo der Perser sich *American Gladiators* ansah. Er war etwa in Letchs Alter, aber kleiner und dicker, und sein Kragen war vor Schuppen ganz weiß. Seine Schneidezähne waren mit Goldkronen bestückt, und das Muster der fettgefüllten Poren auf seiner fleischigen Nase glich einer Landkarte.

Er erkannte Letch sofort und sagte: »Guten Abend, Officer!

Sie kommen, um sich das Meldebuch anzusehen, ja? Bitte, bedienen Sie sich! Darf ich eine Limonade anbieten? Eine Tasse Tee? Oder–«

»Den Schlüssel zu Nummer 13«, sagte Letch.

»Nummer dreizehn!« Der Perser wurde blaß. »Was gibt es denn? Was?«

»Sie können auch darauf warten, bis ich mit Dawn Coyote drüber rede, daß Sie ihr heut' abend ein Stundenbett vermietet haben. Wieder mal. Ohne sie im Meldebuch einzutragen. Ein Verstoß gegen die Stadtverordnung.«

»Officer!« Der Perser drückte die Hände aneinander wie zum Gebet. »Bitte! Wer ist schon perfekt? Ich war nicht da, als das Zimmer vermietet wurde. Ich war für meine Mutter beten, in der Moschee. Ich muß Sie bei allem Respekt fragen, ob Sie einen Durchsuchungsbefehl haben.«

»Sie haben das Recht zu schweigen«, sagte Letch. »Sie haben das Recht–«

»Warten Sie! Warten Sie!« flehte der Perser. »Wenn ich Ihnen erlaube, in die Nummer 13 zu gehen …«

»Dann können Sie weiter *American Gladiators* gucken, und alles ist vergeben und vergessen. Für dieses Mal.«

Der Perser langte unter die Theke und reichte Letch einen Schlüssel.

»*Allah ahkbar,*« sagte Letch zu seinem Partner. »Gott ist groß. Manchmal.«

»Ich war nie gern Makler«, sagte Ambrose, während Blaze ein Gähnen unterdrückte.

Das dritte Glas Wein hatte sie so entspannt, daß sie kurz vor dem Einnicken war. Sie kämpfte gegen ihre Müdigkeit an und lächelte höflich, als er ihr aus der zweiten Flasche nachgoß.

Sorgfältig wischte er mit einer Damastserviette den Flaschenmund ab. Als ein Tropfen auf dem alten Walnußcouchtisch landete, tupfte er ihn sofort ab und polierte die Stelle dann mit der trockenen Hälfte nach.

Seinen Blazer hatte er inzwischen ebenso ausgezogen wie sie ihre Jacke. Die Clubkrawatte hatte er freilich noch nicht gelockert; und er war weit davon entfernt, ihr zu sagen, worum es ihm ging. Blaze war sicher, daß sie die fünfhundert Mäuse so oder so bekommen würde.

»Die meisten von uns haben Jobs, an denen ihnen nichts liegt«, sagte sie.

»Natürlich«, sagte Ambrose. »Ich bin sicher, daß Sie an Ihrem nichts finden.«

»Zuweilen doch«, sagte Blaze und bemühte sich verführerisch zu lächeln, obwohl ihr die Augen fast zufielen. »Wie jetzt.«

»Das ist nett von Ihnen«, sagte er und nippte an seinem Wein. »Ich weiß, es muß schwer für Sie sein, so alten Knackern wie mir Erleichterung zu verschaffen.«

»Sie sind nicht alt, Ambrose«, sagte Blaze. »Wie alt sind Sie, fünfzig? Höchstens fünfundfünfzig.«

»Sie würden staunen«, sagte er und lächelte erfreut. »Ich versuche in Form zu bleiben, durch Tennis, und dann laufe ich zweimal die Woche am Strand.«

»Sie sind wirklich fit«, sagte Blaze. »Ich sollte es wissen. Schließlich hatte ich Sie oft genug unter meinen Händen.« Wieder ein kokettes Lächeln. Und dann: »Meinen Sie, wir könnten zum Geschäft kommen?«

»Selbstverständlich. Wenn mir jemand *simpática* ist, schweife ich manchmal ab. Ich bin etwas einsam, um die Wahrheit zu sagen.«

»Das kann ich gar nicht glauben«, sagte Blaze. »Ein gutaussehender Mann wie Sie?«

»Eine meiner Leidenschaften ist Cribbage. Ich gehöre einem Cribbageclub an. Spielen Sie auch?«

»Nein.«

Ganz unvermittelt sagte er: »Was wissen Sie über den America's Cup?«

Blaze sah ihn ausdruckslos an. »Hat mit Segeln zu tun, stimmt's?«

»Die größte Regatta der Welt. Und ich … ich bin der Verwahrer des Cup.«

Die Ankündigung hatte keine Wirkung.

Er begann wieder abzuschweifen und sagte: »Ich war nur ein ganz gewöhnliches Mitglied des Yachtclubs, genauso wie mein Vater, der ein erfolgreicher Bauunternehmer war, bis er einige Fehlinvestitionen tätigte. In dieser Branche ist man entweder oben oder nichts. Wahrscheinlich der Grund, weshalb ich die Finger davon gelassen habe. Ich bin nur angestellt, bei einem Makler am Ort.«

»Ich bin sicher, Sie sind gut.« Wegen des Weins nuschelte sie.

»Als Dennis Conner den Australiern siebenundachtzig den Cup unter der Schirmherrschaft des San Diego Yachtclubs wieder abgejagt hat, veränderte sich mein Leben. Drastisch. Dramatisch.«

Blaze streifte die Schuhe ab, zog die Füße unter sich ein und machte sich auf einen langen Abend gefaßt. »Erzählen Sie's mir, Ambrose.«

»Das ist nicht so leicht zu erklären. Ich habe damals zur Miete gewohnt. Ich meine, ich habe im Lauf der Jahre, als mein Vater noch lebte, immer wieder mal hier im Haus gewohnt und sogar später mit meiner Mutter. Und ich habe eine Menge kleiner unternehmerischer Geschäfte hinter mir. Im Yachtclub hört man ja so dies oder jenes, aber so richtig geklappt hat es nicht. Bis wir den Cup bekamen.«

»Kriegen Sie denn so viel bezahlt als …«

»Verwahrer des Cup? Gott, nein! Ich mache das ehrenhalber, außer einem Gehalt, wenn wir zusammen verreisen, der Cup und ich.«

»Bei Ihnen hört es sich an, als wäre der Cup eine Person«, sagte Blaze.

Er musterte sie, dann sagte er: »Das ist eine interessante Bemerkung, Blaze. Ich glaube, ich habe mir die Richtige ausgesucht, mir zu helfen. Sie sind ausgesprochen *simpática.*«

Dawn Coyote war entzückt, als sie sah, daß ihr dritter Kunde dieses Abends ein Schnellspritzer war, was ihr eine Menge Arbeit und Zeit sparte. »Frühstarter« nannte sie sie.

Während er sich im Bad unter vielen Entschuldigungen säuberte, war sie bereits aus der Tür und rannte hinauf zum Zimmer Nummer 13. Sie schloß auf, eilte in den Raum und blieb wie vom Donner gerührt stehen. Gegen die Tür zum Bad gelehnt, stand ein bärtiger Typ mit einem Stecker im Ohr, ein Bulle von der Sitte, der sie ein halbes Jahr zuvor hatte hoppsgehen lassen. Und auf dem Bett saß, ihren neun Monate alten Billy im Arm, Letch Boggs, mit seinem Rattengrinsen, und machte *dutzi-dutzi-dutzi* mit ihrem Kind.

»Er mag seinen Onkel Letch«, sagte der alte Hase von der Sitte.

Zehn Minuten später war es Dawn, die bäuchlings auf dem Bett lag, und sich die Augen ausheulte. Letch saß neben ihr; er spielte noch immer mit dem Baby, das langsam quengelig wurde, nachdem es Letchs komisches Gesicht nicht mehr lustig fand.

»So ist's recht, Mädel«, sagte Letch. »Laß alles raus. Fühlst dich viel, viel besser danach.«

Als sie sich aufsetzte, waren ihre Lippen schwarz vor Mascara. Sie stürzte ins Bad und schloß die Tür. Die Polizisten hörten sie ein paarmal würgen.

»Die braucht 'n Schuß«, sagte Westbrook. »Auf was ist sie denn, Heroin?«

»Speedballs«, sagte Letch. »Unser Kleiner hier wird über kurz oder lang Waise sein.«

Als Dawn wieder auftauchte, war ihr Make-up verschwunden, was ihr das Aussehen eines magersüchtigen Schulmädchens gab. Ihr linkes Auge war grün und blau, und ihre Oberlippe war geschwollen.

»Ich hab' ihn erst vor 'n paar Minuten hergebracht«, sagte Dawn schluchzend. »Ich konnte einfach keinen auftreiben, der ihn mir für heut' abend nimmt. Meine ... meine Mitbewohnerin hat mich mir nichts, dir nichts auf die Straße gesetzt.«

»Ziemlich übles Veilchen hast du da«, sagte Letch. »Hat Oliver dir die Faust aufs Auge gesetzt?«

»Was für 'n Oliver?« sagte Dawn.

»Irgendwelche besonderen Anweisungen für Polinskys Kinderzentrum?«

»Was ist das denn?«

»Der Laden, wo wir das Zuckerbübchen hier hinbringen, wenn wir dich wegen Kindesgefährdung einbuchten.«

»Ich hab' ihn doch bloß 'n paar Minuten allein gelassen!« heulte Dawn.

»Das kannst du denen vom Jugendamt erzählen«, sagte Westbrook. »Und wir sagen denen auch gleich, daß du mit zwei Freiern in einer Absteige warst. Und daß der Kleine hier das eine Mal eine halbe und das zweite Mal gleich eine Dreiviertelstunde allein war. Allein in einem Motel für Amüsiermatratzen.«

Dawn Coyote saß auf dem Boden neben dem Bett und schluchzte so heftig, daß sie schier keine Luft mehr bekam.

»Du hyperventilierst«, sagte Westbrook, wegen ihrer schmerzvollen Schluchzer besorgt. »Und von mir kriegst du keine Mund-zu-Mund-Beatmung, wenn du uns hier umkippst.«

Dawn rappelte sich auf die Knie und sagte: »Ich mach' alles! Soll ich's Ihnen machen? Ich mach's Ihnen beiden – jetzt gleich!«

»Du träumst wohl«, sagte Westbrook, der sich einen Stuhl vor das Fenster zog. »Noch nicht mal Letch hier ist derart geil.«

Letch zeigte sein Hamstergrinsen, und Westbrook fügte hinzu: »Vielleicht ja doch.«

»Ich mach' alles!« sagte Dawn zu Letch. Der legte sich das glucksende Baby auf seinen Bauch. Der Kleine hatte dieselben großen blauen Augen wie Dawn und griff mit kleinen Patschhändchen nach seiner Mutter.

Aber Letch sagte: »Nicht anfassen, bis wir uns einig sind.«

»Alles!« sagte sie. »Alles, was Sie wollen!«

»Wir machen eine Anzeige, in der steht, daß Oliver Mantleberry dich seit einem Jahr auf den Strich schickt, dir das Geld wegnimmt und dich einstampft, wenn's ihm nicht reicht. Du rufst Oliver morgen an, wir hören mit, um beweisen zu können, daß er ein Lude ist. Und dann sagst du vor Gericht gegen ihn aus.«

»Der bringt mich doch um!« sagte Dawn. »Ihr habt ja keine Ahnung! Er bringt mich um!«

»Das ist dein Problem«, sagte Letch. »Ich rate dir, irgendwo hinzugehen, wo er dich nicht finden kann. Am besten in eine andere Stadt. Zum Prozeß kommst du zurück. Ich sorge schon dafür, daß dir keiner was tut. Wenn du mich anzuscheißen versuchst, gehe ich schnurstracks zur Fürsorge – zusätzlich zum Haftbefehl.«

»Lassen Sie mich Ihnen jemand anders verpfeifen!« sagte Dawn. Sie überlegte einen Augenblick und sagte dann: »Ich kann Ihnen ein Mädchen geben, das Massagen auf Abruf macht. Sie heißt Blaze Duvall. Sie wohnt im Mission Valley oben in den Hügeln. Von der wissen Sie nichts. Ich verpfeif' sie! Sie hat ihren Anrufbeantworter in meiner Wohnung. Ich lass' Sie jederzeit in Ihre Anrufe reinhören. Lassen Sie mich die verpfeifen statt Oliver, okay?«

»Du kannst sie und Oliver verpfeifen«, sagte Westbrook. »Wie heißt sie? Blaze was?«

Letch sagte: »Wir wollen Oliver Mantleberry. Punkt. Mit Masseusen hab' ich nicht viel am Hut.« Dann schaltete er sein

Computergedächtnis an und sagte: »Diese Wohnung in den Hügeln? Das ist nicht zufällig Nummer 2A, oder?«

»Woher wissen Sie das?« Dawn verschlug es den Atem. »Woher konnten Sie das wissen?«

Letch grinste und drückte das unruhige Kind seiner Mutter in die Arme.

Westbrook sagte: »Frag nicht. Er ist der Shadow, er weiß so was einfach. Der Shadow weiß alles.«

»Können Sie sich vorstellen, wie das mein Leben verändert hat?« fragte Ambrose Blaze zum dritten Mal – falls sie mitzählte.

»Ich kann's nur ahnen«, sagte sie und beschloß, sich nicht mehr nachschenken zu lassen. Sie wurde langsam blau.

»Ich bin rund um die Welt gereist, und das nicht als Tourist, sondern als Verwahrer des Cup. Ich bin mit Königen zusammengekommen. Ich werde Ihnen bei Gelegenheit mal von Prinzessin Anne erzählen. Die Nettigkeit in Person. Überhaupt nicht königlich, ein richtiger Mensch. Fürst Rainier dagegen fand ich dafür um so königlicher.«

Sie hatte gerade genug Alkohol im Blut, um langsam ärgerlich zu werden, etwas, was sie sonst bei Kunden vermied. »Kommen wir zum Geschäftlichen, Ambrose. Wie wär's?«

»Ich möchte Verwahrer des Cup bleiben«, sagte er. »Ich möchte nicht, daß das schon zu Ende ist. Noch nicht.«

»Das ist für Sie was Geschäftliches?«

Sie schob sich ein Zierkissen ins Kreuz. Eine der Sofafedern stand kurz vor dem Durchbruch. Blaze wollte nach Hause.

»Schenken Sie sich doch nach«, sagte er. »Ich bin gleich wieder da.«

Wider besseres Wissen goß sie sich noch ein halbes Glas ein, womit sie die zweite Flasche leerte. Blaze dachte, er sei wohl aufs Klo gegangen. Typen seines Alters waren ständig am Laufen. Prostataprobleme, sagten sie, als wenn sie das nicht wüßte.

Sie hatte schließlich schon so einige von den Dingern massiert. Blaze Duvall schätzte, sie gäbe wohl einen passablen Urologen ab, falls die Prostata in diese Fachrichtung fiel. Die meisten ihrer Kunden bewunderten ihre langen anmutigen Finger. Natürlich hielt sie die Nägel entsprechend kurz.

Als Ambrose wiederkam, hatte er einen Ordner voller Papiere, Fotos und Zeitungsausschnitte dabei. Aufgeschlagen legte er ihn auf den Tisch.

»Sehen Sie«, sagte er und deutete auf das Zeitungsbild einer zerstörten Yacht.

»Ja?«

»Das ist eine America's Cup-Yacht. Gehörte den Franzosen, die dann auch noch Probleme mit ihrem zweiten Boot hatten. Das andere verlor den Kiel und kippte um wie ein harpunierter Wal.«

»Und?« Blaze blickte auf das Foto, dann wieder auf Ambrose, der endlich die Krawatte gelockert hatte.

»Ich kann nicht mit Sicherheit sagen, wer Verteidiger wird, aber ich weiß, wer ihn herausfordern wird: die Neuseeländer. Die Kiwis. Und die sind das Gegenteil des französischen Syndikats. Geschäftsleute durch und durch. Effizient und professionell bis zur Skrupellosigkeit. Sie haben zwei schnelle Boote. Und keiner der amerikanischen Herausforderer kann auch nur eins davon schlagen.«

»Was Sie nicht sagen.«

»Die Kiwis haben ihre NZL zweiunddreißig und achtunddreißig. 1987 haben sie bei den Ausscheidungsrennen achtunddreißig Siege bei nur einer Niederlage herausgesegelt, verloren dann aber vier zu eins gegen Dennis Conner und seine *Stars and Stripes*. 1992 waren die Kiwis einen Sieg von der Herausforderung entfernt, verloren aber vier zu null gegen die Italiener. Sie sind diesmal mächtig scharf und haben sich geschworen, daß das nicht noch einmal passiert.«

»Schön, Ambrose«, sagte Blaze, mit ihrer Geduld am Ende.

»Unser Geschäft hat was mit dem America's Cup zu tun. Worum zum Teufel geht's denn nun?«

»Es ist folgendes: Die Zweiunddreißiger der Kiwis ist besser, viel besser als die Achtunddreißiger. Gegen die Zweiunddreißiger hat der Verteidiger keine Chance. Aber gegen die Achtunddreißiger, sogar eine gute. Ich habe meine Hausaufgaben gemacht. Meine Beziehungen sind gut genug für brauchbare Informationen. Ich spüre einfach, daß die Achtunddreißiger zu schlagen ist.«

»Und was genau erwarten Sie dabei von mir?«

»Sie sollen mir helfen. Es ist keinerlei persönliches Risiko dabei, wohlgemerkt, aber ich will nichts Geringeres als die Zerstörung der Zweiunddreißiger. Dann müssen die Kiwis im Finale die Achtunddreißiger segeln, und ich denke die kann unser Verteidiger schlagen.«

»Und wie sollte ich Ihnen helfen können, ein Boot kaputtzumachen?« fragte Blaze. Der Kerl hatte einen Sparren zuviel! Eine spinnerte alte Niete, dessen ganzes Leben sich um eine dußlige Trophäe drehte.

»Die Kiwis haben sieben sogenannte Designer in ihrem Syndikat«, fuhr Ambrose fort. »Segel- und Rumpfdesigner, Designer eigens für den Kiel sowie Analytiker. Dazu kommt ein Meteorologe. Sie scheuen keine Mühe, dafür zu sorgen, nur loyale, zuverlässige und engagierte Leute im Syndikat zu haben. Sie haben sogar ihren eigenen Kranführer dabei.«

Bei allem Zynismus fand Blaze langsam, aber sicher nun doch etwas Interesse daran. Er guckte so ernst drein und war dabei stocknüchtern, ganz im Gegensatz zu ihr. »Die werden doch wohl Wachleute bei dem Boot haben«, sagte sie.

»Die Italiener hatten das letzte Mal fünfzehn! Und ein Dutzend Monitore. Sogar Hunde. Die Kiwis haben nur zwei Leute, aber die sind von der Polizei. Richtige Polizisten. Sie haben sie mit von Auckland herübergebracht, wo die neuseeländische Polizei sie beurlaubt hat. Ihr Lager ist also gut bewacht.«

»Ich hoffe, Sie sagen jetzt nicht, Sie denken, daß ich mich an einen von denen ranmachen kann?«

»Unmöglich«, sagte Ambrose. »Für diese Leute ist es eine Frage des Nationalstolzes, den Cup zu gewinnen, wir Amerikaner können uns das gar nicht vorstellen. Auckland trägt den Beinamen Stadt der Segel, weil es dort mehr Segelboote als Autos gibt. Schon während der Ausscheidungsrennen um die Herausforderung überträgt ihr größter Fernsehsender jeden Abend eine halbe Stunde live. Aber ihre Planung hat einen schwachen Punkt. Wie jede andere auch. So ein Boot kann schlicht und ergreifend fallen, wenn man es zu Wasser läßt oder wieder heraus, und das macht man fast jeden Tag. Ihr Boot kann genauso fallen wie das französische. Man bringt es praktisch auf die gleiche Art und Weise zu Wasser, entweder per Kran oder Travellift. So ein Kranführer kann einen Fehler machen. Es ist den Franzosen passiert, es kann auch den Kiwis passieren.«

»Als Kranführer habe ich nicht viel drauf«, sagte Blaze. Am liebsten hätte sie ihm gesagt, die einzigen Maschinen, mit denen sie umgehen konnte, liefen mit Batterie: Zahnbürste und Vibrator, letzterer für die Kundschaft, nicht für sich selbst. Statt dessen fügte sie hinzu: »Sie wollen den Typ bestechen, der das Boot hebt, oder?«

Ambrose lächelte: »Sie sind wirklich eine gescheite junge Frau, Blaze. Sie sind auf der richtigen Spur.«

»Was denn nun? Nun sagen Sie schon, Ambrose!«

»Ich will den neuseeländischen Kranführer, den Mann im Travellift, na ja, außer Gefecht setzen. Und zwar am letzten Tag der Rennen um die Herausforderung, wenn sie gegen die Aussies segeln. Wenn sie kurz davor sind, die Konkurrenz fertigzumachen. Sie sollen ihren Kranführer aus heiterem Himmel ersetzen müssen. Damit sind sie gezwungen, sich an den Bootslagerplatz zu wenden, auf dem sie sich eingemietet haben.«

Blaze versuchte den Mund zu halten. Dieser Kerl war so was von anal, bei ihm mußte einfach alles der Reihe nach gehen. Trotzdem, sie konnte nicht umhin, ihn zu fragen: »Kennen Sie denn den Typ von dem Lagerplatz?«

Ambrose nickte. »Sie haben dort drei Kranführer, aber einer davon ist der Bruder einer Amerikanerin, die einen der Kiwi-Segler geheiratet hat. Er ist derjenige, an den sie sich, so plötzlich wie das kommt, wenden werden, weil er der Schwager eines Neuseeländers ist und zudem sehr erfahren. Außerdem hat er schon während der letzten Regatta für einige Rennsyndikate gearbeitet. Ich war selbst Kunde dieses Lagerplatzes. Er hat mein Segelboot zigmal aus dem Wasser geholt. Ich weiß, er ist der Mann, der den Job bekommt.«

»Sie wollen damit sagen, daß dem neuseeländischen Kranführer etwas passiert.«

»Genau.«

»Und was?«

»Ich möchte, daß Sie ihn kennenlernen. Ich weiß, wo er und die anderen Kiwis diesen Donnerstagabend sind. Wo sie jeden Donnerstagabend sind: bei der AC/DC-Party.«

»Bei der was?«

»America's Cup Drinking Club. Einmal pro Woche gibt abwechselnd eine Bar in der Stadt eine Party. Niemand weiß bis zum Morgen des betreffenden Tages, wo sie stattfindet, erst dann nämlich schickt der Organisator jedem Syndikat ein Fax. Der Kranführer wird dabei sein, und, falls Sie meinen Vorschlag annehmen, auch Sie. Er wird sich nicht zweimal bitten lassen, mit einer Frau wie Ihnen einen zu heben. Wer würde das schon?«

»Und dann?«

»Noch nichts. Sie trinken etwas mit ihm. Sie lernen sich kennen. Sie freunden sich an. Wichtig ist, daß Sie dort sind, wo immer er am Abend vor dem Tag ist, an dem sie die Herausforderung unter Dach und Fach bringen.«

»Was sollte ich denn tun, um ihn, na ja, außer Gefecht zu setzen?«

»Sie geben ihm ein Medikament in sein Steinlager.«

»In sein was?«

»Das ist das neuseeländische Bier, das sie sponsort. Ihr Weihwasser. Sie trinken es alle. Das Medikament stammt noch aus den letzten Tagen meiner Mutter. Es wird ihm nicht wirklich schaden, aber er wird tags darauf nicht in der Verfassung sein, aufzustehen, um den Travellift zu bedienen. Die Kiwis werden in Panik geraten. Sie müssen jemanden um Hilfe bitten.«

»Und den Ersatzkranführer wollen Sie bestechen, stimmt's?«

»Ich hoffe, daß Sie das erledigen. Darum dreht sich mein geschäftlicher Vorschlag. Sie sollen sich mit Simon Cooke einig werden. Dem Kranführer.«

»Warum ich?«

»Ich kenne Simon Cooke. Mag die Frauen, hebt gern einen, fährt für sein Leben gern nach Tijuana, um beim Jai Alai zu setzen. Redet gern. Er ist der perfekte Kandidat für einen Handel mit einer schönen Frau. Wenn er Ihnen erst einmal traut.«

»Augenblick mal!« sagte Blaze, etwas nüchterner jetzt. »Ich soll mich an diesen Simon heranmachen, ja? Ihn kennenlernen? Was Sie damit meinen, kann ich mir vorstellen. Und ihn dann fragen, ob er nicht das neuseeländische Boot fallen läßt? Auf den Boden?« Sie setzte sich auf und starrte auf das Foto der französischen Slup, deren Kiel durch den Rumpf stak.

»Ja«, sagte Ambrose. »Für zehntausend Dollar. Das ist eine Menge Bares für einen Knaben mit fünfzehn Dollar die Stunde. Steuerfrei. Ich weiß, daß er's tut.«

»Wer wird ihn noch einstellen, wenn er ein Boot fallen läßt?«

»Dem fällt schon was ein, worauf er es schieben kann. Eine Ausrede, weshalb es nicht seine Schuld war. So etwas läßt sich immer schwer beweisen.«

»Warum machen Sie dem Typ das Angebot dann nicht selbst?«

»Ich will mit der Geschichte so wenig wie möglich zu tun haben. Wissen Sie, was die mit mir machen, wenn man mich mit einem Komplott gegen ein Boot der Herausforderer in Verbindung bringt?«

»Ja«, sagte Blaze. »Dasselbe wie mit mir. Man steckt Sie ins Gefängnis.«

»Das wäre das wenigste«, sagte Ambrose. »Mein Ruf, ja mein Leben wäre ... dahin. Ich möchte gar nicht dran denken. Nein, ich kann mich nicht direkt an Simon Cooke wenden. Keiner darf je von mir erfahren.«

»Und was ist für mich drin bei diesem ... Geschäft?«

»So gut wie alles, was ich auf der Welt habe«, sagte Ambrose Lutterworth. »Fünfzehntausend Dollar. Die Ersparnisse meines Lebens. Meine Rente, könnte man sagen. Sie bekommen alles, wenn Sie Simon Cooke überreden können. Und wenn er es tut.«

»Und Sie bekommen ...?«

»Den Cup. Ich bleibe wenigstens für vier weitere Jahre Verwahrer des Cup. Wer weiß? Vielleicht sogar für viel länger.«

»Das ist ziemlich verrückt«, sagte Blaze. »Ich muß darüber nachdenken.«

»Wir haben nicht viel Zeit«, sagte Ambrose. »Das letzte Rennen zwischen Kiwis und Aussies ist in nur drei Wochen. Davor ist noch eine Menge zu tun.«

Blaze sagte: »Angenommen, ich könnte dem Typ aus Neuseeland eine Schlaftablette verpassen. Wie können Sie sicher sein, daß die Simon Cooke und niemanden anderen anstellen? Und was, wenn er kneift? Was kriege ich für den Versuch?«

»Sie bekommen fünftausend, ob Simon nun anbeißt oder nicht. Ob er es macht oder nicht. Sie wissen jetzt alles über mich. Sie können mir genauso vertrauen wie ich Ihnen. Ich weiß, Simon wird Sie nicht abweisen. Ich habe meine Hausaufgaben gemacht, Blaze. Das klappt.«

»Wieso haben Sie mich genommen, Ambrose?«

»Ich habe darauf gewartet«, sagte er, »daß den Kiwis ein Unglück passiert wie allen anderen auch. Ein Boot ist abgestürzt. Ein anderes gesunken. Ein Kiel ist abgebrochen, nachdem ihn eine besonders schlimme Welle erwischt hat. Eines der Lager wurde sogar von einem Minitornado verwüstet. Eines nebeligen Tages wäre fast ein Flugzeugträger in die Rennstrecke gekreuzt. Aber den verdammten Booten der Neuseeländer ist auch nicht das geringste passiert! Ich kann es mir nicht leisten, noch länger zu warten. Ich muß etwas tun. Die Idee kam mir vor einigen Tagen.«

»Wieso ich?«

»Weil Sie«, sagte er, »klug sind, schön und diskret. Und Sie sind die einzige – der einzige Mensch, den ich in meinem ganzen Leben kennengelernt habe, der außerhalb des Gesetzes arbeitet.«

»Was ich mache ist lediglich ein Vergehen, falls man mich erwischt«, sagte sie. »Was Sie da vorschlagen ist ein schweres Verbrechen.«

»Illegal ist beides«, sagte er. »Es gibt in meinem Leben sonst niemanden, der es machen kann.«

»Ich werd' drüber schlafen«, sagte sie. »Und für heute abend kriege ich fünfhundert. Richtig?«

»Natürlich. Ich habe mir nur überlegt.«

»Was?«

»Ob Sie mir wohl noch rasch, na ja, eine Massage geben könnten?«

»Okay«, sagte Blaze. »Im Schlafzimmer?«

»Haben Sie die Wärmesalbe mitgebracht?« wollte Ambrose wissen.

Zehn Minuten später lag Ambrose Lutterworth nackt auf den beiden großen Strandlaken, die Blaze Duvall über das Doppelbett gebreitet hatte. Sie stand neben dem Bett und drückte sich etwas Icy Hot in die Hand. Sie war nackt bis auf den schwarzen Slip. Blaze lächelte professionell, als sie die Salbe über seine Pobacken verteilte und dann sachte die Muskeln zu kneten begann.

»Das ist wunderbar, Blaze!« sagte er. »Einfach wunderbar! Sie haben herrliche Hände!«

Blaze warf einen Blick in ihre Tasche, fürchtete schon, sie hätte die Kondome vergessen, aber nein, da war noch ein Päckchen neben dem Spielzeug, das ihre Kundschaft so verlangte: eine Feder zum Kitzeln der Hoden, ein Dildo mit Vibrator zur rektalen Stimulation. Spielsachen.

»Dreh dich um, Schatz«, sagte sie in dem Versuch, es hinter sich zu bringen, damit sie endlich nach Hause, zum Nachdenken, kam.

»Nein, das ist diesmal nicht nötig«, sagte Ambrose. »Gib bitte nur einfach noch etwas Salbe drauf.«

Dann brauchte sie dem verrückten alten Kerl wenigstens keinen zu blasen.

Während sie Icy Hot in die Haut rieb, immer darauf bedacht, damit nicht an empfindliches Gewebe zu kommen, sagte er: »Blaze, rück' die Lampe etwas nach rechts, bitte, ja?«

Sie tat es und sah, daß das Licht der Lampe jetzt auf ein gerahmtes Foto auf der Kommode schien. Auf diesem stand Ambrose an einem ausländischen Hafen, zusammen mit einer jungen Frau im weißen Kleid.

»Cap d'Antibes«, erklärte er. »Nur ein Mädchen, das ich am Meer stehen sah. Ich habe sie gefragt, ob sie sich mit mir fotografieren lassen wollte. Kennst du Südfrankreich?«

»Nein«, sagte Blaze und bearbeitete die rechte Hinterbacke so kräftig, daß er entzückt aufstöhnte – sie war die temperamentvolle Gepardin, die sich, ihr warmer Atem auf seiner Haut, schnurrend an ihm rieb.

Dann sagte er: »Es liegt zwischen Nizza und Cannes. Nachdem ich die Bilder hatte machen lassen, bin ich auf mein Hotelzimmer gegangen und habe mich nackt auf dem Balkon gesonnt. Es spielte überhaupt keine Rolle, ob die Leute auf der anderen Seite mich sahen oder nicht. In Südfrankreich macht man sich über so was keine Gedanken.« Dann sagte er: »Blaze, ich würde mich gern auf die Seite drehen, aber bitte nicht aufhören, ja?«

Wegen des Weins kam sie langsam ins Schwitzen. Sie hatte Schweißperlen auf der Oberlippe und einen grübelnden Zug um den sinnlichen Mund.

Sie hielt inne, um ihn sich auf die Seite drehen zu lassen; die wäßrigen blauen Augen richteten sich nach oben auf das Bild, seine Brauen bekamen silberne Sprenkel im Licht. Als sie ihn wieder zu massieren begann, sagte er: »Der Cup stand während meines Sonnenbads neben mir auf dem Balkon. Ich habe ihn auf einen Stuhl gestellt und betrachtet. Die Sonne brachte das Silber zum Funkeln, und die Strahlen auf meinem bloßen Hintern waren heiß, sehr heiß. Es war mir egal, ob ich mir einen Sonnenbrand holte. Es war mir alles egal. Ich glaube nicht, daß ich jemals so im Reinen mit mir gewesen bin. So zufrieden mit meinem Leben. So absolut selig.«

Dann überraschte Ambrose Lutterworth Blaze Duvall, indem er nach unten griff und seinen Penis zu streicheln begann.

Blaze lächelte ermutigend, aber er sah sie gar nicht an. Nicht einen Augenblick nahm er den Blick von dem Bild. Im nächsten Moment schon war er steif und ließ das Foto nicht aus den Augen, bis er fertig war.

Das ist ja nun wirklich die Härte, dachte Blaze, als Ambrose Lutterworth noch einmal diesen außergewöhnlichen Augenblick seines Lebens durchlebte: ein Sonnenbad auf dem Balkon eines Hotels in Cap d'Antibes, buchstäblich im Glanz des America's Cup, der ältesten Sporttrophäe der Welt.

Oder, wie Blaze es später Dawn Coyote erklärte: »Fünfhundert Mücken dafür zuzugucken, wie so ein Loser sich einen von der Palme lockt, während er in Erinnerungen schwelgt. Und ich mach' ihm dabei Feuer unterm Arsch.«

# 4

Am Morgen des 6. April, einem Donnerstag, teilte man den am 29. America's Cup beteiligten Syndikaten per Fax mit, wo sich an diesem Abend der America's Cup Drinking Club zusammenfand, das allwöchentliche Gelage der tüchtigen Segler, für die das Turnier auf dem Wasser am kommenden Montag erst richtig begann. Vom 10. bis 22. April würde eine Serie von Rennen über den Sieg im Citizen Cup entscheiden und damit über den Anspruch, den America's Cup zu verteidigen, und das unter der Schirmherrschaft des San Diego Yachtclubs (oder unter dem »Stander«, wie der Erkennungswimpel hier hieß).

Unter den amerikanischen Syndikaten, die um den Citizen Cup kämpften, waren das Team Dennis Conner mit seiner Yacht *Stars and Stripes* sowie America 3 – auch »Amerika Hoch 3« genannt – mit *Mighty Mary*, auf der zum ersten Mal in der Geschichte des Cup eine komplette Damencrew stand. Das heißt, bis Syndikatschef Bill Koch kalte Füße bekam und den bärtigen Dave Dellbaugh als Taktiker dazunahm, was dazu führte, daß die *Mighty Mary* unter Regattabeobachtern zur »Mostly Mary« geworden war. Das dritte Syndikat im Rennen war Pact 95 mit seinem Boot *Young America*. Alle drei traten sie in dieser Runde gegeneinander an; es gab Punkte für den Sieg, Bonuspunkte für den Sieg in der Zwischenqualifikation und selbst einen Bonuspunkt dafür, von dreien noch auf Platz zwei zu landen. Es war ein perfektes Punktesystem für einen esoterischen Sport, der die drei Syndikate 67 Millionen Dollar kosten würde. Kein Mensch außerhalb der Seglergemeinde verstand es, und selbst letztere stand größtenteils davor wie der Ochse vorm Berg.

In der Schlacht um den Louis-Vuitton-Cup, in der der Herausforderer ermittelt wurde und die der Beste aus neun Rennen gewann, war das Team oneAustralia mit *AUS-31* das letzte noch verbleibende australische Boot, nachdem *AUS-35* während des vierten Rennens gesunken war. Ihr Budget für die Regatta wurde auf 33 Millionen geschätzt. Der zweite Herausforderer im Louis-Vuitton-Finale war das Team Neuseeland, der diesjährige America's Cup-Favorit. Ihre Achtunddreißiger hatte hintereinander dreiundzwanzig Durchgänge gewonnen, die ältere Zweiunddreißiger bei den Zwischenausscheidungen neun von neun. Die meisten Beobachter waren der Ansicht, die beiden Rümpfe seien gleich schnell und, egal von welchem Team, nicht zu schlagen. *Black Magic* nannten die Kiwis ihre den Konkurrenten Furcht einflößende Slup.

Selbstverständlich riefen die Segler noch am Donnerstagmorgen, gleich nach Eingang der supergeheimen Faxe – die das Bekanntwerden des Austragungsortes der AC/DC-Soireen unter Eindringlingen und Groupies verhindern sollten –, jeden spendablen Eindringling, jedes Groupie an, das sie kannten, um ihnen zu sagen, in welche Schwemme es ging.

Es gab unweit der Syndikatslager mehrere Restaurants am Hafen, die die allwöchentlichen Feten veranstalteten, und sie glichen sich alle sehr. Es waren Restaurant-Bars mit dunkler Täfelung, Seemannsdekor, falschen Kaminen und bei der Kfz-Zulassungsstelle ausgebildeter Belegschaft. Alle servierten sie genießbaren Fisch und Steaks, gebackene Kartoffeln, Steinlager für Kiwis, Foster's für Aussies. Und man konnte sein Boot darauf verwetten, daß die Gemüsebeilage aus Zucchini, Blumenkohl oder Broccoli oder einer Kombination aus ihnen bestand – billiges Grünzeug wie überall in einer Stadt, die ihren Ruf nicht eben ihrer Küche verdankt. Das zweite, worauf man in jedem Restaurant der Stadt zählen konnte, war der Salat Caesar, vor Jahrzehnten von einem italienischen Koch in Caesar's Hotel in Tijuana kreiert. Er war in diesem Landstrich so allgegenwärtig wie Schimmel in feuchter Hitze, obwohl ihn niemand richtig machte, sprich mit pochiertem Ei.

Fortney und Leeds hatten am Donnerstag morgen im Lager der Aussies im Quivira Basin vorbeigeschaut und versprochen, sich den hundert anderen Segelnarren anzuschließen, die den Austragungsort des Besäufnisses eigentlich gar nicht kennen sollten. Das Lager von Team New Zealand dagegen lag am Shelter Island Drive, im Hafen von San Diego, unweit des Yachtclubs, in dem, das Geschehen im Auge, der Verwahrer des Cup Ambrose Lutterworth saß. Mit Besuchern im Lager hatten die Kiwis, Polizeimarke hin oder her, nichts am Hut.

Bis Fortney und Leeds an jenem Abend aus dem Dienst und zum Restaurant kamen, war das Cup-Gelage bereits in vollem Gang. Beide Cops waren in Jeans und Tennisschuhen. Fortney, der sich seines zunehmenden Bauchs bewußt war, hatte über das bedruckte Speedo-T-Shirt ein verwaschenes, offenes Freizeithemd angezogen. Leeds, durchtrainiert und stolz auf seine Brustmuskeln, trat trotz der frischen Abendluft nur im Unterhemd an. Entsprechend sauer war er, als er das Schild ZUTRITT NUR IN SCHUHEN. KEINE UNTERHEMDEN an der Tür sah. Was im Hafen von San Diego schon als Obergrenze der Vornehmheit galt.

Leeds mußte zurück zum Wagen, um seine schwarze Windjacke zu holen, und maulte während der ganzen ersten Runde von Drinks, ihm würde San Diego langsam zu »haute couture« – wenn er in Pension ging, würde er nach Maui ziehen.

Ein Aussie neben ihm an der Bar sagte: »Komm doch ins Land von Oz, Sportsfreund. In Perth kannst du im Lendenschurz rumlaufen, Herrgott noch mal, und kein Aas interessiert's.«

Um halb neun war es so voll, daß man sich kaum noch kratzen konnte, und der Lärmpegel lag nur minimal unter dem des nahegelegenen Lindbergh Field. Die Cuppies, viele von ihnen in teurer Markensegelkluft, übertrafen zahlenmäßig Segler und Möchtegerns bei weitem.

Ein munteres kanadisches Cuppie an der Bar erklärte den

beiden Polizisten, wenn sie ihren Hocker aufgäben, um aufs Klo zu gehen, wäre er mit Sicherheit bei ihrer Rückkehr besetzt. Verlangten sie ihn zurück, bekämen sie ihn vielleicht wieder, wenn der Besetzer ein Kiwi war. Die Kiwis, so meinte sie, seien etwas gesetzter, in etwa so wie die Kanadier. Wäre der Besetzer jedoch ein Aussie, dann schrieb man seinen Hocker womöglich besser gleich ab. Die Aussies, sagte sie, seien nämlich eher wie Amis.

Schnappte sich ein Cuppie den verwaisten Hocker, so zog man selbstverständlich nur lächelnd ein paar Plätze die Bar hinauf. Als Cuppie wurde man bevorzugt behandelt und bekam zu trinken, soviel man vertrug. Sah eine besonders gut aus, hatte sie garantiert unter den Barbesuchern freie Wahl. Kaum ein Segler oder Möchtegern, der bei diesen Feten am Donnerstagabend mit Frau oder Freundin antrat.

»Wie wär's mit 'm Bier?« fragte Fortney zwei Cuppies, die eben gekommen waren. Eine von ihnen war ein Wuschelkopf mit einem so gewaltigen Vorbau, das er auf dem Tresen zu liegen kam.

Sie musterte ihn und lehnte ab. Er hatte hübsche Locken, auch wenn sie schon ins Grau spielten, aber er war nun mal nicht mehr der Jüngste, wenn man von gefeierten America's Cup-Seglern umgeben war, deren Durchschnittsalter bei dreiunddreißig lag. Ihre noch jüngere Freundin sah Fortney an, als hätte sie eine tote Maus in ihrem Martini entdeckt.

Er steckte auf und fragte Leeds: »Wie klappt's denn bei dir?«

»Wenn du bei den Hasen da landen willst, mußt du die Whitbread-Regatta gesegelt sein – rund um die Welt«, jammerte Leeds. »Vielleicht sollten wir mal probieren, sie ›Sheila‹ zu nennen, mit australischem Akzent.«

»Die wüßten doch sofort, daß wir nicht echt sind«, sagte Fortney. »So ohne Schwielen. Und die Bräune nicht salzig genug.«

»Dann fahren wir doch morgen mal weiter raus«, schlug Leeds vor. »Kreuzen ein bißchen die Wogen, daß uns ordentlich Möwenscheiße und Tang in die Schnauze knallt. Nächsten Donnerstag können wir dann sagen, wir sind Grinder in Conners Crew.«

Fortney wies durch die wimmelnde Bar und sagte: »Ruhigbleiben, altes Landrattenherz!«

Leeds drehte sich um und sagte: »Mann oh Mann!«

Ein Kiwi mit albinoblondem Bürstenschnitt und Schultern wie ein Rolls-Royce packte eines der Cuppies bei den Hüften und setzte es auf eine Ecke der Bar. Das Cuppie trug ein Ringel-T-Shirt mit einem blauen Anker am linken Arm, weiße Tennisschuhe, weiße Shorts. Ihre feurige lange Mähne fiel ihr erst über die eine, dann über die andere Schulter, wann immer sie den Kopf herumwarf, um mit einem aus der Seglermeute zu schäkern, die sie umgab. Ein Hauch von Sommersprossen bedeckte Beine und Nase; da sie unmittelbar unter einer der Lampen saß, waren sie deutlich zu sehen.

Sie schüttelte die Hände eifriger Segler, ließ sich von jedem den Namen sagen und was er auf der Yacht tat. Sie war nicht unbedingt eine Schönheit, aber sie hatte die tollste Figur, die Fortney in diesem April bisher gesehen hatte. Und draußen auf der Mission Bay hatte er viele gute gesehen.

»Ich hasse Segeln und Segler«, sagte Leeds. »Ich hab' noch nicht mal was mit Booten am Hut. Aber für die würd' ich segeln lernen. Navigieren. Den Kurs der Küstenwache würd' ich machen, Verdammt, ich würd' sogar zur Küstenwache gehen, wenn's das braucht! Nur um mit dem Cuppie da einen loszumachen – ein einziges Mal!«

»Vergiß es«, sagte Fortney. »Die hat 'n Auge auf das Untier geworfen, das sie auf den Tresen gehievt hat. Der mit dem Seidel in jeder Pranke. Ich glaub' nicht, daß deine Neunmillimeter auch für Flachlandgorillas taugt, was meinst du?«

»Die muß ich mir mal aus der Nähe ansehen«, sagte Leeds. »Halt mir den Platz frei.«

»Klar doch«, sagte Fortney. »Aber paß auf. Mit Bier beladen

hab' ich außer 'nem Laster noch nie was von der Größe gesehen.«

Fortneys junger Partner drückte sich durch die schwitzende Masse und schmiß dabei fast ein Tablett mit sechs Foster's vom Faß um, das eine verzweifelte Bedienung auf einer Hand balancierte, während sie mit der freien Hand Leute aus dem Weg schob. Als er sich dem Ende des langen Tresens näherte, lächelte er verträumt. Aus der Nähe war sie sogar noch besser.

»Noch einen Weißwein, Süße?« fragte der riesige Kiwi sie. Aus der Nähe sah er sogar noch größer aus.

Sie lächelte den Riesen an und sagte: »Würd' ich nicht nein sagen, Sportsfreund!« Und das mit ganz passablem neuseeländischen Akzent. Beifälliges Gemurmel unter den Seglern.

In ihrem Blick sah Leeds eine Mischung aus forschem Lächeln und geheimnisvollem Grinsen, spitzbübisch, voller Übermut. Er hatte nicht genug intus, um sich wirklich zu trauen, zog aber den Ehering von der Linken und steckte ihn an den Ringfinger rechts. »Junger Witwer«, sagte er für gewöhnlich, als wäre das den Bräuten, die er in der Mission Bay so aufgabelte, nicht scheißegal.

Als der große Kiwi Weinholen ging, sprang Leeds in die Bresche. »Hoppla!« sagte er, als er absichtlich an einen der sommersprossigen Schenkel stieß. »Sorry.«

Sie richtete das Lächeln an ihn und versuchte sich noch mal an dem Akzent: »Keine Bange, Sportsfreund. Bei welchem Team bist du denn?«

»Bei keinem«, sagte er. »Aber ich arbeitete auch auf 'nem Boot.«

Dann sagte ein Aussie auf der anderen Seite zu ihr: »Blaze! Blaze, mein Schatz! Sag Robbie hier, was du sagst, wenn dein Dartgegner dir den Pfeil von der Scheibe knallt.«

»Spitzenmäßiger Stich, Kamerad!« antwortete sie, und die australischen Segler taten brüllend ihren Beifall kund.

Der riesige Kiwi drängte sich wieder heran, mit Blazes Wein und einem Krug Faßbier für sich. »Prost, Schatz!«

Leeds dachte krampfhaft nach, wie er mit ihr ins Gespräch kommen könnte, aber Blaze spielte für die Segler. Sie sagte: »Mal sehen, ob ich das richtig verstanden habe, Robbie, du bist ein Großsegeltrimmer, stimmt's?«

Ein junger Aussie mit längerem sonnengebleichtem Haar sagte: »Stimmt genau, Blaze!«

»Das heißt, du gehst mit der Schere her und trimmst die weghängenden Fäden, richtig?«

Nachdem das Gelächter abgeebbt war, sagte er: »Gar nicht so einfach bei Carbonfasersegeln, aber was soll's. Mach weiter!«

»Okay«, sagte Blaze und schlug die herrlichen Beine in die andere Richtung übereinander. »Du, Matthew, du bist ein Fallenmann, stimmt's? Das heißt, du bist so 'ne Art Kindermädchen – daß abends auch alle in die Falle kommen!«

»Und vor allem nicht allein!« schrie Matthew mit einem ungenierten Blick auf Blazes kecken Ringelbusen. Pfiffe angeheiterter Segler erklangen.

»Was ist mit mir, Blaze? Hier, Blaze!« rief der jüngste der Segler und hob einen Krug Foster's.

»Du?« Blaze grinste ihn von der Seite an. »Der junge Wally? Du bist der Großschottrimmer. Du sorgst dafür, daß die Jungs keine zu großen Schoten abziehen. Was ist, Wally, selbst schon mal 'ne Schote gebracht, nur so aus Jux?«

Alles, was Blaze sagte, führte bei Aussies wie Kiwis zu hysterischen Ausbrüchen. Jetzt knufften sie den jungen Wally, der rot anlief, als Blaze die Lippen zu einem Küßchen in seine Richtung spitzte.

»Ich, Blaze! Ich!« schrien die Segler.

Der Wein hatte ihr das sonst so verläßliche Gedächtnis benebelt. »Laß mal sehen«, sagte sie. »Du bist Charlie. Und, laß mich überlegen, du bist der Mastmann. Das heißt, du paßt auf, daß sich der Mast nicht biegt, wenn Wally eure Schoten nicht trimmt! Hab' ich recht?«

»Zu mehr taugt er auch nicht, Blaze!« rief einer der Segler. »Als zum Masthalten.«

Sie drehte sich zu dem Mann um und sagte: »Du, Tony, du bist der Mann an der Winsch. Das heißt doch wohl, du winscht dir feste, daß euer Boot auch gewünnt.«

Blaze legte eine Pause ein und richtete einen ihrer langen grazilen Finger auf einen ausgesprochen athletischen Burschen, der fast genauso groß war wie der junge und nicht weniger hingerissen von ihr. »Kevin«, sagte sie. »Laß mich sehen ...«

»Bei mir bist du wohl mit deiner Weisheit am Ende«, sagte er. »Probier's trotzdem!«

Die Falten verschwanden, dann sagte sie grinsend: »Du bist ein Vorschiffsmann, hab' ich recht?«

»Aber was bedeutet das, Blaze?« fragte er. »Was hab' ich da zu tun?«

»Na, ist doch logisch«, sagte Blaze. »Du schwimmst vorm Schiff weg und paßt auf, daß ihr nicht aus Versehen einen Aussie überfahrt!«

Das lärmende Gelächter wurde von einem australischen Grinder unterbrochen, der sagte: »Überfahren, Blaze? Die kommen uns noch nicht mal nach!«

»Kann ich da meinen Dingo drauf wetten?« wollte Blaze wissen, und die Aussies jubelten los.

Es kam zu einer ausgiebigen Debatte darüber, wer ihr das nächste Glas Wein ausgeben durfte.

»Ich bin dran. Ich geb' ein' aus«, sagte einer.

»Glaubst du ja selber nicht!« sagte ein anderer.

»Sachte, Jungs, sachte«, sagte Blaze. »Ihr wollt mich doch nicht etwa betrunken machen, um das dann auszunutzen, oder?«

Was die Kerle lauter denn je jubeln ließ.

Wie Fliegen auf 'nem toten Hund. Hoffnungslos. Niedergeschlagen gesellte Leeds sich wieder zu seinem Partner.

Als er wieder neben ihm stand, sagte er zu Fortney: »Ist 'n bißchen haarig da drüben, wie sie auf der andren Seite der Welt sagen würden. Diese Typen sind ja gefährlicher als Kunstdünger.«

»Der baumgroße Kiwi da drüben könnte die Knochen von 'nem ausgewachsenen Cop als Zahnstocher nehmen«, fügte Fortney hinzu. »Streck das T-Shirt von dem von Schott zu Schott, und du kannst zu dritt drin pennen.«

»Aber was für 'ne Frau!« sagte Leeds mit einem letzten verzweifelten Blick über die Schulter auf Blaze Duvall.

Sie wandte sich an den riesenhaften Kiwi und sagte: »Und du, Miles, du segelst zwar nicht richtig mit, aber du hast den wichtigsten Job von allen. Wenn ich mich recht erinnere, bedienst du den Kran, der das Boot ins Wasser bringt, stimmt's?« Dann griff sie nach unten und drückte dem Kiwi die mächtige Schulter. »Das einzige, was ich mich dabei frage ist, wozu brauchst du da einen Kran?«

»Das kann sie laut sagen«, meinte Fortney zu seinem tiefbetrübten Partner. »Mit den Pranken bräuchte der Kerl beim Kajaken noch nicht einmal Paddel. Wenn der einen Handstand macht, hinterläßt er eine Spur wie 'n Schnabeltier.«

Ein anderer Kranführer, dieser ein gutes Stück kleiner als der Kiwi mit der Schnabeltierfährte, trank ein paar Häuser weiter in einer Schenke, die mit Unterhaltung »halb live« für sich warb. Es war eine der letzten Schwemmen in der Stadt, wo die Gäste noch rauchten, und genau deshalb ging er hin.

Simon Cooke war achtunddreißig und bediente Kräne und andere schwere Maschinen, seit er mit sechzehn die High School geschmissen hatte. Er rauchte wie eine britische Punkband und war wenigstens genauso unhygienisch, wenn nicht gar mehr. Die Trauerränder unter seinen Nägeln waren geradezu rekordverdächtig. Das mausgraue Haar trug er in einer Elvis-Tolle, die er mit Ladungen von Gel in Zaum hielt. Wenn er genug Geld hatte, trank er jeden Abend seine halbe Flasche Gin, und obwohl er alles vertilgte, was eigentlich wegen Cholesteringefahr einen Totenkopf auf der Verpackung haben sollte, blieb er spindeldürr.

Simons jüngste Schwester Dab war das genaue Gegenteil ihres Bruders und seit einem halben Jahr mit einem Segler verheiratet, der als Gast des Eigners mit dem neuseeländischen Team angereist war. Sie hatte vor, nach Abschluß der Regatta nach Auckland zu ziehen, und würde Simon keine Träne nachweinen, der ständig nur Geld von ihr schnorrte, das sie nie wieder sah.

Nachdem Simon seinen zweiten Gin Tonic getrunken und die sechste Zigarette geraucht hatte, bezahlte er den Barkeeper, legte fünfzig Cent Trinkgeld drauf, überlegte es sich dann anders und nahm sie wieder an sich; er beschloß, sich noch die zwei Minuten ans Steuer zu setzen und nach Shelter Island zu fahren, in eine der Bars, in denen es Cuppies gab. Das letzte Mal hatte einer der besoffenen Kumpane seines Schwagers einen Teller gefüllte Ofenkartoffeln mit fettigen Zwiebelringen mit ihm geteilt. Das Ganze mit fünf Steinlagern hinuntergespült – allein bei dem Gedanken an eine Wiederholung lief Simon das Wasser im Mund zusammen.

Auf Shelter Island angekommen, machte er *eene, meene, mu* und entschied sich dann einfach für den Laden, in dem am wenigsten los war. Er parkte seinen ramponierten Ford Escort, trat in das Restaurant und ergatterte zu seinem Glück einen Platz an der Bar. Er fand sich in einem Raum voller Yachttypen und Regattavolk wieder, aber keinen neuseeländischen Segler, den er erkannt hätte.

Den für diese Bar viel zu eleganten älteren Herrn, der direkt hinter ihm hereingekommen war und auf die Toilette zusteuerte, als Simon sich etwas zu trinken bestellte, bemerkte er gar nicht.

In einer viel volleren Bar auf der anderen Seite des Shelter Island Drive erzählte Blaze Duvall ihren versammelten Fans eben den zehnten Witz des Abends, als ihr Piepser sich meldete. Sie griff in ihre Handtasche und sah nach der Nummer.

»Okay, Sportsfreunde!« sagte sie den Seglern. »Macht mal Platz für Doktor Blaze. Die Klinik ruft. Ein Notoperation.«

Einer der Segler rief: »Was ist es denn, Blaze? Hämorrhoidenalarm?«

»Ach was, Stewart«, sagte sie. »Eine Beschneidung. Ich würd' dir ja gern eine machen, aber ich hab' gehört, da wär' nicht genug dran!«

Während die Segler Stewart glucksend auf die Schulter klopften, bahnte Blaze sich einen Weg durch die Menge zum Münztelefon und wählte die Nummer auf dem Piepser.

Ambrose meldete sich beim ersten Klingeln: »Hallo?«

»Ich bin's«, sagte sie. »Wo sind Sie?«

»Gegenüber. Ich folge ihm, seit er Feierabend gemacht hat. Erst hatte ich Angst, er würde nach Hause gehen, ist er aber nicht. Aber Sie beeilen sich trotzdem besser. Ich weiß nicht, ob er hier lange bleibt.«

»Okay«, sagte sie. »Ich habe Ihren Kran-Kiwi kennengelernt. Um genau zu sein, ich habe mich mit halb Neuseeland und ganz Australien angefreudet. Wird nicht leicht sein, hier wegzukommen.«

»Finden Sie heraus, wo sie Samstag abend in einer Woche sind«, schlug Ambrose vor. »Das wäre ein guter Zeitpunkt, ihre Freundschaft mit dem Kiwi zu festigen. Aber Simon Cooke ist wichtiger. Er ...«

Ambrose verstummte und drehte sich rasch um, als der Genannte in den Flur trat. Noch bevor er die Tür zur Toilette aufstieß, hatte er bereits die Finger am Hosenstall seiner schmutzigen Jeans.

»Was ist passiert?« fragte Blaze. »Was ist los?«

Schweigen. Dann ein Flüstern. »Das war er! Er kam eben auf

dem Weg zur Toilette an mir vorbei. Er trägt ein schmutzstarrendes blaues Sweatshirt. Er ist eher klein und mager. Dreckiges Haar mit viel Gel. Er sitzt rechts vom Eingang am Ende der Bar. Beeilen Sie sich!«

»Wie alt ist er?«

»Ist für mich nicht mehr so leicht zu sagen. So um die Vierzig.«

»Geben Sie mir ein paar Minuten, um mich für Samstag mit meinem anderen Kranführer zu verabreden«, sagte Blaze. »Sehen Sie zu, daß ihm der Barkeeper einen ausgibt.«

»Ich kann nicht riskieren, daß der Mann mich sieht«, sagte Ambrose. »Falls er geht, folge ich ihm zur nächsten Station und piepse Sie wieder an.«

Als Simon Cooke, eine Zigarette zwischen den Lippen, aus der Toilette kam, war Ambrose bereits fort. Der Kranführer griff in seine Tasche und holte eine Fünf-Dollar-Note heraus. Er sah sie traurig an. Seine letzte.

Es war kein Zufall, daß Leeds und Fortney zur gleichen Zeit gingen wie Blaze Duvall. Leeds war noch immer eingeschnappt wegen ihres mangelnden Interesses an ihm, aber Fortney meinte, sie sollten zum Essen vielleicht besser nach gegenüber gehen, weil in dem Laden sowieso keine Hoffnung bestand, etwas Unvergorenes auf den Teller zu kriegen. Außerdem wollte er sehen, ob sie im Stehen auch so gut aussah.

»Allerdings«, sagte er, als sie ihr die Treppe hinab folgten.

»Ich bin noch immer zu sauer, um hinzusehen«, sagte Leeds, tat es aber dann doch, sogar genauer als Fortney. »Hab' schon was Besseres gesehen dieses Jahr.«

»Du lügst doch«, sagte Fortney. »Und wie.«

»Zu viele Sommersprossen.«

»Ja, natürlich. Wie konnte ich die bloß übersehen!«

Als sie auf die Straße kamen, sahen sie zu ihrer Überraschung, daß sie nicht auf den Parkplatz zuhielt. Auf dem Weg über den Shelter Island Drive mußte sie den Autos ausweichen, in denen man für die langbeinige Rothaarige in weißen Shorts auf die Bremse sprang.

»Sie geht in denselben Laden wie wir!« sagte Fortney. »Willst du's noch mal probieren, oder stinkt's dir zu sehr?«

»Meine Bedürfnisse sind 'n Stück nach oben gerutscht«, sagte Leeds. »Ich eß' lieber was. Außerdem steht sie auf Säcke. So fett wie der Kiwi war, dem hättst du 'n ganzes Magazin reinjagen können, ohne was Wichtiges zu treffen.«

»Freut mich, daß du über sie hinweg bist«, sagte Fortney. »Meiner Ansicht nach hat sie wenigstens zwei Gramm Zellulitis an den Schenkeln. Hast du's gemerkt, als du 'n Auge riskiert hast?«

»Diese Segelfritzen?« sagte Leeds. »Die haben mit Geschäftskarten um sich geworfen wie die Japaner. Vielleicht sollt' ich das auch.«

Die Polizisten öffneten die Tür des nicht ganz so vollen Lokals. Fortney warf einen Blick in die Runde, sah die Buntglasfenster, den falschen Teakboden, den nautischen Kram, Topfpflanzen, die Handläufe mit Teakfurnier. Er sagte: »Von dem geteakten Billigdekor hier könnte man sich glatt eine Überdosis holen. Tod durch Farne und Glas. Komm, setzen wir uns und probieren ihre furnierten Backkartoffeln.«

Die Cops mußten zehn Minuten auf einen Tisch warten und verloren Blaze Duvall aus den Augen, nachdem sie sich in das Gedränge an der Bar gezwängt hatte, wo sie neben einem Hänfling im blauen Sweatshirt zu stehen kam. Als man sie an ihren Tisch führte, sahen sie nicht, wie sie ein Gespräch mit dem Knaben begann, der ein Gesicht machte, als hätte er eben einen Sechser im Lotto gehabt. Als sie mit dem Typ den Tresen verließ, achteten sie noch nicht mal darauf.

Sie entdeckten die Rothaarige mit der unglaublichen Figur erst wieder, als sie an ihrem Tisch vorbei auf eine Nische zusteuerte – mit einem Typ, der ganz nach asozialer Kairatte aussah.

Leeds ließ melodramatisch die Gabel fallen, als er Blaze sagen hörte: »Dann sag doch mal, Simon, was machst du denn beruflich?«

»Ich glaub's einfach nicht!« sagte Leeds zu Fortney. »Sie geht lieber mit so 'nem Schmuddel mit 'nem Zentner Pampe im Haar?«

»Schau dir mal die Nikotinfinger an«, sagte Fortney. »Der Typ qualmt wie 'n Wartezimmer voll werdender Väter.«

»Das darf doch nicht wahr sein!« meinte Leeds.

Fortney sagte: »Laß dir den Appetit nicht verderben, Kleiner. Wenn du erst mal in mein Alter kommst, dann besteht das Leben nur noch aus Essen, Trinken und viel, viel Schlaf. Alles andere wird zur Fußnote.«

»Ich kapier' das nicht!« sagte Leeds, nachdem Simon Cooke und Blaze Platz genommen hatten. »Sieh dir doch den Typ bloß mal an! Er sabbert ihr auf die Schulter! Und ... Himmel, Arsch und Zwirn!«

Letzteres ließ das ältere australische Paar am Tisch nebenan herumfahren. »Nun aber mal halblang, Kamerad«, wandte der Mann sich an den Cop.

»Was denn, hat er sie begrapscht?« fragte Fortney.

»Nein, aber sie hat bei der Kellnerin die Getränke bezahlt!«

»Womöglich haben wir nicht das Richtige an«, sagte Fortney und machte sich an seinen Salat, während Leeds weiterhin gaffte. »Sicher, er sieht aus wie der Troll von der Brücke, aber er trägt Socken unter seinen plattgefahrenen Mokassins. Du und ich, aufgestylt wie wir sind, tragen nun mal keine Socken. Vielleicht mag sie ihre Typen mit Socken.«

Leeds wandte sich Fortney zu: »Partner, das sind keine Socken. Seine Knöchel starren derart vor Dreck, daß sie zu seinem versifften Sweatshirt passen!«

Fortney fand die Wahl des Rotschopfs ehrlich gesagt amüsanter als die Reaktion seines Partners darauf. Mit zusammengekniffenen Augen spähte er durch die Bar – für eine Brille war er zu eitel – und sagte: »Es gibt Bräute, die stehen auf Essigspülungen. Jedem Tierchen sein Plaisirchen.«

Traurig erwiderte Leeds: »So eine Schweinebacke, darf der die Sommersprossen weglecken? Die Braut muß ja 'n lausigen Geschmack haben. Die schlag' ich mir lieber mal aus dem Kopf.«

Fortney bemerkte die Teller, die man dem Paar am Tisch nebenan brachte, und sagte: »Den Fraß in dieser Kneipe sollte man ins Polizeilabor geben.«

Noch bevor Fortney und Leeds ihren Fisch mit Fritten vertilgt hatten, verabschiedete Blaze sich aufs Herzlichste von Simon Cooke, der am Boden zerstört war, daß sie nach zwei Drinks schon ging. Drinks, die sie auch noch selber bezahlt hatte.

»Kannst nicht noch 'n bißchen bleiben, Blaze?« bettelte Simon. »Vielleicht möchtest du mal gegenüber reinschauen und meinen Schwager kennenlernen? Er stellt dich dem neuseeländischen Segelteam vor.«

»Hab' ich alles schon hinter mir«, sagte Blaze. »Ich kenne schon Auckland und Wellington. Und Samstag in 'ner Woche ist der Rest der Inselnation dran.«

Es war zu schön gewesen, um wahr zu sein; er hatte es doch gewußt. »Dann magst du wohl Segler?«

»Ich mag Männer. Punkt«, sagte Blaze, wieder mit diesem Grinsen.

Simons Stimmung besserte sich gleich wieder. »Geh' noch nicht«, flehte er. »Ich segle besser als mein Schwager. Meinst du, bloß weil sich einer auf eine Yacht geschleimt hat, ist er schon 'n richtiger Segler? Mehr als an der Winsch zu kurbeln hat der doch nicht drauf. Ein Leierkastenmann könnte den ersetzen, verflucht noch mal! Hör zu, ich kann mir für Sonntag das Boot vom Chef ausleihen – ich nehm' dich mit raus!«

»Ich sag' dir was, Simon«, sagte Blaze. »Warum treffen wir uns nicht Samstag in einer Woche, abends? Das ist ein Liegetag, an dem sie nicht segeln.«

»Aber wo find' ich dich?«

»Guck einfach nach den Kiwis. Ich habe den Jungs versprochen, sie aufzuspüren und zu einer Partie Darts herauszufordern. Und ich halte meine Versprechen.«

Simon wurde langsam gereizt. Er brauchte dringendst eine Zigarette, und das hier war eine von diesen Nichtraucherkneipen. Es wimmelte nur so vor Nichtraucherfanatikern in dieser Stadt. Und er brauchte was zu trinken. Nur daß ihm in diesem Augenblick mehr nach Blaze war als nach Stoff. Sein Lebtag hatte ihn noch keine solche Frau angemacht.

»Blaze«, sagte er trübsinnig, »bist du sicher, daß du dort sein wirst? An dem Abend? Wo die Kiwis sind?«

»Sicher bin ich sicher«, sagte sie. »Ich verrat' dir ein Geheimnis. Ich hoffe, einen Artikel schreiben zu können, für's *San Diego Magazine*. Darüber, was die Herausforderer so in ihrer Freizeit machen. Aber daß du mir das keinem sagst, wenn wir uns Samstag in einer Woche sehen, noch nicht mal deinem Schwager. Sonst nehmen die sich womöglich in meiner Nähe in acht.«

Simon geriet ganz außer sich, daß sie ihn ins Vertrauen zog. »Dem? Ich kann den großspurigen Mistkerl nicht ab! Bist wohl Freiberufler?«

»Das kannst du laut sagen«, sagte sie.

»Verdient man dabei ordentlich?« fragte er. »So freiberuflich?«

»Ist nur ein Nebenjob. Ich mache außerdem die Public Relations für einen der Herausforderer.«

»Für wen?«

»Würd' ich dir lieber nicht sagen, bevor ich dich nicht besser kenne.«

»Ja? Wieso so geheimnisvoll?«

»Kann ich dir wirklich trauen, Simon?«

»Natürlich, Blaze!« Simon rutschte näher ran, und sie verkniff sich eine Grimasse, als sie ein Hauch schalen Schweißes traf.

»Also, mein Chef hätte nichts dagegen, wenn ich ein paar von den Geheimnissen der Kiwis rauskriegen könnte. Du weißt, was ihren Kiel angeht, ihre Taktik, so in der Art? Spionage, wenn du so willst.«

»Mich laust der Affe!« Sein Grinsen entblößte eine Reihe kleiner brauner Zähne. »Du bist so 'ne Art Spion für ein Syndikat.«

»Kein Spion«, sagte sie. »Aber wenn ich ein paar Geheimnisse erfahren könnte...«

»Ich finde dich Samstag in 'ner Woche!« sagte er. »Wenn ich dir irgendwie helfen kann, du kannst auf mich zählen. Ich fänd's stark, wenn die Kiwis verlieren, und sei's nur, damit meine Schwester zu tönen aufhört, daß das Team ihres Mannes es den andren schon zeigt. Ich hab' diese Kacke bis hier!«

Sie stand auf. »Also dann, Samstagabend in einer Woche? Kann ich dir noch einen spendieren?« Sie warf einen Fünf-Dollar-Schein auf den Tisch.

»Ist nicht nötig«, sagte er, hielt sie aber nicht davon ab.

Im Gehen winkte Blaze ihm noch mit den Fingern. Sie war noch nicht mal auf halbem Weg hinaus, da nahm er den Fünfer und steckte ihn ein.

Als Blaze an Leeds' und Fortneys Tisch vorbeikam, konnte der angetrunkene junge Polizist nicht an sich halten. Er sprach sie an: »Sagen Sie mir bitte, daß Sie den Typ von irgendwoher kennen! Er führt Ihren Hund Gassi, stimmt's? Sie haben nur seinen Lohn besprochen, hab' ich recht?«

Blaze blieb stehen und sah Leeds fragend an. Dann erinnerte sie sich an ihn: der Nichtsegler von der anderen Bar, der sie anzubaggern versucht hatte.

Sie musterte seine Hände, die er um das Bierglas gelegt hatte. Die Linke war tief gebräunt außer einem weißen Streifen um den Ringfinger.

Blaze sagte ihm: »Stecken Sie mal besser Ihren Ehering wieder an, bevor Sie's vergessen und so heimgehen. Sie haben sie nur geheiratet, damit sie nicht gegen Sie aussagen kann, hab' ich recht?«

Dann grinste sie, blinzelte Fortney zu und schlenderte in ihrem Ringelhemdchen und den weißen Shorts aus der Bar.

Sprachlos starrte Leeds seinen nackten linken Ringfinger an.

Fortney sagte: »Also, wenn die Kleine kein Cop ist, dann sollte sie einer werden. Ich würde sie auf der Stelle fragen, ob sie nicht meine dritte Frau werden will. Keine vorehelichen Vereinbarungen. Nichts. Sogar meinen Jet Ski bekäme die!«

Die beiden Beamten von der Sitte versprachen, Oliver Mantleberry nicht zu verhaften, bevor Dawn nicht ihre Angelegenheiten in Ordnung gebracht und die Stadt verlassen hätte. Ausgeschlossen, daß sie in San Diego blieb, wenn Oliver erst einmal wußte, daß sie ihn an die Bullen verpfiffen hatte, die einen Anruf auf Band hatten, in dem er ihr versicherte, daß sie seine Hauptfrau sei. Wobei er auch gleich wissen wollte, wieso sie nicht so viele Freier machte wie Alice, die bei ihm ganz hinten anstand. Als sie fragte, ob sie den Scheck von der Wohlfahrt einlösen sollte, hatte er gesagt: Scheiße, nein! Das erledige er wie immer schon selbst.

Als Letch Boggs das hörte, waren seine Rattenzähne in einem Breitwandgrinsen zu sehen.

Ihr Baby. Wenigstens war Billy bei ihrer Mutter und Schwester in Los Angeles sicher; die Polizisten hatten ihr versprochen, die Adresse ihrer Mutter geheim zu halten. Da wollte sie nämlich fürs erste hin. Dann wollte sie sich Arbeit suchen und von der Nadel loskommen. Jedenfalls hatte sie das den beiden von der Sitte gesagt. Klar doch, hatten die ihr gesagt.

Außerdem sagte man ihr, wenn sie sich eine eigene Wohnung nehme, sollte sie zweimal am Tag bei ihrer Mutter vorbeischauen, für den Fall, daß die Vorladung kam. Dawn hatte die beiden Männer von der Sitte gefragt: Für was halten Sie mich? Ich geh' doch sowieso hin, nach dem Baby sehen! Klar doch, hatten die ihr gesagt.

Der größte Teil von Dawns Habseligkeiten war in Kartons gepackt und reisefertig, ganz im Gegensatz zu ihr selbst. Ihre Klamotten waren – abgesehen von ihrer Berufskleidung – bereits bei ihrer Mutter, wo sie bleiben wollte, bis sie eine Wohnung in West Hollywood fand. West Hollywood wäre ideal. Der Sunset Boulevard gleich um die Ecke, wo sie einige Freier machen konnte, bis sie einen anständigen Job aufgetan und den Entzug hinter sich hätte.

Schließlich konnte sie nicht einfach die Zähne zusammenbeißen, oder? Sie mußte also in eine Gegend wie West Hollywood, wo es ihre Speedballs gab. Wie sollte sie Freier machen ohne Speedballs? Aber nur bis sie wieder auf die Beine gekommen war.

Es klopfte an der Tür. Nicht Olivers Klopfen. Der kratzte eher an der Tür wie ein Hund. Außerdem kam er selten vorbei, da er es für sicherer hielt, sich nicht privat zu treffen. Wäre es Blaze, sie würde viermal klopfen, eine kurze Pause einlegen, dann noch einmal. Nein, dieses Klopfen hörte sich nach jemandem an, der erwartete, ja der verlangte, daß man ihn einließ. Es war entweder ihre Vermieterin oder die Polizei.

Als sie durch den Spion guckte, wurde ihr eiskalt. Sie öffnete Letch Boggs, der sie mit seinem beängstigendem Rattengebiß angrinste.

Gott! Womöglich wollte er, daß sie's ihm machte? Bißchen Französisch mit Einfahrt, Dawn, bevor du gehst? Um der guten alten Zeiten willen? Großer Gott!

»Hi, Mister Boggs«, sagte sie, auf der Hut. »Wo ist denn Ihr Freund?«

»Heut' abend arbeite ich allein«, sagte er. »Ich arbeite allein, wann immer es nicht gefährlich ist. Du bist doch nicht gefährlich, oder?«

Er wollte vögeln. Jetzt wußte sie's ganz genau.

»Bin schon fast so weit, 'ne Spedition zu rufen«, sagte Dawn. »Vielleicht in 'ner Woche, zehn Tagen?«

»Einen Sattelzug brauchst du ja grade nicht. Ist das alles?«

»Meine Klamotten sind schon bei meiner Mutter. Die Adresse in L. A., die ich Ihnen gegeben habe. Sie haben sie wahrscheinlich überprüft, was?«

»Natürlich«, sagte er. »Wir wollen dich doch nicht verlieren.«

Letch war genauso geschmacklos angezogen wie immer: Das Hawaiihemd – ein knallgelbes diesmal – hing ihm über den Bauch, damit man Waffe und Handschellen nicht sah. Die meisten Leute von der Sitte, die Dawn kannte, trugen Jeans oder Dockers, aber der alte Trottel hier trug diese ewig weiten Cordsamthosen – wie ihr Vater, als sie ihn das letzte Mal gesehen hatte, bevor er seine Frau und die drei Kinder sitzenließ und auf immer verschwand.

»Ich würd' doch nicht versuchen, Sie zu belügen, Mister Boggs«, sagte sie.

»Natürlich nicht«, sagte Boggs, »aber ich kann dich schließlich in der großen bösen Stadt nicht einfach so laufen lassen, ohne zu wissen, wie ich den kleinen Billy finde. Ich mag den Kleinen. Süßes Kerlchen – genau wie seine Mama.«

Jetzt kommt's! Zieh dich aus, Mama. Und leg dich für 'ne schnelle Nummer aufs Bett, Mama, bevor's der Spediteur abholt.

Aber Letch Boggs sagte nur: »Hast du Geld?«

»Für Benzin wird's ungefähr reichen.«

Er gab ihr einen Fünfziger und sagte: »Das ist aus meiner eigenen Tasche. Zahl's mir zurück, wenn du zu Olivers Prozeß wiederkommst.«

»Danke«, sagte sie und wartete.

»Wo ich schon mal da bin, könntest du was für mich tun.«

»Mhm«, machte sie und hoffte, daß es ein flinkes Blaskonzert tat. In sich haben wollte sie diesen ekligen Kerl nicht.

»Zeig mir den Anrufbeantworter deiner Freundin, dieser Blaze Duvall.«

»Ich dachte, Sie hätten gesagt, Blaze würd' Sie nicht interessieren.«

»Man kann nie wissen, wann einem so eine Information mal nützlich sein kann.«

»Sie haben gesagt, Sie würden sich mit Oliver zufrieden geben«, erinnerte ihn Dawn.

»Ich sage ja nicht, daß ich gegen Blaze ermitteln will, oder? Ich will bloß wissen, wer anschaffen geht und wer nicht. Um auf dem laufenden zu bleiben, weiter nichts.«

»Tja, ihr Anrufbeantworter steht da«, sagte Dawn und wies auf den Apparat auf der Arbeitsfläche neben der Spüle. »Ich zahl' die Telefonrechnung, und sie zahlt's mir zurück.«

»Wie lange kennst du sie denn schon?« fragte Letch, der hinüberging und den Knopf zum Abspielen der Anrufe drückte. Blazes Stimme war zu hören: »Bitte hinterlassen Sie Ihre Nachricht nach dem Pfeifton.« Weiter nichts.

»Ich wurde mal hoppgenommen mit ihr, so vor acht Jahren, ich war grade nach San Diego gekommen. Ich war siebzehn und von zu Hause abgehauen. Blaze ist fünf oder sechs Jahre älter als ich.«

»Ist sie mit dir auf den Strich gegangen?«

»Ich war damals nicht auf dem Strich. Wir haben in einem Massagesalon gearbeitet. Der Laden gehörte Serenity, 'ner ehemaligen Nutte. Sie hat mir 's Massieren beigebracht. Mehr oder weniger.«

»Serenity Jones?« sagte Letch. »Die kenne ich.«

»Na, jedenfalls, nachdem Serenity zusammen mit vier von uns Mädchen hochgenommen wurde, stieg sie aus. Ich mein', ich hab' dann 'ne Weile auf Abruf gearbeitet, aber dann ging das mit dem Meth los. Ich bin dann noch zweimal verknackt worden. Dann kam das Heroin. Dann ging ich wieder rein, gleich für neunzig Tage. Danach hab' ich dann auf'm Strich angefangen. Dann kamen die Speedballs. Dann war ich plötzlich schwanger und sag' mir: Scheiß drauf! Ich trag' das Kind aus. Dann hab' ich Oliver kennengelernt. Und jetzt bin ich hier.«

»Und Blaze?«

»Ich glaub' nicht, daß sie die noch mal hoppgenommen haben nach dem ersten Mal. Die ist zu clever. Sie ist bei Massagen auf Abruf geblieben.«

»Als man sie damals mit dir verhaftet hat, welchen Namen hat sie da benutzt? Blaze Duvall kann ja wohl nicht ihr echter sein.«

»Könnt' ich nicht sagen«, sagte Dawn. »Ich war damals dußlig genug, meinen richtigen Namen anzugeben, Jane Kelly. Welchen Blaze benutzt hat, weiß ich nicht.«

»Ich werd' mir mal deinen alten Verhaftungsbericht ansehen«, sagte Letch.

»Ich dachte, Sie hätten gesagt, Oliver würd' Ihnen genügen? Wieso müssen Sie jetzt auch noch Blaze mit reinziehen?«

»Ich will nur wissen, woran ich bin«, sagte Letch. »Daß ich sie reinziehen will, hab' ich nicht gesagt.«

»Sie kommt nächste Woche vorbei, um den Anrufbeantworter abzuholen. Und ich werd' mich von ihr verabschieden. Und, ich mein', es wär' mir wirklich nicht recht zu wissen, daß Sie gegen sie ermitteln. Sie war gut zu mir.«

»Mach' dir deswegen keine Sorgen«, sagte er.

»Und nicht vergessen, ich brauch' zehn Tage, um meine Zelte hier abzubrechen. Bis dahin können Sie Oliver nicht verhaften! Versprochen?«

»Gib deinem Kleinen einen Kuß von Onkel Letch«, sagte der Mann von der Sitte und ging zur Tür.

»Das ist alles?« sagte Dawn Coyote. »Alles, was Sie von mir wollen?«

»Ja, das ist alles«, sagte Letch. »Was hast du denn erwartet?«

»Nichts«, sagte Dawn. Es war das erste Mal, daß sie ihn anlächelte. »Danke, Mister Boggs. Danke, daß Sie mich nicht einbuchten und mir das Baby nehmen. Und danke für die fünfzig Mäuse.«

Als sie die Tür aufmachte, lag der begrünte Innenhof unter ihr still im Dunkeln. Obwohl der Wohnblock dreiundachtzig Einheiten hatte, war nach zehn Uhr abends selten jemand zu sehen. Nur die Lichter den Weg entlang waren an.

Letch stand im ersten Stock, die Hand auf dem Geländer, und wandte sich der Hure zu, die ihn mit den Augen eines verwahrlosten Kindes ansah. »Wenn ich du wäre, Dawn«, sagte er, »ich würde auf Entzug gehen. Du brauchst wenigstens zwei Monate in einer Klinik.« Dann machte er sich auf den Weg.

»Ich werd' bestimmt clean, Mister Boggs!« rief Dawn Coyote ihm nach. »Sie werden sehen!«

Letch Boggs stieg die Treppe hinab und schlenderte auf den Dienstwagen von der Sitte zu, der am Straßenrand stand. Er kam an einer Nische am Swimmingpool des Wohnblocks vorbei. Darin stand ein Automat mit Süßigkeiten, Brezeln, Chips, daneben Automaten für Limonade und Eis.

Gegen die Wand im Schatten des Getränkeautomaten gedrückt, stand ein hochgewachsener Schwarzer. Ein kragenloser, langärmeliger Pullover umspannte seinen muskulösen Oberkörper. Er trug den Kopf rasiert und einen buschigen schwarzen Schnurrbart mit hängenden Spitzen, und dazu, wie eine Zahnbürste, ein kleines Bärtchen die Unterlippe entlang.

Er hatte es sich anders überlegt: Er würde nicht nachsehen, ob ihre Grippe wieder besser und sie wieder einsatzbereit war, oder ob sie ihn nur angeschissen hatte, das faule Stück. Er ging statt dessen direkt zu seinem weißen Jaguar, den er auf der Straße geparkt hatte.

Er fuhr hinaus auf den El Cajon Boulevard und fragte die erstbeste Nutte, ob sie schon mal was mit einem feisten alten Weißen namens Mr. Boggs zu tun gehabt hatte. Dasselbe fragte er an diesem Abend jedes Mädchen auf dem Boulevard.

# 5

Selbst mit Olympiasieger Rod Davis am Ruder hatten die Aussies das Team Neuseeland bisher nicht zu schlagen vermocht. Die Kiwis sprangen mit ihnen genau so um wie mit allen anderen, und der Verwahrer des Cup sah sich vom ersten Tag der Ausscheidungsrennen an Abend für Abend von heftigen Angstzuständen geplagt.

Neun Tage waren vergangen, seit Blaze den Kranführer der Kiwis und Simon Cooke kennengelernt hatte, angerufen hatte sie Ambrose jedoch nur ein einziges Mal, um ihm zu sagen, er brauche sich keine Sorgen zu machen, sie sei guten Muts. Nur überstürzen wolle sie nichts.

*Sie* war guten Muts? *Sie* wollte nichts überstürzen? War er denn von allen guten Geistern verlassen, sich mit einer wie Blaze Duvall zusammenzutun? Er fragte sich, wie viele Jahre er wohl absitzen müßte, wenn ihr Komplott aufflog. Wenn man ihn bloßstellte!

Im Grunde seines Herzens kannte er die Antwort darauf: kein einziges. Er würde eher sterben, als auch nur einen Tag hinter Gitter zu verbringen. Kompromittiert zu werden, das würde Ambrose Lutterworth nicht ertragen, geschweige denn eine Haft.

Blaze Duvall. Ein Gesicht an der dunklen Decke, das ihn auf die ihr eigene Weise angrinste. Unbestreitbar gescheit und charmant; der typische Charme eines Menschen, der sein Geld auf der Straße verdient. Nicht daß er sich schon mal mit so jemandem eingelassen hätte. Die gewieftesten Leute seines Lebens, seiner Welt, hatte er in seiner achtmonatigen Militärzeit kennengelernt. Während des Koreakriegs war das gewesen; bevor man ihn wegen eines schweren Asthmas entließ. Er hatte es noch nicht mal als Soldat zu was gebracht. Was selbst

Männern mit einem IQ von 85 gelang, wie er seine Mutter einmal zu seinem Vater hatte sagen hören.

Während der Monate im Militärkrankenhaus las er in der Post seiner Mutter die unausgesprochene Kritik – als käme eine Erkrankung der Atemwege einem Mangel an Patriotismus gleich. Seiner Ansicht nach wäre er ein guter Soldat gewesen, hätte er nur eine Chance gehabt.

Ambrose brauchte den Zuspruch von Blaze Duvall. Oder wenigstens ihre Hände. Nach neun Tagen hatte sie schließlich angerufen und gesagt, sie schaue am Samstag, dem fünfzehnten April, mal bei ihm vorbei. Kurz vor Mitternacht, mit guten Nachrichten, so hoffe sie.

Auf die Frage, wie die Chancen ihrer Ansicht nach standen, hatte Blaze nur gesagt: »Mit denen komm' ich schon klar, Ambrose. Sind schließlich Männer, nicht wahr?«

Sie konnte das gut auf die leichte Schulter nehmen, eine Frau wie sie. Wie sollte sie wissen, wie sollte auch nur irgend jemand wissen, wie sein Leben vor dem Cup ausgesehen hatte? Er hatte an Schlaflosigkeit gelitten, während der frühen Morgenstunden in emotionalem Unrat gewühlt und geradezu besessen jedes Vergehen, jede Demütigung, jeden Fehlschlag seines ereignislosen Lebens ans Licht gezerrt. Eine ehemalige Bekannte hatte Ambrose einmal gesagt, manche Leute seien unfähig, an alte Erfolge zurückzudenken, nur an Fehlschläge. Er hatte ihr nicht gesagt, daß es bei ihm kaum Erfolge gegeben hatte.

Nachdem er dann Verwahrer des Cup geworden war, nachdem er mit Königen diniert und Autogramme in einem Dutzend fremder Länder gegeben hatte, schlief er abends mit der Erinnerung an Triumphe ein.

Während Blaze Duvall ihn also auf Distanz hielt, ohne auch nur zu ahnen, wie besorgt, wie bange er war, gab er sich alle Mühe, ihr dieses mangelnde Einfühlungsvermögen zu verzeihen. Wie konnte er von einer wie Blaze Duvall erwarten, so etwas wie Ruhm auch nur zu verstehen?

Ambrose stieg aus dem Bett und nahm seine zweite Beruhigungspille. Was er gar nicht gern tat, aber er schlief darauf endlich ein, wachte jedoch bei Tagesanbruch mit pochenden Kopfschmerzen wieder auf.

Samstag morgen, als sie vom Aerobic nach Hause kam, fand Blaze auf ihrem Anrufbeantworter eine dringende Nachricht von Dawn. Die jüngere Frau sagte: »Ich bin's. Ruf mich gleich an!«

Blaze rief zweimal an, aber Dawn ging nicht ran. Um zwei Uhr nachmittags erreichte sie sie schließlich.

»Was ist denn?« fragte Blaze. »Sag bloß nicht, die haben dich gestern abend geschnappt?«

»Ach was«, sagte Dawn, »ich wollte dir nur sagen, daß ich weggeh von hier!«

»Von wo?«

»Na der Stadt. San Diego. Ich geh' weg und komm' nicht wieder.«

»Wo willst du denn hin?«

»Weiß ich noch nicht genau, aber ich muß weg.«

»Was ist denn passiert?«

»Bisher noch nichts, aber es wird was passieren, morgen.«

»Was denn?«

»Kann ich dir nicht sagen.«

»Dawn!«

»Ehrlich, Blaze, ich kann nicht! Ist besser für dich, wenn du's nicht weißt! Ich hab' Angst!«

»Vor was? Hast du jemanden umgebracht?«

»Ach was, aber jemand wird mich umbringen, wenn ich hier nicht bis Montag früh verdufte. Ist mein letzter Termin.«

»Wieso Termin?«

»Kann ich nicht sagen. Aber ich muß heut' abend noch ordentlich anschaffen, so viele Freier machen, wie's geht. Ist mein letzter Abend auf diesem Kiez.«

»Wenn du mir nichts sagen kannst, was rufst du dann an?«

»Um dir tschüs zu sagen. Und daß ich dir heute nachmittag deinen Anrufbeantworter vorbeibringe.«

»Du weißt, ich hab's gar nicht gern, wenn du hierher kommst, schon gar nicht, wenn du in Schwierigkeiten bist.«

»Heut' bin ich ja nicht in Schwierigkeiten«, sagte sie. »Montag bin ich in Riesenschwierigkeiten, wenn ich noch in der Stadt bin.«

»Ich steh' auf Krimis«, seufzte Blaze. »Komm um fünf, aber nicht später. Ich hab' 'nen großen Abend mit 'ner Horde Seebären auf dem Programm.«

»Du machst jetzt Matrosen, Blaze?« rief Dawn aus. »Ist ja irre! Wo reißt 'n die auf? Unten am Marinehafen an der 32. Straße?«

Ein Kormoran drehte ab, eine Möwe ging in den Sturzflug, ein Pelikan stieg hinauf. Die Seevögel waren an diesem kühlen, stürmischen Aprilmorgen in ihrem Element. Fortney saß im Boot, die Hände in den Taschen seiner blauen Schwimmweste, und genoß die Vorstellung. Plötzlich blitzte ein Sonnenstrahl auf einem springenden Fisch. Das Gewitterlicht über dem Wasser schien die Meereskreaturen mit einer unbeschreiblichen Freude zu erfüllen. Fortney spürte es; Leeds war nur kalt.

Leeds, der ständig mit seinen muskulösen Waden angeben mußte, trug Shorts. Auch er hatte die Jacke an, zitterte jedoch. »Manchmal geht mir die gute alte Zeit ab, als ich am Samstag frei hatte«, sagte er, als er den Boston Whaler auf die Sail Bay hinausfuhr.

»Dem ist leicht abgeholfen, brauchst dem Chef nur zu sagen, du willst wieder zur Funkstreife zurück«, erinnerte Fortney ihn. »Dann kriegst du am Wochenende frei.«

»Womöglich hängen sie dir dann einen Partner an, den du noch weniger magst als mich«, sagte Leeds. »Hast du eigentlich irgendwann mal jemanden gemocht? Deine Exfrauen, zum Beispiel. Oder deine Exkatze?«

»Meinen Expapagei«, sagte Fortney. »Aber den hat meine Exkatze gefressen, die meine Exfrau versehentlich mit meinem Exwagen überfahren hat, nachdem ihr Anwalt mir das letzte Hemd ausgezogen hatte. Heutzutage lernen die Kinder das Wort ›verklagen‹ gleich nach ›Mama‹. Für Sachen, für die man dich früher mit ›Vollidiot‹ beschimpft hat, drückt man dir heute die Geschäftskarte eines Anwalts in die Hand. Heute ist man kein Vollidiot mehr, heute ist man Kläger.«

»Kein Wunder, daß du so schlecht drauf und verbittert bist«, sagte Leeds. »Du stehst unter dem Pantoffel von ihrem Anwalt.«

»Wann kündigst du denn?« wollte Fortney wissen.

»Ich werd' mich hüten.«

»Was maulst du denn dann darüber, samstags arbeiten zu müssen?«

»Manchmal hör' ich eben gern eine Stimme. Ist dir noch nie aufgefallen, daß du vor dem dritten Kaffee das Maul nicht aufkriegst? Ich sollte mir vielleicht so 'nen Karaoke-Apparat mitbringen. Selbst Marcel Marceau wär' 'n besserer Gesprächspartner als du.«

Fortney sagte nichts.

Leeds nickte in seine Richtung. »Sag' ich doch.«

Fortney dachte, daß sich belangloses Geplauder vielleicht auch schon nach dem zweiten Kaffee aushalten ließ. Es hatte keinen Sinn, auf Leed's Gemaule zu reagieren. Er wußte genau, daß sein junger Partner die Vorteile des »Yachtclubs«, wie die Kollegen Landratten die Wasserpatrouille der Hafeneinheit nannten, genoß. Leeds plapperte und maulte gern, aber ältere Polizisten wurden nach zwanzig Dienstjahren eher wortkarg, und Fortney war da keine Ausnahme.

Das Licht, das schräg durch die tiefhängenden Wolken kam, hatte aus der Sail Bay ein glitzerndes Meer aus silbernen Funken gemacht. Fortney versuchte seinen Partner darauf aufmerksam zu machen, gab es aber auf, als Leeds sagte: »Ist ja tote Hose hier draußen. Fahren wir runter nach Coronado. Mal sehen, ob da mittags noch diese Kleine bedient. Wie hieß sie gleich wieder, Lois Lane?«

»Das ist die Alte von Superman. Du meinst Linda Lantz.«

»Ja genau, die. Willst du sie sehen?«

»Weißt du noch, das letzte Mal, nachmittags, auf Tee und Plätzchen?«

»Ich weiß noch«, sagte Leeds. »Ja.«

Eines Winternachmittags hatten sie beschlossen, in den Hafen von San Diego hinunterzuschippern. Das Meer war spiegelglatt gewesen, als sie aus der Mission Bay fuhren, war aber plötzlich stürmisch geworden. Leeds hatte seine blaue Kappe umgedreht und ordentlich auf die Tube gedrückt; in Minutenschnelle hatten sie das Seegrasgebiet hinter sich gelassen. Die ausgedehnten Seegraswiesen verleideten einem allzu häufige Fahrten zwischen der Mission Bay und dem Hafen von San Diego, bei Flut jedoch konnten kleinere Boote Fahrtzeit sparen, indem sie zwischen Küste und Kelp manövrierten. An diesem Tag mußten sie sie umfahren, also kreuzten sie hinaus aufs Meer.

Wolkenschatten und schaumgekrönte Wellen. Lichtbalken ließen die Schaumkronen leuchten wie Feuer. Fortney sah tief ziehende Wolkenstrudel zerreißen und tausendfach neue Formen eingehen. Nie im Leben würde er freiwillig auf die Straße zurückgehen.

Als sie in den Hafen von San Diego einfuhren, lief vom U-Boot-Stützpunkt gerade ein Atom-U-Boot aus. Ein junger Offizier auf dem Kommandoturm salutierte dem Boot. Leeds, der nie beim Militär gewesen war, erwiderte den Gruß mit einer zackigen Geste, die an Bill Clinton erinnerte. Fortney winkte dem U-Boot nur mit der Hand.

Einer der Flugzeugträger, die hier ihren Heimathafen hatten, lag an diesem Nachmittag am Kai. Fortney wollte näher ran, um zu sehen, ob es sich um die *Constellation* oder die *Kitty Hawk* handelte, aber Leeds meinte, sein hungriger Körper verlange nach Erlösung in Form von Kaffee, Schinkensandwiches und der vierundachtziger Oberweite von Linda Lantz, der Kellnerin mit dem losen Mundwerk, die in einem Restaurant am Fährkai arbeitete.

An jenem Tag hatte sie es geschafft, die beiden Cops länger zu unterhalten als erwartet, so daß es, als sie sich verabschiedeten, bereits nach fünf Uhr nachmittags war. Die Sonne war schon hinter Point Loma verschwunden, und die Dunkelheit senkte sich über die Bucht. Mit dem Heraufkommen der Dunkelheit hatte sich auch der Freizeitbootverkehr im Hafen von San Diego gelegt.

Als die Polizisten vom Kai ablegten, sahen sie, daß an einem der mächtigen Betonpylonen der Brücke nach Coronado etwas los war. Zwei Zehn-Meter-Boote der Hafenpolizei hatten irgendwas vor. Die Hafenpolizei – für die Cops aus San Diego die »Hafenenten« – war die Bezirkspolizei, die den Hafen von San Diego patrouillierte, nicht aber die Mission Bay.

Trotz Fortneys Protest – er fand, sie sollten sich um ihren eigenen Kram kümmern – fuhr Leeds unter die Stahlbögen, die über achtzig Meter hoch in den Himmel ragten und San Diego mit der Halbinsel Coronado verbanden. Jedes Jahr ignorierte ein halbes Dutzend unglücklicher Menschenkinder die Nummer der Selbstmord-Hotline auf dem Scheitel der Brücke und beendete ihr Leben im kalten Wasser der Bucht. Und genau das hatte jemand zwanzig Minuten, bevor Leeds und Fortney mit ihrem Whaler vorbeikamen, getan.

Sie hatte langes blondes Haar, das, im grellen Schein des Scheinwerfers glänzend, aufgefächert im Salzwasser schwamm, als die Hafenpolizei sie mit den Füßen voran auf eines ihrer Boote zuzog. Obwohl sie ein tödliches Tempo draufgehabt hatte, bevor sie auf dem Wasser aufschlug, war sie beim Aufprall nicht gestorben. Rosiger Schaum stand vor Nase und Mund, was davon kam, daß sie Luft und Salzwasser geatmet hatte; der Schaum wies auf ein Lungenödem. Daß sie noch einige Augenblicke gelebt hatte, war außergewöhnlich, weil sie bei der Landung auf dem Wasser aufgeplatzt war.

Als die Hafenpolizei sie ins Boot zerrte, sahen Fortney und Leeds ihre Eingeweide durch einen Riß im Kleid kommen, und Fortney, der schon immer Angst gehabt hatte, in dunklem Wasser zu sterben, sagte: »Danke, Partner. Genau was mir gefehlt hat vor der Leber mit Zwiebelringen, die ich mir heut' abend machen wollte. Die jetzt der Airedale vom Nachbarn kriegt.«

Leeds sah sich in dem ansonsten stillen Hafen um und sagte: »Ist unheimlich hier draußen nachts. Fahren wir heim.«

Als sie jedoch halb aus dem Hafen waren, gut eine halbe Meile von der Spitze Point Lomas entfernt, hörten sie achtern ein Donnern. Auf einer zitternden Bugwelle schoß bebend ein schwarzes Rennboot vorbei. Der Fahrer trimmte seine eingebauten Außenborder und trat damit Fünfzehn-Meter-Fontänen los, die die Polizisten wie aus Wasserkanonen erwischten.

Beide wurden naß bis auf die Knochen; Leeds machte das Blaulicht an und gab volle Kraft voraus. Aber sie mußten die Verfolgung aufgeben. Die beiden Siebeneinhalb-Liter-Chevy-Motoren des Rennbootes machten sechzig Knoten, die beiden Zwei-Liter-Johnsons des Whaler kamen da schlicht nicht mit. Als das Rennboot an der Mole vorbei war, nahm es Kurs auf Imperial Beach und verschwand.

»Als wäre ein Dackel hinter einem Windhund her«, sagte Fortney.

Er hängte sich an den Sprechfunk, um den Zwischenfall zu melden und Erkundigungen einzuziehen. Wie er später erfuhr, gehörte das Boot einem tollkühnen Drogenschmuggler, der fünf, sechs Touren im Jahr fuhr, aber für gewöhnlich viel später in der Nacht. Manchmal fuhr er sein Boot mitten in den

Yachthafen von Chula Vista. Zweimal bereits hatte die Hafenpolizei ihn verfolgt, aber noch nicht einmal ihre beiden Siebeneinhalb-Liter-Maschinen hatten mithalten können, so wie er durch die Bucht von San Diego geschossen war. Ihrer Ansicht nach war er aus mexikanischen Gewässern gekommen.

Bei einer Gelegenheit hatte man den Schmuggler ganz deutlich im Suchscheinwerfer eines Polizeiboots gesehen. Der Fahrer war ein hochgewachsener Weißer mittleren Alters mit einer Golfmütze und einem »dußligen Grinsen«, wie es im Bericht hieß. Fortney hatte sich gefragt, wieso der Kerl eine derartige Schau abziehen mußte: den Stoff mit einem Rennboot zu transportieren, wo er ihn doch einfach durch den Grenzübergang im Hafen von Tijuana hätte fahren können – wie jeder andere Dealer an der Westküste auch. Aber kaum hatten sie die Beschreibung gehört, sagte er zu Leeds: »Augenblick mal! Rennboot? Golfmütze? Dußliges Grinsen? Was treibt eigentlich George Bush dieser Tage?«

An diesem Samstagnachmittag erinnerte Fortney sich genau an jenen Wintertag und das Boot. Vor allem aber an die einsame Leiche im Meer. Er sagte zu Leeds: »Bleiben wir in unserer ruhigen kleinen Bucht hier, okay?«

Eine Stunde später wurde Fortney vom Bug eines anderen Rennbootes mitten in ihre ruhige kleine Bucht gestoßen.

Dazu kam es, als das Rennboot, diesmal ein rotes mit gelben Streifen, an der Vacation Isle vorbeigedonnert kam. Am Steuerrad stand ein Saudi Mitte dreißig in einer knappen Badehose und mit Bart. Und was er für einen Bart hatte. Leeds, stets die Politik bei der Hand, sagte, er sei dicht genug, um zwei Pelikanen mitsamt George Stephanopoulos, Clintons kleinem Berater, als Nest zu dienen. Und ihrer Ansicht nach war der Typ nach saudischen Maßstäben noch nicht einmal reich, was bedeutete, er könnte zwar das Islandia Hotel bar bezahlen, bräuchte aber womöglich bei der Finanzierung des Hilton Kredit.

Wie zu erwarten, hatte er vier junge amerikanische Bräute, in Bikinis noch knapper als sein eigenes Höschen, an Bord. Sie hatten ihre eigene Version einer schwimmenden Raveparty gefeiert, mit einem phantasievollen Mix aus Ecstasy, dem Halluzinogen der Stunde – bei gegenwärtiger Marktlage dreißig Mücken pro Trip – und Meskalin. Der Saudi war ausgesprochen ungehalten, daß man ihn wegen Geschwindigkeitsübertretung anhielt.

Leeds trieb mit abgestelltem Motor auf ihn zu, machte an einer Klampe fest und bat den Typ unter dem ausdruckslosen Starren von fünf Augenpaaren um seinen Schein.

Leeds warf einen Blick auf Fortney zurück, der nur mit den Achseln zuckte. Was bedeutete: Verpaß ihm den Einstellungstest.

Der Saudi fiel auf der Stelle durch. »Ihr Strafzettel mich nicht interessiert!« sagte er Leeds. »Die Leute in meine Land bekommen an ein Tag mehr Geld, als Sie verdienen in Ihre ganze Leben!«

»Sich zwischen Irakis und Saudis zu entscheiden, das ist, als hätte man die Wahl zwischen Anwälten und Versicherungskonzernen, was?« sagte Leeds zu einem der prachtvoll gebauten Zombies.

»Ich haben nicht verstanden, was Sie meinen«, sagte der Saudi unwirsch.

»Er hat nur gefragt, ob Sie mal von Rodney King gehört haben«, antwortete Fortney, während sich Leeds die Angaben auf dem Führerschein notierte.

»Natürlich wir haben King!« Der Saudi sah sich nach seinen jungen Begleiterinnen nach einer Übersetzung um, aber die klarste der vier sah eben eine weinende Mutter Gottes in den Abgasen des Bootes und lächelte ihr selig zu.

Leeds kletterte auf den Bug des Rennbootes und hielt der langbeinigsten der vier Schnepfen, der mit dem kupferroten Pferdeschwanz, die Hand vor die Augen. Sie lag auf dem Bauch und ließ sich von der Sonne brutzeln, während sich ein schwarzer Faden niedlich in der Ritze ihres gebräunten Hinterns verlor.

»Ist das nicht unbequem?« fragte Leeds. »Ich meine, wenn's einem so die Unterwäsche zwischen die Backen zieht?«

Fortney sagte mit einem Seufzen: »Braungebrannte Backen, barfuß bis zum Hals. Der könntest du den Puls mit der Sanduhr messen.«

Ihr war es völlig egal, was die Polizisten sagten. Sie spähte nach einem geflügelten Pony, das eben im Galopp über die Ingraham Street stob. Und wartete, bis der blöde Gaul den Verkehr überhatte und einfach flog!

»Was willst du mit dem Kahn voll lebender Toter hier machen?« fragte Leeds Fortney.

»Ein Narrenschiff«, sagte Fortney. »Voll Gehirnamputierter. Selbst für eine Nachricht auf einem Anrufbeantworter bräuchten die drei Wochen.«

Leeds spürte, daß Fortney genauso gelangweilt und faul war wie er. »Willst du sie laufen lassen?«

»Ja, wenn Ali Baba hier ohne Trara sein Kreuz unter das Knöllchen setzt, kann er sich von mir aus sein Feudel um die Birne binden und dankend gen Mekka knien.«

Der Saudi kritzelte seinen Namen quer über den Strafzettel, sprang zurück hinters Ruderrad und gab in dem Augenblick Saft, in dem die Cops auf ihr Patrouillenboot zurückstiegen.

Leeds schaffte es. Fortney hatte eben einen Fuß auf das Schandeck gesetzt, als der halluzinierende Araber einkuppelte. Die Klampe mit der Leine wurde glatt herausgerissen.

Fortney blieb wo er war, als ihm das Rennboot jaulend unter dem rechten Fuß davonzog. Voll Staunen sah Leeds Fortney wie einen Anker fallen, bis nur noch die blaue Kappe auf dem Wasser zu sehen war. Dann trieb ihn die Schwimmweste wieder hoch wie einen Korken.

Eine Stunde später waren die Betthäschen in Gesellschaft

zweier strahlender Leute von der Wasserwacht, die der Hafenpatrouille zu Hilfe gekommen war, am Ausnüchtern. Der Saudi war wegen Trunkenheit am Steuer auf dem Weg in den Bau, während sein Boot in die Verwahrstelle kam. Fortney traf schließlich mit blauen Lippen, klappernden Zähnen und klammer Unterwäsche im Büro der Hafeneinheit ein.

Die Wasserwachtler hätten nicht bessere Laune haben können, wären sie, alle zehn Zehen über der Kante ihres Surfboards, durch die Banzai Pipeline gesaust. Da sie es leid waren, von den Bullen mit alten Beach-Boys-Songs durch den Kakao gezogen zu werden, ließen sie es sich, nachdem Fortney gerettet und die Zombies warm eingepackt waren, nicht nehmen, im Büro der Hafeneinheit vorbeizukommen, um sich Fortneys Gänsehaut anzusehen.

Als sie hereinkamen, fanden sie Fortney mit einem Besen, mit nichts als einer Badehose und einer Decke am Leib. Seine tropfnasse Uniform lag in einer Pfütze am Boden, das Holster hing mit der Dienstwaffe über der Lehne des nächsten Stuhls. Er war dabei, Sand, Seegras und diverses Treibgut zusammenzufegen, das aus seinen Klamotten gerutscht und gekrochen war.

»Machst 'n da, Alter, ej?« fragte der ältere der beiden Wasserwachtler vergnügt.

»Nach was sieht's denn aus?« krächzte Fortney. »Ich trainiere für die Winterolympiade im Curling.«

Der jüngere Wasserwachtler wandte sich an den älteren: »Ej, Alter, das ist ja vielleicht so was von ungeil, ej, das törnt mich echt total ab.«

»Wieso denn, Alter?« fragte sein Partner mit einem boshaften Blick auf den zitternden Cop.

»Na, ich mein, ej, ich hab' gedacht, wir wollten *fröhlich* ein' heben. Und was haben wir gehoben? Einen bibbernden Trauerkloß!«

»Wenn meine Knarre nicht am Trocknen wär'«, sagte Fortney zu den Rettungsschwimmern, »ich würd' euch zwei Mondkälber aus euren Gummilatschen pusten.«

Der Ältere der beiden sagte: »Wir müssen dann mal, Alter, ej. Unser Kahn steht auf 'nem Behindertenplatz.«

Blaze hatte noch nicht angefangen, sich für den Abend zurechtzumachen. Sie hatte eben eine Tour auf dem Heimtrainer hinter sich und war noch im Body, als um Viertel vor fünf Dawn mit dem Anrufbeantworter kam. Dawn sah fertiger aus denn je.

»Also, willst du mir nun sagen, was los ist?« fragte Blaze.

»Ich hab' die letzten Tage gepennt, wo's nur ging«, sagte Dawn. »Ich bin am Mittwoch ausgezogen.«

»Wieso?«

»Oliver sucht nach mir.«

»Na und? Soviel ich weiß, ist er doch dein Scheich.«

»Ich bin ihm über 'ne Woche aus dem Weg gegangen. Schließlich platzt ihm der Kragen, und er ruft mich an. Bleib daheim, sagt er, bis ich komme! Das war am Mittwoch. Da bin ich verduftet.«

»Wieso?«

Dawn nahm eine angebrochene Tüte M&Ms aus ihrer Handtasche und warf ein paar ein. »Ich denk', ich weiß schon, warum er mich sucht.«

»Ich weiß, daß du's mir sagen willst, Dawn, also spuck's schon aus.«

»Ich denk', er hat erfahren, daß ich ihn angezeigt hab'.«

»Wie, angezeigt?«

»Na wegen Zuhälterei. Daß er mein Lude ist.«

»Herrgott!« sagte Blaze. »Wieso machst du denn so was?«

»Er hat mich zusammengeschlagen.«

»Eine Menge Kerle haben dich zusammengeschlagen! Er doch früher auch schon, oder? Und das nicht nur einmal.«

»Ist eine lange Geschichte. Ich hab' keine andre Wahl. Die

Bullen haben mich am Wickel. Ich mußte es machen, um mein Baby zu retten.«

»Aber du *gehst* doch weg, oder?«

»Morgen«, sagte sie. »Ich brauch' nur noch einen guten Samstagabend. Für Kohle.«

»Du meinst, du brauchst noch Drogen.«

»Ist doch egal. Ich kann bloß nicht rauf an den El Cajon Boulevard. Also geh' ich auf den Midway Drive. Da unten wird Oliver mich nicht suchen.«

»Wo schläfst du denn heut' nacht?«

»Hier?«

»Gott verflucht noch mal, Dawn!«

»Nur heut' nacht!« flehte Dawn. »Ich komm' nicht vor vier Uhr früh. Laß mich einfach 'n paar Stunden pennen, dann bin ich für immer weg. Ich hab' Angst, in 'nem Motel zu schlafen. In Motelzimmern bin ich schon zusammengeschlagen und halb erstochen worden. Allein würd' ich da kein Auge zutun!«

»Ich würd' dir ja 'n paar Hundert pumpen, wenn ich's hätte«, sagte Blaze, »und dir sagen, du sollst verschwinden mitsamt deinem mageren Gestell. Aber ich kann nichts erübrigen. Mit Massagen war in letzter Zeit nicht viel, aber ich hab' da ein Geschäft laufen, mit einem meiner alten Kunden, den ich heut' abend treffe.«

»Ich würd' dich nicht drum bitten, Blaze, wenn ich nicht verzweifelt wär'. Warst eh schon viel zu gut zu mir. Kann ich bleiben?«

»Aber nur bis morgen früh«, sagte Blaze. »Ist mir scheißegal, wie viele Speedballs du dir heut' abend reindrückst, morgen bist du hier raus. Ich mein's ernst. Glaub' mir.«

»Ich glaub's dir, Blaze«, sagte Dawn. »Du bist die einzige in dieser beschissenen Stadt, der ich was glaube! Ich werd' in West Hollywood ein neues Leben anfangen.«

»Dawn, Schatz«, sagte Blaze. »Richard Gere triffst du da nicht. Bloß 'ne ganze Menge Oliver Mantleberrys.«

Für die Cocktailparty, zu deren Besuch er diesen Samstagabend verpflichtet war, wählte Ambrose eine marineblaue Krawatte mit grünen und weißen Schrägstreifen: die alte Ripskrawatte des Segelclubs der Universität Oxford. Sie hätte auch die Zustimmung seiner Mutter gefunden.

Während der Ausscheidungsrennen um Herausforderung und Verteidigung fand alle paar Abende eine wichtige Party statt, und noch hektischer würde es während des Finales zugehen. Ambrose fürchtete, bis dahin bettlägerig zu sein, wenn seine Nervosität noch zunahm.

Beim Trimmen des grauen Schnurrbarts hatte er die Oberlippe erwischt und ein Pflaster auf den Schnitt geben müssen. Die Hände zitterten ihm, und das seit dem Tag, an dem er auf seinen Plan gekommen war. Ständig mußte er daran denken, daß er Blaze fünftausend Dollar schuldete, auch wenn er das Ganze abblasen sollte. Aber er konnte nicht mehr zurück – soviel war ihm klar, auch wenn er mehr Angst hatte denn je. Gerade daß seine Hände noch einen Windsorknoten binden konnten.

Es war sommerlich genug, um weiße Hosen zu tragen, dachte er. Er nahm eine Doeskinhose mit Bundfalten – und Aufschlägen, versteht sich –, die messerscharfe Bügelfalte so fein, daß er sich verpflichtet fühlte, sich aufs Bett zu setzen, um mit beiden Beinen gleichzeitig hineinzuschlüpfen. Dabei mußte er an das Sportklischee denken: »Wir ziehen unsere Hosen ein Bein nach dem anderen an.« Er hatte es einen Rudergänger im Sportkanal in bezug auf die Ausscheidungsrennen sagen hören. Nicht so Ambrose Lutterworth, nicht wenn man seine Bügelfalten gern scharf genug hatte, um eine Hochzeitstorte damit zu schneiden. Seine Schwester hatte ihn einmal gefragt, warum er sich nicht Blöcke und Taljen besorgte, um sich hineinzuhieven.

Der einreihige Blazer mit den aufgesetzten Taschen würde es diesen Abend nicht tun, nicht auf einer America's Cup-Party in La Jolla, wo alles auf Seefahrt getrimmt kam. Der seitlich geschlitzte Doppelreiher war da genau das Richtige. Dieser Blazer hatte sechs spezielle Messingknöpfe, jeder mit einem America's Cup-Emblem. Er hatte sie selbst entworfen und in London anfertigen lassen. Zu seinem Kummer hatte sie im San Diego Yachtclub keiner bemerkt, bis Ambrose selbst auf sie aufmerksam machte. Was so einiges über den Club sagte.

Aber so war die Stadt nun mal. Die sechstgrößte Stadt Amerikas, ja, aber nur Nummer vierundzwanzig auf dem Medienmarkt – und noch immer nur ein Nonstopflug täglich vom Kennedy Airport, New York. Sein Vater selig hatte immer gesagt, in San Diego lebe es sich deshalb so angenehm, weil dort jeder mit großen Plänen unweigerlich zum Scheitern verurteilt sei.

Seine Mutter hatte den hiesigen Yachtclub von ganzem Herzen gehaßt. Sie fand ihn lächerlich im Vergleich zu dem in New York, der seit der Zeit Königin Victorias Heimat des Cup gewesen war. Aber natürlich war für sie auch der New Yorker Yachtclub nur ein Witz gegenüber jedem x-bliebigen Segelclub auf den britischen Inseln.

Als sie den San Diego Yachtclub das erste Mal betreten hatte, sagte sie: »Wo kauft man denn hier die lebenden Köder?«

Und dann hatte sie sich endlos darüber beklagt, daß die Leute im Club in Jeans und T-Shirt zu abend aßen. Selbst in den zweitklassigen Restaurants San Diegos (und das waren sie alle) speise man nicht in T-Shirt und Jeans. Seine Mutter stammte aus Boston, und ihre Familie verbrachte den Sommer stets am Nantucket Sound.

Sein Vater hatte ihr immer wieder geraten zu lernen, wie man einen Frisbee fängt, und das herrliche Klima zu genießen. Und dabei unweigerlich hinzugefügt: »Es ist keine Stadt, meine Liebe. Es ist ein riesiges Seebad.«

Das blaue Hemd, für das Ambrose sich entschied, war aus feiner Baumwolle und hatte einen Windsor-Kragen und weiße

Manschetten. Er wollte schon in die Slipper steigen, die er sich herausgestellt hatte, überlegte es sich jedoch anders. Es war eine Regattaparty, da brauchte er sich nicht zu zieren. Er entschloß sich zu zweifarbigen Budapestern aus Leinen und Korduanleder, die er in der New Bond Street in London erstanden hatte.

Er band sie, indem er einen Fuß auf den Polsterschemel am Fußende des Bettes stellte, um keinen Knick in die Flanellhose zu machen, und stellte sich dann zur Begutachtung vor den mannshohen Spiegel. Er hatte noch einen Haarstrich getrockneten Blutes auf der Lippe, aber er war fast nicht zu sehen. Ja, er sah in Ordnung aus, machte sich jedoch Sorgen um das Wappen, daß er sich erst kürzlich auf der Billettasche hatte anbringen lassen. Es war handgewebt, der Faden 24karätiges Gold – ein Anker mit Tau. Aber ... war es nicht vielleicht doch etwas zuviel?

Seine Mutter hätte ja gesagt und daß es genau zu San Diego paßte. Zu Amerika! Als läge Massachusetts, wo sie herkam, nicht auf dem amerikanischen Kontinent.

Ambrose knöpfte den Blazer wieder auf. Vielleicht war es doch zuviel. Vielleicht sollte er es sich an den Einreiher nähen lassen. Immerhin war der mit seinen aufgesetzten Taschen etwas legerer. Er fragte sich, ob wohl im New Yorker Yachtclub jemand ein Wappen auf der Billettasche eines Zweireihers anbringen ließ? Plötzlich schien es ihm völlig übertrieben.

Dann merkte er, daß er schnell atmete, ja nach Luft schnappte. Er setzte sich auf die Bank und versuchte sich zu sammeln, entschlossen, sich auf seine Erscheinung zu konzentrieren statt auf angstbehaftete alte Erinnerungen.

Ambrose stand auf, atmete langsam durch und stieß dabei die Luft vor dem erneuten Einatmen vollständig aus. Langsames, gemessenes Atmen hatte ihn noch immer beruhigt. Er knöpfte den Zweireiher wieder zu und stellte sich einen Augenblick in Pose. Dann trat er zurück, vollführte eine halbe Drehung und begutachtete sein Erscheinungsbild.

Ambrose Lutterworth sagte sich, daß es ihm egal sein konnte, was eine alte tote Frau von ihm hielt. Oder sonst einer der Poseure und Schnösel vom East Coast Yacht Club. Ambrose Lutterworth wußte, wer er war: Er war der Verwahrer des Cup!

Bevor er jedoch aus dem Haus ging, steckte er ein weißes Taschentuch in die Billettasche in der Hoffnung, daß es die Wirkung des goldenen Emblems etwas dämpfen würde.

Ambrose traf dreißig Minuten nach Beginn der Cocktailstunde auf der Party ein. Wie alle Partys in San Diego begann auch diese zeitig, so daß es noch eine Stunde vor Sonnenuntergang war, als er in seinem alten Cadillac vor das kleine Herrenhaus an La Jollas teuerstem Küstenabschnitt fuhr. Ambrose wußte, die Party wäre, da während der Regatta viele der Gäste im Rennkomittee tätig waren, zeitig zu Ende – Gott sei Dank.

Das Mädchen, das die Autos parkte, trug ein weißes Hemd mit schwarzer Fliege und eine schwarze Hose dazu. Als sie seine Schlüssel nahm, sagte sie: »Parkschein ist heute nicht nötig, Sir.«

Was bedeutete, daß die Gesellschaft nicht so groß war, wie so manch andere, auf die er in letzter Zeit hatte gehen müssen. Ein weiterer kleiner Segen.

An der Tür sah er sich von Madge Stoker empfangen, der Gattin von Grant Stoker, der wie Ambrose in der zweiten Generation Mitglied und womöglich der nächste Commodore des Yachtclubs war.

Madge war die Tochter eines Farmers aus dem Imperial Valley, der mit Gemüse reich geworden war. Sie war übergewichtig und fühlte sich so wohl in ihrer Haut, daß sie Ambrose nervös machte. Madge sah den Leuten direkt in die Augen, etwas, was Ambrose irgendwie als geschmacklos empfand. Ihre Fingernägel waren rissig und gespalten, da sie sich zusammen mit einem Paar illegaler Mexikaner um ihre Gärten und Bäume kümmerte. Sie hatte einmal ganz unbekümmert erzählt, sie hätte noch nie auch nur einen Pfennig zu ihren Sozialleistungen beigetragen und scheide damit für Bill Clintons Kabinett aus.

»Hallo, Ambrose, Baby!« sagte Madge, als er das zehn Meter hohe Marmorfoyer betrat.

Im Foyer wie auch im Wohnzimmer waren, neben mehreren Rokokkospiegeln, Lackantiquitäten aus der Zeit Queen Annes und japanische Paravents aus dem achtzehnten Jahrhundert zu sehen. Türen und Fenster waren wie die Polstermöbel überdimensional, einschließlich der beiden Damastsofas, auf denen halb La Jolla Platz gehabt hätte. Die raumhohen Verandatüren waren taftgesäumt. Ambrose hatte das Haus der Stokers noch nie ohne das Gefühl betreten, daß er es am liebsten abgebrannt hätte.

Madge wandte nicht, wie die meisten Gastgeberinnen dieses Partykreises, die Wange ab, um die Luft zu küssen. Sie drückte ihm einfach einen auf. Ihr Lippenstift war bereits verschmiert, und nach dem Eintreffen aller Gäste würde sie ihn im ganzen Gesicht haben. Und wenn eine der anderen Damen sie diskret darauf hinwies, antwortete Madge Stoker für gewöhnlich: »Wie Clark Gable nie wirklich so ganz gesagt hat: Ehrlich gesagt, meine Liebste, ist mir das scheißegal.«

Nachdem er Madge begrüßt hatte, besorgte Ambrose sich an einer der beiden Bars, die man aufgestellt hatte, ein Glas Weißwein und schlenderte hinaus auf die Terrasse, wo die Gäste Gelegenheit hatten, die Sonne im Pazifik versinken zu sehen.

Chablis. Er hätte es wissen sollen. Genießbar, aber auch nur gerade. Bei einem richtigen Weinkenner käme er noch nicht einmal in den Salat. Scotch, Wodka und Gin jedoch waren vom Besten, was man für Geld kaufen konnte. Ganz wie Madge Stoker.

Grant Stoker gesellte sich auf der Terrasse zu Ambrose und schüttelte ihm kräftig die Hand, obwohl sie sich erst am Nachmittag im Club gesehen hatten. »Freut mich, daß du's einrichten konntest, Ambrose«, sagte er. »Ich hatte mir schon Sorgen gemacht, als du gesagt hast, du wärst nicht sicher. Wäre schließlich keine Party ohne dich.«

»Ich habe mich eigens für dich frei gemacht«, sagte Ambrose. Ihm war klar, daß sie beide logen. Zwei Segelnarren, die einander Geschichten erzählten.

Grant Stoker war größer als Ambrose und sah, robust und sportlich wie er war, jünger aus. Im Gegensatz zu Ambrose hatte er noch volles Haar, das er wie ein Yuppie an den Kopf geklatscht trug. Man erzählte sich, er hätte es im Lauf der Jahre mit wenigstens drei Gattinnen aus dem Yachtclub gehabt, war dabei aber immer diskret gewesen, so daß es seine Chancen, Commodore zu werden, vermutlich nicht beeinträchtigte.

»Komm doch mit rüber, ich stelle dir einige unserer Freunde aus dem Norden vor«, sagte er.

Mit »Norden« meinte er Rancho Santa Fe, Fairbanks Ranch und Del Mar, kostspielige Außenbezirke, wo der Teil des San Diego Jet Sets wohnte, dessen Hobbys eher in Richtung Pferde und Golf gingen als in Richtung Meer.

Etwa sechzig Gäste waren zu diesem Zeitpunkt bereits eingetroffen, und die meisten der Männer trugen Blazer und sommerliche Popelinsakkos. Wo man hinsah, Ferragamo-Krawatten mit nautischen Motiven, die Ambrose nie und nimmer getragen hätte. Kein Zweifel, sie waren nun wirklich zuviel.

»Das hier ist Ambrose Lutterworth, Verwahrer des Cup«, sagte Grant Stoker zu einer siebenköpfigen Gruppe – vier Männer, drei Frauen – in legerer Cocktailkleidung.

Eine schlanke Frau mittleren Alters, die eine mintgrüne Kreation von St. John trug, streckte die Hand aus, und Ambrose drückte sie.

Sie sagte: »Ich bin Sam. Ich habe Sie in Tokio im Fernsehen gesehen, als Sie mit dem Cup dort waren.«

»Tatsächlich?« Ambrose war entzückt.

Er wußte, diese Leute waren keine Yachtsportler, aber immerhin war das hier eine Regattaparty. Auch wenn sie vielleicht keine begeisterten Segler waren, saßen sie wahrscheinlich irgendwann einmal auf einem Zuschauerboot und verfolgten das Rennen auf dem Bildschirm im Salon – eine gute Ausrede dafür, sich schon um ein Uhr nachmittags vollaufen zu lassen.

»Tja, ich war mit dem Cup so mancherorts während der letzten Jahre«, begann er mit einem schüchternen Lächeln. »Da war ich auch im japanischen Fernsehen.«

»Was macht so ein Verwahrer des Cup eigentlich?« fragte Sam.

»Er reist mit dem America's Cup!« sagte ihr Mann. »Was denkst denn du? Er geht damit nach ...« Er wandte sich an Ambrose und sagte: »Wohin, außer Tokio.«

»Ich war schon weiß Gott wo«, sagte Ambrose und zwang sich, den Chablis zu trinken, während er gegen das Verlangen ankämpfte, einfach zu fliehen.

»Wir sind alle Landratten«, erklärte ein anderer Mann. Er war jünger als die anderen und trug ein hellblaues rauhes Sportsakko, das Ambrose gefiel. »Erzählen Sie uns doch etwas America's Cup-*Klatsch*.«

»Welche Art Klatsch meinen Sie?« fragte Ambrose.

»Entschuldigt mich, bitte«, sagte Grant Stoker. »Ich geh' dann mal und helfe Madge an der Tür, damit ich mir Ambroses Geschichten über die Leichen in unseren Kellern nicht anhören muß.«

»Die natürlich nicht wirklich im Keller begraben sind, sondern auf See«, sagte Ambrose, und alles lachte lauthals über den kleinen Scherz. Er merkte, daß sie bereits mächtig geladen hatten.

Ambrose brauchte im Grunde nicht eine ihrer Fragen zu beantworten. Sie lieferten ihren eigenen Klatsch zum America's Cup, und das dumpfe Pochen in seinem Kopf wurde zu einem schmerzhaften Hämmern.

Keiner verstand, was der Cup für richtige Yachtleute war, noch nicht einmal alle Clubmitglieder. Wie sollte er es dann diesen Leuten sagen? Wie sollte er ihnen erklären, welche Ehre das war? Er entschuldigte sich und ging hinaus auf die Terrasse. Die Sonne war kurz vor dem Untergehen, und einige Gäste warteten in der Hoffnung, den grünen Blitz zu sehen.

Er entstand, wenn eine atmosphärische Veränderung der Luftdichte zu einer Brechung des Lichts führte, dort wo es vom Kalten ins Warme kam, wie bei einem gigantischen Prisma. Blau und Grün werden stärker gebrochen als rot und gelb, was das Blau kräftiger streut, und steht Grün dann auch noch in der richtigen Position, bekommt der rote Feuerball auf seinem Sturz ins Meer hin und wieder einen breiten leuchtend smaragdgrünen Rand. Deshalb grüner Blitz.

Ambrose hatte von der schottischen Legende gehört, nach der der grüne Blitz allen, die ihn sahen, Liebe und ewiges Glück versprach. Ein hübscher Gedanke.

Madge Stoker schreckte ihn auf, als sie ihm ins Ohr flüsterte. »Weißt du, warum die Weiber auf diesen Parties so nah beieinander stehen, wenn sie sich unterhalten? Ihre Augen sind nicht mehr gut genug, um aus der Distanz zu sehen, wer geliftet ist und wer nicht.«

Als er sich schließlich von Madge abwandte und aufs Meer hinaussah, war die Sonne verschwunden. Ohne den grünen Blitz.

# 6

Blaze erreichte das Restaurant im Hafenviertel um sechs und ging schnurstracks an die Bar. Es hatten sich bereits eine Reihe von Aussies und Kiwis eingefunden, die gegenüber den Amis in der Überzahl waren – und mit Sicherheit schluckten sie mehr.

Sie trug ein smaragdgrünes Tubetop, weiße Bongo-Jeans und Segelschuhe. Das Tubetop rutschte zwei Fingerbreit nach unten, wann immer sie einem der Segler zuwinkte, und als sie zur Toilette durch die Bar stolzierte, winkte sie möglichst oft.

Es dauerte nur einen Augenblick, schon umkreisten sie sie wie Haie eine Blutspur.

»Blaze!« rief ein Aussie.

»Hier, Blaze!« Diesmal war es ein Kiwi.

»Hier drüben, Blaze!« sagte ein anderer. »Hast dich schon das letzte Mal nur um die Kerls da drüben gekümmert.«

»Weißwein, Blaze?« fragte ein australischer Trimmer. »Hab' mir schon gedacht, daß du kommst, und hab' 'ne Flasche kaltstellen lassen.«

»Gut der Mann, Charlie!« sagte Blaze.

Das Restaurant war eines von mehreren mit polynesischem Ambiente, das heißt Bambusfurnier und Blumendesign. An den Wänden hingen Bilder, die Gauguin gemalt haben könnte – im Suff. Aber das Restaurant selbst bot einen überwältigenden Blick auf den Hafen einschließlich der Skyline, dem Stützpunkt der Marineflieger auf North Island und der Brücke nach Coronado.

Keiner der Segelprofis scherte sich einen Dreck um den Blick. Sie konnten sich nicht an Blaze Duvall und ihrem grünen Tubetop satt sehen.

Der Geschäftsführer des Restaurants, der sich Sorgen machte, die Segler könnten sich um *dieses* Cuppie schlagen, sagte seinem Barmann, ein Auge auf die Szene zu haben und ihn zu rufen, wenn es ungemütlich zu werden begann.

Nachdem Blaze auf einem Bambusbarhocker saß, sah sie in die Runde und sagte: »Hat Miles heut' abend was Besseres vor?«

»Der hatte noch dies und das im Lager zu tun«, sagte ihr einer der Kiwis. »Keine Bange, der ist in zehn Jahren an keiner Kneipe vorbeigekommen, ohne reinzuschauen.«

In den Hochhäusern des Zentrums und auf dem weiten lampengesäumten Bogen der Coronado Bridge waren eben die Lichter angegangen, als Simon Cooke auftauchte. Voll großer Hoffnungen, daß Blaze ihr Wort halten könnte, hatte er sich feiner gemacht als je zuvor. Was bedeutete, daß er frische Blue Jeans, Turnschuhe ohne Schmieröl und ein immerhin fast sauberes Sweatshirt mit einem Kamikazesurfer auf dem Rücken trug, der mit fünf Zehen über der Kante der Welt den Stinkefinger anbot. Simon Cooke hatte sich sogar die Knöchel geschrubbt.

Blaze sagte den Seglern: »'tschuldigt mich mal, Jungs. Haltet mir den Platz warm.«

Sie rutschte sehr zum Leidwesen der Segler vom Hocker, die stöhnten und muhten wie eine Herde Rinder, schlängelte sich durch die Menge und begrüßte einen strahlenden, halbnüchternen Simon Cooke.

»Ich glaub's einfach nicht!« sagte er. »Du bist hier! Du magst mich ja wirklich!«

»Sachte, Simon«, erwiderte sie. »Hörst dich ja an wie Sally Field, als sie den Oscar bekam.«

Blaze wählte eine der Bambusnischen fernab lauschender Segler und unterhielt Simon, bis er das erste Glas intus hatte, mit Klatsch über den Cup. Sie wartete, bis sein zweites kam, bevor sie sagte: »Simon, ich bin fast fertig mit meinem Artikel, aber ich bräuchte noch etwas technischen Rat. Erinnerst du dich zum Beispiel daran, wie der Kranführer das Boot der Franzosen fallen ließ?«

»Logisch«, sagte er. »Von dieser Pleite hat ja wirklich jeder gehört. Glaub' aber nicht, daß das ihr normaler Kranführer war.«

»Kann aber doch jedem Team passieren, oder?«

»So ziemlich«, sagte er. »Kräne haben ihre Mucken. Mir würd' so was nicht passieren. Ich bin der Beste der Branche.« Dann dachte er, daß er etwas zu weit gegangen war, und fügte hinzu: »Na wenigstens hier in der Stadt.«

»Was, wenn ich ein Szenario über den Sturz eines Bootes schreiben würde?«

»Ist das so was wie 'n Drehbuch?«

»Sagen wir mal, ich entschließe mich, aus meinem Artikel über den America's Cup eine Geschichte zu machen. In der vielleicht jemand das Boot der Neuseeländer zu sabotieren versucht.«

»Wer?«

»Fällt dir da niemand ein?«

»Sicher doch«, sagte er. »Dennis Conner oder Bill Koch, wer immer sich als Herausforderer qualifiziert. Ich würd's auch denen vom Pact Ninety-Five zutrauen, das Team der *Young America,* aber gegen Koch oder Conner haben die keine Chance. Tatsache ist, daß jeder von denen jubeln würde, wenn die Kiwis eine Rakete trifft.«

»Es haben also alle Angst vor Neuseeland?«

»Die Kiwis haben Tempo, das sie noch nicht mal brauchen«, sagte Simon. »Und jeder hier weiß das. Aber sie haben zwei Boote. Wieso sollte Conner und Koch nur eins davon sabotieren wollen? Siehst du, das ist das Problem bei deinem ...«

»Szenario.«

»Ja.«

»Aber was, wenn eines der Boote der Kiwis eine ganze Ecke besser ist als das andere?«

»Hab' ich nichts von gehört.«

»Ich schon«, sagte Blaze.

»Von wem? Denen da?« Simon wies auf den Mob an der Bar, der seit Einbruch der Dunkelheit in der Bucht von San Diego noch lauter geworden war.

»Noch zwei«, sagte Blaze zu der vollbusigen Kellnerin im Sarong. Dann zu Simon: »Einigen wir uns doch nur mal um meiner Geschichte willen darauf, daß eines der neuseeländischen Boote besser ist und jemand einen Kranführer dazu bekommen will, das schnellere der beiden schwarzen Kiwiboote fallen zu lassen. Wie würde er das anstellen?«

»Da hast du schon mal 'n Problem«, sagte Simon und kippte den Rest des Gins herunter.

»Wie das?«

»So wie bei dem Unfall von den Franzosen kann's gar nicht gehen.«

»Warum?«

»Weil die nicht mal 'nen Kran haben, deshalb. Die Kiwis arbeiten mit einem Travellift. Ich selber hab' ihrem Kranführer beigebracht, wie man damit umgeht!«

»Alles läßt sich sabotieren«, sagte Blaze.

Simon bedachte sie mit einem herablassenden Lächeln, und wie sie sah, hatte er sich sogar die Essensreste aus den Zähnen geputzt. »Das ist nicht dasselbe. Ein Travellift ist praktisch ein Stahlträger zwischen zwei Stützen. Er hat einen Tragbalken mit 'ner Aufhängeöse, die sogenannte Traverse, verstehst du? Ich könnte das verfluchte Ding gradewegs aus dem Lager fahren und hier nebenan parken, um's dir zu zeigen, nur würd' man mir dafür wahrscheinlich die Eier abbeißen – 'tschuldige die Ausdrucksweise.«

»Du kannst da gar nicht rein?«

»Im Leben nicht«, sagte er. »Nachdem die Kiwis den Teil des Bootslagers gemietet hatten, haben sie ihn mit Stacheldraht abgeriegelt. Innerhalb des Zauns haben sie ihre eigenen Bullen. Die haben wahrscheinlich so verschis... verfluchte Uzis oder was in der Art.«

»Was, wenn sie was aus eurem Lager brauchen?«

»Glaub mir, wir kommen da nur in Begleitung rein. Einmal mußte ich ihnen ihr Boot heben, als ich dem Typ gezeigt hab', wie so 'n Travellift geht, da –«

Simon sah sich unterbrochen, als die Kellnerin ihre Drinks an den Tisch brachte. »Nein, nicht!« sagte er, aber Blaze holte einen Zwanziger aus ihrer Handtasche und reichte ihn ihr.

Zu heftig wehrte Simon sich nicht. Er hatte dreizehn Mäuse in der Tasche, nachdem er ein paar Wettschulden bezahlt hatte. Die verdammten Padres – noch nicht mal in der taiwanesischen Kinderliga hätten die eine Chance!

»Also, weiter«, sagte Blaze. »Du hast denen gezeigt, wie man mit diesem Travellift umgeht?«

»Ja, und ich mußte das Boot blind heben! Sie haben einen Vorhang zwischen mir und den Kahn gehängt, damit ich den verschissenen – 'tschuldigung – Kiel nicht sah!«

»Also, du sagst nun, man müßte sich die Mitarbeit eines Kiwi sichern, um das Boot fallen zu lassen?«

»Nein, Blaze«, sagte Simon. »Du hast nicht kapiert. Mit einem Travellift kannst du das Boot gar nicht fallen lassen. Ist idiotensicherer als 'n Kran. Paß auf, an der Travers hängt ein Schäkel, ja? Mit 'ner Kevlarschlinge, die praktisch durchs Deck ans obere Kielende geht. Verstehst du?«

»Nein.«

»Na gut, also folgendes ... du hast zwei Fingerpiers ins Wasser, ja? Du hebst praktisch aus der Mitte zwischen zwei Fingerpiers. Alles klar?«

»Nein.«

»Na gut, paß auf, der Travellift ist praktisch 'n Fahrzeug. Ich könnt' damit in die Mission Bay gondeln, wenn die Straße frei wäre. So 'n Ding ist wie 'n großes Hufeisen. Und du hast zwei Hebepunkte. Der Kranführer kann gar keinen Fehler machen. Beim Travellift ziehst du Hebel, die die Hydraulik aktivieren. Du brauchst 'ne Menge gesunden Menschenverstand, aber es ist nicht wie bei 'nem Kran, wo du bloß den Fuß von der Bremse zu nehmen brauchst, und die Chose geht in den freien Fall. Du brauchst bei einem Travellift die Winschen nicht mit 'ner Bremse zu sichern. So ein Hydraulikhubwerk arbeitet mit Druck. Kapiert?«

»Nein, aber das brauche ich ja auch nicht. Nicht für meine Geschichte.«

»Aber du könntest in deiner Geschichte einen Kran draus machen, dann ist so 'n Boot schnell dahin. Für so 'ne Bremse gibt's keine Sicherung. Ich mein', ist schließlich bloß 'ne Geschichte. Und bei 'nem Kran könnte einem der Fuß von der Bremse rutschen.«

»Komm schon, Simon«, meinte sie schmeichelnd, legte ihm dabei eine Hand auf den bloßen Unterarm und rieb diesen leicht. »Mein Szenario muß auf meine Art gehen. Ich wette, *du* brächtest das hin. Ich wette, du würdest darauf kommen, wie man so ein Boot von einem Travellift fallen läßt.«

Er spürte eine Schwellung im Hals. Er hatte noch nie eine so seidige Hand gespürt. Er hatte noch nie so grüne Augen gesehen. Als sie näherrückte, spürte er ihren Atem auf dem Gesicht. »Na ja«, sagte er, »vielleicht, wenn ich drüber nachdenken würde.«

»Überleg doch«, drängte sie und massierte ihm sachte den Arm. »Denk nach.«

»Es ist …« Dann sah er in ihre grünen Iris. »Na ja, es ist … gar nicht so leicht!«

»Es gibt immer eine Schwachstelle«, sagte sie. »Überall im Leben sucht man nach Schwachstellen.«

»Die Schlinge«, sagte er und schluckte trocken. Verdammt noch mal! Der Hals schwoll ihm noch schneller als der Schwanz!

»Die Schlinge ist die schwächste Stelle?«

»Ja«, sagte er, enttäuscht, daß sie mit der Unterarmmassage aufgehört hatte.

»Was ist mit der Schlinge«, wollte Blaze wissen.

»Das Ding ist aus tausend Meilen geflochtenem Kevlar«, sagte er. »Ein einziger langer Faden sozusagen. Und über dem Ganzen ist eine Schutzmanschette. So 'ne Art lose Hülle. Das Ganze ist wie 'n Hosenbein, so mit Saum.«

»Und wieso könnte man diesen Saum nicht auftrennen?«

»Dazu müßte man sie abnehmen und genug von den Fäden der Schlinge zerschneiden, um sie zu schwächen.«

»Und wie stellst du sicher, daß sie auch reißt?«

»Der Kranführer könnte ruckartig halten. Mit so 'ner Mordsladung sollte man das natürlich langsam tun. Aber wenn man aus Versehen einen schnelleren Gang drin hätte und die Hebel freigibt ...«

»Was würde passieren?«

»Es gäbe einen Ruck.«

»Wieviel Gewicht hängt denn da dran.«

»Der Kiel allein wiegt über zweiundzwanzig Tonnen. Der Rest des Boots macht noch mal zweieinhalb. Ein plötzlicher Ruck mit einer halb durchgesäbelten Schlinge? Ich denke, das würde gehen. Und zwar abwärts!«

»Würde man sehen, daß es Sabotage war?«

»Der Kranführer könnte einfach sagen: Oh! War ich im Schnellgang? Dachte, ich hätte den langsamen drin. Herrgott, Jungs!«

»Könnte man beweisen, daß die Schlinge durchschnitten wurde?«

»Nein. Das ist wie eine Spule fester Faden. Es würde einfach alles weghängen wie Spaghetti.«

»Dann käme der Kranführer in meiner Geschichte also damit durch?«

»Wenn er einen Revolver mithat. Den bräuchte er nämlich, um lebend aus dem Lager zu kommen. Die würden ihn nämlich kalt machen, diese verschissenen – 'tschuldigung! – verdammten Kiwis. Ich mag sie nicht, einen wie den anderen, aber am wenigsten meinen Schwager. Müssen ständig anschaffen.

Verlangen Gott und die Welt von der Firma, weil mein Boß ja der Vermieter ist. Aber wenn sie dir auch nur den kleinsten Gefallen tun sollen, geben sie dir 'n Korb. Haufen Arschlöcher – 'tschuldige meine Ausdrucksweise.«

»Als sie euren Bootslagerplatz gemietet haben, warum haben sie da nicht gleich einen von euch mitgemietet? Dich, zum Beispiel? Ich meine, du hast schließlich einen Schwager im Team, und da stellen die dich nicht ein?«

»Damals war er noch nicht mein Schwager. Wie auch immer, dazu haben die viel zuviel Angst, die ganze Bande. Zweiundneunzig haben die Italiener den Travellift mit Kranführer gemietet. Nette Burschen. Haben immer Pasta für uns gemacht. Also, mit denen konnte ich. Und selbst mit den Japanern. Immer wenn man denen zugewinkt hat, dann haben sie sich so 'n bißchen verbeugt. Wenn sie von einer Trainingsfahrt zurückkamen, schrien sie immer: Banzai! Ausgesprochen höflich. Die Kiwis sind arrogante Idioten.«

»Würde man den Faden dieser Schlinge mit einem Taschenmesser durchschneiden?«

»Im Leben nicht! Da bräuchte man schon eine Säge. Und es würde dauern. Kevlar ist schwer zu schneiden.«

»Mal sehen, ob ich das richtig verstanden habe. Die Schlinge würde sich also auflösen wie eine Garnspule. Aber sie ist von einem Kondom versteckt, richtig?«

»Find' ich lustig!« kicherte Simon. »Ein Tuchkondom, ja.«

»Dann könnte das also jemand am Morgen des letzten Rennens gegen die Aussies machen, die ja, so wie's aussieht, von den Kiwis eins draufkriegen. Wäre das eine gute Zeit?«

»Nee. Da ist das nicht zu machen«, sagte Simon. »Wie wär's mit noch 'ner Runde?«

Ohne abzuwarten, hielt er der Bedienung im Sarong zwei Finger hin, während Blaze entrüstet sagte: »Simon, du hast eben gesagt, es sei zu machen!«

»Wie willst du deinen Typ ins Lager kriegen? Diese Arsch ...

diese Typen lassen ja noch nicht mal meine Schwester rein, wenn ihr nicht mein Schwager das Händchen hält. Sie legen ihr wahrscheinlich eine Augenbinde um, wenn ihr gottverdammter Kiel mal nichts anhat!«

»Man könnte über den Zaun steigen, von eurem Lager in das ihre, oder nicht?«

»Bei Stacheldraht und Wachleuten, die einem die Ei... den Kopf abreißen? Im Leben nicht!«

Das wär's dann wohl. Blaze lehnte sich zurück und rutschte ein Stückchen ab. Es war nicht zu machen. Sie würde sich mit fünf Mille zufriedengeben müssen. Es war von Anfang an eine blöde Idee gewesen.

Er unterbrach ihren Gedankengang, als er sagte: »Man müßte es machen, wenn sie draußen beim Rennen sind. Vielleicht wie du gesagt hast, am Tag des letzten Rennens gegen die Aussies. Alles würde vorm Fernseher kleben, selbst die Wachleute.«

Blaze beugte sich vor, und diesmal packte sie seinen Arm. »Weiter, Simon«, sagte sie. »Nicht aufhören.«

Während Simon Cooke seine Blicke durchs Restaurant schweifen ließ, zermarterte er sich für sie den ginvernebelten Verstand. »Man müßte es nachmittags machen, um halb fünf«, sagte er. »Wenn sie vom Rennen zurück sind. Sie haben den Aussies gezeigt, wo der Hammer hängt, und lassen erstmal die Sau raus. Das wäre die richtige Zeit. Die Schlinge hätte er schon angesägt, dieser Typ in deiner Geschichte. Und die Spaghetti wären am Dröseln.«

»Wie kämst du denn ins Lager, wenn sie draußen beim Rennen sind?«

»Ich überhaupt nicht. Unmöglich. Ich bin Ami. Einem Ami trauen die nicht. Die würden noch nicht mal dem amerikanischen Verfassungsgericht trauen. In deiner Geschichte müßte man den Kranführer der Kiwis dazu kriegen. Der Typ, der das Boot morgens zu Wasser bringt und dann den ganzen Tag auf Abruf im Lager ist. Er hockt auf dem Travellift und liest 'n

Buch, wenn's ruhig ist. Und es wird ziemlich ruhig sein am letzten Tag. Von eins bis vier hockt alles vor dem Fernseher, soviel steht fest.«

»Für meine Zwecke müßte ich also den Kranführer der Kiwis dazu kriegen, sowohl die Schlinge zu sabotieren, als auch das Boot selber fallen zu lassen?«

»Du sagst es.«

»Aber was, wenn ... was, wenn am Morgen des letzten Rennens gegen die Aussies – dem entscheidenden Rennen – der Travelliftführer nicht zur Arbeit kommen könnte?«

»Machst du Witze? Der Typ verdient hier mehr, als er in seinem ganzen armseligen Leben als Bodenanstreicher verdient hat – oder was immer er auf seiner lausigen kleinen Insel gewesen ist. Ich hab' selber Schiffsrümpfe gestrichen. Mich hochgearbeitet zu Kränen und Travellifts. Als ich für die Italiener gearbeitet habe, haben sie mir das Vierfache von dem bezahlt, was ich jetzt kriege. Der geht doch nicht her und –«

»Sagen wir nur mal um meiner Geschichte willen, er kommt nicht zur Arbeit. Wer setzt das Boot ins Wasser? Und steht den ganzen Tag auf Abruf bereit? Und holt es wieder raus? Wer?«

Simon Cooke starrte Blaze einen Augenblick an. Dann kippte er seinen dritten Gin Tonic, wischte sich mit dem Sweatshirt über den Mund und sagte: »Dann müßten sie zu uns kommen. Wir sind die Hausherren. Das heißt, mein Boß.«

»Wen würden sie holen, um an einem so wichtigen Tag den Travellift zu bedienen? So kurzfristig?«

»Ich schätze ... mich«, sagte Simon Cooke. »Ich schätze, du mußt mich in deiner Geschichte unterbringen.«

Blaze atmete mächtig erleichtert aus, dann sagte sie: »Ich danke dir, Simon. Magst noch 'n Glas?«

Kurz vor Ende dieser Samstagsschicht war Fortneys Körpertemperatur wieder normal. Es war einer der schlimmsten Tage gewesen, seit er sich das erste Mal die Marke angesteckt hatte.

Er dankte seinem Schöpfer, daß sein Sergeant ein verständnisvoller Oldtimer und nicht einer dieser verpickelten Halbwüchsigen mit Schwalben am Ärmel war – Computer-Cops, die weder beim Militär gewesen waren, noch richtig gelebt hatten, viel zu jung, um nach Zapfenstreich noch auf der Straße zu sein.

Er erinnerte sich an einen dieser Sergeants bei einem Selbstmord-Einsatz auf der Brücke rüber nach Coronado. Der Springer, völlig außer sich, war selbst Polizist, zwar nicht im Dienst, aber mit der Dienstwaffe in der Hand. Er versuchte den Schneid aufzubringen, sich vom Geländer zu schießen.

Der junge Sergeant befahl ihm, die Waffe wegzulegen. Wieso? »Weil sie Eigentum der Stadt ist.« Am liebsten hätte Fortney selbst die Knarre gezogen und dem Milchbart von Sergeant eine verpaßt – alle und jeden auf der Latte zu haben! Was freilich nur für Untergebene galt.

Die Latte seines Partners galt offensichtlich ganz was anderem. Noch bevor sie ihren Bericht getippt hatten, sagte Leeds: »Ziehen wir doch heut' abend los, Cuppies aufreißen, was meinst du?«

»Ich hatte einen anstrengenden Tag, Kleiner«, antwortete Fortney. »Vielleicht hast du's zufällig mitbekommen, ich wär' fast ersoffen!«

»Komm schon!« sagte Leeds. »Ich muß diese blöde Umfrage austesten, nach der verheiratete Leute ein besseres Sexleben haben als Singles. Hast du gehört? Heut' abend mach' ich mal einen auf Single und finde heraus, ob das stimmt.«

»Du warst immer ein Single«, sagte Fortney. »Das Problem mit dir ist, daß du seit deiner Hochzeit nicht einen Tag verheiratet warst.«

»Also, dann hauen wir die beknackte Umfrage doch ordentlich in die Pfanne.«

»Erinner mich nicht an meine Leber mit Zwiebeln«, sagte Fortney.

Er sagte weder Leeds noch sonst jemandem etwas über die Panik, die ihn in jenem Augenblick in der Bucht befallen hatte. Obwohl er die Schwimmweste trug. Obwohl sein Partner sich direkt neben ihm im Whaler befand und ihn sofort am Kragen gehabt hatte. Obwohl Fortney wußte, daß er gar nicht ertrinken konnte, war sie da und bahnte sich ihren Weg aus dem letzten Winkel seines Bewußtseins nach vorn: eine morbide Angst davor, in finsterem Wasser zu ertrinken. Wäre es abends passiert, er wäre womöglich vor Entsetzen gestorben. Er fragte sich, ob er wohl davon träumen würde.

Plötzlich war ihm nach einem Schnaps. »Okay«, sagte er. »Ich komm' mit. Wird zweifellos amüsanter als alles, wofür PBS meine Steuerdollars ausgibt.«

Eine Stunde später aßen sie zähe Backkartoffeln, steife Tintenfischstreifen und schlappe Fritten in einem Restaurant auf Shelter Island, in dem sich nicht nur Segelfans drängten, sondern ganze Touristengruppen, bereit für ein Wochenende in San Diego, inklusive Sea World und Zoo.

Fortney sah sich um und sagte: »Titel der heutigen Episode: ›Naturfaser stirbt aus‹. Die sehen ja aus wie das Studiopublikum von Rush Limbaugh.«

»Ich hab' mein Lebtag noch nicht so viele Veteranenabzeichen gesehen«, sagte Leeds. »Und ich bin ziemlich sicher, 'n paar von den Frauen hier sind noch nicht mal Primaten.«

»Ich fühl' mich selber nicht grad' allzu menschlich«, sagte Fortney. »Nach all dem Zeug, das ich heut' in der Bucht geschluckt habe, kann ich jeden Augenblick mutieren. Sollte ich je eine dritte Frau finden, die jung genug ist für ein Baby von mir, werd' ich sie drauf hinweisen müssen, daß es sich auf Familienporträts nicht allzu gut machen wird. Sie wird einen Batzen schleimigen Schimmel zur Welt bringen – eine Pilzkultur.«

Kaum hatte Fortney die gefüllten Backkartoffeln gegessen, wurde ihm schlecht. Er sprang auf und lief aufs Klo. Als er fünf

Minuten später wiederkam, sagte er: »Es geht schon los. Ich hab' eben was hochgewürgt, das sah aus wie Ross Perot – nur größer.«

Der Midway Drive war gar nicht so schlecht, um Freier aufzureißen, sagte sich Dawn, nur daß eine Menge von ihnen bei der Marine waren. Matrosen hatte sie noch nicht allzu viele gemacht; sie dachte immer, die hätten kein Geld. Sie kamen ihr ziemlich jung und verängstigt vor, mit ihren kahl geschorenen Schläfen, den billigen kleinen Autos. Wieviel Geld konnte so einer schon haben?

Wenigstens gab es gleich in der Nähe, an der Rosecrans, eine Menge Motels. Sie erfuhr, daß viele Matrosen lieber den Moteltarif bezahlten, als das Risiko einzugehen, es in einem geparkten Wagen zu tun; außerdem schienen sie froh, mal woanders als in der Kaserne schlafen zu können. Dawn hatte nichts gegen Motelzimmer. War schließlich deren Geld, und es war ihre letzte Nacht in San Diego.

Sie warf einen Blick auf die Uhr und hoffte noch fünf Freier zu kriegen. Dann würde sie ihre Connection anrufen, ein paar Speedballs erstehen und zu Blaze gehen – und morgen? Ein neues Leben! Der Gedanke war so aufregend, daß sie zum ersten Mal seit Monaten wirklich glücklich war.

Dann war ihr der Gedanke gekommen, daß sie besser die Titt-'n'-Klit-Kette abnahm. Bei den älteren Freiern oben am El Cajon Boulevard war sie prima angekommen. Einer hatte ihr sogar dreißig Dollar Trinkgeld gegeben, nur um ein Polaroid davon zu schießen. Als sie sich jedoch diesen Abend vor dem ersten Typen von der Marine ausgezogen hatte, wäre er ihr beinahe ohnmächtig geworden.

Beim Entfernen der Klitoriskette zwickte sie sich versehentlich; der Schmerz ließ sie aufschreien und trieb ihr die Tränen in die Augen.

Der junge Matrose hätte fast mitgeheult. »Kein Mensch in

Deming, New Mexico«, sagte er, »läuft wie 'n wandelnder Schrottplatz herum!«

Sie hatte ihre liebe Not, dafür zu sorgen, daß er einen Steifen bekam.

Kaum war Ambrose Lutterworth zu Hause, zog er Blazer und Hose aus und hängte sie über den Kleiderständer aus Kirschholz in der Ecke seines Schlafzimmers. Die weiße Flannelhose müßte in die Reinigung, wenn er die Cocktailsoße nicht herausbekam, die ihm einer dieser betrunkenen Idioten darauf gespritzt hatte, als man bei Sonnenuntergang auf der Terrasse stand.

Er putzte sich die Zähne und gab, da er Blaze erwartete, etwas Kölnisch Wasser auf Wangen und Hals. Dann schlüpfte er in eine dunkelgraue Baumwollhose und die Hausslipper mit Monogramm. Das Hemd, so dachte er, und die Krawatte, die er an diesem Abend getragen hatte, sahen unter der burgunderfarbenen Hausjacke gar nicht so schlecht aus.

Er mochte das weiche Jackett, den Schalkragen, mochte, wie sich das Satinfutter anfühlte, der Satinkummerbund. Er trug die Hausjacke oft, wenn er abends allein zu Hause war. Wegen ihr hatte er bereits erwogen, Zigarren zu rauchen, aber der Geruch brennenden Tabaks war nicht sein Fall. Nicht ein einziges Mal hatte er einen seiner Freunde im Club etwas über den unvergleichlichen Genuß sagen hören, das Anzugjackett abzulegen und eine Hausjacke überzuziehen.

Ambrose setzte sich in seinen Ohrensessel im Chippendalestil, der in den roten und kupferfarbenen Streifen des Royal Temple Yacht Club bezogen war. Er hatte den Stuhl auf seiner zweiten Auslandsreise mit dem America's Cup in London entdeckt, vom Fleck weg gekauft und nach San Diego schicken lassen.

Als er die *Union Tribune* zur Hand nahm, spürte er wieder die Panik im Bauch, nur weil er von Peter Blake las, dem siebenundvierzigjährigen Chef des Syndikats Team New Zealand. Ein Mann mit fünfhunderttausend Meilen Segelerfahrung! Meister der Whitbread Round the World Race, des härtesten Segelwettbewerbs der Welt, und der einzige, der in den ersten fünf Whitbreads dabei gewesen war. Und er hatte zwei davon gewonnen.

In dem Artikel stand, wie Blake 1992 einen 30-Meter-Katamaran nonstop um die Welt gesegelt hatte, und das in der Rekordzeit von zweiundsiebzig Tagen, zweiundzwanzig Stunden und siebzehn und einer halben Minute. Angesichts derart unglaublicher Heldentaten mußte Ambrose zugeben, daß nur wenige Amerikaner sich an die Whitbread wagten. Fast schien es, als wären nur Aussies und Kiwis verrückt und Manns genug dafür, und Ambrose fiel nur ein Ami-Boot von vierzehn im letzten Rennen ein. Er fragte sich, ob die amerikanischen Segler einfach nicht mehr hart genug für etwas waren, das für einen Kiwi wie Peter Blake nur ein Zwischenspiel war.

Eines stand fest, und Ambrose mußte immer wieder daran denken: Weder Peter Blake noch sein Steuermann und Skipper, Russell Coutts, noch sonst jemand könnte dieses Rennen in einem Boot gewinnen, das nicht schnell genug war. Nicht wenn das Boot, das schnell genug war, als Haufen Schrott in einem Bootslagerplatz auf Shelter Island lag.

Ambrose ließ die Zeitung neben seine Füße sinken, leicht benommen und schläfrig wie er war. Er schloß die Augen in der Hoffnung auf ein erfrischendes kleines Nickerchen. Fast hätte er die Krawatte abgenommen, entschied sich aber dann doch dagegen. Damit die Eleganz einer Hausjacke zur Geltung kam, mußten Hemd und Krawatte so ordentlich sein wie bei einer wichtigen geschäftlichen Verabredung.

Simon Cooke loszuwerden war gar nicht so leicht, vor allem nachdem Miles, der riesige Kiwi, sie in der Nische ausgemacht hatte. Miles kam durch die Bar geschritten, und die Menge teilte sich für ihn, wie sie das für extrem große Menschen so tut. Er trug ein schwarzes T-Shirt zu Ehren ihres Bootes *Black Magic*. Unter den zu kurzen Hosenbeinen seiner Jeans guckten rote Socken hervor. Seit Peter Blake rote Socken als Glücksbringer trug, waren sie zum begehrtesten Kleidungsstück Neuseelands geworden. Alles, so hieß es im neuseeländischen Fernsehen, trug rote Socken, vom Politiker bis zur Nonne – inklusive Collies und Schafe.

Auf Brust und Rücken des T-Shirts prangte ein scharlachroter Schriftzug: BLACK MAGIC BEHERRSCHT DIE WELLEN. DENNIS CONNER NOCH NICHT MAL DIE REGELN.

»Hallo, Miles!« sagte Blaze, als er an den Tisch kam.

»'n Abend, Schatz«, antwortete er. »Warst du auch auf dem Wasser, zugucken, wie unsere Burschen zur Sache gehen?«

»Bin leider nicht dazu gekommen«, sagte sie. »Ich nehme an, du kennst Simon Cooke?«

»Er hat mir beigebracht, mit dem Travellift umzugehen«, sagte Miles und drückte dem kleinen Mann halbherzig die Hand.

»Und er hat's schneller kapiert, als 'n andrer zum Arschwi... Autowaschen braucht«, sagte Simon. »Wie funktioniert er denn?«

»Wie 'ne Eins«, sagte Miles. In seiner Pranke nahm sich der Bierkrug wie ein Whiskyglas aus.

»Tja, war schön, dich mal wieder zu sehen«, sagte Simon zu Miles, und wandte sich wieder Blaze zu, wie um die Unterhaltung erneut aufzunehmen.

Miles reagierte nicht auf den Wink. Er strahlte weiterhin Blaze an, wobei die Lücke eines fehlenden Eckzahns zu sehen war. Sein weißblondes Haar war so kurz wie das eines Marinerekruten bei der Grundausbildung.

Blaze sagte: »Kann ich dir ein Bier spendieren, Miles?«

Erst dann reagierte Miles und sagte: »Ich geh' mal besser rüber zu meinen Kumpels an der Bar. Damit sie mir keinen Unsinn machen. Warum kommst du nicht rüber?«

»Gleich«, sagte Blaze mit einem Lächeln, bei dem Simon Cooke am liebsten aufgestanden wäre, um dem großen Gorilla in die Eier zu treten.

Was natürlich einem augenblicklichen Todesurteil gleichgekommen wäre – denn der Mann hätte ihm das Bein ausgerissen und in den Hafen geworfen.

Nachdem Miles weg war, sagte Simon: »Ich konnte den Kerl nie leiden. Natürlich konnt' ich Kiwis noch nie leiden, vor allem nicht – «

»Den, der deine Schwester geheiratet hat«, sagte Blaze auf diese spezielle Art, die Simons Herz flimmern ließ.

»Ja«, sagte er, »den schon gleich gar nicht.«

»Was hat er dir denn getan?« fragte Blaze und machte der Kellnerin mit zwei Fingern Zeichen.

»Er ist 'n Flegel, diese arrogante Arschgeige!« sagte Simon. »'tschuldige die Ausdrucksweise. Einmal sag' ich zu ihm: ›Wenn du mit meiner Schwester nach Neuseeland gehst und ihr euer erstes Kind habt, komm' ich euch besuchen.‹ Weißt du, was er zu mir sagt?«

»Was?«

»Sagt er zu mir: ›Allein schon die Vorstellung.‹ Sag' ich zu ihm: ›Was für 'ne Vorstellung?‹ Darauf er: ›Daß du unsere Handtücher benutzen könntest.‹ Diese Drecksau! Nichts für ungut.«

»Typen wie der sollten mal richtig ihr Fett kriegen«, sagte Blaze.

»Aber echt.«

»Ich frag' mich, wie's ihm wohl schmecken würde, als Verlierer nach Hause zu gehen?«

»Wird er nicht«, sagte Simon. »Die schlagen alles, was wir Amis nur aufbieten können.«

»Nicht unbedingt«, sagte Blaze. »Denk' doch nur mal. All das Geld, das die ausgegeben haben? All die Monate der Schinderei und Entbehrungen? All der Ruhm und die feinen Sachen, die sie zu kriegen meinen, wenn sie den Cup nach Hause bringen? Und wenn sie verlieren, ist alles futsch.«

»Ja!« antwortete Simon. »Mir soll's recht sein!«

»Es wär' durchaus drin«, sagte Blaze. »Wenn sie mit dem Achtunddreißiger antreten müssen. Ich sag' dir, das Achtunddreißiger ist nicht so gut wie ihr Zweiunddreißiger.«

»Tja, die treten aber nun mal mit dem Zweiunddreißiger an«, sagte er. »Wenn's das schnellere ist.«

»Nicht, wenn's wie eine tote Schildkröte auf dem Rücken am Kai liegt.«

»Komm' ich nicht mit.«

»Nicht wenn's einer vom Travellift fallen läßt!« sagte Blaze und senkte den Blick.

Simon antwortete nicht. Er starrte sie an, und als sie ihn mit ihren umwerfenden Augen ansah, sagte er: »Miles? Der soll das Boot fallen lassen?«

»Das hab' ich nicht gesagt.«

»Blaze!« Simon entzog ihr trotz der Samtfinger den Arm. »Was wird hier gespielt? Schreibst du wirklich eine Geschichte oder was?«

»Ja«, sagte sie, »aber während ich so dran gearbeitet und recherchiert habe, habe ich eine Menge Leute kennengelernt. Ich kenne da einen Mann ...« Versuchsweise legte sie ihm noch mal die Hand auf den Arm. »Kann ich dir trauen? Ich meine, wirklich vertrauen?«

»Sicher? Warum?«

»Ich kenne da jemanden, der das Zweiunddreißiger gern auf dem Boden liegen sähe. Und er ist bereit, dafür zu zahlen.«

»Wer?«

»Kann ich nicht sagen. Nur daß er's ernst meint.«

»Aber wieso sagt er das dir?«

»Weil ich ihm gesagt habe, daß ich dich kenne. Er weiß über die Sicherheitsmaßnahmen der Kiwis Bescheid. Und so Sachen wie den Travellift. Er weiß auch schon von dir.«

»Mir? Was weiß er von mir?«

»Daß du San Diegos bester Kranführer bist. Daß du dem Kranführer der Kiwis beigebracht hast, wie man den Travellift bedient. Daß die Kiwis dich wie Dreck behandeln, obwohl du und das Bootslager sie immer fürstlich behandelt habt. Ich habe ihm gesagt, daß ich dich sehr gut kenne, weil ich sofort wußte, ich habe es mit einem ernstzunehmenden Kandidaten zu tun.«

»Kandidat wofür?«

»Na für den America's Cup.«

Hier veränderte sich Simons Ausdruck. Seine schmalen Lippen dehnten sich zu einem durchtriebenen Grinsen, dann sagte er: »Du hast mit Bill Koch gesprochen, stimmt's oder hab' ich recht?«

»Kann ich nicht sagen«, erwiderte Blaze nun ihrerseits mit einem gerissenen Lächeln.

»Ich weiß, daß er's ist!« sagte Simon.

»Ich kann wirklich nicht, Simon! Frag' mich bitte nicht.«

»Oder Dennis Conner? Du könntest mit Dennis Conner geredet haben?«

»Ich kann's nicht sagen.«

»Na egal, es war einer von beiden«, sagte Simon. »Ich hoffe, es war Koch. Glaub' zwar nicht, daß der mehr Schneid hat als Conner, aber mehr Geld hat er allemal.«

»Was zählt ist: Der Mann, mit dem ich gesprochen habe, meint es ernst.«

»Du mußt mich doch für dumm halten«, sagte Simon. Der gerissene Ausdruck war verschwunden. Er sah gekränkt aus.

»Aber natürlich nicht!«

»Jetzt versteh' ich, wieso du zu dem Fettsack von Kiwi so freundlich bist. Du willst ihm ein Angebot machen, nicht wahr?«

»Du bist völlig auf dem Holzweg, Simon«, sagte Blaze. »Augenblick mal.«

Die Serviererin setzte die Drinks ab und nahm die leeren Gläser mit. Als sie weg war, sagte Blaze: »Du liegst völlig falsch.

Miles könnte ich nie trauen. Ich mag die Kiwis noch nicht einmal.«

»Ich hab' doch gesehen, wie du dich an die rangeschmissen hast«, sagte Simon. »Du hast dich da auf was eingelassen, mit Koch oder Conner, wem immer. Auf das alte Spion-Spion-Spielchen im America's Cup.«

»War das ein Fehler?«

»Ich kenne Leute hier im Hafen, die beim letzten Cup spioniert haben. Paar von denen haben ordentlich kassiert, andere nicht. Es ging darum, den Kiel zu knipsen. Ich hab' noch nie gehört, daß man einen Niemand bezahlt hätte, ein Boot fallen zu lassen. Und glaub' auch nicht, daß dein Spezi Miles dir das macht.« Dann fügte er hinzu: »Egal, was du ihm versprochen hast.«

Jetzt war es an Blaze, gekränkt dreinzuschauen. Und einen Flunsch zu ziehen. »Ich kann nicht glauben«, sagte sie, »daß du denkst, ich würde einem wie dem was *versprechen!* Was soll ich ihm denn versprochen haben? Meinen Körper?«

»Das hab' ich nicht gesagt.«

»Ich verkaufe meinen Körper nicht, Simon!«

»Hab' ich auch nicht gemeint. Nichts für ungut.«

»Was *hast* du denn gemeint?«

»Ich denke, wo du dich schon mal auf das Spionage-Spielchen eingelassen hast, machst du den Mittelsmann und bietest Miles vielleicht Geld. Das hab' ich gemeint.«

»Dir«, sagte sie nur.

»Was?«

»*Dir.* Ich bin in der Lage, dir das Geld des Betreffenden zu bieten. Wenn du's genau so machst, wie du's mir erklärt hast – am Tag des letzten Rennens der *Black Magic* gegen oneAustralia.«

»Das ist doch dummes Zeug«, sagte Simon. »Hast du einen sitzen, oder was?«

»Fünftausend Dollar«, sagte sie.

»Dummes Zeug.«

»Hab' ich ihm auch gesagt«, erwiderte Blaze. »Darauf sagte er zehntausend. Höher geht er nicht. Er hat gesagt, wenn du's genau so machen könntest, wie du's mir erzählt hast, dann zahlt er dir zehntausend Mücken.«

»Ich hab' dir doch gesagt, es ist unmöglich, auch nur ins Lager zu kommen, Blaze, Herrgott, das ist doch verrückt!«

»Miles wird am Tag des letzten Rennens gegen die Aussies nicht in der Lage sein, zur Arbeit zu gehen.« Jetzt packte sie seinen Arm und starrte ihm direkt in die Augen.

Einen Augenblick lang hatte Simon Angst vor dieser Frau. Dann sagte er: »Heilige Scheiße!« So baff, daß er sogar das »'tschuldige meine Ausdrucksweise« vergaß.

»Ich glaube nicht, daß es zu schwierig ist«, sagte Blaze. »Am Abend zuvor ein harmloses kleines Pulver in sein Bier, und er geht am Morgen darauf nicht zur Arbeit. Wenn ich's recht bedenke, bei dem brauche ich womöglich die doppelte Dosis. Der bringt doch an die drei Zentner auf die Waage, was meinst du?«

»Und darauf bist du gekommen, als du wegen eines Zeitschriftenartikels mit 'n paar Leuten geredet hast?«

»Um ehrlich zu sein, Simon, ich kenne den anonymen Herrn seit einigen Jahren. Ich arbeitete nebenbei noch bei einer Public-Relations-Firma, und er ist Kunde bei uns. Ich war auch ein paarmal mit ihm aus. Nichts Ernstes, glaub' mir, aber er vertraut mir.«

»Sag' mir nur eines. Mehr will ich nicht wissen. Ist es Koch oder Conner?«

»Ich kann's dir wirklich nicht sagen.«

»Es ist Koch«, sagte Simon zufrieden. »Weniger Schneid, aber dafür um so mehr Geld.«

»Was meinst du, Simon? Interessiert?«

»Ich muß mir das überlegen«, sagte Simon. »Mann, ich war schließlich noch nie im Knast, außer mal wegen Alkohol am Steuer. Ich muß es mir überlegen. Das ist keine Kleinigkeit.«

»Du hast mir doch gesagt, man würde noch nicht mal merken, daß an der Schlinge einer gesäbelt hat.«

»Ich weiß, aber ...«

»Zehn – tausend – Dollar«, sagte Blaze. »Steuerfrei. Cash. Wie lange, meinst du, daß du dafür bei fünfzehn Mäusen die Stunde arbeiten mußt?«

»Woher weißt du, was ich verdiene?«

»Er hat mir gesagt, was Kranführer so kriegen.«

Simon überlegte einen Augenblick. Dann setzte er seine schneidige Miene auf und sagte: »Ich nehm' an, du willst die Hälfte davon?«

»Ach was«, sagte sie. »Es gehört alles dir.«

»Und was kriegst du?«

»Eine Chance, mal bei was Aufregenderem dabei zu sein als alles, was ich je gemacht habe. Denk' doch nur mal an den Artikel, den ich schreiben werde!«

»Da bin ich doch wohl nicht drin?«

»Natürlich nicht. Wir stecken da zusammen mit drin, du und ich. Aber ich kann dann an meinen Artikel ganz anders rangehen, der braucht doch dann nicht im *San Diego Magazine* zu landen. Der kommt in ein überregionales Magazin. Daß die Kiwis vom Pech verfolgt sind. Daß sie den Cup wegen eines simplen Materialfehlers verloren haben. Neuseelands Tragödie.«

»Und mein Job? Was ist mit meinem Job?«

»Es wird wie ein Unfall aussehen. Dein Chef wird nicht dir die Schuld geben. Mag er die Kiwis?«

»Keiner von uns mag sie.«

»Na also.«

»Ich muß mir das überlegen«, sagte Simon Cooke. »Vielleicht sollte ich nichts mehr trinken und heimgehen. Zum Nachdenken.«

»Gute Idee«, sagte Blaze. »Ich geb' dir meine Privatnummer.«

»Du solltest dir das auch durch den Kopf gehen lassen«, sagte er. »So 'n süßer Käfer wie du? Du kennst Leute wie Koch und Conner nicht. Die nutzen so 'n Käfer wie dich aus und servieren dich dann ab.«

»Ich überleg's mir auch noch mal«, sagte Blaze. »Ich versprech's. Aber du solltest an was anderes denken.«

»An was denn?«

»Wie aufregend das doch ist! Nur drei Leute auf der ganzen Welt werden wissen, wie die Kiwis um ihre Chance auf den America's Cup gekommen sind. Du, ich und Herr Bonze. Denk' nur mal, wie uns das zusammenbringt. Ein Geheimnis zu teilen. Du und ich.«

»Du und ich«, sagte Simon. Ihm wurde ganz schwummerig von ihren grünen Augen.

»Es wird uns verbinden«, sagte Blaze und legte eine Pause ein. »Würde dir das gefallen, Simon? So ein Band zwischen uns?«

»Heilige Scheiße!« platzte Simon heraus. »'tschuldige meine Ausdrucksweise.«

# 7

Nach dem »Abendessen« – Haifisch-Tacos, während die Jukebox in dem kleinen Salon im Quivira Basin Jimmy Buffet dudelte – machten Fortney und Leeds sich in Leeds Chevy Blazer auf den Weg nach Shelter Island. Es brauchte nicht viel, um festzustellen, in welchem Restaurant an diesem Samstagabend am meisten los war – man brauchte sich nur die Parkplätze anzusehen. Man suchte sich einfach einen, auf dem noch nicht mal mehr ein Moped Platz gehabt hätte und wartete, bis ein Auto wegfuhr.

Sofort als sie hineingegangen waren, trat Fortney an das Panoramafenster, sah hinaus auf das finstere Wasser im Hafen von San Diego und erschauerte. Dann hielt er auf die Bar zu, drängte sich durch den Mob aus Zechern und bestellte einen doppelten Scotch.

»Sieht so aus, als wären hier heut' abend die Segelfans der ganzen Stadt«, sagte Leeds und erhaschte den Blick der Serviererin im Sarong und der Plastikorchidee im Haar. Er zwinkerte ihr zu, und sie lächelte.

Beide Polizisten trugen Windjacken über T-Shirts, und beiden war danach, die Jacken auszuziehen. Man hätte Orchideen züchten können hier drin bei all dem Dampf der überhitzten Segelfreaks. Dicht an dicht standen die Körper gepreßt, und der Boden war das reinste Fliegenpapier von all den übergeschwappten exotischen Drinks, die in dem polynesischen Dekor serviert wurden.

Nachdem die Cops vielleicht eine halbe Stunde mit den anderen Gästen getrunken hatten, wandte sich Fortney an Leeds: »Der Typ auf der anderen Seite von mir sagt zu dem Cuppie neben ihm, er wär' 'n guter Bürger. Frag' ich ihn, in welcher Schrippe er am besten wär', aber er hat's nicht kapiert.«

»Ich auch nicht«, sagte Leeds. Dann wies er auf einen Tisch. »Ist das nicht der kugelfeste Rotschopf, bei der ich vorige Woche abgeblitzt bin?«

Fortney fächelte eine Rauchwolke beiseite und kniff die Augen zusammen. Sie war nicht zu verkennen, nicht bei der Flammenmähne, die ihr auf die Schulter fiel, ganz zu schweigen von dem Tubetop, das genau so grün war wie ihre Augen.

»Hol' mich der Teufel!« murmelte er. »Und wieder mit dieser Kanalratte.«

Leeds sagte: »Das ist doch nicht natürlich. Wer ist der Typ? Und was hat er gegen sie in der Hand? Vielleicht hat sie's mit den Augen?«

»Vielleicht hat sie's olfaktorisch nicht drauf.«

»Was heißt das denn? Ich haß' Typen, die lesen.«

»Er hat sich 'n bißchen sauber gemacht. Riecht wahrscheinlich nicht schlimmer als eine durchschnittliche Choleraepidemie.«

»Bin doch nicht bei der Kripo«, sagte Leeds. »Nur ein Streifenbulle, der 'n Boot fährt. Um da dahinterzukommen, Partner, müßtest du bei der Kripo sein.«

Fortneys Augen hatten sich inzwischen angepaßt. Er musterte Blaze und meinte: »Wenn sie an die Bar kommt, lad' ich sie ein.«

»Stehst wohl drauf, gegen den heißen Ofen zu laufen?«

»Ich riskier's«, sagte Fortney. »Aber wahrscheinlich fallen eh die Segler über sie her, bevor ich meine Chance krieg'. Die Braut ist besser geschützt als der Kalifornische Kondor.«

»Vergiß sie«, sagte Leeds. »Was hältst du denn von der Bedienung im Sarong? Die fährt doch auf mich ab wie 'ne Formel-1-Pilotin – oder nicht?«

»Genau das unterscheidet euch junge Hüpfer von uns Nachkriegsvolk«, sagte Fortney.

»Was denn?«

»Euer unverwüstlicher Optimismus.«

»Den hast du wohl in Vietnam verloren?«

Fortney sagte: »Alles, was ich in Vietnam verloren habe, waren zweihundert Mäuse beim Würfeln. Meinen Optimismus in bezug auf die Menschheit habe ich verloren, als meine erste Ex das Sorgerecht für meine ganze Roy-Orbison-Sammlung zugesprochen bekam und ich das für Sonny und Cher.«

»Na, dann paß mal auf, wie Kollege Leeds das macht«, sagte Leeds und signalisierte dem Barmann eine weitere Runde. »Die Orchidee hab' bald ich hinterm Ohr.«

Noch bevor Fortney den zweiten Drink intus hatte, sah er Blaze Duvalls spindeldürren Begleiter aufstehen und auf die Tür zugehen. Blaze wartete einen Augenblick und glitt dann mit ausladendem Hüftschwung Richtung Bar, durch einen Mob, der noch immer aus mehr Möchtegernen als aus Segelprofis bestand.

Sie wurde jedoch im Handumdrehen von drei America's Cup-Seglern angesprochen, in denen Fortney die erkannte, die sie auch das erste Mal umschwärmt hatten. Dann kam, wie ein Fesselballon, ein Schrank von einem Kerl durch den Mob, derselbe riesige Kiwi, den er schon am ersten Abend gesehen hatte, der Koloß mit der Albinobürste am Kopf.

Auch Leeds sah ihn. »Schön ist dein Konkurrent ja nicht gerade«, sagte er, »aber verdammt groß. Gibst du auf?«

»Das ist der Kerl von letzter Woche.«

»Oder ein Trecker im schwarzen T-Shirt.«

»Fällt dir was auf?« sagte Fortney. »Entweder sie hängt mit der räudigen Kanalratte rum oder mit dem großen Kiwi. Und das, obwohl sämtliche Typen in dem Laden wie die Bienen um sie herum sind. Sie hat 'n lausigen Geschmack, was Männer angeht.«

»Dann hast du ja vielleicht doch noch 'ne Chance«, sagte Leeds.

»Mach mal die Brust breit und halt mir den Platz frei«, erwiderte Fortney.

»Wo willst du hin?«

»Ans andere Ende.«

»Die erinnert sich doch nicht mehr an dich.«

»Damit rechne ich ja. Ich mach' mal Mäuschen.«

»Falls du dich mit dem Kiwi anlegst, hast du hoffentlich Geld für 'n Taxi dabei. Weil ich mich dann nämlich verdrücke.«

Gemächlich spazierte Fortney durch die Zecher. Etwa drei Meter vor Miles und Blaze wandte er ihnen den Rücken zu, ganz so, als spreche er eines der Cuppies an, die gleich in ganzen Gruppen mit den Seglern flirteten. Dann rutschte er rechterhand in ein Grüppchen Segelnarren, das den überraschenden Rückschlag vom Team New Zealand an diesem Tag durchging.

Er hörte, wie Miles zu Blaze sagte: »Ein zweites Rennen verlieren wir nicht. Darauf kannst du wetten und eine Stange Geld mit machen.«

»Aber heute habt ihr verloren«, sagte Blaze. »Ich hab's auf ESPN gesehen und fast geheult.«

»Um fünfzehn Sekunden, Herrgott noch mal!« sagte er. »Unsere erste Niederlage, aber ganz heilsam für uns. Vielleicht haben wir langsam der Presse geglaubt, daß wir unschlagbar sind.«

»Okay, wann kann ich meine Wette plazieren? An welchem Tag gewinnt ihr den Louis-Vuitton?«

»Nächsten Donnerstag natürlich«, antwortete der Kiwi. »Das ist unser fünfter Sieg, damit sind die andren raus. Kannst du drauf setzen.«

»Mach' ich glatt«, sagte Blaze und prägte sich den Termin laut ein: »Am 20. April unterliegt oneAustralias Skipper John Bertrand *Black Magic*. Blaze gewinnt eine Wette über ... also, ich riskier' mal fünfundsiebzig Cent!«

»Setz' für mich 'n paar Dollar mit«, sagte Miles. »Spendier' ich dir dann einen Drink von, wenn wir Donnerstag abend feiern.«

Blaze sagte: »Was ist mit Mittwoch abend? Was machst du nächsten Mittwoch? Am Abend bevor ihr die Aussies naßmacht?«

»Ich weiß, was ich tun sollte. Zeitig heimgehen und ordentlich ausschlafen, damit ich fit für die Feierlichkeiten am Donnerstag bin.«

»Nicht doch!« sagte Blaze, etwas zu schnell.

»Was?«

»Bleib am Mittwoch abend nicht zu Hause.«

Verdutzt sah der große Kiwi sie an. »Wieso?«

»Weil ich nächste Woche bis auf Mittwoch beschäftigt bin. Ist der einzige Abend, an dem ich frei habe.«

»Und?«

»Und ich wollte ihn mit euch Jungs verbringen, ein Steinlager oder zwei heben, da ich am Donnerstag nicht mitfeiern kann.«

»Na dann werd' ich mal sehen, ob ich mich freimachen kann«, sagte Miles. »Aber wenn's nicht geht ...«

Worauf Blaze ihm eine Hand auf den Arm legte; Fortney sah sie über den massiven Bizeps streichen. »Miles«, sagte sie, »bitte. Ich treff' dich dann gegenüber, wo wir uns das erste Mal getroffen haben. Wir trinken einen zusammen, essen vielleicht einen Happen. Nur du und ich. Was meinst du dazu?«

Es war offensichtlich, daß er es nicht glauben konnte. »Nur du und ich?«

»Ich geb'n Steak aus. Du magst doch Steak, oder?«

»Und ob, Herrgott noch mal!« Er blickte auf die Hand auf seinem Arm.

»Ich kauf' dir die ganze Kuh«, sagte sie. »Sei um acht da, Mittwoch abend.«

»Kannst dich drauf verlassen, Schatz«, sagte er. »Kannst dich drauf verlassen.«

»Also bis dann«, sagte sie und griff nach ihrer Handtasche.

»Immer langsam mit den jungen Pferden«, sagte er, »wo willst du denn hin? Die Nacht ist noch jung.«

»Meine Mutter«, sagte Blaze. »Sie ist letzte Woche gefallen und hat sich die Hüfte gebrochen. Ich hab' ihr gesagt, in zwei

Stunden wär' ich wieder da. Nächstes Wochenende kommt meine Tante, dann habe ich mehr Zeit.«

»Aber das mit Mittwoch abend geht klar?«

»Mittwoch abend«, sagte Blaze. »Ich geb' dir die Nummer von meinem Piepser für den Fall, daß du spät dran sein solltest.«

»Ich bin da«, sagte der Kiwi und grinste wie ein Seeungeheuer.

Fortney schlug sich zurück durch die Bar und stand wieder neben Leeds, als er ihren feurigen Schopf durch die Tür verschwinden sah. Sein Partner wurde gerade von zwei bierernsten Yuppies über die Lebensgefahr des Butterkonsums aufgeklärt.

Leeds sagte ihnen: »Also, ich weiß nicht, ob ich damit aufhören kann. Ich eß' sie nun mein ganzes Leben. Vielleicht erfindet eines Tages einer so was wie Nikotinpflaster dafür?«

Um elf klingelte sie bei Ambrose und riß ihn aus einem tiefen Schlaf in seinem Chippendalesessel, wohlig in seine Hausjacke gehüllt. Ambrose spürte, daß er Speichel am Kinn hatte und wischte ihn hastig ab. Er inspizierte seine Hemdbrust, aber die war trocken und faltenlos. Er kam sich wie ein Greis vor, weil ihm bei einem Nickerchen der Sabber übers Kinn lief.

Nachdem er ihr geöffnet hatte, fragte er: »Wie ist es denn gelaufen?«

Statt einer Antwort quälte sie ihn mit einem Lächeln. Sie ging an ihm vorbei schnurstracks auf das Sofa zu, wo sie ihre blaue Strandtasche fallen ließ – für den Fall daß ihm nach einer Massage war.

»Wie ist es gelaufen?« wiederholte er hoffnungsvoll.

»Bekomme ich erst ein Glas Wein?«

»Natürlich«, sagte er und stürzte in die Küche, um eine Flasche Chardonnay zu holen. Die Hände zitterten ihm, als er mit dem Korkenzieher hantierte. Er kam zurück ins Wohnzimmer, den Wein im Kühler, in der Hand zwei Gläser mit Stil.

Er dachte, daß sie wunderschön aussah in ihrem grünen Tube-top. Ihr Körper so fest, ihr Lächeln so blendend. Es machte ihn traurig. Und alt.

Nachdem er eingeschenkt hatte, sagte er: »Spann mich nicht auf die Folter, Blaze.«

Kichernd sagte sie: »Ich habe die Erfahrung gemacht, die meisten Männer – alle Männer – haben so ein bißchen Folter von einer Frau ganz gern. Wenn sie in Stimmung sind.«

»Bitte, Blaze!«

»Er macht es«, sagte sie.

»Gott sei Dank!« Ambrose sank schwer in den Chippendale. »Bist du sicher?«

»So sicher, wie ich ohne ein ausdrückliches Ja oder einen Vertrag nur sein kann. Er hat den Köder geschluckt – mitsamt dem Haken. Und er spuckt ihn nicht wieder aus.«

»Erzähl's mir. Ich will es hören, von Anfang an.«

»Es ist schon spät, Schatz«, sagte sie und unterdrückte ein Gähnen dabei. »Kann ich's dir im Schlafzimmer erzählen? Ich habe alles dabei. Ich dachte, du könntest vielleicht etwas Entspannung vertragen. Etwas Erleichterung. Ich weiß doch, unter welcher Spannung du gestanden hast. Es muß schrecklich gewesen sein, einfach so zu warten. Ohne die geringste Kontrolle. Einfach schrecklich für jemanden, der Ordnung und Kontrolle braucht.«

Worauf sich Ambrose Lutterworths Augen mit Tränen der Erleichterung füllten. Er wandte sich ab. Diese junge Frau – im Grunde ein Mädchen – verstand ihn. Sie war von einer Sensibilität seinen Gefühlen gegenüber wie niemand zuvor. Hätte er jemanden wie Blaze in seiner Jugend kennengelernt, er wäre nicht Junggeselle geblieben. Und das Junggesellendasein wurde ihm jetzt, in seinem vierundsechzigsten Jahr, immer schwerer. Unbeholfen rieb er sich die Augen.

Blaze stand langsam auf, trat an den Chippendale und kniete sich vor ihm hin. »Na, na«, sagte sie. »Na, na, Ambrose.«

Sie nahm sein Gesicht mit den Händen und küßte ihn unter beide Augen, ging etwas zurück und kostete mit der Zungenspitze die salzigen Tropfen. »Es wird alles gut«, sagte sie. »Du hast mein Wort.«

Er war zu überwältigt, um etwas zu sagen. Sie nahm ihm das Weinglas ab und stellte es auf den Couchtisch. Dann griff sie nach seiner Hand und drängte ihn, ihr zu folgen. Sie nahm ihre Tasche und führte ihn, noch immer seine Hand in der ihren, ins Schlafzimmer – wie ein Kind.

Sie bestand darauf, ihn auszuziehen, und er wehrte sich nicht. Vorsichtig schälte sie ihn aus Hausjacke, Ripskrawatte und Hemd. Sie öffnete seinen Schrank und hängte den Schlips an den Halter und die Hausjacke auf einen Bügel. Das Baumwollhemd legte sie gefaltet auf den nächsten Stuhl. Dann stupste sie ihn, und er setzte sich auf das Bett.

Sie fiel auf die Knie und zog ihm die Slipper mit dem Monogramm von den Füßen, stellte sie exakt nebeneinander ans Fußende des Bettes, genau so wie er es gemacht hätte. Dann öffnete sie den Knopf seiner Baumwollhose, den Reißverschluß, zog sie ihm von den Beinen und hängte sie, die Aufschläge in einem Hosenspanner, nach unten in den Schrank. Er hätte es nicht besser machen können.

Erst nachdem sie ihm den baumwollenen Slip mit Paisleymuster ausgezogen und auf dem Stuhl mit dem Hemd abgelegt hatte, zog sie sich selbst aus.

Ambrose Lutterworth sagte nichts. Er lag einfach nur nackt auf dem seidenen Laken, unter dem Licht der Lampe, und sah Blaze zu, wie sie sich aus den engen Jeans und dem Tubetop schälte. Wie gewöhnlich – es sei denn er wollte es anders – behielt sie den schwarzen Slip an.

Schließlich griff Blaze in ihre Strandtasche und legte ihr Werkzeug zurecht. Sie breitete die beiden großen Frottiertücher über das Bett und rollte ihn sachte auf den Bauch. Sie griff in die Tasche: »Puder oder Öl?«

»Puder, denke ich«, sagte Ambrose.

»Puder, natürlich«, sagte Blaze.

Einen Augenblick später spürte er Babypuder auf Rücken und Pobacken rieseln. Diese Hände, diese wunderbaren Hände begannen über seinen Körper zu gleiten; sachte und seidig rutschten sie über die gepuderte Haut.

Blaze saß breitbeinig über ihm und bearbeitete Rücken und Po, beugte sich vor und flüsterte ihm zu: »Puder ist die richtige Wahl für heut' nacht. Du hast so viel durchgemacht diese Woche. Aber heute nacht bist du sicher. Blaze hat alles geregelt. Der bloße Duft des Puders setzt alte Erinnerungen in dir frei, alte Gefühle tief in dir. Du darfst wieder ein Baby sein. Heute nacht bist du mein Baby.«

Ihre Stimme war hypnotisch. Er schloß wimmernd die Augen, als sie sich vorbeugte und ihm mit den Lippen über die Pobacken fuhr. Ambrose roch den süßen Duft von Wein und Babypuder. So zärtlich war sie noch nie gewesen. Auch sonst niemand. Ambrose Lutterworth dachte, diese junge Frau könnte er lieben.

Dann machte Blaze die Lampe aus, weil Ambrose ein Kunde war, der Schwierigkeiten hatte bei Licht. Sie sagte zu ihm: »Soll ich dir jetzt erzählen, was heute abend passiert ist, oder lieber später?«

»Vielleicht später«, sagte er. »Das ist so was von … herrlich!«

Aber Blaze Duvall sagte: »Vielleicht sage ich dir das Wesentliche lieber gleich. Nachher bist du womöglich zu müde.«

»Na schön«, sagte er, »aber bitte beweg' deine Hände dabei.«

Sie lächelte. »Mach' ich, mein Schatz.« Dann sagte sie: »Es war genau so, wie du es vorausgesagt hast. Simon Cooke ist ein habgieriger kleiner Mann. Und er war sehr interessiert, als ich ihm von meinem anonymen Freund erzählte, der bereit ist, für das Zerstören des neuseeländischen Bootes zehntausend Dollar zu zahlen.«

»Ist er sicher, daß er den Job bekommt?«

»Natürlich. Er behauptet, San Diegos bester Kranführer zu sein. Auf jeden Fall hat er von allen auf dem Bootslagerplatz die größte Erfahrung. Und dann ist da natürlich noch die Verbindung zu seinem Schwager. Die gehen schnurstracks zum Hausherrn und der zu ihm. Du hattest recht.«

Er erschauerte, als sie seine Schultern drückte, um sie dann kräftig zu kneten. Dann sagte er: »Hat er wissen wollen, wer dein Kontaktmann ist?«

Blaze lachte und sagte: »Er ist überzeugt, es ist Bill Koch oder Dennis Conner.«

Worauf auch Ambrose lachen mußte. »Das ist das erste Mal seit Tagen, daß ich lache.«

»Du fühlst dich eben schon besser, nicht?« Blaze bewegte die Finger seine Pobacken hinab zwischen seine Beine. »Ich fühle es doch.«

»Und, hatte er Angst?« fragte Ambrose. »Ich meine, als es darum ging, den neuseeländischen Kranführer zu betäuben? Hat ihm das Angst gemacht?«

»Kein bißchen«, sagte Blaze. »Du bist ein Menschenkenner, Ambrose. Den interessiert nur das Geld.«

Ambrose Lutterworth lächelte verträumt, als er spürte, wie sie sich da unten zu schaffen machte. Er sagte: »Ich kenne mich auch mit Frauen aus. Ich habe mir dich ausgesucht, und du hast mich gerettet. Ich werde dir nie vergessen, Blaze, was du für mich getan hast.«

»Ich mag dich eben, Ambrose«, sagte sie. »Und wenn Simon das Boot der Kiwis kaputt gemacht hat, würde ich gern mit dir essen gehen. Irgendwo, wo's romantisch ist.«

»Nachdem der Cup erfolgreich verteidigt ist«, fügte Ambrose hinzu. »Schließlich müssen wir immer noch ihre Achtunddreißiger schlagen, nicht wahr?«

»Schön, danach, nachdem Dennis Conner oder Bill Koch die Kiwis geschlagen hat. Dann feiern wir.«

»Ich verspreche dir einen Abend, den du nie vergessen wirst. Magst du Champagner? Wir trinken Champagner besser als jeden, den du je gekostet hast.«

»Abgemacht«, sagte Blaze. »Würdest du dich jetzt gern umdrehen, Schatz?«

Als Ambrose Lutterworth sich auf den Rücken drehte, sagte Blaze: »Aber hallo! Da sind wir aber glücklich, was?«

Und dann machte Ambrose ihr eine große Freude, indem er sagte: »Vielleicht sollten wir es rasch zu Ende bringen, Blaze. Wir haben beide einen anstrengenden Abend hinter uns. Ich bin so was von schläfrig.«

»Gute Idee«, sagte Blaze und dachte, so käme sie vielleicht sogar schon vor ein Uhr ins Bett. Sie fragte sich, ob Dawn wohl vor dem Hellwerden kam.

Als sie die Packung Kondome aus der Tasche nahm, öffnete Ambrose die Augen und sagte: »Ich habe dich nie darum gebeten, aber nur das eine Mal? Nur für mich, können wir's nicht weglassen?«

Blaze sagte: »Ich denke schon.«

»Du bist die einzige Frau, mit der ich seit wenigstens drei Jahren intim gewesen bin«, sagte er. »Ich weiß, heutzutage muß man vorsichtig sein, aber mit mir ist das wirklich sicher, und – «

»Schhh!« sagte Blaze. »Ist ja gut, Ambrose. Ich weiß, daß ich bei dir kein Kondom brauche. Wir sind jetzt miteinander verbunden. Wir teilen ein Geheimnis. Wärst du gern mit mir verbunden?«

»Ja, Blaze«, sagte er. »Und wie!«

»Wir wollen doch nicht, daß etwas zwischen uns kommt«, flüsterte sie. »Schon gar kein Gummi. Nichts.«

»Nein, Blaze!« sagte er, während seine Erregung wuchs.

»Was ist, Ambrose?« fragte sie. »Möchtest du's jetzt?«

»Oh ja«, sagte er. »Ohne das Kondom werde ich deine Lippen und deine Zunge erst richtig spüren. Und ...«

»Mach ich, Ambrose, mach ich«, sagte Blaze. »Leg dich einfach zurück und entspann dich.«

Bevor sie ihm einen zu blasen begann, griff sie in die Tasche, um das Päckchen Kondome zurückzulegen. Und während sie das tat, drückte sie den »Pause«-Knopf des Cassettenrecorders. Sie hatte bereits weit mehr, als sie brauchte.

»Also ich weiß nicht so recht, ob ich so 'n Bett bequem fänd'«, bemerkte Letch Boggs zu Westbrook.

Der bärtige Mann von der Sitte trug ein Tanktop, hatte aber zwecks Abendgarderobe den Stecker im Ohr gegen einen kleinen Ring getauscht. »Gar nicht so leicht, sich in so was umzudrehen«, sagte Westbrook und stimmte damit Letchs Einschätzung zu.

Das Bett war ein Feldbett aus Heeresbeständen und stand in Normal Heights im Schlafzimmer einer ganz und gar nicht normalen Hure. Es hatte Ringbolzen an beiden Enden, und von jedem dieser Bolzen baumelte ein Paar Handschellen.

Im zweiten Schlafzimmer saßen, mit Handschellen aneinander gefesselt, zwei S/M-Huren und beantworteten lustlos die Fragen zweier Kollegen von der Sitte und Officer Rita Masons, letztere nach wie vor in Nuttenzivil. Rita hatte einen Freier bearbeitet, der dem S/M-Pärchen darauf einen ihrer Undercover-Partner als Cousin aus Bakersfield vorgestellt hatte. Der Freier, der Rita Mason zur gewerbsmäßigen Unzucht anzustiften versucht hatte, bekam für seine kleine Mithilfe eine Sie-kommen-aus-dem-Gefängnis-frei-Karte. Er durfte nach Hause, und seine unanständige Begegnung kam nicht ins Buch.

Rita Mason zählte die Tage. Noch sechzehn und ihre Zeit bei der Sitte wäre um. Sie würde ein heißes Bad nehmen – oder besser gleich zwei –, in ihre Uniform steigen und wieder Streife schieben; die Leute dort mochten sie hassen, ihr vielleicht sogar Angst machen, aber ihr drehte sich bei ihnen nicht gleich der Magen um wie bei denen, die sie während ihres Gastspiels bei der Sitte kennengelernt hatte.

Sie schlenderte ins hintere Schlafzimmer, wo Letch und Westbrook die Ausstattung inspizierten. An der Wand hingen zwei Velourposter mit nackten Frauen, in der Ecke lehnte ein rostiger Elektrostock, wie man ihn für Rinder benutzt, und über einen tief hängenden Eisenlüster war eine mexikanische Bullpeitsche drapiert, die mit Sicherheit aus Tijuana stammte. Die Wände waren rot gestrichen. Tür und Rahmen schwarz lackiert.

»Sieh dir das an«, sagte Letch, als Rita die getürkte Folterkammer betrat.

Rita konnte sich nicht vorstellen, was Freud dazu gesagt hätte, und abgesehen davon, brachten sie die Plastikstiefel mit den turmhohen Absätzen um. Sie konnte nur noch an Füße denken.

»Mir tun die Knöchel weh!« sagte sie. »Wieso wollt ihr Kerle keine Frauen in vernünftigen Schuhen aufreißen?«

»Bei mir könntest du alles tragen, Rita«, sagte Letch mit einem schmierigen Grinsen. »Oder du könnt...«

»Schon gut, schon gut«, sagte sie. Herrgott! Sie roch ihn quer durch den Raum. Das reinste Tränengas! Und sein Hawaiihemd war ein Rorschach-Test in Leuchtfarben, auf den nur ein Wort paßte – brutal. »Verdammt, wieso kaufst du dir nicht mal neue Batterien für dein Hemd? Einen derartigen Schocker sollte man nur im Kino zeigen. Und auch da erst ab achtzehn!«

»Seht mal!« sagte Westbrook und nahm einen Ping-Pong-Schläger nebst Ball vom Nachttischchen, wo er neben einer Wärmflasche und einem Katheter lag.

»Die spielen hier Ping-Pong?« fragte Rita.

»Das ist 'n Golfball!« sagte Westbrook.

»Was machen die denn mit 'nem Golfball?« fragte Rita. Dann sah sie Letchs ekliges Grinsen noch schmieriger werden und sagte: »Schon gut.«

»Ist dir aufgefallen, daß nur ein Schläger da ist?« sagte Letch. »Die Freier retournieren den Aufschlag nicht.«

»Geh dir die Hände waschen, Westbrook!« sagte Rita. »Herr*gott!* Wo ist der Ball gewesen? Du bist ja genau so pervers wie Letch!«

»Was meinst du, gilt das als Doppelfehler, wenn du ihm das Ding nicht mit zwei Schlägen in den Auspuff drischst?«

»Ich hasse diesen Job!« sagte Rita. »Heut' abend hat mich ein Zwölfjähriger auf einem Skateboard angemacht! Ich hätte ihm ein paar langen sollen!«

Letch war es im Grunde egal, was Rita oder sonst eine der weiblichen Kollegen von ihm hielt, solange man ihn nur nicht vergaß. Das stramme Mädel hier würde ihm fehlen, soviel stand fest. Dann fiel ihm ein, daß er sie was fragen wollte.

Er schloß die Tür und sagte: »Weißt du noch, die dürre Nutte, Dawn Coyote? Solltest du sie heut' abend draußen sehen, laß es mich wissen. Sie täte gut dran, bis Montag früh weg zu sein – mitsamt ihrem knochigen Arsch.«

»Ach«, sagte Rita, »das wollt' ich dir ja sagen, ein Typ im weißen Jaguar hat heute abend nach ihr gefragt. Er hat zwei Mädchen angesprochen, die mit mir an der Ecke standen. Sie haben ihm gesagt, sie hätten sie seit Tagen nicht gesehen.«

»Ein Schwarzer?« fragte Letch. »Großer Kerl mit rasiertem Kopf und einem Fu Manchu?«

»Ja.«

»Wahrscheinlich ist sie längst nicht mehr da«, sagte Westbrook zu Letch.

»Das hoff' ich für sie«, sagte der alte Cop von der Sitte. »Montag früh verhaften wir ihn.«

In diesem Augenblick meldete sich Westbrooks Piepser, und Letch wandte sich an Rita: »Ich glaub', dein Pessar quietscht.«

»Bis später dann«, sagte Rita, die es gar nicht erwarten konnte, an die frische Luft zu kommen.

»Wir könnten uns nach der Arbeit auf eine Tasse Kaffee treffen«, schlug Letch vor.

Rita sagte: »Eher schluck ich 'ne Handvoll Fischgräten.«

Letch sagte traurig: »Okay. Wir sehen uns.«

Rita sagte: »Aber nur noch zwei Wochen. Danach nur noch, wenn mal Not am Mann als Sargträger ist.«

Dawn Coyote war noch nie in ihrem ganzen jungen Leben so müde gewesen. Das Versteckspiel mit Oliver Mantleberry hatte seinen Preis, und sie brauchte dringendst einen Speedball. Sie wollte zu Blaze und dort zwölf Stunden schlafen, aber der Midway Drive ließ sie noch nicht los. Die Mädchen hatten ihre Köder ausgeworfen, und die Freier schnappten danach wie verrückt. Sie hatte schon vier Matrosen gemacht und drei ältere Zivilisten für vierzig Dollar pro Typ, und ein Ende war noch nicht abzusehen.

Als Dawn um zehn vor elf die Rosecrans überquerte, entdeckte sie einen vielversprechenden Freier in einem blauen Lexus, der am Gucken war, als er rasch auf den Midway abbog. Er hatte vor, umzudrehen und wiederzukommen. Dawn war viel zu beschäftigt, dem Typ zuzulächen, um den Riß im Gehsteig zu sehen. Sie blieb mit einem ihrer Stilettabsätze hängen und schlug der Länge nach hin.

Sie landete auf der rechten Hüfte, rollte sich ab und griff nach ihrem Knöchel. Der Schmerz schoß ihr ins Knie und darüber hinaus; sie hatte sich böse verknackst. Das war eine der kleineren Sünden einer Straßenhure: den potentiellen Freier im Auge zu behalten, anstatt aufzupassen, wohin man geht.

Unter Schmerzen stand sie auf, humpelte zu einem Telefon und rief Rudolph, ihre Connection an und hoffte dabei bange, er ging so spät noch ran.

Er nahm ab. »Jaaaaaa?«

»Dawn. Ich muß dich sehen.«

»Ist schon zu spät. Wie wär's mit morgen?«

»Nein. Jetzt. Ich leg' auch 'n Zwanziger drauf.«

»Wo bist du?«

»Midway und Rosecrans. Aber ich bleib' nicht hier. Ich hab' mir den Knöchel verknackst. Ich fahr' zu dir.«

»Auf keinen Fall. Ich komm' zu dir, aber nicht auf der Straße. Wohnst du noch wie immer?«

»Nein«, sagte sie. »Wie wär's, wenn wir uns wo treffen? Irgendwo. Ich kenn' da eine Bar.«

»Keine Bar«, sagte er. »Keine Straßenecke. Nirgendwo draußen. Wenn du keine Adresse hast, sorry, Dawn. Dann ist für heut' abend Asche. Vielleicht morgen.«

»Aber wir haben unser Geschäft doch schon oft auf der Straße gemacht!«

»Is' nicht mehr«, sagte er. »Jedenfalls nicht so spät.«

»Rudolph, warte!« schrie sie. »Ich hab' 'ne Adresse! Ich bin bei 'ner Freundin, nur für heut' nacht. Ich treff' dich dort in 'ner Stunde. Hast du 'n Stift?«

Ihr Dealer notierte sich die Adresse nebst Sicherheitscode für das Tor und sagte, daß er in einer Stunde dort sei. Als er auflegte, wählte er die Nummer von Oliver Mantleberrys Piepser. Mantleberry hatte ihm hundert Mäuse für die Information versprochen.

Was soll's, dachte sich Rudolph. Dawn ging sowieso weg, laut Oliver jedenfalls. Als Kundin fiel sie damit sowieso flach. Egal.

Als Blaze Duvall in ihre Tiefgarage fuhr, war es fast Mitternacht und totenstill. Sie kam nicht gern so spät nach Hause, vor allem nicht über die Garage. Sie war zwar durch ein Sicherheitstor geschützt, aber trotzdem …

Dennoch war sie überzeugt, daß es sicherer war als das Tor zum Hof einen Stock über ihr. Vom Hof aus hatte man Zugang zum ganzen Komplex und die »Sicherheit« bestand aus einem knapp drei Meter hohen Metallzaun und einem Tor. Noch nicht mal Schmiedeeisen, sondern nur schwarz gestrichenes Alu, das wie Eisen aussehen sollte.

Einer ihrer Nachbarn, der in Geschäftsgebäuden Überwachungsanlagen installierte, hatte Blaze erzählt, bevor sie eingezogen sei, hätte man das Tor eingetreten – eine total zugeknallte Cheerleaderin der Chargers, die einen Footballer besuchen kam, den seine Frau vor die Tür gesetzt hatte. Soviel zur Sicherheit, die das Ding bot. Und nur zwei Meter vom Tor stand ein hoch aufgemauerter Pflanztopf. Man bräuchte nur raufzuklettern, schon war man über den Zaun und brach sich noch nicht mal was dabei. Das nannten die Sicherheit.

Um diese nachtschlafende Zeit kam und ging niemand. Blaze hatte gar nicht gemerkt, wie geschafft sie war, bis sie die Treppe zum ersten Stock hinaufstieg. Dawn hatte sie ganz vergessen, bis sie ihren Schlüssel ins Schloß gesteckt hatte.

Dann erinnerte sie sich. »Dawn?« rief sie. »Bist du da?«

Keine Antwort. Sie ging die drei Schritte zu der Bananenstaude in dem großen Topf auf dem Balkon und tastete nach dem Schlüssel dort, wo sie ihn für Dawn versteckt hatte. Er lag noch unter dem Laub.

Blaze ging in die Wohnung, schleuderte die Schuhe von sich, öffnete den Kühlschrank und schenkte sich ein großes Glas Orangensaft ein. Danach ging sie ins Bad und duschte.

Als sie sich abfrottierte, klingelte das Telefon. Zweifellos Dawn. Ein Platten vielleicht? Irgendein Problem? Nun, Dawn würde sie nicht aus der Wohnung kriegen, nicht mal wenn sie sterbend in einem Ganzkörpergips im Krankenhaus lag.

»Hallo«, sagte Blaze, während sie sich ein Handtuch um den Kopf wand.

»Ich bin es«, sagte er. »Simon.«

»Simon! Wieso rufst du so spät noch an?«

»Tut mir leid, Blaze«, sagte er. »Ich weiß, ich sollte nicht. Ich bin stocknüchtern.«

»Da bin ich aber froh«, sagte sie. »Die meisten machen so was, wenn sie stockbesoffen sind.«

»Nein, es ist nur, na ja, ich kann nicht schlafen. Ich hab' mir das durch den Kopf gehen lassen.«

»Hör zu, Simon«, sagte Blaze. »Brech' nichts übers Knie heut' nacht. Wir treffen uns morgen und reden drüber. Ich weiß, wir können es schaffen.«

»Das ist es ja«, sagte er. »Ich will mich nicht drücken. Ich hab' mich entschlossen, es zu machen. Ich brauch' die zehn Riesen, und ich konnte einfach nicht einschlafen, wenn ich's dir nicht sage.«

»Wunderbar!« sagte Blaze. »Das ist wunderbar, Simon!«

»Ich denke, es passiert kommenden Donnerstag«, sagte Simon.

»Ich weiß«, sagte Blaze. »Ich lese sämtliche Artikel über die Regatta. Donnerstag kriegen die Kiwis ihr Fett.«

»Dann mußt du deinen Teil Mittwoch abend erledigen.«

»Darüber wollen wir jetzt nicht reden«, sagte sie. »Rufst du über ein Handy an?«

»Nein, ich bin zu Hause«, sagte er. »Aber ich bin allein. Mein Mitbewohner ist übers Wochenende nach Ensenada.«

»Wir reden morgen«, sagte Blaze. »Ich ruf' dich noch vor Mittag an. Schlaf dich ordentlich aus.«

»Blaze?«

»Ja?«

»Du … du würdest nicht vielleicht heut' nacht rüberkommen wollen, nein?«

»Nicht heut' nacht, Simon. Ich bin geschafft.«

»Okay«, sagte er. »Wir reden morgen.«

»Nacht, Simon«, sagte Blazc.

»Nur noch eins, Blaze«, sagte Simon. »Ich mach' nur mit, wenn du auch 'n bißchen was abkriegst. Ich dachte an fünf Prozent. Ich würd' dir gern fünfhundert Mäuse abgeben.«

»Ist nicht nötig«, sagte Blaze.

»Ich will aber.«

»Okay«, sagte sie. »Ist wirklich lieb von dir, Simon. Jetzt geh' aber ins Bett. Schlaf gut.«

Als sie auflegte, meinte sie draußen auf dem Balkon was zu hören.

»Dawn?« rief sie.

Nichts.

Blaze ging ins Schlafzimmer und schlüpfte in ihren blauen Frotteemantel. Das Haar nach wie vor in das Tuch gewickelt, ging sie zur Tür und spähte durch den Spion.

Nichts.

Blaze frottierte sich das Haar trocken, war aber zu müde, um es noch zu föhnen. Sie zog die Tagesdecke zurück und faltete sie am Fußende des Bettes. Sie steckte beim Schlafen gern die Füße darunter. Ihre Füße waren ewig kalt, schon als Kind, als sie das Bett noch mit zwei kleinen Schwestern geteilt hatte. Wenn sie genug Geld beisammen hätte, um mit der Massagebranche Schluß zu machen, würde sie neunzig Prozent der Zeit nur noch warme Socken tragen und sich keinen Deut drum scheren, ob es den Kerlen gefiel.

Kaum war sie ins Bett gestiegen, hörte sie es noch mal. Das Scharren von Füßen? Aber diesmal war ihr, als ziehe ihr jemand eine kalte Klinge das Rückgrat entlang. Angst!

Sie dachte daran, die Polizei zu rufen, entschloß sich aber dagegen. Was, wenn es die Katze ihres Nachbarn Charlie war? Was, wenn es Charlie war? Ein Alkoholiker, der mehrmals im Monat angesoffen nach Hause kam. Womöglich suchte er seine Schlüssel. Womöglich war er gestürzt.

Sie stand wieder auf und schlüpfte in Pantoffeln und Hausmantel. Sie trat an den Schrank und griff nach oben, wo die Skimütze lag, in der sie ihren Notgroschen hatte, und fand den vernickelten 32er, den sie mal dem ewig geilen Tankstellenbesitzer abgekauft hatte, bei dem sie ihren Wagen zur Wartung gab.

Sie hatte nie damit geschossen, aber er hatte ihr versichert, die Munition sei »frisch«. Sie hatte ihm gesagt, frisch sei für sie Salat. Und der Wind. Aber Patronen?

Als Letch in jener Nacht gegen Ende seiner Schicht durch den Gas Lamp District zurück zum Präsidium fuhr, hatte sein Partner kein anderes Thema als den Simpson-Prozeß, bei dem Letch – wie praktisch jedem Amerikaner, der keine Psychopharmaka brauchte – die Galle hochkam.

»Das Traumteam«, schnaubte Westbrook in bezug auf Simpsons Verteidiger. »Das Clownteam träfe es besser.«

»Vergiß es«, sagte Letch. Und dann: »Da gehen die nächsten vier Träger der Ehrenmedaille vor den Hund.«

Er wies auf ein Quartett zerlumpter Penner, die man als Polizist neuerdings als »Obdachlose« zu bezeichnen hatte. Zwei der Penner hatten ein Paar Touristen gegen ein Restaurant gepinnt, letztere griffen eben in die Tasche, um sich freizukaufen.

Einer der »Veteranen« schrie: »Hast mal etwas Kleingeld für 'nen Vietnamveteranen, Kamerad? Ich kann nicht arbeiten, wegen meiner Kriegsverletzungen.«

Letch kurbelte das Fenster herab und rief den Touristen zu: »Unter Kleingeld fällt alles mit 'ner Seriennummer hinten drauf.«

Die anderen Penner schoben unratbeladene Einkaufswagen vor sich her, was Letch zu der Bemerkung veranlaßte: »Besser Wägelchen schieben als Knast. Wenn auch immer knapp dran vorbei.« Dann rief er ihnen zu: »Wie weit habt ihr's denn bis zu eurem Arbeitslosenplatz?«

Als ihm einer der Penner den Finger zeigte, sagte Letch: »Hatten wir nicht letzten Sommer zusammen Croissants und Café au lait im Club Med?«

Letch dachte schon, Westbrook hätte den Simpson-Prozeß ad acta gelegt, doch dann sagte der bärtige Polizist: »Ich frage mich, wieso O. J. 'n Messer genommen hat? Wieso nicht eine schallgedämpfte Schußwaffe? Ein Typ wie der bekäme doch jede Waffe, die er nur will. Wieso ein Messer?«

»Weißt du denn gar nichts?« sagte Letch. »Ein Messer ist das phallischste aller Mordinstrumente. Wenn du deine Kleine totficken willst, dann nimmst du 'n Messer. Und steckst es bis ans Heft rein.«

Letch Boggs sollte sich an diese Worte erinnern, als er tags darauf einen Anruf von einem Detective aus dem Morddezernat entgegennahm.

# 8

War doch dumm, dachte sie schließlich, sich das Leben auch nur irgendwie durch die Probleme von einer wie Dawn verderben zu lassen. Die Dawn Coyotes dieser Welt waren Viren, und die beste Methode, einer Infektion aus dem Weg zu gehen, bestand darin, daß man sie mied. Dennoch tat ihr die kleine Fixerin leid, schon seit damals, seit dem Massagesalon, in dem man sie zusammen angelernt hatte. Dawn war damals noch ein Teenie gewesen, von zu Hause ausgerissen, Blaze war aus einer unglücklichen Ehe mit einem Typen vom Bau abgehauen.

Ihre Mutter hatte freilich kein Recht gehabt, über Matt herzuziehen. Sie war doch nicht nur mit Typen vom Bau zusammengewesen, sondern obendrein auch noch mit einem Berufssoldaten und einem Tellerwäscher, bevor sie richtig zu saufen begann. Sie hatte kein Recht gehabt, auch nur über eine ihrer drei Töchter zu meckern, die einzig und allein für den Tag ihrer Flucht aus der winzigen Wohnung in Escondido gelebt hatten, deren Miete aus dem Scheck von der Wohlfahrt und der Großzügigkeit von Fremden gekommen war, die nicht immer Ehrenhaftes im Schilde führten.

Blaze war die Älteste und Gescheiteste und hatte immer gern gelernt, wäre vielleicht sogar aufs College gegangen. Aber sie hatte zwei Jahre gekellnert, um ein Dach über dem Kopf zu haben, dann Matt kennengelernt und sich in eine Ehe mit einem Klempner schwatzen lassen, dessen Rohr bei weitem größer war als sein IQ. Nach der Scheidung hatte sie auf einem Flugblatt gesehen, man suche Personal in einem Massagesalon am El Cajon Boulevard – Fingers Divine.

Morgen würde sie Dawn für immer los sein, und zeitlebens käme ihr keine zweite Dawn mehr ins Haus. Blaze war nicht sentimental, emotionalen Ballast kannte sie nicht. Sie hatte nicht die Absicht, in einer Welt, in der jeder jeden frißt – oder besser Männer Frauen –, vor die Hunde zu gehen. Kein Mann würde sie unter der Fuchtel haben, und weder Mann noch Frau würde sie je wieder so manipulieren wie Dawn.

Dawn. Eine armselige kleine Verliererin mit kornblumenblauen Augen wie Blazes jüngste Schwester, Rosie, die in einem brennenden Pick-up gestorben war, am Steuer ein Cowboy aus dem Pine Valley – laut Gerichtsmediziner mit einem Alkoholspiegel von 1,8. Mit anderen Worten zu besoffen zum Gehen, geschweige denn, um zu fahren. An eben jene verstorbene kleine Schwester hatte Dawn Blaze immer erinnert.

Auf dem Balkon war es still.

Und jetzt stand sie hier wie eine Idiotin mit einem Revolver in der Hand, Schweißperlen auf dem Gesicht, und regte sich über eine tote Schwester und eine Fixerin auf. Sie war eine Idiotin. Es war niemand draußen. Niemand.

Dawn und ihr gräßlicher Lebensstil beeinträchtigten ihre Selbstbeherrschung, das war's. Und Blaze mußte, sie war da ganz wie Ambrose Lutterworth, immer alles im Griff haben, oder sie bezahlte dafür. Sie verstand das, aber im Gegensatz zu Ambrose, dessen Kontrollsucht sich in der Wahl der Kleidung oder einem makellosen Haushalt äußerte, ging ihre wesentlich weiter und tiefer. Weshalb sie auch auf die Kassette gekommen war.

Es war ihre Rückversicherung. Man konnte nie wissen, wann sich eine solche auszahlte. Eines Tages, wenn sie das große Geld und ein anständiges Leben hatte, würde sie sich jede Art von Versicherung kaufen, die es nur gab. Für den Augenblick jedoch war das die Kassette. Eine Art Rente, nur für den Fall.

Blaze beschloß die Waffe wegzuräumen und wieder zu Bett zu gehen. So wie sie Dawn kannte, ließ sie sich diese Nacht noch nicht mal mehr sehen. Wenn sie Glück hatte, ließ sie sich überhaupt nicht mehr sehen.

Sie stieg wieder ins Bett und drückte einen Knopf auf ihrer

Radiouhr, um noch ein bißchen Schmusesound zu hören, Schlummermusik. Sie schloß die Augen.

Dann klingelte, wie sollte es anders sein, das Telefon.

In der Dunkelheit griff sie nach dem Hörer: »Hallo?«

»Ich bin's, Dawn.«

»Herrgott noch mal, Dawn!«

»Ich hab' den Code von deiner Garage vergessen. Drückst du den Summer vom Tor?«

Blaze sagte nichts. Sie drückte die Acht auf dem Telefon und hörte das Summen. Dann setzte sie sich auf und machte die Nachttischlampe an.

Reiß dich zusammen, dachte sie. Sollte sie schreien? Ihr die Leviten lesen? Jammern? Das war albern. Es hatte schließlich auch bei Rosie nicht geholfen. Dawn war eine Straßenhure, eine Fixerin; in einigen Jahren würde sie tot sein, sei's eine Überdosis, sei's AIDS. Also halt einfach durch, sagte sich Blaze Duvall.

Es war stockdunkel. Sie fragte sich, wieso der Weg nicht besser beleuchtet war. Man konnte fallen, sich den Knöchel brechen, und ihrer tat ohnehin schon verflucht weh. Wo war nur der Mond?

Bei jedem Schritt spürte Dawn Coyote das dicke Bündel Scheine, das sie sich ins Höschen gestopft hatte. Es fühlte sich gut an. Sie wußte, Blaze wäre stocksauer, wenn später Rudolph aufkreuzte. Dawn machte sich Sorgen, was sie ihr sagen sollte, aber nicht allzusehr. Sie konnte an nichts anderes denken, als sich den Speedball zu knallen. Dawn schloß die Augen, um es sich besser vorstellen zu können.

Ihre Augen waren wieder offen, als sie an einer großen Bananenstaude vorbeikam, die neben der Treppe stand, die in den ersten Stock führte. Ihre Aufmerksamkeit richtete sich auf einen kleinen blassen Gegenstand auf der Erde. Eine weiße Blume hatte sich durch eine Ritze des Pflasters geschoben, im verzweifelten Kampf um ein Leben im Licht. Es war so rührend, so süß, daß sie die Augen wieder schloß und sich den Duft weißer Rosen vorstellte.

Und noch bevor sie sie wieder öffnete, hatte sie eine kräftige Hand auf dem Mund.

Diesmal hatte Blaze ganz bestimmt was gehört, auf der Treppe oder auf dem Balkon. Ein dumpfes Geräusch. Sie vermutete, daß Dawn sich Speedballs gedrückt hatte und gegen die Hauswand getaumelt war. Oder vielleicht war sie gestürzt wie ihr besoffener Nachbar Charlie.

Scheiße! Sie stand auf, zog sich den blauen Bademantel an und ging an die Tür.

Als sie sie öffnete, hörte sie etwas, das wie der ferne Schrei einer Möwe klang. Sie kamen nicht sehr oft bis in diesen Teil des Mission Valley, es sei denn, um auf Raubzug am Jack Murphy Stadion zu gehen. Der Schrei einer Möwe, weit weg.

Sie sah, daß das Licht an der Treppe nicht brannte. Was ungewöhnlich war. Vielleicht war Dawn tatsächlich gestürzt. Es war sehr finster und totenstill. Dann hörte sie die Möwe noch mal.

Nur daß es keine Möwe war. Und auch nicht so weit weg. Es kam von unten. Vom Fuß der Treppe. Sie hatte nicht das Gefühl, in Gefahr zu sein, nicht einen Augenblick. Alles, woran sie denken konnte, war, daß Dawn die Treppe hinabgefallen und vielleicht verletzt war. Vor Schmerz stöhnte, vielleicht mit einem gebrochenen …

*Sie kommt um die Biegung in der Treppe, gut zwei Meter über einer drohenden Silhouette mit erhobenem Arm. Oliver Mantleberry sieht Blaze noch nicht einmal, als er das Buckmesser ein letztes Mal in Dawn Coyotes blassen, hohlen Bauch stößt.*

*Blaze schreit! Oliver Mantleberry fährt hoch, rasend vor Zorn. Blaze macht kehrt, um wegzulaufen, hört ihn aber hinter sich herkommen. Um sie sich zu greifen.*

*Sie erreicht den Balkon und biegt um die Ecke. Kann sich aber nicht bewegen.*

*Wie in einem Alptraum versucht sie wegzulaufen, kann aber nicht. Blaze geht auf die Knie. Sie merkt, daß er den Saum ihres Bademantels in der Hand hat.*

*Sie rappelt sich auf, krabbelt los, krabbelt aus dem Mantel, läuft dann nackt auf die offene Wohnungstür zu. Sie hört seine Schritte. Sein Keuchen!*

*Sie erreicht die Wohnung, schlägt die Tür zu, und er kracht dagegen.*

*Er heult ein einziges Wort: »Aas!«*

Blaze lief zum Telefon und wählte 911. Sie hörte schwere Schritte, als er davonlief, dann die Treppe hinab.

Blaze schrie der Beamtin vom Notruf die Adresse des Apartmentblocks in den Hörer, zusammen mit dem Wort: »Mord!«

Dann legte sie, ohne ihren Namen oder weitere Einzelheiten zu nennen, auf, noch während die Beamtin: »Warten Sie! Nicht auflegen!« schrie.

Blaze stürzte ins Schlafzimmer und schloß die Tür ab, ohne zu wissen warum. Zu ihrer Überraschung spürte sie ein tiefes Schluchzen in ihrer Brust. Sie hörte sich nicht weinen, aber das Schluchzen, das spürte sie. Sie sah sich im Spiegel und stellte zu ihrem Entsetzen fest, daß ihr Gesicht verzerrt und tränenüberströmt war.

Sie öffnete die Tür, lief an ihren Schrank und holte den vernickelten Revolver heraus. Dann, als ihr klar wurde, daß ihre Telefonnummer automatisch gespeichert worden war und die Polizei jeden Augenblick an ihre Tür klopfen würde, zog sie sich Jeans und Sweatshirt über und wartete auf sie.

Man nannte sie »Anne mit den tausend Namen«, ein Spitzname, den ihr die Kollegen bei der Kripo gegeben hatten, weil sie während ihrer Zeit bei der Polizei Anne Zorn, Anne Bartlett, Anne Sullivan und Anne Minsky gewesen war. Und jetzt mal wieder Anne Zorn. Letzteres war ihr Mädchen- und Name auf immer und ewig, da sie nie und nimmer, unter keinen Umständen – nicht mal, wenn er wie Kevin Costner aussah! – wieder heiraten wollte.

An ihren gescheiterten Ehen war Annes Ansicht nach nur die Frömmigkeit ihrer Mutter schuld. Ihre Mutter wäre besser Nonne geworden. Sie schickte ihre Kinder drei-, viermal die Woche in die Kirche: Messe, Beichte, Novenen, was immer gerade angesagt war. Und sie lebte noch, ihre Mutter – und wie! Jedesmal, wenn Anne auch nur davon gesprochen hatte, mit einem Mann in »wilder Ehe« zu leben, hatte ihr die alte Dame gedroht, an einem Herzanfall zu sterben, und dennoch zweifelte Anne Zorn nicht einen Augenblick daran, daß ihre Mutter sie überleben würde.

Nur wegen ihrer Mutter also und der Art, wie sie Anne erzogen hatte, sah sie sich genötigt, gleich jeden Kerl zu heiraten, und das obwohl die Kirche auch Scheidung und Wiederheirat verbot, es sei denn, man war reich und berühmt oder ein Kennedy.

Ihrer Mutter konnte sie das nicht sagen. Die hätte nur gesagt, eine zweite und dritte Heirat auf dem Standesamt sei allemal besser, »als in Sünde zu leben«. Freilich, in den Augen der Kirche lebte Anne nach jeder Scheidung mit ihrem nächsten Gatten in Sünde. Aber ihrer Mutter konnte man das nicht sagen, weder damals noch jetzt.

Da saß sie nun, sechsundvierzig Jahre alt, mit einer erwachsenen Tochter, drei weniger erwachsenen Exgatten und diesem verfluchten Spitznamen: Anne mit den tausend Namen.

Als das Telefon klingelte, hatte sie gerade einen ausgesprochen herrlichen Traum nach Art der *Brücken am Fluß* mit sich selbst als Landfrau und Harrison Ford als Fremder. Clint Eastwood war ihr um einen Zacken zu alt.

»Hallo«, murmelte sie.

»Wir haben uns was eingefangen«, sagte die Stimme. »Sieh

zu, daß du deine großen braunen Glupscher aufkriegst, schnapp dir 'n Stift und paß auf.«

»Drogen, Gangs, Raub oder Familienstreit?«

»Weder noch. Jemand hat einen auf O. J. Simpson gemacht und ein Mädel tranchiert. Zieh dir Gummistiefel an. Ich hab' gehört, von dem Blut würden sämtliche Vampire Rumäniens pappsatt.«

»Ist ja entzückend«, sagte Anne.

Als der uniformierte Beamte an die Tür klopfte, spähte Blaze durch den Spion und sah zu ihrer Überraschung, wie jung er war, viel jünger als sie. Irgendwie war sie froh, obwohl sie nicht hätte sagen können, wieso sein Alter eine Rolle spielte.

Er war nicht größer als Blaze und schlank. Die braune Uniform der San Diegoer Stadtpolizei war zu weit, und die Pistole, die ihm hoch an der Hüfte saß, wirkte ebenso überdimensional wie die Taschenlampe in seiner Hand. Er war blond wie Dawn Coyote.

»Sind Sie das, die den Notruf getätigt hat?«

»Tut mir leid, daß ich aufgehängt habe«, sagte Blaze. »Ich war so entsetzt.«

»Verständlich«, sagte der Polizist und sah sich in der Wohnung um. »War sonst noch jemand hier, als es passierte?«

»Nein, ich lebe allein.«

»Und Sie sind Ms. Singleton?« fragte er. Ihren Namen hatte er vom stummen Portier unten am Tor.

»Ja, Mary Ellen Singleton«, nannte Blaze ihm ihren richtigen Namen.

»Was haben Sie gesehen? Was haben Sie gehört?« Der Polizist setzte sich auf den Stuhl neben der Tür, den Notizblock bereit.

»Ich habe nur einen Schrei gehört«, sagte Blaze. »Wie ... wie eine Möwe?«

»Eine Möwe?«

»Ja«, sagte Blaze. »Ich dachte, es wäre eine Möwe.«

»Zu der Beamtin vom Notruf haben Sie was von ›Mord‹ gesagt? Haben Sie gesehen, wie die Frau erstochen wurde?«

»Eigentlich nicht«, sagte Blaze. »Ich habe nur was gehört, und da bin ich an die Treppe gegangen und habe ... habe das viele Blut gesehen. Soviel Blut.«

»Haben Sie sich das Opfer angesehen?« fragte der Polizist.

»Nicht richtig«, sagte Blaze. »Wohnt sie hier?«

»Das wissen wir noch nicht«, sagte der junge Polizist. »Wir warten noch auf die Kripo. Ich will nur ein paar Fakten.«

»Ja.«

»Haben Sie etwas gehört? Daß jemand wegläuft? Stimmen?«

»Nein«, sagte Blaze. »Nur die Möwe. Was ich für eine Möwe hielt.«

Am Morgen, bei der Tagesbesprechung, hatte jemand gesagt, sie hätten es im Jahresdurchschnitt mit 2,3 Morden pro Woche zu tun. Wie, so hatte Anne gefragt, bringt man Null Komma drei Leute um? Sie war eine der vier Frauen im Rang eines Detectives beim Morddezernat; dazu kam noch eine Frau als Sergeant. Beim Morddezernat bestanden die Teams aus vier Detectives und einem Sergeant im Außendienst, jeweils vier Teams hatten Bereitschaft, was bedeutete, daß sie sich rund um die Uhr auf Abruf bereitzuhalten hatten. Anne schätzte, in Bereitschaft zirka einen Fall pro Woche bekommen zu haben, seit sie vor vier Jahren zum Morddezernat gekommen war.

Sie brauchte fünfundzwanzig Minuten, um ihr Make-up halbwegs hinzukriegen, eine der zusätzlichen Belastungen einer Kripofrau, wenn es an den Außendienst ging. Ihre kastanienbraune Dauerwelle war ein hoffnungsloser Fall angesichts der Zeit, die sie hatte; sie müßte sich das Schlachtfest schon mit dieser Schlampentolle ansehen.

Ihr bevorzugtes »Blutkostüm« war in der Reinigung, alles was sie sonst hatte, war ein grauer Blazer mit einem Knopf und ein schwerer Winterwollrock. Nicht eben etwas, was sie gern an einen blutigen Tatort anzog, wo man womöglich in Büschen, Schränken oder gar im Kriechwinkel unter dem Giebel zugange war. Einmal, als ihr die Taschenlampe ausgefallen war, hatte sie sich versehentlich in eine klebrige Blutlache gekniet, während sie dem Mann von der Spurensicherung unterm Bett nach Blut suchen half.

Anne fragte sich, ob wohl die indische Pathologin ausrückte, eine Gerichtsmedizinerin mit Humor, deren putziger Akzent Anne an Fernsehserien über die Zeit der Kolonialherrschaft erinnerte, von denen *Das Juwel der Krone* ihr die liebste gewesen war.

Bei einem ihrer Einsätze hatte sie der Pathologin erzählt, mit dem Schauspieler, der den Hari gespielt hatte, würde sie glatt schon beim ersten Date ins Bett gehen. Sie wäre eine tolle *memsahib* gewesen, hatte sie der Inderin gesagt.

Sie mußte oft an ihre erste Obduktion denken. Ein mexikanischer Junge, den man aus einem fahrenden Auto heraus mit einer Uzi voll Blei gepumpt hatte. Man hatte ein Dutzend Pinzetten gebraucht, und es schien, als würde der Pathologe ewig Verbandsmull aus den Löchern ziehen, den die Sanitäter hineingestopft hatten, um die Blutung zu stoppen.

Obduktionen interessierten sie seit jeher, obwohl ihr Biologie an der Schule noch nicht mal Spaß gemacht hatte. Manchmal half etwas Leichenhallenhumor – »Also, Anne, hier kommen die Babys her!« – während der Arzt ein Scheibchen vom Ei eines toten Typs schnitt. Bei Kleinkindern freilich half noch nicht mal mehr Galgenhumor. Während einer solchen Obduktion war mit Lustig so gut wie Schluß.

Anne Zorn war schon immer der Ansicht gewesen, und viele ihrer männlichen Kollegen stimmten ihr zu, daß Leute bei weiblichen Kriminalern viel eher den Mund aufmachten. Frauen schüchterten einen nicht gleich so ein; die Fähigkeit der Frau, Gefühle zu vermitteln, wirkte ermutigend. Was freilich nicht für Typen galt, die Nutten oder Ehefrauen umbrachten. Bei denen hatte man als Frau schlicht keine Chance.

Während sie mit dem Brauenstift letzte Hand an sich legte, dachte sie daran zurück, wie das mit Phil, ihrem letzten Mann, gewesen war. Sie wurde an einen Tatort gerufen, arbeitete die halbe – manchmal auch die ganze – Nacht an einem Mord und mußte dann nach Hause, sich umziehen, das Haus saubermachen, Wäsche waschen, einkaufen gehen, seine Kinder von der Schule abholen. Kinder, die fälschlicherweise immer dachten, Anne hätte Papis perfekte Ehe mit Mami zerstört.

Phil war passé, mitsamt seinen sauberen Kindern, die vor der kurzen Ehe ihres alten Herrn mit Anne nicht mal gewußt hatten, was eine anständige Mahlzeit war. Nun, diese Art von Fehlern war vorbei.

Ein letzter abschätzender Blick. Gar nicht so schlecht, wenn man alles bedachte. Wenigstens hatte sie keine Säcke unter den Augen, dabei hatte sie nicht lange genug geschlafen. Eines war sicher, die Kundschaft störte es nicht.

Anne schätzte, daß ihr Sergeant und der Lieutenant schon am Tatort waren und der zivile Spurentechniker bereits eifrig sammelte. Detective Maldonado hatte Tatortdienst. Seit er zum Morddezernat gekommen war, hatte er derart zugenommen, daß Anne dem Nilpferd womöglich auf die Beine helfen mußte, wenn es auf alle viere ging, um dem Mann vom Labor zur Hand zu gehen.

Maldonado müßte am Morgen zusammen mit dem Mann von der Spurensicherung in die Pathologie, um der Obduktion beizuwohnen. Anne und die anderen beiden aus dem Team wären für die Zeugenbefragung verantwortlich, den Hintergrund des Opfers, das Abklappern der Nachbarschaft und so weiter.

Aber so ein Einsatz hatte auch seine guten Seiten: Sie bekamen anderthalbfachen Lohn. Der durchschnittliche Detective, Männlein wie Weiblein, verdiente so zwischen sieben- und zehntausend mehr; das Ganze hatte also definitiv einen angenehmen Nebeneffekt.

Ihr »Firmenwagen« wollte nicht so recht anspringen und soff zweimal ab. Es war ein Ford Crown Victoria, vier Jahre alt und gehörte laut den Jungs aus ihrer Truppe dringend mal überholt. »Nicht nur der Wagen«, hatte Anne ihnen gesagt.

Und das war kein Scherz. Mit sechsundvierzig hätte ihr Gesicht – längst! – mal geliftet gehört. Vielleicht, wenn man sich in San Diego weiterhin so tüchtig erschoß, erstach, erwürgte und den Schädel einschlug, vielleicht bekam sie dann genug Überstunden zusammen, um es sich leisten zu können. Wenn schon nicht die komplette Runderneuerung, dann wenigstens um die Augen.

Beim Abbiegen von der Friars Road, den Ameisenhügel voll Wohnblöcke mit Blick auf das Mission Valley hinauf, geriet der Ford ins Stottern und blieb ihr fast stehen. Anne hatte ihren Stadtplan offen auf dem Sitz und suchte mit der Taschenlampe nach den Straßen. Wenigstens konnte sie nachts noch den Plan lesen. Eine Menge Detectives in ihrem Alter konnten ohne Brille noch nicht mal am hellichten Tag die Zeitung lesen, und die Kerle waren dabei noch eitler als die Frauen. Ständig kam einer, damit sie ihm was Kleingedrucktes vorlas.

Ihre Augen mochten ja noch jung sein, nicht so das Gewebe darum herum. Anne warf einen Blick in den Rückspiegel und sah im schlechten Licht des Armaturenbretts den verschlafenen braunen Blick. Die Lider begannen definitiv durchzuhängen, aber vor allem in dem Bereich unter ihren Augen tat sich entschieden zuviel. Sie überlegte, was so ein Lifting wohl kostete. Und wenn sie schon die Augen machten, wieviel würde sie wohl zusätzlich für das verdammte Kinn drauflegen müssen? Sie brauchte nur mit den Fingern darunterzugreifen, und sie spürte die überschüssige Haut.

Es war zum Heulen. Die Nachkriegsgeneration war nicht zum Altwerden geboren. Es war wirklich das Letzte! Das einzig Gute am Altwerden war, was die Jahre ihr über Männer beigebracht hatten. Und das war folgendes: Man brauchte sie im Grunde kaum, weil sie für kaum was zu gebrauchen waren. Und ihre heilige Mutter konnte sich den Rosenkranz durch die Finger ziehen, bis sie Brandblasen hatte, Anne würde keinen von den Kerlen mehr heiraten, nie wieder, da mochte er im Bett so gut sein wie nur was. Darüber hinaus brauchte ihre Mutter nur zu sagen, daß sie den Typ, mit dem sie gerade ging, mochte, dann hieß es, ade, Sportsfreund. Der Kerl konnte nur eine Niete sein.

Ihrer Ansicht nach würde sie wohl kaum je Probleme haben, was fürs Bett zu kriegen, auch wenn sie sich kein komplettes Gesicht leisten konnte und irgendwann wie Buster, der Bluthund, aussah. Sie hatte eine sportliche Figur, und sie riß sich buchstäblich den Arsch auf, damit das so blieb. Vier Tage die Woche ging sie ins Aerobicstudio, und bestimmt nicht nur für ein Küßchen und ein paar starke Arme, wenn ihr danach war. Nein, sie hatte mit diesem Körper als junge Polizistin einfach zu viel erreicht.

Sie dachte gern an die stolzeste Leistung ihres Lebens zurück. Anne Bartlett – so hieß sie 1978 – wollte die erste Frau San Diegos in einem Sondereinsatzkommando sein. Sie hatte sich ihre Sporen in einer Zeit verdient, als es bei der Polizei noch eine Menge Dinosaurier gab, Typen, die einfach wollten, daß man als Frau versagte. Noch bevor der Begriff der sexuellen Belästigung Angst und Schrecken verbreitete. Damals konnte es einer Frau noch passieren, daß sie einen Typen zum Ausbilder kriegte, der den Streifenwagen in einer Gasse parkte und an einen Busch pissen ging, nur um zu sehen, wie sie's vertrug.

Und mußte man kurz darauf selber, war es durchaus drin, daß der Kerl schnurstracks zu dem Busch zurückfuhr und meinte: »Na, dann mal los.«

Sie hätte sich in dieser Zeit fast was am Harntrakt geholt, weil sie sich ständig das Pinkeln verkniff.

Als Anfängerin hatte sie so was noch weggesteckt und mit einem gequälten Lächeln die Zähne zusammengebissen. Insbesondere erinnerte sie sich da an einen Sergeant, der bei Gegenüberstellungen gern die Straftaten vorlas und, nur um die Frauen zu demütigen, seinen Senf dazu gab. Einmal, da hatten sie einen erzwungenen Oralverkehr gehabt, bei dem der mutmaßliche Täter sein Opfer grün und blau geschlagen hatte, nur weil sie nicht »schlucken« wollte. Der Sergeant wandte sich an Anne und fragte: »Was ist mit Ihnen, Officer, schlucken *Sie*?«

Sie war noch jung gewesen, jung, grün und schockiert. Ihr Herz hatte zu hämmern begonnen. Ein Dutzend uniformierter Männer hatte sich nach ihr umgedreht – und gewartet.

Schließlich hatte sie geantwortet: »Woher, meinen Sie, habe ich meinen zarten Teint?«

Einige der Männer hatten sie vom Fleck weg akzeptiert. Aber um welchen Preis? Wie oft hatte sie sich ausgemalt, ihm zu sagen: »Hier, schluck das!« Und ihm den Kaffee ins Gesicht zu schütten.

Clevere Antworten wie die hatte sie später immer wieder bitter bereut. Wann immer man sie während dieser Jahre mit einem auf Streife schickte, der die Hände nicht bei sich behalten konnte, mußte sie sich Mittel und Wege ausdenken, das Arschloch abzuschrecken, ohne daß man ihn gleich rauswarf, und das war nicht leicht.

Als Anne ihrem damaligen Mann – einem Streifenbeamten in der Südstadt – eröffnete, daß sie zum SEK wollte, hatte er nur herablassend gelächelt. »Klar doch«, hatte er ihr gesagt.

Als er dann gemerkt hatte, daß es ihr todernst damit war, war Schluß mit Lächeln. »Den Teufel wirst du!« hatte er ihr gesagt.

Aber sie hatte sich beworben. Während der mörderischen Aufnahmeprüfung war sie gegen Männer angetreten, die hatten sich beim gefürchteten »40–40« – ein halber Kilometer, volle Kanne – die Seele aus dem Leib gekotzt.

»Und Ihre Zeit?« hatte der Ausbilder sie nach dem Lauf gefragt. Dann: »Aha, nicht schlecht. Dann lassen Sie mal noch 'n paar Klimmzüge sehen. Aber ganz rauf. Mit hängenden Beinen!«

Das Baby hatte ihren Körper für ein ganzes Jahr verändert, aber das Training beim SEK machte ihn bald wieder fit und hart wie ein Anwaltsherz. Ihr Oberkörper entwickelte sich fast etwas zu gut dabei.

Sie hatte eine Menge Bewerber aus dem Feld geschlagen, Typen, die nicht trainieren wollten, die weder vom »40–40« noch von Klimmzügen etwas wissen wollten. Sie hatte trainiert. Blutend und aufgerissen waren ihre Hände, aber schließlich machte sie zwanzig am Stück. Ganz runter. Ganz rauf. Mit hängenden Beinen.

Der SEK-Ausbilder, von dem sie immer gedacht hatte, er hätte was gegen sie, hatte ihr schließlich, nach der Nummer zwanzig, das größte Kompliment gemacht, zu dem er fähig war. Den Finger auf dem Dutzend Kerle, das ausgepumpt auf dem Boden lag, sagte er: »Bist 'n besserer Mann als die da, Gunga Din.«

Als Anne schließlich am Tatort ankam, hing bereits gelbes Plastikband vor dem Tor der Wohnanlage. Zwei Streifenwagen waren da, ein Sergeant von der Streife, ein Mann von der Spurensicherung, der Sergeant und einer ihrer Kollegen vom Team. Ein junger Streifenbeamter kam auf ihren Wagen zu, sah die Polizeimarke am Tragriemen ihrer Handtasche und wies mit der Taschenlampe auf einen leeren Parkplatz hinter einem Übertragungswagen vom Fernsehen.

Bei Gewaltverbrechen waren die Medien oft noch vor der Kripo am Tatort, da sie mit ihren Scannern die Polizeifrequenz abhörten. Anne haßte schon den Anblick der ausfahrbaren Satellitenschüssel, aber wenn es schon sein mußte, dann zog sie Jungreporter mit Videocameras den Primadonnen vor, die im Fernsehen dann den ganzen Ruhm einheimsten. Sie nannte Jungreporter, gleich welchen Geschlechts, »Jimmy Olson«, nach der Figur aus den Superman-Comics.

Sal Maldonado stand innerhalb der Bandabsperrung am Fuß der Treppe und wies auf den Boden, als sie ankam. Ein Bach geronnenen Blutes zog sich vom Fuß der Treppe, die Fuge um die Beckenumrandung entlang in eine Hortensienrabatte in der Nähe des Tors zum Pool.

Sal nickte in Richtung eines Sergeants von der Streife, der auf der anderen Seite des Pools an die Türen der Wohnungen klopfte.

Zu Anne sagte er: »Yuppie-Sergeant. Will unbedingt helfen, hält aber Bißmarken für was zum Sammeln. Ich hab' ihn 'rübergeschickt, um einen Zeugen aufzutreiben. Ihn nach Hause zu schicken, brachte ich nicht übers Herz.«

»Wo ist die Frau, die angerufen hat?« fragte Anne.

»Oben rechts«, sagte er. »Der Chef will, daß du mit ihr sprichst. Nimm die andere Treppe.«

Er richtete den Strahl seiner Lampe auf die Treppe und beleuchtete Dawn Coyotes Leiche. Sie lag halb die Treppe hinauf auf dem Rücken, der Minirock über das rote Spitzenhöschen gerutscht, während auf ihrem milchigen Schenkel, kaugummirosa, ein Strang Eingeweide lag.

Sal ließ den Strahl auf ihre blauen Augen wandern, die weit offen standen. »Sieh zu, daß du 'n Foto von den Augäpfeln schießt, Eddie«, rief er dem Mann von der Spusi zu, der behutsam auf der Treppe zugange war. »Da ist das Bild ihres Mörders drauf.«

»Alles klar«, sagte Eddie. »Daß ich da nicht selbst draufgekommen bin.«

»Ein Raubmord war's jedenfalls nicht«, sagte Sal Maldonado zu Anne und fuhr mit dem Strahl der Lampe auf den Schritt von Dawns Slip. »Als ich die Beule sah, dachte ich erst, es wär'n Transvestit. Bis ich die Kohle aus dem Beinausschnitt gucken sah.«

»Eine Stricherin, soviel steht fest«, sagte Anne Zorn.

Das Jämmerlichste an diesem Tatort waren die Zehennägel

des Opfers. Sie hatte einen Schuh verloren, der rote Lack auf ihren Nägeln war rissig und teilweise ab. Anne wußte, daß sie an die Zehennägel des Mädchens noch denken würde, nachdem sie alles andere schon lange vergessen hatte.

»Dann laß mal hören, was wir wissen«, sagte sie.

Blaze war fast eine Stunde allein gewesen, seit der erste Polizist sich gemeldet und das vorläufige Protokoll aufgenommen hatte. Als nächstes hatte sich ein Sergeant von der Kripo vorgestellt, ihr aber gesagt, er würde ihr einen Detective schicken. Seitdem hatte sie drei Tassen Kaffee getrunken, obwohl normalerweise die anderthalb Tassen, die sie morgens zu ihren Cornflakes trank, ihre Tagesration war. Na ja, schlafen würde sie sowieso nicht mehr, noch nicht mal nachdem man Dawn abtransportiert hatte. Noch nicht mal nachdem der letzte Polizist gegangen war.

Sie zog sich eine Strickweste über das Sweatshirt, aber ihr war trotzdem noch kalt. Es war schon nach drei, da hörte sie ein leises Klopfen an der Tür. Blaze öffnete und sah sich zu ihrer Überraschung einer hochgewachsenen Frau in einem gutsitzenden Jackett, Rock und flachen Pumps gegenüber. Sie hatte ein Klemmbrett dabei, und am Schulterriemen ihrer Handtasche hing eine Polizeimarke. Sie war ziemlich attraktiv, auf eine nüchterne Art, und Blaze sah auf den ersten Blick, daß sie ausgesprochen fit war für jemanden über vierzig.

Die Frau sagte: »Ms. Singleton? Ich bin Detective Anne Zorn. Ich habe da ein paar Fragen.«

»Kommen Sie rein«, sagte Blaze. »Setzen Sie sich auf das Sofa. Kann ich Ihnen einen Kaffee anbieten?«

»Wenn er bereits gemacht ist«, erwiderte Anne. »Schwarz, bitte.«

»Ist er«, sagte Blaze und ging in die Kochnische, während Anne tat, was alle Polizisten tun: Sie sah sich um.

Das Zimmer war ordentlich, die Ausstattung billig, aber nicht ohne Geschmack. Über dem Sofa hing ein Druck eines kalifornischen Impressionisten. Das Mobiliar war gemischt, Zeitgenössisches mit einer Antiquität: einem Kleiderständer, der klein genug war, um feminin auszusehen. Ein hübsches, sauberes kleines Apartment.

Als Blaze mit dem Kaffee kam, sagte sie: »Viel kann ich Ihnen nicht sagen.«

»Ich weiß«, sagte Anne, »ich habe bereits mit dem Streifenbeamten gesprochen, der auf Ihren Anruf hin gekommen ist.«

»Weiß man schon, wer das Mädchen ist?«

»Sie hatte keine Handtasche«, sagte Anne. »Haben Sie eine Idee?«

»Nicht die geringste«, sagte Blaze.

»Dann haben Sie sie also gesehen? Die Leiche?«

»Na ja, nein, aber der zweite Polizist hat gesagt, daß es eine blonde junge Frau ist. Davon gibt's keine auf unserer Etage.«

»Haben Sie irgendwelche blonden jungen Freundinnen?«

»Nein.«

»Bekannte?«

»Nein.«

»Es gibt hier, auf dieser Seite des Hauses, sechs Wohnungen auf der Etage. Haben Sie je in einer von ihnen eine blonde junge Frau zu Besuch gesehen?«

»Nein«, sagte Blaze. »Wie ist der Kaffee?«

»Prima«, sagte Anne. »Der hält mich garantiert wach. Wenn man in meiner Branche schläft, ist man weg vom Fenster.«

»Kann ich mir vorstellen«, sagte Blaze.

»Der Beamte hat mir gesagt, sie haben geglaubt, einen Vogel schreien zu hören?«

»Eine Möwe«, sagte Blaze.

»Und das war das einzige Geräusch? Kein Schrei? Keine Stimmen?«

»Das war alles«, sagte Blaze. »Was ist mit den Nachbarn? Hat sonst jemand was gehört?«

»Zwei sind nicht zu Hause. Die anderen schliefen wie die Toten. Wie die Steine, sollte ich wohl sagen.«

»Heißt das, daß er sie sofort umgebracht hat? Oder hat er sie geknebelt oder was?«

»Er?«

»Es muß ein Mann gewesen sein. Sie wurde erstochen, nicht?«

»Oh, ja«, sagte Anne. »Das kann man wohl sagen. Wenn Sie mir noch ein paar Informationen geben würden, Ms. Singleton? Sie haben dem Kollegen weder ihren Arbeitsplatz noch ihre Telefonnummer dort genannt.«

»Nein«, sagte Blaze. »Ich bin gerade auf der Suche.«

»Was machen Sie denn beruflich?« fragte Anne und nahm ein Schlückchen Kaffee.

»Wollen Sie noch?« fragte Blaze.

»Nein, danke. Was machen Sie beruflich?«

»Ich habe schon alles mögliche gemacht. Serviererin in einer Bar. Büroarbeit.«

»Wo waren Sie denn zuletzt?«

»Oh, ich möchte nicht, daß Sie meinen letzten Chef mit all dem behelligen.«

»Mit all dem?«

Blaze zögerte und sagte dann: »Na ja, er ist ein älterer Herr und erschreckt sich womöglich, wenn die Polizei bei ihm anruft.«

»Warum sollten wir ihn anrufen?«

»Sie haben doch gefragt, wo ich zuletzt gearbeitet habe. Da dachte ich ... Sie ...«

»Ja?«

»Na, ich dachte, Sie müßten, na ja, überprüfen, was ich Ihnen über mich gesagt habe.«

»Ach was, ich wollte nur ein bißchen mit Ihnen plaudern, bis mir noch eine wichtige Frage einfällt.« Anne Zorn starrte Blaze Duvall in die besorgten grünen Augen.

»Ich war zuletzt in Los Angeles«, sagte Blaze rasch. »Brunswick Enterprises. Eine kleine Plastikfabrik. Ich war nur acht Monate dort. Ich mag L. A. nicht.«

»Kann ich Ihnen nicht verdenken«, sagte Anne, die etwas in ihr Notizbuch schrieb. »Ist Teil unseres Erbes hier in San Diego, L. A. zu hassen, geht jedem so.«

»Es ist möglich«, sagte Blaze, »daß das ermordete Mädchen die falsche Treppe genommen hat. Die andere ist gleich auf der anderen Seite vom Pool. Die Leute nehmen ständig die falsche Treppe, um in den ersten Stock zu kommen.«

»Daran haben wir auch schon gedacht«, sagte Anne. »Möglich ist es durchaus. Ich frage mich, ob es uns womöglich weiterhilft, wenn Sie sich das Mädchen mal richtig ansehen, um sicher zu gehen, daß Sie sie nicht kennen?«

»Nein!« sagte Blaze. »Nein. Das könnte ich nicht. Ich kenne keine blonden jungen Frauen. Ich möchte mir niemanden ansehen, der erstochen worden ist. Nein. Tut mir leid.«

»Okay«, sagte Anne. »Ich denke, das wär's dann erst mal, aber ich muß Sie vielleicht noch anrufen. Sind Sie über die Nummer Tag und Nacht zu erreichen?«

»Ja«, sagte Blaze. »Tagsüber bin ich auf Jobsuche, aber ich frage meinen Anrufbeantworter nach Mitteilungen ab.«

»Na schön«, sagte Anne im Aufstehen.

Blaze sagte: »Ich würde gern erfahren, wenn Sie den Betreffenden erwischen. Falls das erlaubt ist, würde ich gern informiert werden.«

»Machen wir«, sagte Anne. »Man wird Sie vielleicht als Zeugin vorladen, wenn wir die Person fassen.«

»Aber ich habe doch nichts gesehen«, sagte Blaze.

»Eines macht uns noch Probleme«, sagte Anne, als Blaze ihr die Tür aufhielt.

»Was denn?«

»Wir haben am Fuß der Treppe einen blauen Frotteebademantel gefunden.«

»Glauben Sie, das Mädchen hatte ihn dabei? Die Ermordete?«

»Unwahrscheinlich«, sagte Anne. »Man fand ihn zehn Meter von der Leiche entfernt.«

»Der Pool«, sagte Blaze. »Der ist doch ganz in der Nähe, wie Sie ja sehen.«

»Ja?«

»Einer der Mieter hat ihn wahrscheinlich verloren, als er vom Schwimmen kam. Hier verliert ständig einer was.«

»Auch Bademäntel?«

»Die verlieren alles«, sagte Blaze. »Glauben Sie mir.«

»Aber der da hatte Blutflecken am Saum«, sagte Anne Zorn. Wieder starrte die Kripobeamtin sie an, seelenruhig, mit ihren braunen Augen, die Iris voll gelber Flecken. Enervierend, diese Augen, wie die einer Katze. Blaze hatte Angst vor dem unverwandten Blick dieser Frau. »Blut?« sagte Blaze. »Ich verstehe nicht.«

»Ziemlich frischer Fleck«, sagte Anne. »Ich wette, er stammt vom Opfer.«

»Versteh' ich nicht«, sagte Blaze.

»Wir auch nicht«, sagte Anne Zorn zu Blaze Duvall. »Noch nicht.«

# 9

Am Ostersonntag war wieder alles auf dem Wasser: Segelhirnis und Jet-Ski-Pfeifen, Skiboot-Luschen und Angelfreaks. Wer immer an der weit ausgedehnten Küste der Mission Bay nicht gerade einem weniger gefährlichen Zeitvertreib huldigte. Und dann natürlich jede Menge Dumpfbacken in Schrottkübeln voll Crystal Meth, die sich auf einen geruhsamen Sonntag eingestellt hatten, indem sie auf dem Boot machten, was sonst an Land angesagt war: sich zuknallen oder sich anbrüllen.

Die Polizei rechnete in der Mission Bay mit siebzig bis achtzig Unfällen im Jahr, wenn das Bootsvolk gegeneinanderknallte. Ein oder zwei davon tödlich.

Leeds meckerte wiedermal über Politik, nur daß er diesmal nicht über die Demokraten in Washington maulte, sondern über San Diegos Bürgermeisterin und die laufenden Besoldungsstreitigkeiten zwischen Stadtrat und Polizei.

»Wie würd's dir gefallen, der Trottel zu sein, der Ihro Gnaden durch die Gegend chauffiert?« wollte Leeds wissen.

Fortney, der an diesem Tag das Boot steuerte, sagte nichts.

»›Miss Lazy und ihr Chauffeur‹ nenn' ich das«, sagte Leeds.

Fortney antwortete nicht.

Dann meckerte Leeds über ihre Blitzdiät in der Wahlkampfzeit und nannte sie die »Schrumpfbürgermeisterin«.

Fortney sagte: »Halt mal 'n Augenblick die Luft an, wir haben eine Durchsage.« Er nahm das Mikro und sagte: »Hier einsdreiundachtzig King, verstanden und aus.«

»Ich hab' nichts gehört«, sagte Leeds.

»Wie auch, wenn du die ganze Zeit nölst?« sagte Fortney und nahm Kurs auf die Mole.

Es war bereits ein Boot der Wasserwacht da, daneben einige

Gaffer. Es dauerte nicht lange, und die Kannibalen aus der Gerichtsmedizin stellten sich ein.

Wieder ein Schwimmer. Das Wasser war warm genug für Bakterien, so daß das Methangas ihn nach einigen Tagen an die Oberfläche getrieben hatte, wo die Wasserleiche jetzt träge gegen die Felsen schlug. Die Beamten vom Wasserschutz behaupteten, Schwimmer stänken aus irgendeinem Grund noch übler als verwesende Kadaver an Land.

Fortney steuerte das Boot so nah ran wie möglich. Leeds warf einen Blick hinab und sagte: »Vorgezogener Osterbrunch für Krebse und Hummer.«

Fortney war erleichtert, daß die Gerichtsmediziner bereits die Unterstützung der Wasserwacht hatten, die gerade einen Korb die Felsen hinab ins Wasser ließ. Da brauchten sie die Polizisten nicht, um die Leiche reinzuhieven.

Fortney erkannte einen der Leute aus der Gerichtsmedizin, einen stämmigen rotgesichtigen Typen mit einem unrasierten massiven Kinn, der ganz nach einem Infarktkandidaten aussah.

Der hier war auf knifflige Fälle spezialisiert, und so rief er Fortney zu: »Daß er 'n Kerl ist, sieht man an den Klamotten. Aber könnt ihr auch die Rasse erraten?«

Fortney und Leeds studierten die gesichtslose, von Knorpeln befreite Masse weißgebleichten Gewebes; dann sagte Leeds: »Unmöglich. Das sagt dir kein Mensch.«

Worauf der Mediziner meinte: »Schmeiß 'ne Dose Colt 45 ins Wasser. Grapscht er danach, ist er schwarz.«

Der Leichenfledderer schniefte kichernd und räusperte sich, während Fortney schon mal die Maschine anließ und losfuhr, um weit genug weg zu sein, für den Fall, daß es den Schwimmer zerriß.

»Das ist er«, sagte Leeds. »Derselbe Fledderer, der letzten Sommer den Schwimmer mit dem eingedätschten Kopf hatte. Er hatte das Hirn von dem Typ in 'ner Plastiktüte mit Drahtverschluß. Die zeigt er mir so, schüttelt sie und meint: ›Denkst du, da wird ihm schwindlig?‹«

»Typen wie der«, sagte Fortney, »sammeln nicht Briefmarken, Münzen oder Nippes, sondern Abschiedsbriefe von Selbstmördern, um liebgewordenen Erinnerungen nachhängen zu können, wenn sie ihr Poesiealbum durchgehen.«

Als die Cops am geschäftigen Treiben im Lager von oneAustralia vorbeischipperten, sahen sie, in respektvoller Entfernung, das Auf und Nieder einer Heerschar von Freizeitbooten auf dem Wasser davor.

»Andächtige vor dem Altar des America's Cup«, sagte Leeds.

»Bootstrottel«, sagte Fortney.

Dann, auf der Höhe von Danas Bootsrampe, blieb den beiden Polizisten glatt die Luft weg – als sie wieder einatmeten, saugten sie schier die halbe Luft aus der Bucht. Vor ihnen ging einer auf dem Wasser!

»Heiliger Strohsack!« rief Leeds und scheuchte eine Taube auf, die zu der unglaublichen Szene noch das Symbol des Heiligen Geistes beitrug.

Fortney, der es schneller erfaßt hatte, sagte: »Ist doch Ostersonntag, hast du vergessen? Da ist das erlaubt.«

Genaugenommen schien der Typ nur auf dem Wasser zu gehen. In Wirklichkeit wandelte er auf dem Dach eines 13-Meter-Luxus-Hausboots, das völlig untergegangen war.

Die Wiederauferstehung war es jedenfalls nicht. Sie hörten den Typ auf eine Frau am Ufer einschreien: »Du dummes Luder! Ich hab' dir doch gesagt, daß du einen Gang einlegen sollst!«

»Gibt 'ne Menge Scheidungen an so 'ner Rampe«, bemerkte Fortney. »Weil wir grade davon reden, ich frage mich, wann wir wohl meine künftige Exfrau wiedersehen.«

»Wer ist das denn?« fragte Leeds, von dem quasi-religiösen Erlebnis noch erschüttert.

»Na das rothaarige Cuppie«, sagte Fortney. »Diese Blaze,

wie sie sie nennen. Ich heirate sie, obwohl ich weiß, daß sie sich letztlich doch wieder scheiden läßt. Wie alle anderen auch.«

Letch Boggs tippte auf Telefonwerbung, als man ihn am Ostersonntag um acht Uhr morgens anrief. In San Diego waren Telefonwerber ebenso gnadenlos und unaufhaltbar wie illegale Grenzüberschreitungen, und selbst Leute mit Geheimnummern blieben davon nicht verschont.

Er war entzückt, als die Stimme am Apparat sagte: »Boggs? Anne Zorn. Sie kennen mich als Anne Sullivan. Oder vielleicht auch als Anne Bartlett. Erinnern Sie sich?«

»Annie!« sagte Letch. »Ob ich mich an dich erinnere? Ich bin der, der dich immer ›Legs‹ genannt hat!«

»Ja«, sagte Anne. »Ich hab' Sie auch nicht vergessen.«

»Hast du sie noch?« wollte Letch wissen; er war jetzt hellwach.

»Was?«

»Na diese herrlichen muskelbepackten Volleyballstelzen?«

»Hast dich nicht verändert, was?«

»Was gibt's denn? Brauchst jemand zum Ostereierfärben? Bin ich genau der Richtige für. Wieder mal geschieden, was?«

»Ja, aber deswegen ruf' ich nicht an.«

»Willst wieder zur Sitte, was, zum alten Letch? Okay, ich leg'n gutes Wort für – «

»Letch, hör auf, ja?« sagte Anne. »Ich habe die ganze Nacht gearbeitet. Ich habe mir einen Mord eingefangen und bin zu müde für backe, backe Kuchen. Ich hätte da ein paar Fragen.«

»Ja?«

»Kennst du eine Stricherin namens Jane Kelly?«

Sie hörte fast, wie Letch Boggs berühmtes Computergedächtnis zu klickern begann. Dann sagte er: »Du meinst Dawn? Dawn Coyote? Was ist passiert?«

»Was passiert ist? Sie wurde erstochen«, sagte Anne. »Ausgeweidet.«

Letch war wie vom Donner gerührt. »Wo? Wann? Wer war es?«

»Genau das müssen wir rausfinden«, sagte Anne. »Wir haben sie nur anhand ihrer Abdrücke über den Zentralcomputer identifiziert. Ausweis hatte sie keinen mit, keine Handtasche. Nichts als ein Knödel Hurenlohn in der Unterwäsche. Zusammen mit deiner Karte.«

»Ich glaub's einfach nicht!« sagte Letch. »Er hat sie umgebracht.«

»Wer?«

»Ihr Alter. Oliver Mantleberry.«

»Ein Lude?«

»Ich wollte ihn morgen verhaften. Sie hat ihn bei mir wegen Zuhälterei angezeigt. Er hat sie umgebracht!«

»Na also!« sagte Anne. »So kommen wir doch schon weiter!«

»Ich komm' rein«, sagte Letch. »Seh' dich so in 'ner Stunde bei dir im Büro.«

»Ich habe bis dahin auch Mantleberrys Strafregister. Weißt du, wo er wohnt?«

»Und ob! Und ich will dabei sein!« Dann fügte er hinzu. »Sie war nicht durch und durch schlecht, die Kleine. Den zieh' ich aus dem Verkehr, diesen Mantleberry. Und zwar selbst.«

»Ich erwarte dich mit Kaffee und Pepto-Bismol.«

Bevor er auflegte, sagte Letch noch: »Wo ist es passiert? In Dawns Wohnung?«

»Nein, auf der Treppe eines Apartmentblocks in Fashion Hills. Was sie da oben wollte, wissen wir nicht.«

Letch sagte: »Welche Adresse?«

Als sie es ihm sagte, meinte Letch: »Blaze Duvall.«

»Wer ist das?«

»Freundin von ihr. Sie wohnt da.«

»Da liegst du ausnahmsweise mal falsch«, sagte Anne. »Im ganzen Haus gibt's niemanden, der so – «

»Irgendwelche Zeugen?«

»Nein.«

»Wer hat's denn gemeldet?«

»Eine Mieterin, eine gewisse Mary Ellen Singleton.«

»In welchem Apartment wohnt sie denn, diese Mary Ellen Singleton?«

»2A.«

»Ha!« sagte Letch.

Er machte solchen Wind mit seinem »Ha!«, daß Anne den Knoblauch schier bis ans andere Ende der Leitung roch.

Ihre Wohnung bot nicht länger den ordentlichen, adretten Anblick, den Detective Zorn noch bewundert hatte. Blaze arbeitete schneller als je zuvor.

Es war nicht einfach gewesen, am Ostersonntagmorgen Kartons aufzutreiben. Ihre Kleidung, oder jedenfalls das, was sie davon wirklich brauchte, lag bereits im Mustang – auf dem Boden, im Kofferraum, auf dem Rücksitz bis unters Verdeck gestapelt.

Sie ließ den Anrufbeantworter an und war schon so gut wie zur Tür hinaus, bevor sie sich überhaupt entschlossen hatte, wohin es ging. Das Wichtigste war, hier zu verschwinden. Nur weg von Oliver Mantleberry. Der mußte das nämlich gewesen sein.

Nie würde sie das Schimmern der Lampe vom Hof unten auf seinem mächtigen runden Schädel vergessen. Ebensowenig wie dieses entsetzliche Gefühl: auf der Stelle zu laufen, die Hand eines Mörders am Saum ihres Bademantels. Vielleicht würde dieser Alptraum sie den Rest ihres Lebens verfolgen. Diese unglaubliche Hilflosigkeit! Vor dem Tod davonzulaufen, aber nicht vorwärtszukommen. Vor ihrem Mörder zu flüchten.

Sie zweifelte keinen Augenblick daran, daß der Lude nun hinter ihr her war. Wenn er wußte, wo Dawn war, dann zählte er sich doch an den Fingern ab, wer Blaze war: Dawns alte Freundin aus dem Massagesalon. Bestimmt hatte Dawn ihrem

Luden alles erzählt, sie war einfach der Typ. Wenn Dawn sich Speedballs knallte, quasselte sie über Gott und die Welt.

Aber Dawn war jetzt tot. Genauso tot wie Rosie. Genauso tot wie Blazes Mutter. Genauso tot wie Blaze, wenn Oliver Mantleberry sie zu fassen bekam. Er hatte Dawn abgeschlachtet, weil sie ihn wegen Zuhälterei angezeigt hatte. Was würde er da erst mit einer Frau anstellen, die ihn einen Mord hatte begehen sehen?

Sie öffnete einen Koffer auf dem Bett und begann Unterwäsche und Kosmetika einzupacken. Als sie fast fertig war, nahm sie Anne Zorns Karte aus der Handtasche und wählte die Nummer in der Absicht, ihr auf dem Anrufbeantworter oder bei der Telefonistin eine kurze Nachricht zu hinterlassen. Der Gedanke, Anne könnte noch nicht zu Hause im Bett liegen, kam Blaze nicht mal. Auch die Kripo mußte mal schlafen.

Als Anne abnahm, war sie völlig verblüfft.

Es kam zu einer kurzen Pause, dann sagte Blaze. »Hier ist Mary Ellen Singleton.«

Anne, die noch auf Letch Boggs wartete, sagte: »Ja?«

»Ich ... ich, äh ... dachte, ich sollte Ihnen eine Nachricht hinterlassen. Wenn Sie morgen ins Büro kommen.«

»Ich arbeite noch«, sagte Anne. »Haben Sie mir was zu sagen?«

»Nein, aber Sie sagten doch, Sie wollen mich womöglich noch mal sprechen, und da wollte ich Ihnen sagen, daß ich eine Weile nicht da bin.«

»Nicht da? Wo wollen Sie denn hin?«

»Zu meiner Schwester rauf nach L. A.«

»Wo in L. A.?«

»Spielt das eine Rolle?«

»Für den Fall, daß ich mit Ihnen sprechen muß, kann ich Adresse und Telefonnummer haben?«

»Sie hat eine neue Nummer. Die steht nicht im Buch. Ich hab' sie verloren. Ich geb' sie Ihnen durch, wenn ich dort bin.«

»Wie heißt sie denn?«

»Ah, Rosie. Rosie Singleton.«

»Ihre Adresse?«

Die erste Straße in Los Angeles, die ihr einfiel, war: »Sunset Boulevard. Eins-sieben-sieben-neun Sunset.«

»Ost oder West.«

»West.«

Anne Zorn hatte keinen blassen Schimmer von Los Angeles, wußte aber, wenn sie angeschmiert wurde. Sie sagte: »Eine solche Adresse gibt es nicht.«

»Na ja ... könnte sein, daß ich mich in der Nummer vertan habe. Aber ich ruf' Sie an, wenn ich sie habe.«

»Wann fahren Sie denn los?«

»Sobald ich auflege.«

Verflucht! Anne überlegte fieberhaft. Ihr blieb nichts anderes übrig, als einfach damit herauszurücken. »Wir beschützen Sie«, sagte sie. »Gehen Sie nicht.«

»Was soll das denn?«

»Ich weiß, daß Sie mit Dawn Coyote befreundet waren. Oder haben Sie sie als Jane Kelly gekannt?«

Fast legte Blaze auf.

»Sind Sie noch dran?« fragte Anne. »Wir beschützen Sie. Sie haben ihn doch gesehen. Sie haben gesehen, wie er sie umgebracht hat, nicht wahr?«

»Ich verschwinde von hier!« schrie Blaze in den Hörer.

»Er kann Ihnen nichts tun.«

»Quatsch!« sagte Blaze. »Sagen Sie das mal Dawn.«

»Gehen Sie nicht, Blaze«, sagte Anne. »Sie schulden es Dawn. Und sich selbst.«

»Ich rufe Sie später an«, sagte Blaze. »Wiedersehen, Detective Zorn.«

Kaum hatte Blaze aufgelegt, rief Anne die Zentrale an, aber als ein Streifenwagen aus dem Bezirk West zu Blazes Adresse in Fashion Hills kam, war sie schon weg. Sie war so überstürzt geflüchtet, daß sie einige ihrer Lieblingskosmetika zurückgelassen hatte. Allerdings nicht ihren Kassettenrecorder und den vernickelten Colt.

Als Letch Boggs in ihr Büro im Morddezernat trat, hatte der Streifenbeamte, der dem Anruf nachgegangen war, Anne die schlechte Nachricht bereits durchgegeben.

Letch schüttelte ihr die Hand und setzte sich an ihren Schreibtisch.

Gott, was war seine Hand schlaff! Sein Atem ließ sie zurückweichen.

»Ja, du hast sie noch«, sagte Letch. »Deine Beine.«

»Willst du nun Oliver Mantleberry schnappen oder flirten?«

»Wo ist denn deine Truppe?«

»Beim Frühstück. Oder beim Mittagessen? Ich weiß noch nicht mal, wie spät es ist.«

»Es ist Ostern. Sie sind beim Brunch.«

»Ich weiß nur eines, ich habe eine schlechte Nachricht für dich.«

»Welche denn?«

»Blaze Duvall hat sich abgesetzt. Sie hat angerufen und gesagt, daß sie sich verzieht.«

»Wieso?«

»Aus Angst vor Mantleberry. Was denkst du denn?«

»Könnte sie mit drin stecken? Bei dem Mord, meine ich?«

»Unwahrscheinlich«, sagte Anne. »Ich denke, der blutige Bademantel, den wir gefunden haben, würde ihr perfekt passen. Ich denke, sie war bei Dawn, entweder während oder direkt nach dem Angriff, und ist um ihr Leben gerannt. Gradewegs aus dem Mantel.«

»Man stelle sich vor!« sagte Letch und stellte es sich vor.

»Kanst du denn nie aufhören?«

»Hast du versucht, sie zum Bleiben zu bewegen?«

»Ja, ich habe ihr gesagt, wir würden sie beschützen.«

»Was hat sie gesagt?«

»Im Prinzip: ihr könnt mich mal.«

»Bist du sicher, daß sie fort ist?«

»Ich habe einen Streifenwagen losgeschickt, um sie aufzuhalten.«

»Scheiße.«

»Sie sagte, sie würde mich anrufen, und vielleicht tut sie's ja. Sie ist nicht gerade die zugedröhnte Stricherin von der Stange. Sie ist intelligent.«

»Hübsch?«

»Nicht dein Typ, Letch, aber doch, definitiv hübsch.«

»Geile Titten?«

»Hör auf, Letch!«

»Okay, okay«, sagte Letch. »Ich wollte, deine Partner würden sich etwas beeilen.«

»Ich auch«, sagte Anne. »Vielleicht erwischen wir Oliver, bevor er die Beweise beiseite schafft. Ich hoffe doch, daß die Adresse, die sie da haben, stimmt.«

»Ich hoffe doch, daß er zu fliehen versucht«, sagte Letch. »Ich krieg' eine Schrotflinte mit, ja?«

Als sie Männerstimmen im Korridor hörten, sagte Letch: »Also ich würde hier nicht arbeiten wollen. Dieses Teamkonzept schmeckt mir gar nicht: ein Latino, eine Frau, ein Schwarzer. Da habt ihr wohl auch 'n Nazi dabei und 'n Skin? Richtige kleine Regenbogenkoalition, was?«

»Und du, Letch, immer noch auf eigene Faust.«

»Logo, ich muß ja soviel wie möglich allein machen, um meine kleinen Geheimnisse nicht teilen zu müssen. Für dich würd' ich natürlich eine Ausnahme machen, Annie. Bist du sicher, daß du nicht wieder zur Sitte willst – im Team mit dem alten Letch? Die Mädels arbeiten gern mit mir.«

»Erinnerst du dich an Holly Doolittle?« fragte Anne. »Die Große, die mit mir auf Freierfang war?«

»Ja, hübsche, gesunde Brust«, sagte Letch mit einem schmierigen Grinsen. »War total scharf auf mich.«

»Wir sind noch befreundet, überhaupt alle von uns Mädels, die damals auf die Straße gegangen sind. Holly trug ein Medaillon, und in dem hatte sie ein Foto von diesen Zauberern aus Vegas, Siegfried und Roy.«

»Und?«

»Jedesmal, wenn sie sich einen Einsatz mit dir einfing, küßte sie ihr goldenes Amulett und sagte: ›Bitte, Siegfried und Roy, laßt ihn verschwinden!‹ So scharf war die auf dich!«

Um das Thema zu wechseln, sah er sich die Einrichtung des Morddezernats an und sagte: »Weißt du, ihr solltet unsere popelgrünen Wände haben und wir die von euch. Malvenfarben. Paßt besser zur Sitte. Wie 'n Affenarsch oder verdorbenes Fleisch. Ausgesprochen erotisch, ohne gleich tuntig zu sein.«

Es gehörte schon Mut dazu, einen Strohhut zu tragen, selbst am Ostersonntag, sogar zu einem farbenprächtigen Anlaß wie einem Yachtclubbrunch. Dennoch trug Ambrose ihn Jahr für Jahr, das einzige Mitglied mit Kreissäge. Sie hatte ein marineblaues Band aus getüpfelter Seide und bot einen hübschen Kontrast zu dem tomatenroten Seidenschlips mit dem Ankermotiv; Ostern war so ziemlich das einzige Mal im Jahr, an dem er sich so etwas erlaubte. Sein Jackett war traditionsgemäß hellblau; dazu trug er eine marineblaue Hose und dunkelrote Slipper.

Er hatte all die Jahre hindurch Freude an diesem Brunch gehabt, wußte jedoch, daß es heute schlimm werden würde. All das defätistische Gerede, *Black Magic* würde die Konkurrenz in Grund und Boden segeln – das furchterregendste schwarze Gefährt seit den tausend schwarzen Schiffen, die man nach der Entführung Helenas zu Wasser gelassen hat.

Nun, bald wäre alles vorbei, so oder so. Bis dahin galt es, einfach einen Fuß vor den anderen zu setzen: ins Büro gehen, auf

Maklerpartys, Hausbesichtigungen, versuchen, sich in dieser trostlosen Marktlage einen anständigen Lebensunterhalt zu verdienen. Und nicht an kommende Woche denken.

Kurzum, er mußte versuchen, genau dem konservativen, ereignislosen Lebenswandel zu entsprechen, den alle Welt bei ihm sah. Leute, die ihn ständig mit Sharon Downey verheiraten wollten, einer lieben, aber bedürftigen Witwe, mit der er vor zwei Jahren mal etwas gehabt hatte. Vor ihr mit Carolyn Wilberforce, deren Gatte ihr zehn Millionen in hochverzinsten Papieren hinterlassen hatte. Er mochte sie beide und hatte sie gern um sich, aber im Bett war es, so geduldig und verständnisvoll sie auch gewesen waren, zur Katastrophe gekommen. Die Wahrheit war, erst Blaze Duvall hatte seine Potenz wieder hergestellt, von der er schon befürchtet hatte, sie sei längst nicht mehr da.

Als er im Club ankam, ging Ambrose in den Trophäenraum, und kaum stand er vor der Vitrine, brachen auch schon die Erinnerungen über ihn herein. Vor langer Zeit schon hatte er dieses Stück getriebenen Silbers vermenschlicht. Für ihn lebte es, und er fragte sich, ob im Lauf der Jahre andere – andere Verwahrer – ähnliche Gefühle gehegt hatten.

Clubmitglieder, die weder die Bedeutung dieser ältesten Sporttrophäe der Welt begriffen noch den Ruhm und die Ehre, die sie mit sich brachte, zogen jede Ehrerbietung dem silbernen Gefäß gegenüber gern durch den Kakao.

»Eine Kanne«, hatte er jemanden sagen hören, »ohne Erinnerungen und Loyalität.«

Aber Ambrose glaubte das nicht. Sie waren nicht in Portugal gewesen, hatten nicht die Aufregung allenthalben gespürt. Sie hatten nicht die Fischer in Nova Scotia gesehen, Männer des Meeres, die sich mit zusammengekniffenen Augen die Namen alter Segler zu lesen bemühten, die für diese Trophäe den Wind gezähmt hatten.

Sie hatten das junge Mädchen in Göteborg nicht gesehen,

das ihm in akzentfreiem Englisch gesagt hatte: »Irgendwann segle ich auch und fordere beim America's Cup heraus.«

Und zu diesen Augenblicken – diesen unvergeßlichen, bewegenden Augenblicken – waren die Abenteuer gekommen. Auf ihrem Weg zum Marble House in Newport, Rhode Island, etwa hatte sie ein gewaltiger Schneesturm zu einer Umleitung nach Hartford gezwungen. Der America's Cup hatte die Nacht im Stadtgefängnis zubringen müssen, weil das Gasthaus am Ort nicht genügend Sicherheit bot.

Den größten Spaß hatten sie, der Cup und er, auf ihrer letzten Irlandreise gehabt – vier Tage auf einer alten Farm in Ulster. Von dort aus hatten sie sämtliche Yachtclubs Nordirlands besucht. Und dann mit dem Zug zum Königlich-Irischen Yachtclub in Dublin. Von da weiter zum Königlichen Yachtclub in Cork, 1720 gegründet, der älteste Yachtclub der Welt. An dem Tag, an dem sie dort gewesen waren, hatte man dort eine Regatta gehabt – 350 Boote auf offener See.

Falls der Yachtclub San Diego den Cup erfolgreich gegen Neuseeland verteidigen könnte, hatte Ambrose einige Ideen, die er bisher für sich behalten hatte. Blendende Ideen. Er träumte davon, ein Land aus dem Baltikum zur Herausforderung bewegen zu können. So stellte er sich etwa eine Herausforderung durch Finnland oder Estland vor, von den skandinavischen Ländern ganz zu schweigen. Und natürlich Deutschland. 1992 hatte Rußland es versucht, freilich ohne die nötigen Mittel, und er hatte ein paar Ideen, wie es sich vielleicht zu einem weiteren Versuch überreden ließ. Er wollte mit dem Cup in Städte, in denen er noch nie gewesen war, um das Interesse der Welt zu wecken. Fluglinien wie die SAS könnten das sponsern. Die Teilnahme am Cup würde der Wirtschaft der betreffenden Länder guttun und den Nationalstolz heben. Er hoffte, sie alle zu überzeugen.

Hier, in Amerika, hatten die Leute doch keine Ahnung. Einmal hatte ein Zollbeamter in Dallas ihn bei der Einreise aus

London doch tatsächlich zum Zerlegen des Cup zu bewegen versucht! Um ihn auf Schmuggelgut zu durchsuchen! Es hatte jemand von der American Airlines kommen müssen, um das folgende Tohuwabohu zu schlichten. Nie in seinem Leben war Ambrose so nahe dran gewesen, sein Heil in körperlicher Gewalt zu suchen. Es war ein Skandal!

Zynische Mitglieder des San Diegoer Yachtclubs bezeichneten die Regatta als Seifenoper und gaben ihr Spitznamen wie »Gähnende Bucht« oder »Koma vor Point Loma«. Sie verachteten Bill Koch, jedenfalls die meisten von ihnen, und viele mochten noch nicht mal Dennis Conner. Das Motto des America's Cup, so sagten sie gern, sei »Ego, Angst, Gier«.

Natürlich wußte er, daß man ihn nur deshalb als Verwahrer des Cup genommen hatte, weil sich niemand derart darum gerissen hatte wie er. Und dann war er ein Geschäftsmann vom Ort, ein Mann ohne Familie, der bereit war, sich mit Herz und Seele zu engagieren. Er hatte in der Hierarchie des Clubs nie besonders hoch gestanden, aber er war sicher und absolut zuverlässig. Es war ihm längst egal, weshalb man ihn genommen hatte. Alles, was er wußte, war, daß der Cup für ihn lebendiger war als irgendein Mensch, den er je gekannt hatte.

Womöglich konnte keiner, der nicht dabei gewesen war, ihn verstehen. Man mußte mit dem Cup auf der Isle of Wight gewesen sein – dort, wo er hergekommen war. Auf Besuch bei der Royal Yacht Squadron, einem malerischen alten Club mit separatem Eingang für die Damen und einem Vereinssaal, in dem Frauen noch nicht einmal zugelassen waren. Ein Club, dessen Commodore für gewöhnlich von Adel war. Auf jener Reise hatte der Cup im Weinkeller des Schlosses genächtigt, unter dem Schutz von Soldaten des britischen Heeres. Fünftausend Leute waren gekommen, um ihn zu sehen!

Der Cup und keine Erinnerungen! Ambrose Lutterworth glaubte, daß er sehr wohl welche hatte. Natürlich hatte er die silberne Trophäe zum Menschen gemacht! War er doch als

Verwahrer des Cup ihr einziger Beschützer. Er verwahrte sie für einen anderen, einen, der noch nicht einmal geboren war, und der sie in hundert Jahren mit der gleichen Liebe anstarren würde wie er. Jemanden, der ihm vielleicht sehr ähnlich war.

Ambrose griff in die Brusttasche seines Jacketts nach dem tomatenroten Seidentuch. Verstohlen tupfte er sich die Tränen ab. Aber er hätte sich keine Sorgen zu machen brauchen. Er war allein im Raum. Allein mit dem Cup.

Am Strand von Crown Point übte sich an jenem Nachmittag eine Gruppe junger Erwachsener in Selbstverteidigung. Fortney mußte für Leeds das Boot stoppen, da das eine oder andere der Mädchen ein feuchtes T-Shirt über dem Bikinislip trug. Leeds hatte bereits Ränder um die Augen wie ein Panda, weil er ein Paar Flitterwöchner beim Vögeln beobachtet hatte – auf einem Balkon im vierten Stock des Hotelhochhauses im Quivira Basin.

»Hitchcock hat Filme über Spanner wie dich gedreht«, informierte ihn Fortney. »Zum Schluß haben sie immer Ärger bekommen.«

»Guck dir mal die in Pink an!« Leeds reichte Fortney das Glas. »Beine bis in den Himmel!«

»Bis ins Fegefeuer, wenn dir deine Angetraute mal auf die Schliche kommt«, sagte Fortney.

»Willst du'n bißchen gucken?«

»Ach wo, ich bin's leid, diesen Mutant Ninja Tussies beim Kung Fu zuzusehen. Machen wir doch mal was ganz anderes und einen auf Polizei.«

»Krieg dich wieder ein«, sagte Leeds. »Mach meine Tasche auf und nimm dir 'n paar von den Plätzchen mit den Schokoknipsern von meiner Frau.«

»Meine Exfrau hat die immer gemacht«, informierte ihn Fortney. »Die hätten einen Gaul umgebracht, vor allem wenn du ihm eins an den Schädel geworfen hättest. Die Frau hatte in der Küche einfach nichts verloren. Ich habe gehört, sie hat endlich was gefunden, was sie kann. Läuft mit 'ner Horde Dumpfbacken rum, die Abtreibungskliniken mit Hühnerblut bespritzen. Die sollen sie den Flattermann bloß nicht kochen lassen, sag' ich da nur.«

Leeds legte den Feldstecher beiseite und sagte: »Fahren wir. Die machen jetzt Tai Chi oder was. Die interessanten Muskeln jedenfalls bewegen sich nicht.«

Fortney steuerte das Polizeiboot in die Sail Bay, schipperte die Küste entlang und wich dabei den Sonntagsskippern aus, die sich für den Nachmittag ein Boot gemietet hatten, ohne eine Ahnung zu haben, was sie da tun.

Den Anblick, den San Diego von der Mission Bay aus bot, mochte Fortney besonders. Die versponnene blaue Kuppel der Immaculata Church, die zur Universität San Diego gehörte, blitzte heute angemessen in der Ostersonne.

Nachdem man ihnen jedoch fast eine Breitseite verpaßt hätte – ein besonders unfähiger Kamikaze mit blaugestreiften Segeln auf seinem gemieteten Kat – meinte Leeds: »Diese Vollidioten sind gefährlicher als hochabsorbierende Tampons. Machen wir die Fliege.«

Als sie wohlbehalten wieder in der Fiesta Bay angekommen waren, bot sich ihnen ein außergewöhnlicher Anblick: Ein gemietetes Motorboot war durchgekentert, die einzige Insassin hing am Rumpf, und zwei Leute von der Wasserwacht mühten sich ab, sie in das Rettungsboot zu bekommen. Sie trug einen weißen Badeanzug mit lila Orchideen – den größten, der den beiden Polizisten je im Wasserpark untergekommen war. Die Frau, die etwa in Fortneys Alter sein mußte, wog mindestens drei Zentner. Sie gab sich alle Mühe zu helfen, aber es hatte keinen Sinn.

Fortney sah, daß es sich bei den Wasserwachtlern um die beiden Surfertypen handelte, die ihn durch den Kakao gezogen hatten, nachdem er wegen des Scheichs in der Mission Bay gelandet war. Er machte kehrt und schipperte, noch bevor die von der Wasserwacht sie sahen, davon.

Während die Wasserwachtler sich im Schweiße ihres Angesichts abplagten, guckten die Cops aus sicherer Entfernung mit dem Feldstecher zu. Als einer zu Boden ging, kicherte Fortney. Als der andere die Jacke auszog, ins kalte Wasser sprang und sie hochzuschieben versuchte, prustete er lauthals los

Beide hielten sich an ihren Feldstechern fest, als der schwimmende Lebensretter den enormen Hintern der Frau tatsächlich eine Handbreit aus dem Wasser bekam. Aber als sie wieder zurückfiel und zu zappeln begann, wurden die Cops hysterisch und kugelten sich schier auf dem Deck. Fortney hielt sich den Bauch; Tränen liefen ihm übers Gesicht. Leeds bekam kaum noch Luft.

Schließlich beschlossen die Wasserwachtler, sie ins Schlepptau zu nehmen. Sie warfen ein Surfboard ins Wasser, rollten sie obenauf und schleppten die halb untergetauchte Frau Richtung Land.

Fortney gab volle Kraft voraus mit Kurs auf den Landesteg, den sie sich mit der Wasserwacht teilten. Die beiden mußten zehn Minuten im Fahrwasser herumlungern, bis das Rettungsboot endlich kam. Die Frau war offensichtlich schon sicher an Land. Beide Wasserwachtler standen am Steuerrad, vollkommen erschöpft.

Leeds nahm Kurs auf das Rettungsboot, während Fortney am Bug seine beste Imitation des Nachrichtensprechers gab, der ihm am meisten auf die Nerven ging. Er hielt seine wasserdichte Taschenlampe wie ein Mikro und rief den beiden in seiner lautesten Wochenschaustimme zu: »Mission Bay! Beherzte Wasserwacht rettet gestrandeten Wal! Film um elf!«

Der ältere der beiden Wasserwachtler hielt sich die Hand ans Ohr und sagte: »Ej, was meinste? Was haste gesagt?«

Fortney wiederholte sich nur allzu gern. Mit Stentorstimme

kam die Zugabe: »Todesmutige Wasserwacht rettet in der Mission Bay gestrandeten Wa...«

Er verstummte, als die Frau den Kopf übers Schandeck des Rettungsboots hob, wo sie gelegen hatte. Der Wal!

»Ach du Scheiße«, murmelte Leeds.

Sie hatte die Hände am Schandeck und funkelte die beiden Cops an; noch immer spuckte sie Meerwasser.

»Oh«, meinte Fortney zu ihr, »hab' Sie gar nicht gesehen ... Äh. Na ja, verflucht, ich muß was sagen! Sehen Sie sich mal meinen Ranzen an.« Dabei tätschelte er sich, ein verkniffenes Lächeln auf den Lippen, den Bauch.

Während die Wasserwachtler ihr teuflisches Surfergrinsen aufsetzten, sagte der jüngere: »Also, ej, als Nachrichtenteam paßt ihr noch lausiger zusammen als Dan Rather und Connie Chung!«

»Wir kriegen eben einen Notruf rein!« rief Leeds. »Wir müssen los!«

Er zischte mit solchem Karacho los, daß ihr Kielwasser fast das Rettungsboot kentern ließ. Aber der Dicken auf dem Deck war zu schlecht, als daß sie das interessiert hätte.

Normalerweise hätte man bei einem gefährlichen Mordverdächtigen das kleine, von einer Wohlfahrtsempfängerin namens Tamara Taylor bewohnte Holzhaus in City Heights vom SEK stürmen lassen. Die ehemalige Prostituierte war, einen Zentner früher, jung und kinderlos, für Mantleberry anschaffen gegangen, jetzt lag sie San Diegos Steuerzahlern auf der Tasche. Hin und wieder schoß ihr Mantleberry eine Kleinigkeit zu. Er hatte sich, in einem Anfall väterlicher Sentimentalität, entschlossen, eines der beiden Schlafzimmer des kleinen Häuschens zu nehmen; wie er behauptete, um bei den drei Kindern zu sein, die er ihr gemacht hatte.

In Wirklichkeit wollte er nur näher bei seinen Pferdchen auf dem Boulevard sein, um das Geschäft zu »konsolidieren«. Das hieß, er schlug jedes Mädchen, das er beim Bunkern erwischte, sofort windelweich. Eines, das er einmal zu oft verprügelt hatte, hatte Letch Boggs von dem Arrangement ihres Luden erzählt. So wußte Letch, wo Mantleberry zu finden war.

Da Ostersonntag war und man nicht noch mehr Zeit verschwenden wollte, hatte man das SEK nicht dabei. Statt dessen waren Anne Zorn, Sal Maldonado, Randy Bulstrom und Zeke Calhoun – die anderen beiden Kollegen vom Team –, ihr Sergeant Bill Bowden, die Besatzungen zweier Streifenwagen und eine Hundeeinheit mit von der Partie.

Letch bat um eine Flinte, aber der Sergeant vom Morddezernat sagte ihm, die sehe er, wenn es sich einrichten ließ, lieber in der Hand von Streifenbeamten. Worauf Letch verlangte, daß sie Mantleberry den Hund auf den Hals hetzten – nur so für, sagen wir mal, zwanzig Minuten –, bevor man sich mit Handschellen abgab. Der Hund, Reggie, war ein zentnerschwerer Deutscher Schäferhund mit einem Biß, der Trainingsärmel zerriß. Der Sergeant meinte, er sehe es lieber, Gefangene im Stück zu lassen – wenn es sich einrichten ließ.

Als die Polizisten die Straße hinauffuhren, hörten sie spielende Kinder. Es war hellichter Tag, ein milder Ostersonntag, und so waren in diesem Viertel voll Einfamilienhäuschen eine Menge Autos und Leute zu sehen. Hier half nur eines: rangehen.

Sie fuhren im Konvoi hinein und stiegen im Eiltempo aus. Je eine Streifeneinheit und drei Detectives liefen zu beiden Seiten des Hauses nach hinten. Der Sergeant, Letch Boggs, Anne Zorn und der Hundeführer mit dem Diensthund gingen zur Tür.

Sergeant Bowden klopfte und rief: »Polizei! Aufmachen!«

Anderthalb Minuten später war das kleine Haus voll Polizisten und einem Hund, dessen Grollen sich anhörte wie das von Simba im Zoo von San Diego. Drei Kinder unter sechs weinten sich die Augen aus, und ihre Mama saß auf einem Küchenstuhl und machte nicht den Eindruck, als hätte sie auf dem El Cajon Boulevard groß was verdient.

»Das ist mein Haus!« rief sie. »Dazu haben Sie kein Recht!«

»Und ob wir das haben«, informierte Letch sie. »Sogar einen Haftbefehl wegen Zuhälterei und Kuppelei.« Er vergaß dabei nur zu erwähnen, daß die Klägerin nicht vor Gericht erscheinen würde.

Als sie von dem Haftbefehl wegen Zuhälterei hörte, war Schluß mit dem Gezeter. Als Exnutte wußte sie vage, daß bei Zuhälterei, als »nicht zu reduzierendem Verbrechen«, ohne Gefängnis nichts ging. Und nicht etwa Sommerfrische im Countyknast, nein, das hieß schon richtiger Kahn. Darauf wurde sie still.

Außerdem erkannte sie Letch Boggs aus den alten Tagen, diesen widerlich müffelnden Typ von der Sitte, der ihnen das Leben schwer gemacht hatte. Vor ihm hatte sie Angst, also sagte sie: »Keine Ahnung, wo der hin ist. Bin schließlich nicht seine Mama.«

Die Detectives vom Morddezernat ließen Letch nur zu gern das Kommando übernehmen und das Reden besorgen, Huren und Luden waren schließlich sein Fach. Sie wußten alle, daß er wußte, was er tat.

Letch sagte: »Tamara, ich denk', in dem Fall scheißt du Onkel Letch besser nicht an. Wir sind wegen was weit Größerem hier als Zuhälterei. »

Sie sah ihn argwöhnisch an und fragte: »Wegen was denn?«

»Mord«, sagte Letch. »Wir wollen mit ihm über Mord reden.«

Ihr Erstaunen war echt. »Was? Wer?«

»Was? Einen Menschen«, sagte Letch. »Wer? Dawn Coyote.«

»Kenn' niemanden, der so heißt«, sagte Tamara Taylor.

»Ist mir völlig egal«, sagte Letch, »aber wenn du uns anlügst, dann mach besser schon mal die Kinder reisefertig. Mit Schokohasen und Zuckereiern ist dann nämlich Schluß.«

»Ich hab' nichts getan!« schrie sie. »Ihr könnt mich nicht wegen 'ner erstunkenen Mordanklage schikanieren!«

»Na, dann paß mal auf«, sagte er. »Da du uns jetzt anlügst, steckst du automatisch mit drin.«

In diesem Augenblick kam Tamara Taylors Jüngster angekrochen. Seine Windel war naß, also begann er zu plärren und streckte die Hände nach seiner Mutter. Um ihn zu beruhigen, hob sie ihn auf.

»Das ist unfair!« sagte Tamara. »Sie wissen genau, daß ich nichts von einem Mord weiß! Was Sie da machen, ist unfair.«

»Das Leben ist nun mal nicht fair«, sagte Letch. »Frag Dawn Coyote.«

Wie auf Stichwort wurde das Knurren des Hundes lauter, und mit einem Ruck am Würgehalsband nahm sein Führer ihn mit hinaus.

Dann sagte Tamara. »Er ist nach Hause gekommen, hat ein paar Sachen gepackt und ist wieder weg.«

»Wann kam er denn nach Hause?« fragte Anne.

»Heute morgen, so gegen fünf. Ich war gar nicht richtig wach.«

»Und wo ist er hin?« fragte Sal Maldonado.

»Weiß ich nicht«, sagte sie. »Vielleicht nach L. A.«

»Wieso geht ganz San Diego plötzlich nach L. A.?« fragte Letch rein rhetorisch.

»Weil's im Süden nicht weiter geht«, erklärte Tamara. »Da ist 'n Haufen blöder Mexen im Weg.« Dann sagte sie mit einem Blick auf Sal Maldonado: »Nicht daß ich was gegen die hätte, daß wir uns da versteh'n?«

»Wo in L. A.?«

»Meint ihr, der Mann sagt mir, wo er hingeht?« fragte Tamara. »Alles, was ich von dem je gekriegt hab', sind die drei Bälger hier und grade mal genug, um hin und wieder 's Licht zu bezahlen. Meint ihr, der sagt mir, was er mit seinem Leben anstellt? Scheiße, da kennt ihr Oliver Mantleberry nicht, wenn ihr das glaubt.«

Als Sal Maldonado den Schub der Schlafzimmerkommode aufzog, sagte Tamara: »Dafür isser zu groß.«

»Wo sind seine Sachen?« fragte Anne Zorn. »Die Sachen, die er getragen hat, als er heute morgen nach Hause kam.«

»Weiß ich nicht«, sagte sie. »Ich hab' nur gehört, daß er sich umgezogen hat. Nur daß er mir die dreckigen Sachen nicht dagelassen hat wie sonst. Muß sie wohl mitgenommen haben. Vielleicht hat er 'ne andere gefunden, die blöd genug ist, für ihn zu waschen und zu bügeln.«

»Wo hat er sich denn umgezogen? In Ihrem Schlafzimmer?« fragte Anne.

»Im Bad«, sagte sie.

»Es macht Ihnen doch nichts aus, wenn ich mal einen Blick reinwerfe, oder?«

»Alles, was Sie da drin finden, können Sie haben«, sagte Tamara.

Anne verschwand für einen Augenblick im Bad und kam mit einem Grinsen an Maldonados Adresse zurück. Zu Tamara sagte sie: »Hatten Sie kürzlich einen Unfall? So daß Sie geblutet haben?«

»Nein.«

»Haben Sie Ihre Periode?«

»Nein.«

»Hat sich eines Ihrer Kinder verletzt?«

»Nein.«

»Wieso sieht der Waschlappen hier dann so aus?« An einem Zipfel hielt Anne einen feuchten grauen Waschlappen hoch. Er hatte weinrote Flecken.

»Wo ist 'n der her?«

»Aus der Wanne«, sagte Anne. »Jemand hat ihn in die Wanne geworfen.«

»Ich nicht«, sagte Tamara. »Ist schon mein Lappen, aber ich hab' ihn nicht benutzt.«

»Ich glaube Ihnen«, sagte Anne Zorn.

»Was ist denn an dem Lappen?« wollte Tamara Taylor wissen.

»Die genetische Signatur«, sagte Letch Boggs, »eines Mädchens namens Jane Kelly. Ihre ganze Lebensgeschichte steht auf dem alten Waschlappen da.«

# 10

Nach dem Horror vom Ostersonntag verließ Blaze Duvall zwei Tage lang ihr Hotelzimmer auf Shelter Island nur, um in einen der Fast-Food-Läden an der Rosecrans Street zu gehen. Sie mied den Speisesaal des Hotels, benutzte nicht ein einziges Mal die Geräte im Fitneßraum und joggte noch nicht einmal, obwohl sie etwas Bewegung dringend nötig gehabt hätte. Sie gab sich mit einer täglichen Runde im Hotelpool zufrieden, und auch das nur nach Einbruch der Dunkelheit.

In der zweiten Nacht schreckte sie mit einem Schrei aus dem Schlaf. Im Traum hatte sie eine dunkle Gestalt aufstehen sehen. Heulend, die Zähne gebleckt, stürzte sich eine undefinierbare, bedrohliche Maske auf sie. Blaze hatte sich in einem unheimlichen Gespinst aus goldenen Ketten verfangen, ganz wie die schrecklichen Kettchen, die Dawn getragen hatte.

Am Mittwochmorgen, nach ihrer ersten traumlosen Nacht, seit sie im Hotel abgestiegen war, stand Blaze erholt auf. Das Alleinsein hatte ihr Gelegenheit gegeben, jede Einzelheit ihres Plans durchzuchecken, und ihre Angst legte sich wieder. Wenn alles wie geplant lief, hätte sie bald die fünfzehntausend plus die fünfhundert Finderlohn von Simon Cooke. Sie mußte bei diesem Gedanken seit drei Tagen zum erstenmal lächeln.

Wenn nicht alles nach Plan lief, wenn irgend etwas schief laufen sollte, so hatte sie andere Ideen. Sie brauchte Geld, und zwar bald, um sich irgendwo, weit weg von der Polizei und Oliver Mantleberry, eine andere Existenz aufzubauen. Blaze hatte einige wichtige Telefonate zu führen.

Sie rief Simon Cooke auf dem Bootslagerplatz an, sagte seinem Boß, sie sei Simons Schwester, und ob er bitte für eine wichtige Mitteilung an den Apparat kommen könnte?

Als Simon ranging, sagte sie: »Simon, hier Blaze, deine

Schwester. Falls du nicht allein bist, nenn mich nicht beim Namen.«

»Hi!« sagte er. »Seit zwei Tagen schon ruf' ich bei dir an.«

»Sag nicht mehr als nötig. Ich rufe an, um sicherzugehen, daß du morgen bereit bist.«

»Ich bin bereit«, sagte er.

»Ich frage nur nach, um sicherzugehen, daß sich nichts geändert hat.«

»Alles klar. Nichts hat sich geändert.«

»Dann denk daran, morgen zur Arbeit zu gehen, mit was immer du an ... an Werkzeug für nötig hältst. Ich mache meinen Teil heute abend. Morgen bist du dran.«

»Wo bist du denn heute abend?«

»Wo immer unser Freund ist.«

»Kann ich dich vielleicht später sehen?«

»Dafür ist nach morgen Zeit genug, okay?«

»Okay«, sagte Simon.

Blaze legte auf, angenehm überrascht, daß er sich nicht verplappert und ihren Namen gesagt hatte. Vielleicht war er doch nicht ganz so dumm, wie sie gedacht hatte.

Sie wählte Ambrose Lutterworths Privatnummer, und als er ranging, sagte sie: »Ist ja mein Glückstag. Hatte schon befürchtet, du wärst bei der Arbeit.«

»Ich dachte, du würdest dich jeden Tag bei mir melden«, sagte er. »Ich habe bei dir angerufen, aber es war immer nur der verdammte Anrufbeantworter dran.«

»Ich war auswärts. Dringende Familienangelegenheit. Jetzt bin ich wieder da.«

»Ist alles ...«

»Von mir aus kann's losgehen. Alles, was ich von dir noch brauche, ist das Medikament.«

»Wo sollen wir uns treffen?«

»Ich komme um sieben bei dir vorbei. Und, Ambrose, ich hoffe, du verstehst, daß sämtliche Zahlungen morgen nach Geschäftsabschluß fällig sind. Bis dahin hast du den Beweis, daß alle Beteiligten ihren Teil geleistet haben.«

»Selbstverständlich, ich habe nichts anderes erwartet. In bar, wie vereinbart. Ich habe die Mittel schon bereitgestellt. Ich hebe sie heute nachmittag ab.«

»Prima«, sagte Blaze.

»Und dann essen wir beide ganz romantisch zu Abend, ja?«

»Warum nicht?« sagte Blaze. »Wir haben allen Grund zum Feiern.«

Nachdem sie aufgelegt hatte, schlüpfte Blaze in ihren Einteiler und ging auf ein paar Runden hinunter zum Pool. Ihrer Ansicht nach könnte sie sich ans Schwimmen als Alternative zum Aerobic gewöhnen. Vielleicht hätte sie selbst bald ein kleines Häuschen mit Pool. Es war der erste Tag, an dem sie sich sicher genug fühlte, ihre Runden am hellichten Tag zu drehen.

Als Blaze wieder auf ihr Zimmer kam, schlüpfte sie in Jeans, T-Shirt und Tennisschuhe und fuhr für einen weiteren Anruf ein Stückchen zu einem öffentlichen Fernsprecher an der Rosecrans Street. Anne Zorn war nicht im Büro, aber sie erreichte Detective Sal Maldonado.

»Mary Ellen Singleton, und ich würde gern im Lauf des Tages mit Detective Zorn sprechen.«

»Geben Sie mir Ihre Nummer, Ms. Singleton«, sagte er. »Ich sage ihr, sie soll Sie zurückrufen, wenn sie reinkommt.«

»Notieren Sie sich einfach meinen Namen und sagen Sie ihr, daß ich später anrufe. Wenn Sie mit mir reden will, muß sie da sein.«

»Augenblick«, sagte er, »kann ich nicht doch Ihre –«

Er war noch am Reden, als sie auflegte.

Blaze hatte einen Bärenhunger, jetzt wo sie sich zu beruhigen begann. Sie fuhr zurück zum Hotel und ging schnurstracks in den Speisesaal, um richtig zu Mittag zu essen: Feldsalat, gegrillten Schwertfisch, eine gebackene Kartoffel, Spargel und

Eistee. Sie genehmigte sich sogar ein Glas Wein, obwohl sie sonst selten vor dem Abendessen was trank.

Als sie fertig war, wollte sie schon auf ein Nickerchen nach oben gehen, als sie es sich anders überlegte und zu einem Telefon fuhr. Einem anderen diesmal, nur für den Fall.

Blaze wollte, sie hätte einen Anwalt. Sie brauchte Antworten, sie hätte gern gewußt, ob sie wohl in den Augen des Gesetzes eine Hauptzeugin war, und falls ja, ob man sie zu einem Prozeß zwangsvorladen könnte. Immer angenommen, sie schnappten den Typ.

Nun, wenn sie nichts gesehen hatte, konnten sie auch nichts erzwingen. Sie nahm Annes Karte aus ihrer Handtasche und warf einen Vierteldollar in den Apparat.

Diesmal war Anne da.

»Detective Zorn.«

»Mary Ellen Singleton.«

»Danke, daß Sie anrufen!« sagte Anne. »Ich muß Sie sehen.«

»Hören Sie«, sagte Blaze, »Sie kennen meinen richtigen und meinen Künstlernamen. Ich bin sicher, Sie haben rausgekriegt, daß ich vor langer Zeit mal verhaftet wurde, bei einer Razzia der Sitte, zusammen mit Dawn. Schön, wir sind über die Jahre befreundet geblieben, aber oft hab' ich sie nicht gesehen. Ich könnte Ihnen nichts sagen, was Ihnen weiterhelfen würde.«

»Ich glaube, Sie haben den Mörder gesehen«, sagte Anne. »Ich glaube, Sie wissen, wer's war.«

»Hören Sie, Detective, ich habe nichts gesehen!«

»Dawn war auf dem Weg zu Ihnen oder kam aus Ihrer Wohnung. Eins von beiden.«

»Mag sein, daß Sie zu mir wollte«, sagte Blaze. »Ich weiß es nicht. Ich habe schon geschlafen.«

»Wie ist sie durchs Tor gekommen?«

Bullen! »Okay, hat sie eben raufgerufen, und ich hab' den Öffner gedrückt, aber bis an meine Tür hat sie's nicht geschafft.

Wer immer es war hat sie auf der Treppe erwischt, wo Sie sie gefunden haben. Wer's war, weiß ich nicht!«

»Wie gut kennen Sie Oliver Mantleberry?«

»Wer ist das denn?«

»Ich glaube, das wissen Sie.«

»Ich leg' jetzt auf.«

»Schon gut, warten Sie! Vielleicht kennen Sie ihn auch nicht. Aber Dawn muß ihn doch irgendwann mal erwähnt haben.«

»Ich weiß nicht, was sie mit ihrem Leben angestellt hat. Ihrem *armseligen* Leben. Sie war eine Nutte, ich bin keine. Okay, ich hab' mal in einem Massagesalon gejobbt, als ich jünger war, aber ich führe kein Leben wie Dawn.«

»Womit verdienen Sie sich denn jetzt Ihre Brötchen, Blaze?«

»Sie können mich mal! Ich leg' auf!«

»Ich bin nicht von der Sitte!« sagte Anne rasch. »Was Sie beruflich machen, ist mir genauso schnurz wie Ihr Privatleben. Aber wir werden diesen Kerl stellen, bevor er noch eine Dawn Coyote abschlachtet. Ich glaube nicht, daß Sie der Typ sind, der so was will.«

»Ich hab' ihn nicht gesehen! Ich hab' sie schreien gehört. Jetzt weiß ich, daß sie's war, keine Möwe. Ich bin rausgegangen. Ich habe runtergesehen. Ich bin ans Telefon gerannnt –«

»Wem gehörte der Bademantel, den wir gefunden haben?«

»Ich hab' Ihnen doch gesagt, ich –«

»Mit Blut dran? Dawns Blut?«

»Sie glauben, er gehört mir.«

»Nicht?«

»Na schön, gehört er eben mir! Sie hat ihn sich ausgeliehen. Sie wollte ihn zurückbringen.«

»Um diese nachtschlafende Zeit?«

»Sie war eine Stricherin! Und ein Junkie! Ihr ganzes beschissenes Leben war total verdreht! Keine Ahnung, wieso sie meinen Mantel mitten in der Nacht zurückbringt! Keine Ahnung, warum sie irgendwas von dem getan hat, was sie so tat! Sie hat mir leid getan, das ist alles, und jetzt wollte ich, ich hätte das dumme kleine Luder nie ges–«

»Wenn ich Ihnen garantiere, daß wir Sie beschützen würden, würden Sie dann in Betracht ziehen, Ihre Pflicht zu tun?«

»Warum, meinen Sie, ruf' ich wohl an? Ich versuche meine Pflicht zu tun. Ich mag San Diego. Ich will nicht weglaufen. Aber ich will mich auch nicht von Bullen vorladen lassen, die von mir Sachen hören wollen, die ich nicht sagen kann.«

»Wir haben bereits ausgezeichnete Beweise. Beweise gegen Oliver Mantleberry. Mit Ihrer Aussage, Ihrer wahrheitsgemäßen Aussage darüber, was Sie in jener Nacht gesehen haben, bekommt er womöglich sogar die Gaskammer.«

»Oh, sicher«, sagte Blaze. »Wie viele Leute sind denn in den letzten dreißig Jahren in diesem Staat hingerichtet worden? Einer vielleicht? Zwei? Wachen Sie auf!«

»Überlegen Sie sich's. Wenn Sie mir Ihre Nummer nicht geben wollen, rufen Sie mich morgen an.«

»Ich überleg's mir.«

»Morgen um dieselbe Zeit?«

»Okay.«

»Sie hätte es auch für Sie getan, oder?«

»Wer?«

»Dawn.«

»Detective Zorn«, sagte Blaze, »Dawn Coyote hätte mich verkauft, ihre Mutter und ihr Baby obendrein, wenn sie was für die Spritze gebraucht hätte.«

»Sie rufen doch morgen an?«

»Hab' ich das nicht gesagt?«

Mittwoch nachmittag machte Fortney etwas so Dummes, daß er sich schwor, nie auch nur einer Menschenseele davon zu erzählen, noch nicht einmal Leeds. Gerade Leeds nicht, schließlich wußte sein Partner als einziger über den Hintergrund dieser Dummheit Bescheid. Da Fortney die Regatta soweit verfolgt hatte, wußte er folgendes: Der Citizen Cup, die Qualifikationsrennen um die Verteidigung also, war noch nicht unter Dach und Fach; den Louis-Vuitton-Cup dagegen würden sich morgen nachmittag wahrscheinlich mit *Black Magic* die Kiwis holen und damit das Recht zur Herausforderung kommenden Monat im America's Cup.

Er hatte ein gewisses Interesse an alledem, da die Stadt zum Ende des Regattamarathons im Mai einen wirtschaftlichen Aufschwung in Höhe von 300 Millionen Dollar hinter sich hätte. Und was immer der Stadt bei ihren Budgetsorgen half, beugte indirekt vielleicht auch der drohenden Streichung der Hafeneinheit vor. Es gab also einen guten Grund für sein mehr als nur beiläufiges Interesse am Cup.

Nicht gut genug freilich für den unglaublich dummen Entschluß, den er diesen Nachmittag um fünf gefaßt hatte. Fortney hatte nämlich beschlossen, sich den Seglern anzuschließen, ihnen, den Segelnarren und den Cuppies, die mit Sicherheit in einer der Destillen zu finden waren. Denn falls sich aus der Vergangenheit ein Schluß ziehen ließ, dann der, daß auch *sie* dabei war. Das ultimative Cuppie: Der feurige Rotschopf namens Blaze, der ihm nicht mehr aus dem Kopf ging. Falls Leeds diesen Anfall von Midlife-crisis, diese Babyboomer-Narretei oder was immer es war, herausbekam, würde er Fortney damit den Rest seines Lebens aufziehen.

Fortney rasierte sich diesen Nachmittag besonders gründlich, benutzte sogar ein Duftwässerchen. Das ergrauende Haar kämmte er mit Hilfe eines Rückspiegels, um etwas davon über den kahl werdenden Wirbel zu ziehen, aber seine Locken spielten nicht mit. Er stieg in Jeans direkt aus dem Trockner und prüfte, ob sein Hintern noch präsentabel war. Er trug sogar ein langärmeliges Hemd.

Simon Cooke dachte sich: Scheiße! Die schmiert mich doch an! Sie hörte sich überzeugend an, gut, aber wer garantierte ihm, daß er sein Geld hinterher dann auch sah? Genaugenommen kannte er Blaze Duvall doch gar nicht. Alles, was er hatte, war eine Telefonnummer. Und über die hatte er sie seit Tagen nicht mehr erreicht; sie hatte sich heute selbst gemeldet. Wie sollte er wissen, daß sie ehrlich zu ihm war?

Simon verwarf den Gedanken ebenso schnell wieder, wie er ihm gekommen war. Blaze war gerade heraus, ehrlich. So wie sie ihn ansah mit ihren großen grünen Augen. Aber vielleicht war sie zu gerade heraus, zu naiv? Womöglich benutzte dieser Bonze sie bloß. Simon dachte noch immer, daß es Bill Koch wäre, der Millionär und Chef eines fast ausschließlich aus Frauen bestehenden Teams. Ja, es war sicher Koch. Genau die Art von reichem Arschloch, die ein anständiges Ding wie Blaze ausnutzen würde.

Er faßte an diesem Nachmittag den gleichen Entschluß wie Fortney. Simon Cooke würde sich an diesem Abend auf die Suche nach Blaze Duvall machen.

Ambrose Lutterworth brauchte nicht nach Blaze suchen. Sie stand um zehn nach sieben vor seiner Tür, weder im maßgeschneiderten Look, der ihm für ihre Treffs am liebsten war, noch in den sexy Segelsachen, die sie für ihre Auftritte als Cuppie anzog. Sie trug einen grünen Minirock mit Gürtel, einen schwarzwollenen Rollkragenpulli mit kurzen Ärmeln und schwarze Gucci-Stiefel mit flachen Absätzen.

Sie trug endlich einmal das, was sie tragen wollte, anstatt sich für Männer zu kostümieren, die – auf die eine oder andere Weise – alle nur Kunden waren.

Ambrose drückte ihr ein Küßchen auf die Backe und sagte: »Na so was, du siehst ja so ... anders aus.«

»Nicht dein Stil, ich weiß. Aber mir war grade danach.«

»Nein! Ich meine, du siehst hübsch aus. Du bist immer hübsch.«

»Für unsere Verabredung zum Abendessen ziehe ich was Längeres an«, versicherte ihm Blaze.

»Nicht doch, du siehst wunderbar aus. Wirklich.«

»Hast du das Medikament?«

»Ja, setzen wir uns doch einen Augenblick.«

Ambrose ging voran ins Wohnzimmer, wo er und Blaze sich nebeneinander auf das alte Sofa setzten. Auf dem Couchtisch lagen zwei aus den Blättern eines Schreibblocks gefaltete Briefchen. Vorsichtig öffnete er eines davon und zeigte ihr das Pulver.

»Ich habe eine Weile gebraucht, um die Tabletten zu zerstoßen«, sagte er. »Wenn du ihm eines davon ins Getränk gibst ... Ach, übrigens, was trinkt er denn?«

»Bier. Was sollten solche Kerle sonst trinken?«

»Okay, eines davon genügt. Du hast gesagt, daß er sehr groß ist.«

»Und wie.«

»Ich habe mich diskret bei meinem Apotheker und dem Arzt meiner Mutter selig erkundigt. Ich denke, ein Gramm davon garantiert, daß selbst ein kräftiger Mann tags darauf keine Maschine bedient.«

»Was ist es denn?«

»Phenobarbital.«

»Nicht daß es ihn umbringt.«

»Das bringt ihn nicht um, er hat nur den Kater seines Lebens darauf.«

»Aber er wird wieder, ja?«

»Sehe ich aus wie ein Mörder?«

Blaze zögerte, dann sagte sie: »Nein, ganz und gar nicht, jedenfalls nicht wie einer von denen, die mir in letzter Zeit so untergekommen sind.«

»Genaugenommen ist es etwas mehr als ein Gramm«, sagte Ambrose. »Ich habe elf Tabletten zu je hundert Milligramm zerstoßen.«

»Was ist in dem anderen Briefchen?«

»Dasselbe noch mal. Nur für den Fall, daß es beim erstenmal nicht klappt. Aber gib ihm um Himmels willen nicht beide!«

»Keine Bange.«

»Und was Cooke angeht, du hast da keine Bedenken?«

»Nicht die geringsten. Den habe ich in der Tasche.«

»Du mußtest doch nicht … irgendwas mit ihm tun, oder?«

»Sei nicht albern, Ambrose. Kannst du dir mich mit so jemandem im Bett vorstellen?«

»Nein, natürlich nicht.«

»Okay, ich denke, ich bin bereit.«

»Ich habe das Geld morgen nachmittag. Fünfundzwanzigtausend. Weißt du, ich bin überrascht, daß Simon keinen Beweis deines guten Willens verlangt hat. Hat er nie einen Vorschuß verlangt, als Beweis für unsere Verläßlichkeit.«

»Ich hätte doch dem nichts vorab gegeben. So sehr traue ich ihm auch wieder nicht. Aber keine Bange. Ich habe ihn, wie gesagt, in der Tasche.«

»Du könntest eine Menge Männer in der Tasche haben, Blaze«, sagte Ambrose.

»Geh nicht zu Bett heute abend, Schatz«, sagte Blaze. »Ich rufe dich mit einem detaillierten Bericht an, sobald ich wieder im Hotel bin.«

»Hotel?«

»Oh, habe ich dir das nicht gesagt? Termiten. Dreizehnhundert Eier im Monat, und ich kann mich mit Termiten rumschlagen. Wir mußten alle für zwei Tage ausziehen, während der Kammerjäger kommt.«

»In welchem Hotel bist du denn abgestiegen?«

»In dem süßen kleinen auf Shelter Island. Ich hab's mir ausgesucht, weil es nah bei den Läden ist, wo die Segler hingehen.« Dann fügte sie hinzu. »Und nah bei dir. Ich habe dich gern nah bei mir, Ambrose.«

Er war gerührt. Er lächelte und küßte sie zart, um ihren Lippenstift nicht zu verschmieren. Trotzdem konnte er nicht widerstehen, ihre Lippen mit der Zungenspitze zu berühren. Blaze Duvall schmeckte sogar jung.

Die Lieblingsbar der Kiwis war noch verrauchter als gewöhnlich. Das bedeutete, daß sich am Vorabend des Sieges noch mehr Ausländer hier vollaufen ließen als sonst. Blaze bekam kaum Luft, bis sie endlich eine Gruppe Raucher am Eingang hinter sich gebracht hatte, die alle qualmten, was das Zeug hielt. Einer rauchte sogar eine Zigarre, etwas, das in Kalifornien dieser Tage in der Öffentlichkeit kaum noch zu sehen war.

Von den America's Cup-Seglern selbst war noch kaum einer da, dafür um so mehr Fans, die auf teuren Zuschauerschiffen oder großen Viehtransportern hinausfuhren; letztere boten zwar nicht dieselben Annehmlichkeiten, schifften dafür aber eine Menge Sponsorenspezis zur Regattastrecke vor Point Loma hinaus. Die nichtsegelnden Touristen sahen von der Kleidung her eher nach Wochenendseglern für einen Fototermin als nach echten Wochenendseglern aus. Viele trugen Polohemden, lange Shorts und Gürtel mit Flaggensignalen. Die meisten trugen Topsider ohne Socken. Einige hatten Pullis über die Schultern gehängt. Ausgesprochen adrett.

Und nur sehr wenigen entging die hochgewachsene junge Frau im grünen Ledermini, die sich auf ihrem Weg an die Bar durchs Gedränge schob.

Es war total einfach: Blaze rempelte einen stämmigen Segelnarren auf einem der Barhocker an. Als er sich umdrehte, sagte sie: »Oh! Tut mir leid. Ich versuche nur den Barkeeper auf mich aufmerksam zu machen.«

»Lassen Sie mich mal helfen«, sagte der Mann. »Bart!« schrie er. »Hierher!«

Blaze sagte: »Weißwein, bitte.«

Der Mann sagte: »Einen Weißwein, Bart. Auf meine Rechnung.«

»Danke«, sagte Blaze. »Das war nicht nötig.«

»Spielt keine Rolle«, sagte er. »Bevor die Nacht rum ist, halte ich halb Neuseeland frei. Einer mehr spielt da keine Rolle. Sind Sie vielleicht gar aus Neuseeland?«

»Ich fürchte nein.« Blaze lächelte.

»Hier, nehmen Sie meinen Platz«, sagte er und stand auf.

»Danke schön«, sagte Blaze.

Männer. So einfach ging das.

Fortney fand sie um zehn nach acht an der Bar; ihr Haar leuchtete wie eine Flamme unter dem bißchen Licht, das durch den Zigarettenqualm drang. Diesmal war sie nicht vom üblichen Schwarm Cup-Segler umringt, aber wie Fortney merkte, lag das nur daran, daß die noch nicht da waren. Das Publikum bestand aus Regattabegeisterten und Anhängern.

Er ging nicht direkt an ihr Ende der Bar. Statt dessen holte er sich ein Glas Frischgezapftes, sah dann jedoch, daß er zu lange gewartet hatte. Eine Horde von zwanzig Seglern kam herein, mit halb so vielen Cuppies im Schlepptau.

Aus allen Ecken der Bar hallten ihnen Grüße entgegen, dann kam Leben in die Bude, als das Gewimmel wie ein Knäuel Seeschlangen zu brodeln begann. Im Nu hatten die Segler Blaze erspäht.

»Blaze!«

»Charlie!«

»Blaze!«

»Matthew!«

»Blaze!«

»Robbie! Hab' dich auf ESPN gesehen. Wer hat denn fürs TV dein Make-up gemacht?«

Und so weiter. Fortney war geknickt. Blaze war von überschäumenden Kiwis umringt, darunter einige Australier, die einen tapferen Eindruck zu machen versuchten. Die Aussies hatten sich wahrscheinlich damit abgefunden, morgen eine reinzukriegen, aber die rivalisierenden Segler sprachen für gewöhnlich über alles andere als den Cup.

Fortney fragte sich, ob sie wohl an die Regatta dachten oder ob sie dasselbe im Kopf hatten wie er: Blaze Duvall. Als er sich an sein zweites Bier machte, saßen zehn der Segler mit Blaze in einer Sitzecke, die nur für sechs gedacht war. Sie saß eingequetscht zwischen einem riesigen Aussie und einem nicht weniger großen Kiwi. Wie Fortney bemerkte, plauderte sie wie üblich mit allen, warf dabei aber immer wieder besorgte Blicke zur Tür.

Als Fortney sein drittes vom Faß bestellte, kam er sich mehr als blöd vor. Es war eine Midlife-crisis, anders war es nicht zu erklären. Er hatte bei der Kleinen genau soviel Chancen wie die Aussies gegen *Black Magic*. Er genierte sich. Er hatte gute Lust, sich zu betrinken. Derartige Kindereien könnten leicht zu einer weiteren lausigen Ehe führen, falls ein passables weibliches Wesen mal halbwegs nett zu ihm war.

Ihm wurde klar, wie jämmerlich einsam er seit seiner letzten Scheidung geworden war, und empfand es als demütigend. Oft wünschte er sich, irgendwann ein Kind in die Welt gesetzt zu haben, jemanden, mit dem er an einsamen Abenden wie diesem zusammen sein könnte. Jetzt war es zu spät.

Als er wieder einen Blick auf die Sitzecke warf, bewegte sich eben der Riesenkiwi mit der Albinobürste auf seine Kumpane zu und versperrte Fortney den Blick auf die Hälfte der Segler und Blaze Duvall. Fortney beschloß noch ein letztes Bier zu trinken und nach Hause zu

»Miles!« rief Blaze, als das Ungetüm durch die Menge steuerte wie die *Kitty Hawk*.

»Blaze, Schatz!« Er grinste von hoch über dem Tisch und legte dabei die Lücke frei, wo ein Eckzahn hätte sein sollen.

»Wollen wir einem Arbeiter nicht Platz machen?« fragte Blaze die Segler, zwischen denen sie eingeklemmt war.

Sie hatten nicht die Absicht, sich zu bewegen. »Wir sind hier die Galeerensklaven, verflucht noch mal!« sagte ein Kiwi. »Der Knabe da braucht die Galeere bloß ins Wasser zu heben!«

»Kommt schon, Jungs!« sagte Blaze. »Reise nach Jerusalem – gebt dem armen Miles eine Chance, sich zu setzen, immerhin hat er am meisten zu tragen, meint ihr nicht?«

Unter Murren und Debatten, wer die nächste Runde holen sollte, standen schließlich zwei der Segler auf, und Miles keilte seine Breitwandfigur neben Blaze in die Nische. Er kam direkt aus dem Bootslager, hatte sich nur halb gewaschen und roch.

Aber Blaze lächelte warm, als sie sagte: »Wie wär's mit was zu trinken, Großer?«

»Das übliche«, sagte er der völlig aufgelösten Bedienung, der in Strömen der Schweiß von der Stirn lief.

Der einzige Grund, weshalb Fortney nicht längst vom Hocker gerutscht und gegangen war, war der: Vier Biere und ein Tequila auf leeren Magen, das war seiner Körperchemie schlicht zuviel. Was soll's, dachte er, wo du schon mal davor bist, machst du einfach weiter. Aber noch während er sich an seinem zweiten Tequila festhielt, wurde ihm klar, daß er damit niemanden aufs Kreuz legte außer sich selbst.

Fortney hatte früher mal einen schwarzen Partner namens Sleepy Simpson gehabt, der, wann immer ihm die Welt seiner Ansicht nach mal wieder übel mitgespielt hatte, loszog und sich den Rest gab, indem er sich vollaufen ließ. Der arme alte Sleepy hatte an einer Kopfverletzung gelitten, die er sich zugezogen hatte, als er auf seinem Polizeimotorrad hinter einer Corvette her war. Er war schließlich auf dem Freeway gelandet, platt wie eine Flunder, seine Kopfhaut flatterte im Fahrtwind der Pendlerlawine, die auf dem Weg zur Arbeit vorbeidonnerte.

Sleepy hatte Anfälle von Narkolepsie, wann immer er sich am Abend zuvor hatte vollaufen lassen, und wenn Fortney nicht aufpaßte, schlief er ihm am Steuer ein. Einmal hatte er sogar beim Losfahren noch die Schrotflinte auf dem Dach. Zu allem Überfluß bekam er nie genug Schlaf, da er noch ein Haus in Logan Heights hatte und die halbe Nacht wie ein Slumlord hinter seinen Mietern her war. Als er schließlich so tranig wurde, daß er seine Uniform mit dreihundert Dollar in der Tasche in die Reinigung gab, dachte Sleepy, daß es an der Zeit sei, Schluß zu machen; aus Gesundheitsgründen – die alte Kopfverletzung – beantragte er darauf die Pension.

Nun hatte Fortney weder eine alte Verletzung, noch war er ein Slumlord, und auf der Bank hatte er gerade genug, um sich und seine Goldfische durchzufüttern, solange es kein Gourmetfutter war. Und trotzdem stand er hier und rächte sich an der Welt, indem er sich – genau wie der alte Sleepy Simpson – selbst den Rest gab. Und das wegen einer Frau. Einer Phantasiefrau dazu. Einer Frau, die auf einen großen Kiwi stand, der offensichtlich über Zauberkräfte verfügte und aussah, als sollte ihn mal einer durch eine Autowaschanlage ziehen.

Wäre Blaze nur nicht an seinem Tisch stehengeblieben und hätte Leeds mit ihrem frechen kleinen Grinsen beleidigt. Hätte sie Fortney nur nicht den boshaften Blick aus dem Augenwinkel zugeworfen, der ihm eine himmlische Regeneration seiner Batterien versprach, ihm, dem abgetakelten Bullen, dessen Zukunft darin bestand, noch fünf Jahre durch die Mission Bay zu schippern, die Sonne an den Himmel steigen und jenseits der Südmole wieder ins Meer fallen zu sehen. Noch fünf Jahre bis zur Pension. Und dann?

Fortney wurde vor einer Springflut aus Selbstmitleid gerettet, wenn auch nicht von der Wasserwacht, sondern von einem, in dem man am allerwenigsten einen Lebensretter vermutet hätte: Simon Cooke.

Simon drängte sich zwischen die falsche Teaktäfelung und den letzten Gast am Tresen: »He, Barkeeper!« rief er. »Gin Tonic, doppelt, aber ohne Tonic!«

Er hatte bereits getankt, aber nicht mehr als Fortney, der ihn ansah und dachte: Sie trinkt mit dir und dem Kiwi. Wieso?

Fortney wollte nicht gehen, bevor das Geheimnis nicht gelüftet war; er sehnte sich nach einer Lösung des Rätsels Blaze Duvall. Er nahm sein Wechselgeld, ließ fünfunddreißig Cent für den Barmann auf dem Tresen zurück – das kleinste Trinkgeld von einem Yankee an diesem Abend – und bahnte sich einen Weg durch die Rauchschwaden, bis er, direkt hinter Simon Cooke, an der Wand zu stehen kam.

Fortney steckte den Arm zwischen Simon und dem Zecher neben ihm, als wolle er sein leeres Tequilaglas auf den Tresen stellen. Dabei rempelte er Simons Ellenbogen an.

»He!« Die Hälfte von Simons Gin schwappte über. Er drehte sich nicht mal um nach dem verdammten Trampel, sondern leckte sich rasch die Hand ab, um noch zu retten, was zu retten war.

»Tut mir wirklich leid, Mann«, sagte Fortney. »Was trinkst du denn? Ich schulde dir einen.«

Was Simon veranlaßte, sich umzudrehen. »Gin«, brummte er. »Doppelstöckig.«

Fortney sagte: »Noch einen doppelten Gin für meinen Freund hier. Und einen Tequila für mich.« Und legte einen Zwanziger auf die Bar.

Simon Cooke bedachte ihn mit einem Minilächeln und sagte: »Schon gut, ej. Kein Problem.«

»Mächtig was los hier«, sagte Fortney zu ihm.

»Ja.«

»Kommst du öfter her?«

»Ach was. Die Scheißdrinks hier kommen einen teurer als 'ne Anzahlung auf einen gebrauchten Pick-up.«

»Ich komm' auch nicht allzu oft her«, sagte Fortney. »Läßt sich noch nicht mal ordentlich was aufreißen hier.«

»Lausiger Laden«, sagte Simon, kippte den ersten, halb verschütteten Drink in sich rein und griff nach dem frischen.

»Bin ich froh, wenn all die Segeltouristen hier wieder Leine ziehen«, sagte Fortney.

Simon Cooke schenkte sich eine Antwort.

»Arbeitest du hier in der Gegend?«

»Ja.«

»Interessiert dich dieser Zirkus um den America's Cup?«

»Nein.«

»Um was andres geht's derzeit hier ja nicht«, sagte Fortney. »Segelfreaks. Ich sollte noch einen zur Brust nehmen. Meine Leber ist noch nicht groß genug, um mich zu fressen. Hältst du mit?«

»Logisch«, sagte Simon, der sich dachte: Ist wahrscheinlich 'ne Schwuchtel, der Typ. Obwohl er eigentlich nichts Tuckiges hatte. Was soll's, wenn er doppelstöckige Gins ausgeben wollte, hielt er ihn eben ein Weilchen hin.

Dann allerdings, man schenkte ihnen eben die nächste Runde ein, kam Simon, was die sexuelle Identität des Typs anging, ins Schleudern. Er sagte nämlich: »Siehst du den heißen Feger da in der Ecke mit all den Seglern? Die seh' ich jedesmal, wenn ich in den Laden hier komm'.«

Simon sagte gar nichts; sein verschlagenes Grinsen wurde nur noch verschlagener.

»Kennst du sie?«

»Wie kommst du denn darauf?« nuschelte Simon kaum verständlich.

»Weiß nicht. War wohl die Art, wie du grinst.«

Simon sagte: »Ich kenn' sie tatsächlich.«

»Is' wahr?«

»Sicher. Sie heißt Blaze.«

»Da hat man wohl keine Chance, was? Ich meine, sie dem großen häßlichen Kiwi da auszuspannen.«

»Den Arsch kenn' ich auch«, sagte Simon. »Ich kenn' sie fast alle. Alles Ärsche. Einer wie der andere.«

»Was sie in dem wohl sieht?« wollte Fortney wissen. »Eine, die so klasse aussieht wie die?« Jetzt nuschelte auch er.

»Keine Ahnung. Jedem das Seine. Keine Ahnung.«

»Ich wollte wirklich, ich wüßte es.«

»Wieso?«

»Ich würd' sie gern anmachen.«

»Vergiß es. Du bist nicht ihr Typ.«

»Nichts für ungut, aber woher willst du das wissen?«

»Weil sie 'n anständiges Mädel ist. Keine Barschlampe.«

»Sie ist 'n Cuppie, oder vielleicht nicht? Ich meine, wo sie ständig mit den Seglern rumhängt.«

»Sie hat ihre Gründe, Mann«, sagte Simon angetrunken und schob Fortney das Gesicht unter die Nase. »Das große Stück Scheiße neben ihr ist ihr scheißegal! Und sie ist nicht der Typ, der gern in 'ner Bar angemacht wird. Wir verstehen uns doch, Mann, ja?«

Simon bedachte Fortney mit seinem mürrischsten Grinsen, und Fortney überlegte, ob er ihm den Hocker unterm Arsch wegtreten oder mit seinen letzten Mäusen noch einen Gin ausgeben sollte.

Er gab einen aus, und Simon schien ihm zu vergeben, daß er scharf auf Blaze war.

Er wartete ab, bis Simon seinen nächsten Doppelten weggekippt hatte, und sagte dann: »Nichts für ungut, ja, aber so wie du daherredest, krieg' ich so das Gefühl, daß sie vielleicht, na ja, deine Freundin ist, ja? Sozusagen. Falls ja, dann tret' ich natürlich zurück.«

»Sagen wir mal so, ich kenn' sie recht gut«, sagte Simon.

»Warst schon mal mit ihr ... aus?«

»Hör mal, ej, du stellst hier wirklich 'ne Menge persönlicher Fragen!« Simons Ellenbogen rutschte von der Bar.

Fortney bekam ihn zu fassen, bevor er vom Hocker fiel. »Ich wollte nicht neugierig sein«, sagte er. »Sie interessiert mich nur, das ist alles.«

»Sie oder ich?«

»Wie meinen?«

»Ich hab' dich für 'ne Schwuchtel gehalten«, sagte Simon,

»Kommst hierher und fängst an, Runden zu stochern. Ich hab' gedacht, du wärst vom andern Ufer. Jetzt weiß ich nicht mehr. Scheiße. Bist du nun 'n Hinterlader oder was?«

»Der Mann hat Charme«, sagte Fortney zu einem präparierten Seglerfisch hoch über ihm an der Wand. »Das muß man ihm lassen.«

»Wer?« fragte Simon mit einem Blick auf den Fisch.

»Schon gut. Nein, so scharf, daß ich schon hinter Typen her wär', bin ich auch wieder nicht. Noch nicht.«

»Na, bei Blaze hast du jedenfalls keine Chance«, sagte Simon. »Also vergiß es, alles klar?«

Das reichte. Egal, ob seine Besessenheit von einem Cuppie namens Blaze mittlerweile jämmerlich war, von diesem kleinen Stinkstiefel jedenfalls hatte er den Kanal voll.

Er nahm sein Wechselgeld von der Bar und schickte sich zum Gehen, fuhr dann jedoch ganz plötzlich herum und sagte zu Simon: »Eines muß ich dich noch fragen, Mann. Und nach dem, was ich ausgegeben habe, steht mir eine Antwort wohl zu.«

»Ja?« murmelte Simon. »Was denn?«

Fortney sagte: »Warum, zum Teufel, sollte ein Weib wie das da auch nur eine Nanosekunde an einen kleinen Schleimbatzen verschwenden, der nach dem Nervengas in 'ner japanischen U-Bahn stinkt? Das würd' ich gern wissen!«

Simon Cooke schob sich wieder an ihn ran und sagte: »Nennst du mich einen Japs' – oder was?«

Fortney antwortete nicht. Er hakte einfach den Tennisschuh um Simons Hocker, riß ihn seitlich weg, und der kleine Bootsschuppenzigeuner landete in einer Bierlache auf dem Boden.

Als Fortney auf dem Weg nach draußen an Blazes Nische vorbeitorkelte, blieb er stehen und trällerte ihr etwas zu: »Wild thing! You make my heart siiiing!«

Sie bemerkte den besoffenen Schnulzenfutzi noch nicht mal.

Fortney war bei der Polizei San Diego nicht das einzige Opfer diverser Ehen, das an diesem Abend einsam war. Anne Zorn war schon früh zu Bett gegangen, vergeblich hatte sie Interesse für eine Nummer von *Vanity Fair* über Hollywood und seine Stars aufzubringen versucht. Das Problem war, daß sie sich nicht konzentrieren konnte. Nicht während der Arbeit an einem heißen Mordfall mit einem Verdächtigen, den sie zu gern in die Finger bekommen hätte.

Sie überlegte, ob das an ihren frühen Erfahrungen bei der Sitte lag. Sie war noch so jung gewesen bei ihrem ersten Einsatz, so was von grün. Nie würde sie ihre Aufregung vergessen – vom Streifendienst für einen Einsatz bei der Sitte abgestellt zu werden. Damals war man noch eine »Polizistin«, kein »Officer«. Sie mußten grauenhafte Uniformen tragen, »Waffenröcke« ohne Gürtelschlaufen; man brauchte bloß hinter einem herzuwetzen, schon rutschte einem die Waffe auf den Bauch und die Handschellen waren futsch. Die Haare durften nicht auf den Kragen reichen, und sie mußten diese dämlichen Hütchen tragen, wie die Frauen bei der Marine. Annes hatte mal jemand geklaut – Gott segne den Dieb.

Damals bekam man von bärbeißigen Kollegen noch Dinge zu hören wie »Ihr Reißverschluß sollte vorm Zwickel sitzen. Sagen Sie mir eines, Officer, was soll das für 'n Polizist sein, der seinen Reißverschluß nicht vorm Zwickel hat?«

Mehr als einmal war ihr das Walkie-talkie ins Klo gefallen, wenn sie sich aus dieser blöden Uniform zu schälen versuchte. Ständig waren die Antennen verbogen, weil die Frauen sie immer fallen ließen.

Eine ihrer Klassenkameradinnen auf der Polizeischule – eine der wenigen, die mit ihr durchgekommen war – hatte enorme Brüste, und, wenn sie Stifte in der Brusttasche hatte, dann ragten sie im rechten Winkel heraus. Bei den Chauvi-Kollegen hieß es dann: »Torpedos, die auf mich gerichtet sind, also das schüchtert mich ein.« Was hatten die damals, »vor der sexuellen Belästigung«, ihren Spaß mit den Frauen. Wenn damals eine Frau mit einem schwarzen Kollegen auszugehen wagte, sagte man von ihr noch, sie »trage gern braun«.

Aber etwas hatten sie doch für sie getan, als sie gerade zwischen zwei Ehen war. Das Haus, in dem sie zur Miete gewohnt hatte, war mit allem drin abgebrannt, und da hatte die alte Garde sofort alles gemanagt, Spiel- und Anziehsachen für ihre Tochter Frannie gekauft. Ja selbst Kleidung für sie. Dann hatten sie den Hut rumgehen lassen und ihr eine neue Wohnung gesucht. Hypergroßherzig waren sie gewesen, diese alten Frauenhasser.

Anne fragte sich, ob ihr der Fall vielleicht deshalb so zu schaffen machte, weil sie selbst mal so getan hatte, als gehe sie auf den Strich. Manchmal, wenn sie da draußen auf dem El Cajon Boulevard oder dem Midway Drive stand, hatte sie ein Lude wie Oliver Mantleberry angemacht, sie mit Schmeicheleien oder Drohungen in seinen Stall zu bekommen versucht. Und damals hatte sie noch kein Mikro dabei gehabt, nur ihr Team, von dem sie hoffte, daß es sie mit dem Feldstecher im Auge hatte, in Erwartung des Signals für den Gesetzesverstoß seitens des Freiers.

Sie erinnerte sich noch an einen Kerl, der ihr fünfunddreißig Dollar geboten hatte – für die ganze Nacht! Sie hatte sofort das Signal zum Einsatz gegeben.

Als ihre Rückendeckung herbeieilte und sich den Kerl griff, sagte sie ihm: »Für was halten Sie mich? Fünfunddreißig für die ganze Nacht? Das ist doch eine Beleidigung!«

Dann war da der Pilot von der British Airways, der sie eines Abends auf dem Midway Drive ansprach. Er hatte welliges blondes Haar, verträumte braune Augen, einen schmucken Körper und einen Akzent wie Roger Moore.

Als er sein Angebot machte, sagte sie: »Sie sind süß! Mit Ihnen geh' ich umsonst!«

»Was?« sagte er. »Wie bitte?«

»Vergessen Sie's«, sagte sie mit einem Seufzer. »Machen Sie, daß Sie wegkommen, bevor meine Partner Sie schnappen.«

Der Brite hatte sie völlig verwirrt angeguckt, beeilte sich aber, von dieser bekloppten Nutte wegzukommen – kurz bevor ein Minibus voll Collegekids kam und Gruppenermäßigung wollte.

Dann war da noch der Freier, von dem sich herausstellte, daß er ein Serienvergewaltiger war, der auf eine Stricherin zufuhr, ausstieg und zu handeln begann. Wenn die Frau nicht auf ihn einging, zwang er sie mit vorgehaltener Waffe, in den Wagen zu steigen, fuhr mit ihr an einen abgelegenen Ort, vergewaltigte sie und schlug sie halb tot, um den Akt zu vollziehen; bei Vergewaltigungen ging es immer mehr um die Gewalt an sich als um den Sex.

An dem Abend, an dem Anne ihm über den Weg lief, trug sie ein Mikro, und sie war mit ihrem Spruch kaum zur Hälfte durch, als er eine billige ausländische Pistole zog. Auf drei Meter hätte man mit einer Dose Sprühsahne mehr getroffen als mit dem Ding, aber er stand nun mal nur einen halben Meter vor ihr.

Er sagte: »Mach, daß du in den Wagen kommst.«

Und sie sagte: »Oh! Ich sehe, Sie haben eine *Pistole*!« Für ihre Rückendeckung, die eigentlich hätte zuhören sollen, aber ihren Van verlassen hatte, weil ihnen ein Besoffener hinten draufgefahren war.

Er sagte: »Steig ein! Sofort!«

Anne blickte verzweifelt nach beiden Seiten den Midway hinauf, aber das Team war nicht da. Also sagte sie: »Mann, ich hab' 'n ganz üblen Herpes, und das letzte, was Sie –«

»Jetzt! Oder du bist tot!«

»Okay, okay«, sagte sie. »Die ist echt, oder? Die *Pistole*! Die ist doch echt, oder? Die *Pistole*!«

Glücklicherweise war ihre Rückendeckung gerade rechtzeitig wieder in den Van gestiegen, um das zu hören: »Die *Pistole*!«

Sie zwangen ihn an den Randstein, als er losfuhr, seine Rechte am Steuer, die Linke mit der .380, die Mündung auf die junge Anne Zorn gerichtet, in seinem Schoß.

Während der folgenden Untersuchung wies man ihm vierzehn Vergewaltigungen in San Diego und zwölf in Houston nach. Dazu eine mit Todesfolge in Phoenix, als ihm vor lauter Spaß die Hand ausgerutscht war.

Sie hatte später Arnie, einen der beiden Kollegen von der Sitte, die sie damals zur Rückendeckung mitgehabt hatte, geheiratet. Arnie war ein Schatz, nur kam er mit ernsthaften Ehekonflikten nicht klar – so zum Beispiel, wer im Restaurant nach innen saß, so daß er die Waffe ablegen konnte. Derartige Krisen ließen Arnie ausrasten. Die Ehe dauerte achteinhalb Monate; die dümmste ihrer dummen Entscheidungen.

Während ihrer zweiten Runde als Nutte hatte sie mit Letch Boggs gearbeitet und wurde in die Massageschule geschickt. Das Wichtigste, so ihre Chefs, nachdem man sie zur falschen Masseuse ausgebildet hatte, war, daß es zu einem Gesetzesverstoß kam, ohne »ihn« zu berühren. Wenn du »ihn« anrührst, ist dein Fall futsch.

Als Anne so im Bett lag, das aufgeschlagene *Vanity Fair* auf dem Bauch, dachte sie an Blaze Duvall. Die »ihn« zweifellos jedesmal berühren mußte, wenn sie einem eine Massage gab.

# 11

Ambrose wußte, er würde kein Auge zutun, bevor Blaze ihm nicht den Stand der Dinge durchgab, also versuchte er, die letzte Ausgabe der *Cruising World* zu lesen. Es war jedoch schwer, sich auf die Segelartikel zu konzentrieren, wenn er an nichts anderes denken konnte als daran, was morgen schief gehen könnte. Merkwürdigerweise machte er sich dabei weniger Sorgen um sein persönliches Risiko als um die ungenützte Chance, falls ihr Plan klappte und das Ersatzboot der Kiwis den amerikanischen Verteidiger dennoch schlug. Er würde kommenden Monat da draußen auf dem Wasser sein, jede Runde des Rennens über knapp neunzehn Meilen – und beten.

Falls Conners Team herausfordern sollte, würde es Neuseeland besiegen, soviel stand für ihn fest. Conner hatte zuviel Erfahrung, hatte die sichere Niederlage zu oft in einen Sieg umgewandelt und war zu clever, um sich schlagen zu lassen, ganz zu schweigen von seinem Glück. Conner war Mister America's Cup, und sein Rudergänger, Paul Cayard, war einer der besten der Welt.

Gäbe es, Beobachtern zufolge, einen Pokal für das merkwürdigste Paar, Conner und Cayard gewönnen ihn ganz gewiß. Man munkelte, Conner hätte gegen Cayard gestimmt, als dieser sich um eine Mitgliedschaft beim Yachtclub San Diego bewarb. Darüber hinaus warf man Conner vor, die große Regatta kommerzialisiert zu haben. Seine Verteidiger – Ambrose, zum Beispiel – behaupteten dagegen steif und fest, der australische Multimillionär Alan Bond hätte die Regatta zum Geschäft gemacht, als er Conner und dem New Yorker Yachtclub den Cup mit seinem berühmten Flügelkiel abgejagt hatte. Dieser Sieg hatte den Weg für Conners »Gralssuche« bereitet und zu seinem Comeback 1987 im australischen Freemantle geführt.

Eines war sicher, seit Alan Bond mit seinem innovativen Design gewonnen hatte, waren America's Cup-Kiele besser bewacht als Stealthbomber. Zig Millionen Dollar flossen in das Design von Kiel, Rumpf und Segel. Ständig brauchten die Syndikate ein Segel mehr, einen weiteren Rumpf, die man, schließlich wollte man gewinnen, selbstverständlich bekam.

Ambrose sehnte sich nach der Rückkehr in eine bessere Zeit, als das Ganze noch eine Yachtregatta war, bei der noch nicht der Computer alles berechnet hatte, von der Geschwindigkeit bis zum Wind. Als man eine Kreuzsee noch mit dem Auge maß. Als Seeleute, nicht Flugzeugingenieure entschieden, ob ein Boot breit und stabil oder schmal und schlüpfrig sein sollte – Seeleute, deren Leben von ihrer selbst und ohne Instrumente gefällten Entscheidung abhing. Als es sich unter Yachtleuten noch einfach hinausfahren und um die Wette segeln ließ.

Mittlerweile freilich hatten berühmte Magnaten wie der Australier Alan Bond, Neuseelands Michael Faye, der Amerikaner Bill Koch und der gerissenste von allen, Dennis Conner, die Zukunft des America's Cup längst bestimmt. Und die computergesteuerten Boote segelten auf einem Meer von Dollars, das größer war als die Seegraswiesen vor Point Loma. Die Boote waren segelnde Litfaßsäulen voller Sponsorenlogos. Als die Fernmeldebehörde die Zigarettenwerbung im Fernsehen verbot, hatte Dennis Conner aus seinem Spinnaker eine riesige, sich im Wind blähende Marlboro-Werbung gemacht. Er wußte sich immer zu helfen.

Alles, worauf Ambrose hoffen konnte, war, daß Conner auch gegen die Kiwis Mittel und Wege fand, damit der Cup für vier weitere Jahre in San Diego blieb. Dann ließ sich wieder einiges einrenken, das Wohlwollen wiedergewinnen, das durch die Zügellosigkeit einiger hemmungsloser Egoisten und die kommerzielle Ausbeutung dieser an sich reinsten aller Sportarten so töricht verplempert worden war.

Ambrose sehnte sich nach der Rückkehr des waghalsigen Amateurs vom Schlage der ersten Amerikaner, die 1851 zur Isle of Wight gesegelt waren, wo Königin Victoria anläßlich ihrer Weltausstellung die Regatta zur Feier der britischen Seeherrschaft ausgerichtet hatte. Der amerikanische Emporkömmling, ein blitzschneller Schoner, fegte die britische Konkurrenz nicht nur von der See, er schaffte das auch noch so überzeugend, daß man der Königin auf die Frage, wer denn Zweiter geworden sei, sagte: »Eure Majestät, es *gibt* keinen Zweiten!«

Das war die Art von Yachtregatta, deren Wiederbelebung Ambrose sich erträumte. Diesem Ziel wollte er sich widmen, falls es dem amerikanischen Verteidiger, wer immer das sein sollte, kommenden Monat gelang, Neuseelands Herausforderung abzuschmettern.

Es war zu schaffen, er wußte es, falls *Black Magic*, die Zweiunddreißiger, morgen bis zur Abenddämmerung mit irreparabel gebrochenem Rückgrat im Bootslager der Kiwis lag.

Sie sah, daß Miles sich in einem Affenzahn vollaufen ließ, weil ihn die Möglichkeit, mit ihr ins Bett zu kommen, langsam nervös machte. Es hatte sie immer schon amüsiert, wie unsicher diese Kerle waren, vor allem Schränke wie Miles. Er war von der Sorte, die sie immer bemuttern mußte. Man mußte praktisch dafür sorgen, daß sie ihr Bäuerchen machten. Je größer sie waren, sagte Blaze immer, desto lascher waren sie.

Nur wenn diese Sorte sich vollaufen ließ, wurde sie handgreiflich, um zu kompensieren. Immer wieder griff er unter dem Tisch nach ihr, an dem sie zwischen sieben pichelnden Seglern eingekeilt saß, die so besoffen waren, daß man in Gegenwart des Gegners Rennstrategien zu diskutieren begann. Das heißt, wenn man nicht gerade von Frauen sprach. Die Aussies waren da plumper als die Kiwis, aber ihr spezieller Kiwi machte die Schweigsamkeit seiner Spezis wieder wett.

»Nicht jetzt, Miles«, flüsterte sie ihm ins Ohr, als seine Pranke ihr etwas zu weit den Schenkel hochkroch.

»Wann dann?« gab er flüsternd zurück, sein heißer Atem sauer von Bier und einem Dutzend roher Austern, die er verschlungen hatte; wahrscheinlich nicht weniger der Potenzmythen wegen als seiner Liebe zu den zweischaligen Muscheln an sich.

Ein neuseeländischer Tourist mittleren Alters, der Blazes Dilemma von einem der Nachbartische aus sah, meinte: »Dasselbe Problem hatte Jessica Lange in *King Kong*.«

Worauf der Hüne antwortete: »Wer hat dich denn nach deiner Meinung gefragt, Kamerad?«

Ohne ihn zu beachten, sagte der Tourist zu Blaze: »Richtig eifrigen Burschen haben Sie da. Sagen Sie ihm einfach, daß er Leine ziehen soll.«

»Du gehst mir langsam auf den Sack!« versetzte Miles. Dann stand er auf, wobei er mit seinen massiven Schenkeln den Tisch mitnahm.

Getränke schwappten über; alles begann zu schreien.

»Immer langsam mit den jungen Pferden!«

»Reg dich ab!«

»Verflucht noch mal!«

Miles sagte: »Wieso ich! Sagt das dem alten Trottel da. Daß er sich um seinen eigenen Kram kümmern soll.«

»Ich sag euch was, Jungs«, sagte Blaze. »Ich geh' mal für kleine Mädchen, und wenn ich wiederkomme, will ich strahlende Gesichter sehen. Was meint ihr dazu?«

Blaze schlüpfte aus der Sitzecke und hielt auf die Damentoilette zu. Als sie dort war, schloß sie sich ein, nahm die Papierbriefchen aus ihrer Geldbörse und steckte eines in das Geldscheinfach ihrer Börse. Sie zupfte ihr Haar zurecht, zog den Lippenstift nach und kehrte dann, das andere Briefchen in der Faust, zurück in die lärmige Bar. Statt zurück an den Tisch zu gehen, hielt sie, sich durch die Horden von Säufern rempelnd, auf den Tresen zu.

Die Zecher machten Platz, und sie wandte sich an den Barkeeper. »Ein Steinlager, bitte.«

»Pint?«

»Wenn das das Größte ist.«

»Kommt sofort«, sagte der Barmann und lächelte sie flirtend an.

In den sechzig Sekunden, die er brauchte, das neuseeländische Bier zu zapfen, wies sie drei Angebote, ihr einen auszugeben, zurück. Sie bezahlte mit einem Zwanziger und gab die Münzen in das Fach neben dem Ersatzbriefchen. Der kleine Betrunkene mit dem trüben Blick, der sie vom anderen Ende der Bar aus mit wachsender Eifersucht beobachtete, fiel ihr gar nicht auf.

Als Blaze an den Tisch zurückkam, schickte sie sich an, sich zu setzen, schien es sich dann jedoch anders zu überlegen. »Ich laß' mich nicht noch mal in ein Schinkensandwich verwandeln, bevor ich nicht sicher bin, daß hier Schluß ist mit dem Auf und Ab.«

»Setz dich«, sagte Miles brummig, um vor seinen Kumpeln anzugeben. »Du bist das leckerste Scheibchen Schinken, das mir auf diesem lausigen Fleckchen Erde bisher untergekommen ist!«

»Nichts da«, sagte sie. »Tante Blaze sagt, alles, was pinkeln muß, auf und raus. Vor allem du, Miles. Wenn du aufstehst, nimmst du gleich den ganzen Tisch mit, wie wir gesehen haben. Also mach fix, bevor ich's mir wieder bequem mache.«

»Von wegen Tisch«, sagte einer der Segler. »Wenn Miles aufsteht, senkt sich die ganze verfluchte Bar.«

»Okay«, sagte Miles. »Dann denk' ich, geh' ich mal meinen Dennis Conner auswinden.«

Was sie losbrüllen ließ, Aussies wie Kiwis. Der berühmte Yankee war aller Feind und seine Trickkiste gefürchtet.

Als der große Mann weg war, würgte Blaze etwas von dem Bier in sich hinein, und während einer der Segler einen Witz erzählte, spähte sie durch die rauchige Bar und sagte: »Wenn man vom Teufel spricht! Ist das nicht Dennis selbst?«

Alle Augen fuhren in Richtung Tür. Und Blaze leerte das Pulver aus einem der Briefchen in den Krug Steinlager und rührte mit dem Finger um.

»Das ist doch nicht Dennis Connor! Blaze, du wirst langsam besoffen!« sagte ein Grinder der Kiwis. »Mach halblang mit dem Wein. Trink lieber 'n Bier.«

»Wo wir grade von Bier reden«, sagte sie, »leih mir mal was von deinem. Ein großer Junge wie Miles braucht das seine randvoll.« Sie griff sich den Krug eines Kiwi-Trimmers und schüttete etwas von seinem Inhalt auf das Steinlager.

»He!« sagte er. »Ich hab's nötiger als der große Gaul.«

»Still!« sagte Blaze. »Tante Blaze kauft dir 'n neues, wenn du fertig bist.«

Als Miles wie ein Gabelstapler durch die Bar gerumpelt kam, rief einer der Aussies: »Hast du Dennis ordentlich ein' abgeschüttelt, ja?«

»Wie 'n Schwein hat er gequiekt«, sagte Miles, und alles lachte.

Blaze sagte zu Miles: »Hier, Sportsfreund! Ein schönes frisches Steinlager! Neuseelands bestes Gebräu!«

Miles jedoch schürzte verächtlich die Lippen und sagte: »Das ist noch übler als die Känguruhpisse, die man in Australien kriegt. Da würd' ich noch nicht mal meine Socken drin waschen.«

Blaze war einen Augenblick sprachlos. Dann sagte sie: »Das ist wohl ein Witz! Alle Kiwis trinken Steinlager. Ist doch einer eurer Sponsoren. Ihr habt den Namen auf eurem Rumpf. Und auf dem Segel dazu.«

»Und wenn ich ihn auf dem verdammten Arsch hätte, ich würd' die Plempe nicht anrühren«, sagte Miles. »Hier, Charlie, trink du.«

»Nichts da!« sagte Blaze und zog den Krug auf sich zu. »Dann trink' ich's eben selbst.«

»So ist's 'n braves Mädchen«, sagte der Grinder.

»Also, was willst du denn nun?« sagte Blaze. »Ich geb' eines aus.«

»Nordamerikanisches Bier, egal welches«, sagte er. »Sind alle mittelmäßig. Vielleicht ein Samuel Adams.«

»Ein Sam Adams, kommt sofort«, sagte Blaze. »Rutsch mal rüber und laß mich raus.«

»Wozu? Für was haben die denn Bedienungen hier?«

»Ich muß telefonieren«, sagte Blaze. »Bin gleich wieder da.«

Mit einem Seufzer stand der große Kiwi auf und ließ Blaze ein weiteres Mal durch. Sie nahm den Krug mit und hielt auf die Telefone neben der Damentoilette zu.

Als Blaze in die Toilette trat, waren gerade zwei Cuppies beim Frisieren und debattierten dabei, wer den australischen Fallenmann verführen und wer sich am Vorschiffsmann versuchen durfte.

Nachdem sie gegangen waren, lehnte sich Blaze gegen das Waschbecken und starrte ihr Spiegelbild an. Herrgott noch mal! An die Möglichkeit, daß er das Bier seines Sponsors nicht trinken würde, hatte sie gar nicht gedacht! Sie goß es ins Becken, nahm das zweite und letzte Briefchen mit Phenobarbital in die Hand und ging dann, ausgesprochen nervös diesmal, an die Bar.

Diesmal schaute sie so grimmig drein, daß der sonst so zum Flirten aufgelegte Barmann es bleiben ließ. Er nahm lediglich ihre Bestellung entgegen und zapfte das Samuel Adams. Dann sah er ihr neugierig zu, als sie vier große Schlucke nahm und dabei das Gesicht verzog; so widerlich, wie sie Bier fand.

Dann schlenderte sie auf das Fenster zu, als wollte sie auf den Parkplatz hinuntersehen, und während sie den Krug gegen den schwarzen Rolli drückte, schüttete sie das zweite Briefchen hinein und rührte mit dem Finger um.

Als sie an die Bar zurückkehrte, sagte sie: »Könnten Sie's bitte noch mal vollmachen? Ich hab' was verschüttet.«

»Klar«, sagte der Barmann, froh darüber, daß sie wieder lächelte. Er hielt den Krug unter den Hahn und füllte ihn bis an den Rand.

Als sie an den Tisch zurückkam, sagte Miles. »Ich wollte schon einen Suchtrupp losschicken.«

»Ich hab' dir dein Bier mitgebracht«, sagte Blaze. »Deswegen hat's so lange gedauert.«

»Trink du das mal«, sagte er. »Ich hab' schon eines bei der Bedienung bestellt.«

»Himmel, Arsch und Zwirn, Miles!« sagte Blaze. »Du wolltest kein Steinlager, also bin ich rüber und hab' mich durch den Mob gekämpft, um dir eines zu holen, das du magst! Das trinkst du jetzt, bevor ich's dir über die Rübe gieß'.«

»Stoß ihm ruhig mal Bescheid, Blaze!« meinte ein betrunkener Aussie kichernd.

»Er braucht eine starke Hand!« pflichtete ihm ein besoffener Kiwi bei.

»Okay, Gute, trink ich's eben. Reg dich wieder ab«, sagte Miles.

»Wenigstens für den Augenblick!« schrie ein Kiwi, und all die Suffköpfe brüllten los.

Und dann kam es zu einer Szene, die sich für Blaze Duvall eher wie im Traum abspielte als in der Realität. Als sie sie später nachzuvollziehen versuchte, gelang es ihr nicht. Wie ein kaputtes Video wollte es einfach nicht in die Spur.

Sie sperrte den Mund auf, als der leichenblasse kleine Mann am Tisch erschien.

»Abend, Blaze«, sagte Simon Cooke. »Ich hab' hier jemanden, den ich dir vorstellen will.«

Sie fuhr auf; sie war erschrocken, erstaunt. Sie konnte es nicht glauben. Nicht nur, daß er hier war, nein, er war auch noch sturzbesoffen. Granatenvoll. Sternhagelblau. Seine blutunterlaufenen Augen schwammen; sein Hosenstall stand offen. Dämlich grinste er die neugierigen Segler an.

Als sie endlich ein Wort herausbrachte, fragte sie: »Was machst du denn hier?«

»Ich möchte dir jemanden vorstellen!« wiederholte er und taumelte nach hinten, bis einer ihn auffing und stützte.

»Hallo, Blaze!« sagte ein gutaussehender junger Segler. »Ich bin Gordon. Die Jungs haben schon eine Menge über dich erzählt.«

»Gordon!« rief einer der Kiwis. »Gib einen aus, oder ich sag' deiner Braut, daß du hier bist!«

»Mach, daß du rauskommst, du Schweinepriester! Ein verheirateter Mann!« sagte ein anderer.

»Auch noch jungvermählt, verflucht noch mal!« meldete sich ein dritter zu Wort. »Ignorier' seine Avancen einfach, Blaze!«

»Das hier ist der Schwager, von dem ich dir erzählt habe«, sagte Simon, der sich aufrecht hielt, indem er sich mit beiden Händen auf dem Tisch abstützte.

»Freut mich, Gordon«, sagte Blaze. »Aber meinst du nicht, dein Schwager hier hat für heute abend genug?«

»Für 'n ganzes Jahr«, sagte Gordon und blickte auf den widerlichen älteren Bruder seiner Gattin hinab.

»Ich entscheide selber, wann ich genug habe!« verkündete Simon der ganzen Stadt.

»Geh heim, Kamerad«, sagte Miles. »Gordon, besser du bringst ihn heim. Der kann nicht fahren.«

»He, Arschloch!« sagte Simon zu dem Schrank. »Ich entscheide selber, ob ich fahren kann oder nicht! Du konntest ja noch nicht mal so 'n beschissenen Travellift fahren, bevor ich's dir nicht beigebracht hab'!« Dann zu Blaze: »Das Arschloch da konnt' noch nicht mal 'n Travellift fahren, bevor ich's ihm nicht beigebracht hab'!« Und wieder zu Miles: »Du willst 'n Kranführer sein? Noch nicht mal 'n Hund könntest du Gassi führen!«

Der Schwager packte den Kranführer an seinem mageren Bizeps und sagte: »Das reicht, Simon! Du gehst jetzt heim!«

»Den Teufel werd' ich!« rief Simon und riß sich los. Dann

deutete er auf Miles und schrie. »Die Durchschnittslänge von 'nem Gorillaschwanz liegt bei drei Zentimetern!«

»Schafft ihn raus!« brüllte Miles und knallte im Aufspringen seinen Krug auf den Tisch.

Das war der Augenblick, in dem, wie Blaze sich später erinnerte, die Szene verschwamm.

Der kleine Kranführer schlug nach dem großen, aber seine knochige Faust verschwand auf halbem Wege in einer Pranke, die größer war als sein Kopf.

Aber Simon, nicht feige, schlug mit der anderen Faust zu, verfehlte Miles jedoch und schüttete Blaze den Krug Sam Adams über die Brust.

Dann begann alles zu rufen, fluchen und schreien. Zwei Bedienungen eilten hinüber zum Barkeeper, der über den Tresen setzte und auf den Krawall zulief.

Gordon, Miles und der Kiwi-Grinder hoben Simon Cooke bei den Armen und an einem Bein hoch und schleppten ihn raus, und er trat dabei mit dem freien Fuß auf alles ein, was ihm unter die Augen kam. »Trau denen nicht über den Weg, Blaze!« schrie er dabei. »Nicht einem von dem Haufen Känguruhficker da!«

Blaze Duvall saß da, wie vor den Kopf geschlagen, ihr Rolli patschnaß von einem halben Liter mit Schlafmittel versetztem Bier. Sie saß noch immer da und starrte vor sich hin, als Miles, ohne Simon und seinen Schwager, mit dem Grinder zurückkam.

Der Grinder sagte: »Weißt du, was der kleine Mistkerl gesagt hat, als wir ihn in Gordons Wagen geworfen haben? Er hat gesagt: ›Ihr werdet mich bald brauchen, um euch das Boot ins Wasser zu setzen.‹«

»Ich würd' mir von diesem Schwachkopf nicht mal den Arsch in die Wanne setzen lassen«, sagte Miles.

»Wenn er sich je wieder in der Nähe des Lagers blicken läßt, verfütter' ich ihn an die Krebse«, sagte ein Vorschiffsmann.

»Entschuldigt mich«, sagte Blaze zu Miles. »Ich muß nach Hause. Mein Pulli ist hin.«

»Geh nicht, Blaze!« bettelte der große Mann. »Ich trockne ihn dir. Bitte, geh nicht.«

»Ich muß«, sagte sie, noch immer benommen.

»Dann zieh dich um und komm wieder«, flehte der Kiwi sie an. »Ich warte.«

»Wir warten alle!« versprach der Grinder.

Blaze sagte nichts. Und im Gehen hörte sie Miles zu seinen Kameraden sagen: »Armer Gordon. Wenn der Kinder hat, kriegen die dieses *Ding* zum Onkel.«

»Eine Schande ist das«, pflichtete der Grinder ihm bei. »Ich fürchte, daß in der Familie 'ne Menge Algen im Genpool sind.«

Manchmal war es ein ebenso großer Genuß, die Hausjacke einfach über dem Seidenpyjama zu tragen. Nicht daß sich das gehörte, natürlich nicht, und es wäre ihm gar nicht recht, sich so von jemandem sehen zu lassen, der sich auskannte. Nichtsdestoweniger war es behaglicher als der weiche Wollbademantel, ja sogar behaglicher als der seidene mit dem Monogramm.

So eine Hausjacke hatte schon was. Auf seinen Reisen nach England hatte er Hausjacken mit den Commodores diverser Yachtclubs diskutiert. Praktisch alle waren sie sich einig, daß eine Hausjacke in der Garderobe eines Herrn schlicht nicht zu ersetzen war – jedenfalls nicht für einen richtigen Herrn.

Ambrose hörte Beethovens *Eroica* auf CD, als der Anruf kam. Er sprang aus dem Chippendalesessel mit den Ohrenbacken und lief ans Bücherregal, um die Musik abzustellen. Als er abnahm, zitterte seine Hand.

»Hallo?«

»Ich bin's.«

»Ja.«

»Hast du das Geld?«

»Ich habe doch gesagt, daß ich es hätte.«

»Ich meine, jetzt. Hast du das Geld jetzt – im Haus?«

»Warum fragst du? Ist ... stimmt etwas nicht?«

»Alles in Ordnung«, sagte sie, »aber Simon macht Theater. Er braucht womöglich schon heute abend was.«

»Simon! Was machst du denn heute abend mit Simon? Hast du nicht –«

»Ich kann das jetzt nicht erklären«, sagte sie. »Die Sache entwickelt sich noch. Aber falls ich einen Vorschuß für Simon brauche, muß ich wissen, daß er bereit liegt. Daß du das Geld heute abend hast.«

»Ich habe es«, sagte er. »Aber ich möchte ihm nichts geben, bevor er morgen nicht seinen Teil geleistet hat. Ich dachte, darauf hätten wir uns geeinigt?«

»Ich bearbeite ihn noch, Ambrose. Ich muß nur wissen, was Sache ist, für den Fall, daß er nicht mehr spurt.«

»Was ist mit deinem Freund? Dem Schrank? Hast du den beliefert?«

»Bald«, sagte sie. »Dauert nicht mehr lange. Keine Bange. Ich ruf' dich später an.«

»Gott! Ich hatte gehofft, es wäre schon vorbei. Ich kann nicht schlafen. Ich kann kaum an etwas anderes denken.«

»Ich weiß«, sagte sie. »Versuch dich zu entspannen. Ich ruf' dich an.«

Als sie in ihrem Hotelzimmer den Hörer auflegte, lehnte sie sich ins Kissen zurück und starrte durch das Fenster hinaus auf die hohen Masten im Durchlaß von Shelter Island. Es hatte keinen Sinn, sich damit zu quälen, was alles hätte sein können. Es war sinnlos, nach einem anderen Ausweg zu suchen, weil es keinen anderen Ausweg gab.

Sie war allein in einem Hotel; sie versteckte sich vor einem tückischen Mörder, der sie tot sehen wollte; sie war auf der Flucht vor der Polizei, die sie als Köder für den Killer wollte, für ihn oder einen seiner Freunde. Alles für den Fall, daß sie Glück hatten und ihn zu fassen bekamen. Nein danke!

Sie hatte für die fünfzehntausend gearbeitet, und wofür die ganze harte Arbeit? Für einen Schlag ins Wasser! Oder den Hafen. Oder wo immer versoffenes Kroppzeug wie Simon Cooke sich die Seele aus dem Leib kotzen mochte.

Die fünftausend standen ihr zu, aber sie reichten nicht – nicht so wie das im Augenblick in ihrem Leben lief. Im Grunde reichten noch nicht mal die fünfzehntausend. Blaze fragte sich, ob sie deshalb den letzten Treff mit Ambrose Lutterworth auf Band aufgenommen hatte. Vielleicht hatte sie von vornherein gewußt, daß sie mehr bräuchte. Und daß das Geld letztlich von ihm kommen würde.

Aber wenigstens hatte sie ihren Teil der Abmachung einzuhalten versucht. Es war nicht ihre Schuld, daß es so gelaufen war. Sie tat zwei tiefe Atemzüge, stand auf und ging ins Bad, um zu sehen, wie sie aussah. Nicht gerade wunderbar, aber sie zog weder den Lippenstift nach, noch fuhr sie sich mit dem Kamm durch die Flammenmähne; sie machte sich lediglich einen Pferdeschwanz. Irgendwie schien es nicht angemessen, sich für das zurechtzumachen, was heute abend noch zu erledigen war.

Blaze schlüpfte in ein übergroßes grünes Sweatshirt, Blue Jeans und weiße Tennisschuhe. Sie durchwühlte ihren Koffer nach dem Recorder, in dem noch die Kassette steckte. Sie dachte daran, eine Kopie zu machen, fragte sich dann aber wozu. Solange Ambrose ihr glaubte, würde er schon spuren. Und falls er auf stur schaltete, was sie sich eigentlich nicht vorstellen konnte – dann warf sie die Kassette eben weg und gab auf. Erpressung lag ihr im Grunde nicht, und dann mochte sie den alten Knaben ja irgendwie.

Bevor sie ging, schob sich Blaze noch den vernickelten Revolver in den Bund ihrer Jeans und zog das grüne Sweatshirt über den Griff. Es gab Dinge, dachte sie, die mußte eine Frau einfach tun …

Ambrose Lutterworth saß reglos in seinem Ohrensessel, als es an der Tür klingelte. Es überraschte ihn und andererseits auch wieder nicht. An so einem merkwürdigen Abend wie diesem erwartete er alles und nichts.

Er ging an die Tür, machte das Verandalicht an und sah die lodernde Flamme ihres Haares durch die Mattglasscheibe der Tür. Er knipste das Licht wieder aus und öffntete ihr.

»Ach, da muß es Simon ja wirklich ernst sein mit seinem Geld«, sagte Ambrose zu ihr.

»Hast du etwas von dem guten Chardonnay im Haus?«

»Bitte!« sagte er. »Ich halte das nicht aus! Ist es getan oder nicht?«

»Erst einen Schluck Wein.« Ihre Stimme klang tot. »Und schenk dir besser auch etwas ein.«

»Oh Gott!« Er wandte sich um und stapfte in die Küche, fürchtete schon, es sei etwas Schlimmes passiert und alles vorbei.

Ambrose kam mit zwei Gläsern Wein zurück, diesmal allerdings ohne Champagnerkübel. Er reichte ihr ein Glas und setzte sich schwer in den Ohrensessel. Er fühlte sich ausgelaugt und alt.

Blaze nippte an ihrem Glas und schwieg noch einen Augenblick.

Ambrose sagte: »Gemischte Nachrichten? Oder durch die Bank schlecht?«

»Durch die Bank«, meinte Blaze. »Simon ist uneingeladen in meine Party geplatzt, als ich eben das Mittel in Miles' Bier getan hatte. Ich möchte dich nicht damit langweilen, was ich bis dahin schon hinter mir hatte. Simon war voll wie tausend Mann und hat alles versaut.«

»Hör zu!« sagte Ambrose. »Ist es eben heute abend schief gegangen. Aber wir können es doch noch mal versuchen. Während des Finales, wenn Neuseeland dem Verteidiger gegenübersteht, können wir –«

»Wenn Simon Cooke auch nur einen Fuß in deren Bootslager setzt, kielholen die ihn«, sagte Blaze. »Falls man das heute noch macht. Der Mann ist eine Landplage. Er ist erledigt. Er hat uns erledigt. Du hättest dabei sein sollen.«

»Nein«, sagte Ambrose kummervoll. »Nein. Ich bin froh, daß ich nicht dabei war. Ausgesprochen froh.«

»Du hast den Mann ausgesucht«, erinnerte sie ihn. »Meine Wahl war der nicht. Das war deine.«

»Ich weiß«, sagte Ambrose. »Aber außer ihm hätte das keiner für uns machen können. Vielleicht wollte er aussteigen. Vielleicht hat er sich betrunken und alles ruiniert, weil er im tiefsten Innern nicht den Schneid dazu hatte.«

»Das wär's dann also gewesen«, sagte Blaze.

»Der wird den Mund schon halten.« Seine Stimme war noch lebloser als ihre.

»Was soll er schon sagen? Wem soll er es sagen? Er kennt mich ja nicht. Ich bin nichts weiter als ein Segelgroupie, das er aus einer Bar kennt.«

»Das ist wohl der deprimierendste Augenblick meines Lebens«, sagte Ambrose.

»Vielleicht gewinnt dein amerikanisches Team ja trotzdem«, sagte Blaze. »Vielleicht braucht ihr den Vorteil ja gar nicht, den du dir kaufen wolltest.«

»Nein«, sagte Ambrose. »Es wird von Tag zu Tag hoffnungsloser. Neuseeland wird die Aussies morgen haushoch besiegen, und kommenden Monat ist der Cup für immer dahin. Auf Nimmerwiedersehen.«

»Das ist wirklich schade, Ambrose«, sagte Blaze. »Tut mir leid für dich.«

»Möchtest du deine Fünftausend gleich? Bist du deshalb selbst vorbeigekommen?«

»Ich hätte sie gern jetzt«, sagte Blaze.

Er nickte und stemmte sich, beide Hände auf den Ripslehnen, aus dem Ohrensessel. Er war zu verstört, als daß es ihn noch gekümmert hätte, wie albern er in Hausjacke und Pyjama aussah. Er kam sich uralt vor, wie er so ins Schlafzimmer schlurfte, in seinen Slippern mit Monogramm. Er kam sich so alt vor wie der Cup.

Die fünfundzwanzigtausend lagen in zwei Bündeln unter den getüpfelten Boxershorts in seinem Wäscheschub. Er nahm das kleinere Bündel heraus und zählte fünfzig Hunderter ab. Er brauchte fünf Minuten. Er war derart außer sich, daß er sich zweimal verzählte.

Als Ambrose ins Wohnzimmer zurückkam, sah er zu seiner Überraschung ihre Tasche offen auf dem Couchtisch, ein kleiner Kassettenrecorder neben ihr.

Blaze sah es nicht an, als er das Bündel auf den Tisch legte. Sie sagte nur: »Setz dich, Ambrose.«

Als er sich setzte, drückte sie »Play«.

Ambrose hatte das Glas Wein zur Hand genommen, stellte es jedoch wieder auf den Lampentisch neben sich, als er Blazes Stimme vom Band hörte: »Puder oder Öl?«

Als er seine eigene Stimme hörte, erstarrte er: »Puder, denke ich.«

Er schloß die Augen und ließ sie geschlossen, als er Blazes Bandstimme sagen hörte: »Es war genau so, wie du es vorausgesagt hast. Simon Cooke ist ein habgieriger kleiner Mann. Und er war sehr interessiert, als ich ihm von meinem anonymen Freund erzählt habe, der bereit ist, für die Vernichtung des neuseeländischen Bootes zehntausend Dollar zu zahlen.«

Dann hörte er sich selbst: »Ist er sicher, daß er den Job bekommt?«

Danach hörte Ambrose Lutterworth nicht mehr viel. Er drückte nur um so fester die Augen zu, je länger die Kassette vor sich hin leierte. Eine Kassette über eine strafbare Verabredung, dazwischen erotische Anregungen.

Es war wirklich eigenartig, aber er mußte in diesem Augenblick an seine Mutter denken. Und seine Schwester, aber vor allem an seine Mutter. Fast hatte er das Gefühl, wenn er seine Augen öffnete, würde er sie statt Blaze sich gegenüber sitzen sehen. Gnadenlose Mißbilligung in ihrem Blick.

Dann hörte er Blaze auf dem Band sagen: »Schon gut, Ambrose. Ich weiß, ich brauche bei dir kein Kondom. Wir sind jetzt miteinander verbunden. Wir teilen ein Geheimnis. Wärst du gern mit mir verbunden?«

Ambrose Lutterworth öffnete die Augen und sagte: »Schalt das ab, Blaze.«

»Es ist noch nicht ganz vorbei.«

Er sagte: »Schalt es ab.«

Blaze griff hinüber und stellte den Apparat ab. Dann sagte sie: »Ich habe Kopien gemacht, für den Staatsanwalt, deinen Yachtclub, das neuseeländische Syndikat und die *San Diego Union Tribune*. Ich hoffe, ich brauche sie nicht abzuschicken.«

»Ich verstehe«, sagte Ambrose leise. »Und jetzt willst du sie mir verkaufen, habe ich recht?«

»Ja«, sagte sie. »Für fünftausend pro Stück. Zusammen mit den fünf, die du mir ohnehin schuldest.«

»Du willst fünfundzwanzigtausend«, sagte er. »Du willst alles.«

»Nicht alles, Ambrose«, sagte Blaze. »Nicht alles.« Nur was du für das Ding bereitgelegt hast, aus dem nichts geworden ist. »Mein Gott, du hast das Haus! Was ist das wohl wert? Siebenstellig, nicht? Im Vergleich zu mir bist du reich. Ich brauche das Geld, Ambrose. Es ist etwas passiert, und ich brauche dringend Geld. Ich stecke wirklich in der Klemme.«

»Hast du auch schon in der Klemme gesteckt, als du das aufgenommen hast?« Er sprach so leise, daß sie ihn kaum hörte.

»Das war nur zu meinem Schutz«, sagte sie. »Wenn Simon uns die Tour nicht vermasselt hätte, würde ich das nicht tun. Tut mir leid.«

»Und du bist hergekommen in der absoluten Sicherheit, ich würde dir die fünfundzwanzigtausend geben?«

»Es liegt an dir, Ambrose«, sagte sie. »Ich habe dir gesagt, was ich mache, wenn es sein muß. Ich hoffe, du zwingst mich nicht dazu.«

»Wenn ich mich eines versuchten Verbrechens schuldig gemacht habe, gilt das auch für dich«, antwortete er.

Sie sagte: »Ich habe mich da schon mit meinem Anwalt beraten. Da aus unserer kleinen Vereinbarung nichts geworden ist, wird man uns keinen Prozeß machen. Aber deine Freunde und Partner haben alles auf Band. Den Plan. Das Geld. Daß du den Kranführer der Kiwis betäuben wolltest. Nur damit du deinen heißgeliebten Cup nicht verlierst. Mir wird der Rummel nicht schaden. Was soll's, vielleicht bringt er mich sogar in eine Talk-Show. Vielleicht macht mir ein einsamer alter Knabe, der sich gern massieren läßt, einen Heiratsantrag. Aber was wird der Rummel mit dir machen, Ambrose? Kannst du dir die Schande vorstellen?«

»Ich hab's ja schon immer gesagt, du bist ein gescheites Kind.«

»Sieh's doch mal so«, sagte Blaze. »Was, wenn Simon es gemacht und alles verbockt hätte? Was ja wahrscheinlich ist. Vielleicht hätte man ihn geschnappt? Dann hätten wir Angst haben müssen, daß es auf uns zurückfällt. Und in dem Fall hätten wir das Verbrechen tatsächlich begangen und wären dafür ins Gefängnis gewandert. Vergiß den America's Cup. Es ist vorbei. Es ist wohl fünfundzwanzig Mille wert, einem Skandal und der Demütigung zu entgehen, oder?«

Ambrose sagte nichts. Er stemmte sich einfach noch mal hoch und schlurfte dann mit gesenktem Kopf ins Schlafzimmer. Sie wollte ihm nicht aus dem Kopf – seine Mutter. Er öffnete den Wäscheschub und nahm das Geld heraus. Er steckte es in die Tasche der Hausjacke. Dabei fiel sein Blick auf das Schnürband seiner Satinschärpe. Er konnte die Augen nicht von der weinroten Schärpe nehmen, ebenso wie ihm seine Mutter nicht aus dem Kopf ging. Immer wieder hatte sie ihm zu verstehen gegeben, was für ein Versager er aufgrund seines

Mangels an innerer Stärke doch sei. Worte wie *Rückgrat* waren dabei gefallen.

Als Ambrose ins Wohnzimmer zurückkam, hatte Blaze den Kassettenrecorder bereits wieder in der Tasche verstaut. Ambrose nahm das Bündel Scheine aus der Tasche und warf es auf den Tisch.

Sie war sehr blaß und sah ihn nicht an, sie hatte nur Augen für das Geld. Soviel Geld. All die frischen, neuen Scheine. Frisch wie die Patronen in ihrem Revolver.

Ambrose ging um das Sofa herum auf die Haustür zu, als wolle er sie ihr öffnen. Er starrte auf die Tür. Er sah seine Mutter genauso deutlich, wie er Blazes Spiegelbild in der matten Scheibe sah. Er sah ihre milchig-blauen Augen, die schlaffe Pergamenthaut. Sie hatte es nie direkt ausgesprochen, aber sie hatte es gedacht: Er war ein Feigling.

Er griff nach unten, schob den Riegel an der Tür vor, sperrte ab. Blaze stand mit dem Rücken zu ihm über den Couchtisch gebeugt und versuchte das Bündel Scheine in die kleine Handtasche zu stopfen. Ambrose Lutterworth öffnete die Schärpe und nahm sie ab.

Blaze hörte das Rascheln von Seide hinter sich. Ihr erster Instinkt galt nicht dem Revolver. Sie hatte sonst schließlich nie einen bei sich. Nein, sie griff nach der Handtasche und zog sie mit beiden Händen an sich.

*Ambrose setzt über die Lehne des Sofas und zieht ihr die Schärpe wie eine Schlinge über den Kopf an den Hals. Er brüllt.*

*Sie hört ihn ein einziges Wort schreien, als er ihren Körper nach hinten reißt. Beide stürzen sie über das Sofa und landen krachend auf dem Boden.*

*Das Wort, das er schreit, ist »Nein!« Und es gilt nicht nur Blaze.*

*Blaze schreit ebenfalls oder versucht es. Sie läßt die Handtasche fallen, greift nach oben, bekommt den Satinsaum der Hausjacke zu fassen. Dann zerrt sie an der Schärpe, was ihr aber nicht hilft, denn er zieht sie nur noch fester zu. Sie bekommt keine Luft.*

*Blaze denkt: Aber er ist doch nur ein harmloser alter Mann!*

*Sie dreht sich um, stürzt sich nach vorn, tritt gegen die Lehne des Sofas. Aber Ambrose Lutterworth gibt nicht nach. Und die Schärpe wird immer enger.*

*Sie bekommt keine Luft.*

*Dann fällt ihr der Revolver ein, und sie bekommt ihn mit einer Hand zu fassen. Aber er rutscht durch den Bund in den Schritt ihrer Jeans. Blaze reißt den Knopf auf, dann den Reißverschluß. Aber die Schärpe wird enger.*

*Luft! Sie braucht Luft!*

*Die Decke wird zu rosa Gelee. Die Lampe auf dem Tisch kracht zu Boden und explodiert in Scherben aus rosa Gelee. Die Wände werden zu wogendem rosa Gelee.*

*Blaze bekommt die Waffe frei, aber was sie braucht ist Luft. Und die bekommt sie nicht.*

*Der Revolver segelt ihr aus der Hand. Es ist kein Revolver mehr. Es ist ein Frisbee. Er segelt davon wie ein Frisbee in rosa Gelee.*

Ein Strudel schillernder Farben. Die Lampe versprühte Glas wie aus einem Kaleidoskop – wie die Fenster der Episkopalkirche aus seiner Kindheit. Ambrose brüllte nicht mehr. Er schnaufte pfeifend, wimmerte vor sich hin. Er war in einem Kaleidoskop aus Buntglas gefangen. Trotzdem zog er die Schärpengarrotte noch fester zu. Schließlich war er kein Feigling.

# 12

Lange saß Ambrose in seinem Ohrensessel. Die Hausjacke war an der Schulter zerfetzt und hing offen herab; die Knöpfe von seinem Pyjamahemd waren abgerissen. Von Blazes Fingernägeln hatte er Kratzer auf dem rechten Handrücken, die weinrote Schärpe hing lose um ihren Hals, schnitt nicht länger in ihre Haut ein. In Fötusstellung lag sie da.

Ambrose hatte sie nicht mehr angesehen, seit er sich gesetzt hatte. Er starrte sein Weinglas an und dachte einen Augenblick daran, es zu leeren. Aber der Gedanke, den Wein zu trinken, schien ihm irre. Was immer wieder seinen Blick auf sich zog, war der vernickelte Revolver, der zwischen den Keramikscherben auf dem Boden lag. Wo immer sein Blick hinwanderte, er kam immer wieder auf ihn zurück.

Er erwartete, seine Omega, seinen goldenen Chronographen, gesprungen zu sehen, aber die Uhr war noch heil und sagte ihm, daß es 1:45 war. Bisher hatte er bei einem Blick auf den Chronographen immer an die Bootsausstellung in Barcelona gedacht, diesmal nicht. Sein über alles geliebter Chronograph war plötzlich eine ganz gewöhnliche Uhr.

Und seine burgunderfarbene Hausjacke? Auf einmal verspürte er den Drang, sich ihrer zu entledigen. Bei dem Sturz war Blaze Blut aus der Nase gespritzt, sein Ärmel war ganz klebrig und schimmerte von ihrem Blut. Die Blutflecken ähnelten von der Farbe her seiner Schärpe: weinrot.

Er stand auf, und die Hausjacke fiel von ihm ab. Er trat mit dem Fuß über die gebrochene Lampe neben Blaze, an deren leblosem Körper bald der Prozeß der Leichenfleckbildung einsetzen würde, wenn das Blut dem Gesetz der Schwerkraft nachgab.

Letzten Endes stand hinter seiner Entscheidung weder Angst

noch Hoffnung – auch nicht Reue oder das Bedürfnis, Buße zu tun. Ambrose Willis Lutterworth Junior konnte es nur nicht ertragen, daß die Welt, seine kleine Welt – aber in der Hauptsache die größere Welt des America's Cup – ihn als gemeinen, verachtungswürdigen Mörder sah. Das durfte er nicht zulassen. Das schuldete er dem Cup.

Jesse Bledsoe, der Sergeant der Mautstelle an der Brücke hinüber nach Coronado, war eingenickt. Wem würde das nicht so gehen, um halb drei Uhr morgens? Was sollte er machen, dasitzen und sich auf den Monitoren finstere, körnige Bilder ansehen, ob nicht vielleicht eine Möwe das Geländer vollschiß? Rauflaufen, um einen am Springen zu hindern? Falls einer verrückt genug war, in einer nebeligen Nacht wie dieser zu kommen, wo er genausogut morgen bei Sonne rauffahren konnte, um sich in aller Behaglichkeit den Hahn abzudrehen?

Jesse Bledsoe warf noch nicht mal einen Blick auf die Monitore, als der alte Cadillac sich langsam durch die Nebelbank auf den Scheitel der Brücke schob und dort hielt.

Es war das erste Mal, daß Ambrose Lutterworth, der sein ganzes Leben in San Diego zugebracht hatte, die Videokameras an den strategisch günstigen Punkten in der Nähe der Hotline-Nummern für Selbstmörder auf der höchsten Stelle der Brücke sah.

Der Schrei eines einsamen Reihers, der sich verflogen hatte, ließ Ambrose in den nebelverhangenen Nachthimmel blicken, wo er, hoch an einen Pfeiler montiert, eine Kamera erspähte, die auf ihn herabsah. Darauf drückte Ambrose, Nebelbank hin, Nebelbank her, das Gas bis zum Anschlag durch und raste in halsbrecherischem Tempo über die Brücke, an der Mautstelle vorbei. Dann fuhr er weiter in die Orange Avenue, machte kehrt und fuhr über die Brücke zurück nach San Diego – im Kofferraum die Leiche von Blaze Duvall.

Sie war in eine alte Decke vom Bett seiner Mutter gerollt;

die Schärpe, die sie stranguliert hatte, verband ihren rechten Knöchel mit einem Betonblock. Er wußte nicht, wieso er die Schärpe genommen hatte. Vielleicht aus einem unbewußten Bedürfnis heraus, ihnen einen Hinweis zu geben? Ihren Knöchel an den Betonblock zu binden war nicht weniger sinnlos als diese ganze Episode.

Die Hausjacke würde in seiner Mülltonne landen – zusammen mit dem Seelenfrieden, der ihm in diesem Lebensabschnitt zustand. Für Ambrose Lutterworth stand jetzt fest, daß er sich in nächster Zukunft das Leben nehmen würde. Blieb nur noch die Entscheidung über das Wie und Wann. Und dafür zu sorgen, daß man es nicht mit seiner schmuddeligen Beziehung zu Blaze Duvall in Verbindung brachte.

Als er sich wieder auf der Schnellstraße Richtung Norden befand, fiel ihm die Mission Bay ein. Natürlich, mußte doch nicht unbedingt der Hafen von San Diego sein. Die Mission Bay war tief genug, um sie unten zu behalten, wenigstens lange genug, bis die Natur die unzähligen Hinweise beseitigt hätte, die er hinterlassen haben dürfte. Wie die meisten Menschen, die nur ein Verbrechen in ihrem Leben begehen, glaubte Ambrose Lutterworth an die kriminalistische Allmacht der Polizei.

Eine halbe Stunde später schob er sich auf der Ingraham Street, in der Mission Bay, langsam durch die dunstige Nacht. Der Nebel hatte sich etwas gehoben, und so früh am Morgen herrschte kaum Verkehr. Trotzdem fuhr er in seiner Verstörtheit über die South Bridge, eine bessere und abgelegenere Stelle, um eine Leiche ins Wasser zu werfen, hinaus.

Als Ambrose sich auf der North Bridge zwischen Vacation Isle und Crown Point befand, hielt er an und stieg fröstelnd aus. Er trug eine Windjacke über dem Pyjama und hatte noch die Hausschuhe an.

Ambrose ging um den Wagen herum zum Kofferraum, als er plötzlich ein Motorgeräusch hinter sich hörte. Ein Wagen war von der Vacation Road auf die Ingraham abgebogen und kam im Nebel auf ihn zu, und zwar schnell.

Die Polizei! Er wußte, es war die Polizei. Wer sollte es sonst sein?

Er lief zurück an die Fahrertür, bekam sie jedoch nicht auf. Er sah, daß er sie aus einem Reflex heraus beim Aussteigen abgeschlossen hatte. Er fand seine Schlüssel nicht, und der Wagen kam immer näher.

Dann fand er sie. Er hatte sie in der Hand.

Ambrose schloß die Tür auf, sprang hinein und sorgte dafür, daß ihm der Motor absoff, weil er in seiner Panik pumpend auf das Gaspedal trat. Das Entsetzen fuhr ihm wie ein heißer Dolch in den Bauch.

Er hatte den vernickelten Revolver – Blazes Revolver – neben sich. Er nahm ihn mit beiden Händen. Er hoffte nur den Mut zum Abdrücken zu haben, bevor die Beamten aus ihrem Wagen stiegen. Er hob ihn sich vors Gesicht.

Der Wagen fuhr für diese Wetterbedingungen viel zu schnell an ihm vorbei. Es war der Laster einer Bäckerei mit einer frühen Lieferung fürs Hotel.

Ambrose saß einen Augenblick da, den Revolver in seinen zitternden Händen, bevor er ihn auf den Sitz neben sich legte. Er stieg wieder aus, aber seine Beine waren so schwach, daß er Angst hatte, sie würden ihm nachgeben, wenn er Blaze hob. Als er den Deckel öffnete, lag ihre eingewickelte Leiche im Schein des Kofferraumlichts.

Sie starrte ihn an. Er schlug den Deckel wieder zu. Die Decke war etwas auseinandergerutscht, und sie starrte ihn an!

Ambrose begann zu schluchzen. Mit geschlossenen Augen griff er nach unten und machte wieder auf. Er hob den Deckel, packte die Decke und drehte Blaze so, daß sie mit den Augen nach unten lag. Dann griff er unter Bauch und Beine und hob sie an.

Ein Krampf schoß ihm ins Kreuz, und er schrie beinahe auf.

Sie war so fit gewesen, daß sie aus lauter Muskeln bestand, und war entsprechend schwer. Sie schien ihm schwerer als vorhin, als er sie hineingelegt hatte.

Keuchend hob er sie mitsamt dem Betonblock über die Barriere am Gehsteig. Er schleifte sie ans Geländer, ließ sie jedoch fallen und ging neben ihr auf die Knie. Schließlich rappelte er sich auf und hievte Blaze Duvalls Leiche mit aller Kraft, die er noch hatte, hinauf. Und stieß sie hinab.

Nur daß er den Betonblock an ihrem Knöchel vergessen hatte. Der Block versuchte ihr zu folgen und knallte gegen den Handlauf, als sie fiel; dabei löste sich die Satinschärpe von ihrem Bein. Die Leiche landete, noch immer halb in der Decke, klatschend im Fisherman's Channel; der Betonblock landete auf seinem behausschuhten Fuß.

Der Schmerz schoß ihm bis hinauf in den Schritt. Ächzend hob Ambrose den Betonblock hoch, an dem noch die Satinschärpe hing, hinkte damit zurück zum Wagen und hievte ihn in den Kofferraum.

Durch die Tränen, die ihm Schmerz und Entsetzen in die Augen trieben, machte er sich an die Rückfahrt, war jedoch fast schon in La Jolla, bevor ihm klar wurde, daß er nach Norden fuhr. In seiner ohnmächtigen Frustration schrie er auf.

Als Ambrose schließlich nach Hause gefunden hatte, fuhr er in die Garage und saß einige Minuten im Dunkeln. Er stieg aus, wog noch einmal den Revolver in seiner Hand, schob ihn dann jedoch in die Tasche seiner Windjacke. Er versuchte den Kofferraum zu öffnen, um Betonblock und Satinschärpe loszuwerden, konnte sich jedoch nicht überwinden.

Die Schärpe machte ihm schreckliche Angst. In seinem Entsetzen getraute er sich den Kofferraum nicht zu öffnen. Was, wenn sie noch immer drin lag und ihn anstarrte? Nicht Blaze. Sie lag unten im kalten, finsteren Wasser der Mission Bay. Nein, nicht Blaze. Sie war es nicht, vor der er sich fürchtete.

Es waren nicht Blazes Augen gewesen, die ihn anstarrten,

als er den Kofferraum des Cadillac geöffnet hatte, um sie herauszunehmen. Diese Augen waren nicht grün gewesen. Sie waren blau. Es waren jene tadelnden milchig-blauen Augen, die er sein ganzes Leben lang gekannt hatte!

Als Leeds hinter die Gründe von Fortneys teuflischem Kater zu kommen versuchte, befahl der ihm, den Mund zu halten und das Steuer zu übernehmen.

Als Leeds es mit Galgenhumor versuchte und vorschlug, aufs Meer hinauszufahren und mal so richtig auf den Kämmen zu surfen, tätschelte Fortney seine Neunmillimeter und meinte: »Surf, und du stirbst.«

»Willst du's mit 'n bißchen Polizeiarbeit versuchen?« fragte Leeds schließlich. »Unten im Großhafen fahren 'ne Menge Schmuggler auf Jet Skis mit Kokain im Rucksack herum. Willste dir in der Mission Bay 'n paar Rucksäcke ansehen?«

Fortney sagte nur: »Kannst du nicht 'n bißchen sachter fahren?«

»Wir sind hier nicht auf dem Freeway«, brummte Leeds. »Verdammt, du stinkst sogar nach Fusel. Wie 'n Müllspecht. Eau de Pennerwein.«

Keine Antwort. Fortney saß da, hielt sich den schmerzenden Kopf und saugte sich voll Meeresluft, um die bösen Geister zu vertreiben. Den Kopf hielt er sich, weil ihm der Hals nicht stark genug schien.

Eine Sea Ray kreuzte vorbei; das Motorengeräusch der Zehn-Meter-Yacht kippte ihm eine Ladung Schmerz in den Kopf. An Bord hörten zwei Typen Greatful Dead, und das mit gesetzeswidrigen Dezibeln. Für Fortney hörte es sich an, als schrubbe Jerry Garcia mit einem Backstein auf einer Schaufensterscheibe herum.

Nach einer Weile sagte sein gelangweilter Partner: »Hast du von den Wilderern gelesen, die die Küstenwache erwischt hat? Die Sauerstoffflaschen voller Kammuscheln und Hummer? Wir sollten Sauerstoffflaschen auf Hummer und Kammuscheln checken gehen.«

»Nicht heute«, krächzte Fortney.

Eine vierköpfige Familie tuckerte in einem gemieteten Fünf-Meter-Bayliner vorbei, ein fünfjähriger Junge winkte ihnen ausgelassen zu. »Hi, Officers!« rief er.

»Hallo, Bürger«, sagte Leeds mit einem kleinen Salut.

Fortney sah ihn fragend an. »Ich habe mich entschlossen, Kids ab sofort immer mit ›Hallo, Bürger‹ anzureden«, sagte Leeds. »Weißt du, wie Batman früher im Fernsehen.«

Fortney sagte: »Ich fühl' mich grotesk genug, um den Joker zu spielen. Was für 'ne Farbe hab' ich denn? Rostöliumgrün?«

»Vielleicht solltest du nicht mehr so viel trinken«, sagte Leeds. »Dann würde dir vielleicht was einfallen, und wir hätten uns was zu erzählen. Ich könnt' mich mit Lonny, dem Roboter vom Bombenräumkommando, besser unterhalten als mit dir.«

»Wenn ich nicht mehr so viel trinken würde, dann hätten wir uns überhaupt nichts mehr zu sagen«, sagte Fortney. »So langweilig wie mein Leben ist.«

Das Patrouillenboot befand sich auf der Nordseite der Fiesta Bay, kurz hinter Ski Island, als Leeds, der mit dem Feldstecher den Horizont absuchte, einige Leute, den Blick aufs Wasser gerichtet, auf der Nordbrücke der Ingraham Street stehen sah.

»An der Brücke tut sich was«, sagte Leeds. »Schlenkern wir mal vorbei.«

Fortney sagte: »Ich frag' mich, ob's wohl helfen oder schaden würde, wenn ich mir noch etwas Kaffee in den gequälten Körper gieß'.«

»Vielleicht ein verzweifelter Springer«, sagte Leeds. »Bist du bereit, ein Leben zu retten?«

»Sehr witzig«, sagte Fortney, da die Brücke bei Flut nur acht Meter über dem Wasserspiegel lag.

»Hast du von dem Springer an der Coronado gehört, der gleich zweimal runtergehechtet ist?« fragte Leeds. »Weil er das erste

Mal nicht gestorben ist, versuchte er es'n Monat später noch mal. Das zweite Mal mit einem beschwerten Gürtel, mit dem er absoff wie der mexikanische Peso.«

Fortney murmelte: »Nachts möcht' ich den nicht suchen, in dem finsteren Wasser.«

»In der Brühe ist es praktisch immer Nacht, wenn du reinhechtest«, sagte Leeds.

Die Leute auf der Brücke erspähten das herankommende Polizeiboot und begannen schreiend zu winken.

Leeds sagte: »Halt dich fest!« Dann machte er das Blaulicht an und gab voll Stoff, während Fortney alle Mühe hatte, nicht zu kotzen.

Unter der Brücke über den Fisherman's Channel stand ein Angler, ein Filipino, am Ufer. Er sah aus, als hätte er den weißen Hai am Haken und keine Ahnung, was man in so einem Fall tut.

Er hatte was Großes am Haken, soviel stand fest, aber mitnichten den weißen Hai. Er hatte die Jeans einer weiblichen Wasserleiche erwischt, die teilweise in eine Decke gewickelt war. Sie war halb untergetaucht, und ihr Haar wallte wie flammendes Seegras.

Der Filipino war zu Tode erschrocken und blubberte etwas in Tagalog, aber Fortney hätte ihn noch nicht mal verstanden, wenn er ABC-Karten hochgehalten hätte wie in der Sesamstraße. Fortney starrte entsetzt auf die gespenstische Schleppe aus vertrautem rotem Haar.

Als sie neben der Leiche ankamen, griff Leeds nach dem Funkmikro. Fortney brauchte sie nicht umzudrehen. Er wußte, wer da mit dem Gesicht nach unten im kalten, trüben Wasser lag.

Ambrose war erstaunt, als er die Augen öffnete und feststellte, daß er tatsächlich geschlafen hatte. Er hatte noch immer den hämmernden Schmerz im Kopf, den er schon gehabt hatte, als er im Morgengrauen zu Bett gegangen war. Er hatte ein Bad genommen und sich des Seidenpyjamas und der burgunderfarbenen Hausjacke entledigt, indem er sie in Streifen geschnitten und in seinem Müllcontainer vergraben hatte. Sie waren nichts weiter als Lumpen, die darauf warteten, daß man sie abholte.

Ihn graute vor dem, was er zu tun hatte. Er hatte schreckliche Angst davor, aber er wußte, er mußte sich am Riemen reißen und in das Hotel auf Shelter Island gehen. Auf dem Bett neben ihm lag Blaze Duvalls Handtasche, zu deren Inhalt auch ihr Zimmerschlüssel gehörte.

Ambrose wagte nicht, länger zu warten. Womöglich hatte sie ihnen gesagt, daß sie heute ausziehen würde; er müßte also das Zimmer durchsuchen, bevor das Zimmermädchen zum Putzen kam. Er nahm an, daß man bis Mittag ausgezogen sein mußte; es mußte also jetzt sein. Er mußte nach vier Kassetten suchen, von denen jede fünftausend Dollar wert war.

Aber wieso kam er eigentlich darauf, daß sie in dem Zimmer sein mußten? Sie konnten leicht in ihrer Wohnung im Mission Valley sein, deren Adresse auf dem Führerschein war. Er suchte nach einer Ausrede, nicht in das Hotel gehen zu müssen.

Ambrose setzte sich im Bett auf und öffnete die lederne Börse. Sie war ganz anders als die, die er sonst so bei Frauen sah. Seine Schwester hatte immer eine rote aus Leder gehabt, die randvoll mit Kreditkarten und Fotos gewesen war. Blazes enthielt nur den Führerschein, eine Visa-Karte und siebenundneunzig Dollar mit siebenunddreißig Cent im Münzfach. Fotos gab es nur eines: ein High-School-Mädchen, das eine gewisse Ähnlichkeit mit Blaze hatte. Auf der Rückseite stand: »Für Mary Ellen. In Liebe, Rosie.«

Als er die Brieftasche das erste Mal durchgegangen war, hatte er sich furchtbar aufgeregt. Selbst jetzt noch mußte er sich die Tränen abwischen, als er ihren wirklichen Namen auf dem Führerschein las: Mary Ellen Singleton. Er hatte immer vermutet, daß Blaze Duvall nur der Name für ihre Massagekundschaft war, aber daß sie einen so hübschen Namen hatte, hätte er nie gedacht: Mary Ellen Singleton.

Mit einemmal begann Ambrose Lutterworth zu schluchzen.

Die Nachrichten hatten so gut wie nichts über den Mord an Dawn Coyote, alias Jane Kelly, gebracht, aber das hatte Anne Zorn auch nicht erwartet. Der Tatort, ein hübscher Mittelschichtwohnblock in Fashion Hills, hätte ihr eine Reportermeute garantieren sollen, aber kaum fand die Presse heraus, daß Dawn Coyote nur eine Prostituierte war – eine vom Straßenstrich obendrein –, verlor sie das Interesse. Prostituiertenmorde gab es genug. Das gehöre nun mal, so hörte man allenthalben, dazu. OMO-Morde nannte sich das: Ohne Menschliche Opfer. Ein weiterer Mord an einer Stricherin, wen kratzte das schon?

Offensichtlich Letch Boggs. Er hatte so oft angerufen, daß er Anne schon an ihre Mutter zu erinnern begann. Letch war voller Vorschläge, wo Oliver Mantleberry untergekrochen sein könnte, aber keiner hatte bisher etwas gebracht. Zuerst hatte Anne gedacht, der sexbesessene alte Typ von der Sitte versuche sie nur anzubaggern, aber mittlerweile verstand sie, wie viel ihm daran lag, diesen Luden zu fassen, den Mörder von Dawn.

Deplazierte Schuldgefühle. Sie hatte es schon bei anderen gesehen. Letch Boggs hatte wahrscheinlich das Gefühl, sie wäre noch am Leben, hätte er sie nicht zu dieser Anzeige erpreßt. Natürlich hatte er recht, aber Annes Ansicht nach hätte Dawn Coyote so oder so nicht mehr lange gelebt. Sie hätte sich eine Überdosis gedrückt. Oder der Lude hätte sie aus irgendeinem anderen Grund umgebracht. Oder, was noch wahrscheinlicher war, ein psychopathischer Sextäter. Von denen liefen genug herum, soviel stand fest.

Anne mußte zugeben, daß ihr der alte Lüstling ein bißchen leid tat. Als Katholikin, selbst als Exkatholikin, rührte sie aufrichtige Reue nun mal, und so wurde sie, als Letch am Donnerstagmorgen, kaum daß sie fünf Minuten im Büro saß, anrief, auch nicht gleich wütend.

Sie sagte nur: »Uns ist heute noch nichts Neues eingefallen, Letch. Außer daß wir noch mal einen von der Spurensicherung rausschicken, um sicherzugehen, daß keine Blutspur übersehen wurde. Nur für den Fall, daß Oliver Mantleberry sich selbst geschnitten hat, als er Dawn Coyote tranchierte.«

»Hast du auch richtig Dampf hinter den DNS-Test am Waschlappen gemacht?«

»Ja, Letch, ja«, sagte Anne und verdrehte die Augen in Richtung Sal Maldonado. »Aber so ein genetischer Fingerabdruck braucht seine Zeit. Keine Sorge, es ist Dawns Blut. Soviel wissen wir schon.«

»Unter Dach und Fach hätten wir's, wenn Olivers Blut dort wäre. Du solltest in der Nähe des Sicherheitstors nachsehen lassen.«

»Wir sehen's uns noch mal an«, sagte Anne, »aber wir haben auch so einen guten Fall, wenn der Test am Waschlappen positiv ist.«

»Laß mich mitkommen«, sagte Letch. »Ich hab' Augen wie 'n Pelikan. Wenn Oliver's Blut dort ist, dann seh' ich es auch.«

»Okay, Letch«, sagte Anne mit einem Seufzer. »Der Mann von der Spusi meinte, er wäre so gegen zehn dort. Komm hin, dann kannst du zusehen; aber nicht im Weg rumstehen, ja?«

Nachdem sie aufgelegt hatte, sagte Anne zu Sal Maldonado: »Scheint einfach nicht fair, einen Bullen an den Lügendetektor zu hängen. Bei einem derart schuldgeplagten Haufen wie uns ist es doch leicht passiert, daß die Nadel über den Rand hinausschießt. Der arme Letch.«

Ambrose fuhr Blazes Wagen die gewundenen Straßen hinab nach Shelter Island, hielt auf dem Weg jedoch an der Apotheke, um Puder-Make-up für seine lädierte Hand und Gummihandschuhe zu kaufen.

Nachdem er ihren Wagen auf dem Parkplatz des Hotels geparkt hatte, wischte er Steuer und Türgriff ab und trat in die Empfangshalle, wo eine Schlange abreisender Gäste stand. Während der Regatta war das kleine Hotel die ganze Zeit über gut gebucht, und so herrschte ein ständiges Kommen und Gehen. Ambrose machte sich Sorgen, daß womöglich jemand aus dem Yachtclub beim Frühstück im Speisesaal saß.

Er setzte seine Sonnenbrille auf, neigte das Kinn auf die Brust und nahm die Treppe, um den Leuten im Aufzug aus dem Weg zu gehen. Auf dem Flur der ersten Etage begegnete er einem älteren Paar, das darüber stritt, wo man hingehen sollte: Sea World oder Zoo. Ambrose ging an ihnen vorbei, als kenne er sich aus.

Was freilich nicht der Fall war. Er mußte feststellen, daß Blazes Zimmer in der anderen Richtung lag, also blieb er stehen und warf einen Blick auf die Uhr, als hätte er etwas vergessen. Dann machte er kehrt, ging noch mal an dem streitenden Paar vorbei und fand das Zimmer denn auch. Er schloß auf und trat ein.

Mit übergezogenen Gummihandschuhen begann er im Schrank. Für einen so kurzen Aufenthalt hatte sie eine Menge Sachen dabei, aber warum eigentlich sollte er glauben, daß in ihrer Wohnung der Kammerjäger war? Warum sollte er ihr überhaupt etwas glauben?

Vielleicht gab es gar keine Kassetten! Vielleicht machte er sich schon wieder zum Narren! Vielleicht ... Er ermahnte sich, sich zusammenzureißen. Er mußte einfach davon ausgehen, daß sie Kopien gemacht hatte. Er mußte methodisch vorgehen.

Wann immer er eines ihrer Kleidungsstücke abgetastet hatte, warf er es neben dem Bett auf den Boden. Und als er den Schrank durch hatte, machte er sich an die Schubladen.

Nur Frauensachen.

Er zog die Schubladen heraus und sah unter jedem nach. In den Filmen klebten die Leute ihre Sachen immer an die Unterseite der Böden. Dann riß er das Bett auseinander und guckte unter die Matratze. Er sah im Bad nach, selbst unter dem Waschbecken und hinter dem Klo.

Nichts.

Ambrose war erstaunt über das Chaos, das er angerichtet hatte, und begann aufzuräumen. Aber dann dachte er: Nein, besser, du läßt es so. Besser, die finden das Zimmer auf den Kopf gestellt, wenn ein Gast fehlt. Sie würden glauben, sie hätte einen kennengelernt, der sie ausgeraubt und umgebracht hatte, vielleicht jemanden, den sie aufgegabelt und mit aufs Zimmer genommen hatte. Ja, besser so.

Ambrose verließ das Zimmer. Als er den Flur hinaufging, sah er eine mexikanische Putzfrau, die einen Wagen voll Reinigungsgerät auf ihn zuschob. Sie sah ihn nicht an, und er eilte an ihr vorbei. Als er die Treppe erreichte, traf es ihn wie ein Schlag.

Der Türknauf! Er hatte die Handschuhe erst übergezogen, als er im Zimmer war. Ob seine Abdrücke wohl auf dem Knauf waren? Oder würde die Putzfrau sie verwischen, wenn sie aufmachte? Er konnte es nicht riskieren.

Und dann wollte ihm nicht mehr einfallen, ob er das Lenkrad im Wagen abgewischt hatte. Sein Verstand arbeitete nicht richtig. Er wußte nicht mehr, was er vor zwanzig Minuten getan hatte!

Es fiel schwer, nicht einfach noch mal den Flur hinaufzulaufen, schnurstracks zur Tür. Er ging. Auf der Höhe der Tür ließ er absichtlich die Schlüssel fallen, zog im Bücken ein Seidentuch aus der Jackentasche und wischte den Türknauf ab.

Als er sich umdrehte, hatte er entsetzliche Angst, die Frau könnte ihn zur Rede stellen. Ihn argwöhnisch ansehen und fragen, ob das sein Zimmer sei. Oder sie verlangte den Schlüssel zu sehen.

Ambrose hatte Angst vor dem Blickkontakt, aber als er sie schließlich anblickte, sah er, daß sie einen Schokoriegel aß und dabei die Comicbeilage las. Ein fahriger alter Gringo scherte sie einen Dreck.

Als Anne in Fashion Hills eintraf, parkte Letch Boggs schon vor Blazes Apartmenthaus. Sie brauchte ihn nur anzusehen und wußte, sie hatte richtig vermutet: Letch Boggs plagte das Gewissen.

»Sind 'ne Menge Leute hier rumgelaufen seit Samstagnacht«, sagte er, als sie auf ihn zukam.

»Dir auch einen guten Morgen«, sagte Anne.

Er trug das schauderhafteste Hawaiihemd, das sie je gesehen hatte. Es war in der Hauptsache gelb, aber da sich darauf sämtliche Primärfarben tummelten, war es gar nicht so einfach zu sagen, was nun die Grundfarbe war. »Das Hemd könnte zu einem chronischen Augenleiden führen«, sagte sie.

»Ich denke, daß Oliver bald mal heimkommen muß«, sagte Letch. »Schließlich muß er seine Runde machen, seine Pferdchen rasch mal um etwas Kohle anhauen.«

»Letch, alle haben sein Foto gesehen, jeder kennt seine Autonummer.«

»Der fährt doch nicht mehr mit dem Jaguar rum«, sagte Letch.

»Vielleicht nicht.«

»Ich denke, du solltest denen von der Streife sagen, daß sie auf ein blaues BMW-Cabrio achten«, sagte Letch. »Ich kenne da eine Hure, die zog mal mit 'ner Hure rum, die für Oliver gearbeitet hat. Von der habe ich, daß er einen Spezi mit einem blauen BMW hat. Sucht nach dem blauen BMW.«

»Wir kriegen ihn, Letch«, sagte Anne Zorn und klopfte ihm auf die Schulter dabei. Das erste Mal in ihrem Leben, daß sie den Mann von der Sitte berührte.

»Du meinst nicht, daß mir das zur fixen Idee wird, oder?«

»Nein, Letch«, sagte Anne. »Natürlich nicht.«

Als Ambrose in dem alten roten Cadillac schließlich langsam die Straße hochkam, dabei immer wieder stehenblieb, um nach den Hausnummern zu sehen, standen Letch Boggs und Anne Zorn im Hof neben dem Pool. Ein Mann von der Spurensicherung jammerte Anne Zorn vor, das Ganze sei eine vergebliche Mühe. Man könne einfach nicht erwarten, hier noch weitere Blutspuren zu finden.

»Wie war das denn bei O. J. Simpson?« sagte Letch Boggs zu dem Mann vom Labor. »Da fand man Wochen später noch Blut.«

»Ja, und ich erinnere mich, daß die Verteidigung behauptete, man hätte es ihm untergeschoben«, versetzte der Mann von der Spurensicherung. »Wollen Sie sich von einem großmäuligen Anwalt wie Flea Balley anblaffen lassen?«

Ambrose Lutterworth hatte Blazes Führerschein in der Hand, während er sich die Fassade jedes Wohnblocks ansah. Als er ihre Adresse fand, fuhr er einen halben Block weiter rechts ran, damit niemand im Haus seinen Wagen sah.

Er war noch außer Puste, weil er den ganzen Weg von Shelter Island nach Hause gelaufen war aus Angst, vom Hotel aus ein Taxi zu nehmen. Und dazu pochte sein Fuß, möglicherweise wegen eines gebrochenen Zehs. Er zog sich aus dem Cadillac und baute darauf, daß einer ihrer Schlüssel für das gesicherte Gartentor war.

Als er die Treppe erreichte, verschlug es ihm den Atem, und er blieb stehen. Das gelbe Absperrband der Polizei von San Diego blockierte vorübergehend den Weg am Pool.

Sie hatten sie schon gefunden! Und sie hatten ihre Wohnung gefunden, obwohl sie keine Papiere bei sich gehabt hatte. Die Ermittlungen im Mordfall Blaze Duvall waren bereits in vollem Gang.

Während Ambrose zu seinem Cadillac zurückhinkte, machte er sich darauf gefaßt, verhaftet zu werden, noch bevor der Tag zu Ende war. Er war davon überzeugt: Die Polizei verfügte über unglaubliche Ermittlungsfertigkeiten.

Nach ihrer vergeblichen Suche nach weiteren Blutspuren tat Anne Zorn der arme alte Letch immer noch leid. Mit einer Einladung zum Mittagessen lockte sie ihn zu einem Italiener in der India Street. Als sie dort ankamen, nahmen sie einen Tisch auf dem Gehsteig und bestellten Linguini für sie und ein Kalbskotelett mit geröstetem Knoblauch für Letch.

Der Ober zog eine Braue hoch, als Letch sagte: »Bringen Sie mir noch ein paar Zehen Knoblauch extra. So vielleicht sieben, acht Stück. Brauchen nicht gekocht zu sein.«

Nachdem der Kellner gegangen war, sagte Anne: »Knoblauch hat mit Potenz überhaupt nichts zu tun, Letch.«

»Ach ja?« sagte er mit dem wohlbekannten schmierigen Grinsen. »Da könnt' ich dir aber das Gegenteil beweisen.«

»Da bin ich aber froh, daß du wieder der alte bist«, sagte Anne. »Und damit meine ich: nie und nimmer.«

»Wir sollten mal zusammen ausgehen«, sagte Letch. »Uns näher kennenlernen.«

»Ich steh' nicht sonderlich auf explosive Beziehungen«, antwortete Anne. »Daraus würde doch nichts.«

In diesem Augenblick meldete sich ihr Piepser, und Letch sagte: »Ist dir 'n Straps gerissen? So wirk' ich nun mal auf Frauen.«

Sie sah sich die Nummer an und sagte: »Das Büro? Ich ruf' besser an.«

Während sie weg war, verbrachte Letch die Zeit damit, sich die Büromädels aus der Innenstadt anzusehen, die in der India Street zu Mittag aßen. Er wollte, die Röcke wären kürzer. Anne trug einen hübschen weißen Blazer, der ihren Busen nicht eben versteckte, aber ihr blauer Rock war einfach zu lang. Beine wie die ihren waren zum Herzeigen da, dachte Letch.

Als Anne wiederkam, machte sie einen benommenen Eindruck. Sie setzte sich und sagte: »Das wirst du nicht glauben!«

»Sie haben ihn!« sagte Letch. »Sie haben Oliver Mantleberry erwischt!«

»Nein, Oliver Mantleberry hat Blaze Duvall erwischt! Und in die Mission Bay geworfen!«

»Was?«

Letch Boggs schrie laut genug, um die Tauben aufzuscheuchen. Die beiden Polizisten nahmen ihre Bestellung zurück und rasten zum Präsidium.

Als Anne und Letch ankamen, hatte das Team sich bereits in ihrem Büro versammelt. Alles begrüßte Letch, man akzeptierte, daß er in diesem Fall mitarbeitete, und Anne fragte: »Was ist passiert?«

Sal Maldonado antwortete: »Bisher wissen wir nur, daß sie Würgemale am Hals und eine möglicherweise gequetschte Luftröhre hat. Und kein Wasser in der Lunge, darauf kannst du dich verlassen. Kein Ausweis. Völlig angezogen.«

»Ihr habt sie also aufgrund ihrer Abdrücke identifiziert?« fragte Letch.

»Ja«, sagte der Detective, »aber wir wußten im Grunde auch so schon, wer sie war.«

»Wie das denn?« fragte Anne.

»Reine Glückssache. Einer der Kollegen von der Hafeneinheit hat sie in den Bars auf Shelter Island gesehen. Er rief an und sagte, er hätte eine Wasserleiche gefunden – namens Blaze. Und ich denke mir, bingo!«

»Gut, daß man sie mal wegen Prostitution verhaftet hat«, sagte der Sergeant, »sonst hätten wir die Abdrücke nicht in der Kartei.«

»Gut, daß wir Letch hier haben«, erinnerte Anne ihren Chef. »Wir hätten das alles noch nicht mal in Verbindung gebracht, hätte Letch uns nichts von Blazes Verbindung zu Dawn Coyote gesagt.«

Der Sergant wandte sich an Letch: »Oliver Mantleberry ist also offensichtlich noch im Geschäft. Wir brauchen Sie womöglich noch öfter, bevor wir hier fertig sind. Ich kläre das mit Ihrem Chef.«

»Das wird immer merkwürdiger«, sagte Anne. »Wieso sollte ein Lude aus City Heights eine Leiche ganz oben in der Mission Bay verschwinden lassen?«

»Wieso wohl?« sagte Sal Maldonado. »Um sie loszuwerden. Um sie an die Fische zu verfüttern.«

»Saublöde Stelle, um sie ins Wasser zu werfen«, sagte Anne. »Für einen Typ mit auch nur 'nem Funken Verstand.«

»Er ist nicht grade ein Genie«, sagte Letch. »Er hat sie erwürgt und wollte sie loswerden. Und wir wollen ihn ein bißchen dringender als gestern.«

Der Lieutenant trat ins Büro und sagte: »Okay, der Chef sagt, die beiden Fälle gehören zusammen, also kriegt unser Team den hier auch. Randy, du gehst in Blaze Duvalls Wohnung. Schnapp dir die Vermieterin. Such nach irgendwas, was das Opfer mit Oliver Mantleberry oder Dawn Coyote in Verbindung bringt. *Nachdem* sie auf Fingerabdrücke untersucht ist. Man kann nie wissen, womöglich finden wir Mantleberrys ja in der Wohnung.«

»Werden wir nicht«, sagte Anne. »Sie hat ihn nicht gekannt.«

»Wir machen's trotzdem«, sagte der Lieutenant. »Zeke, du findest raus, was sie fährt. Wir müssen ihren Wagen ausfindig machen. Sal, stell du fest, wann sie obduziert wird, und geh mit einem von der Spurensicherung in die Gerichtsmedizin.«

»Ich würde gern mit dem Beamten von der Hafeneinheit reden«, sagte Anne. »Könnte sein, daß er Blaze mit jemandem gesehen hat, der Mister Mantleberry kennt.«

»Von Nutten auf Shelter Island hab' ich nie was gehört«, sagte Letch. »Weiter unten, an der Rosecrans, ja. Aber ich nehme an, es ist möglich.«

»Sie war keine richtige Nutte«, sagte Anne.

»Aber richtig tot ist sie«, versetzte Letch. »Laß mich mitkommen, Annie. Falls auf Shelter Island Nutten arbeiten, dann erkenne ich sie.«

Als Ambrose von dem entsetzlichen Erlebnis vor Blaze Duvalls Wohnblock nach Hause kam, lief auf ESPN die Regatta. Um nicht völlig verrückt zu werden, zwang er sich den Fernseher anzumachen und zuzusehen.

Ambrose Lutterworth brauchte jedes Quentchen seines Hirns für die Konzentration, die nötig war, um mitzubekommen, daß *AUS-31* beim ersten Gang unglaublichen Wind erwischt hatte und an der Luvtonne in den Wind in Führung gegangen war. Um die Leetonne jedoch holte man den Gennaker nicht schnell genug ein, das Tuch landete im Wasser und wickelte sich um den Kiel.

Als der Skipper der *AUS-31* das Segel, das 35 000 Dollar gekostet hatte, zu kappen befahl, kreuzte *Black Magic* zum Sieg und gewann den Louis-Vuitton-Cup. Sechsundneunzig Tage nach ihrem ersten Rennen qualifizierten die Kiwis sich als erste für das Rennen um den America's Cup im kommenden Monat.

Das war's dann also, dachte Ambrose. Die haben sogar noch Glück, wenn sie's brauchen! Wie soll Dennis Conner dagegen ankommen? Wie könnte irgendein Herausforderer dagegen ankommen? Das war in der Tat »schwarze Magie«.

Ambrose rief im Büro an, erwartete dabei fast eine Nachricht, daß er sich bei der Polizei melden sollte. Aber es waren nur drei Anrufe von potentiellen Kunden, die seinen Prospekt erhalten hatten und von ihm ihr Haus geschätzt haben wollten. Ambrose notierte sich noch nicht mal ihre Nummern.

Er nahm ein Bad, schluckte vier Aspirin mit Orangensaft und ging zu Bett. Mit einem Pyjama gab er sich erst gar nicht ab. Er schlief nackt und hatte schreckliche Träume.

# 13

Fortney konnte sich schon vorstellen, worum es ging, als über Funk die Durchsage kam, sich im Büro zu melden. Nachdem sie im Hafen festgemacht hatten, sahen sie, daß ihr Sergeant sie neben seinem Wagen erwartete. Er sagte zu ihnen: »Eine von der Kripo wartet auf euch. Mit einem Typ von der Sitte. Einem gewissen Boggs.«

»Letch Boggs«, sagte Fortney. »Den riech' ich doch schon von hier aus.«

Als Fortney und Leeds in ihr Büro traten, stand die Frau auf und sagte: »Ich bin Anne Zorn. Ich glaube, einer von Ihnen kennt Letch?«

»Wir haben eine Weile zusammen Dienst gehabt«, sagte Fortney und schüttelte dem Cop von der Sitte die Hand. »Wie geht's 'n so, Letch?«

»Die gute alte Zeit geht mir ab, Mick«, sagte Letch. »Tür geknackt, Hur' ertappt.«

»Ich bin Leeds«, sagte der junge Polizist, als er den beiden von der Kripo die Hand schüttelte.

Man setzte sich, und Anne schlug ihren Schreibblock auf. Fortney gefiel die Art, wie ihr Blazer saß. Sie hatte eine tolle Figur für eine Frau ihres Alters. Er schätzte, sie war zwei Jahre älter als er.

Anne fand, Leeds war ein hübscher Bengel, vor allem in seinen Khakishorts und Segeltuchschuhen. Fortney, so fand sie, sah besser aus, wenn er die Baseballkappe abnahm. Sein welliges Haar war trotz des verwaschenen Graus attraktiv. Er hatte ein ausgeprägtes Kinn und war knusprig braun. Sie dachte, daß er wohl ein paar Jahre älter war als sie, was freilich keine Entschuldigung für den Schwimmreifen war. Sein Hintern allerdings war okay.

»Sagen Sie uns, was Sie über Blaze Duvall wissen«, sagte sie.

Leeds sagte: »Wir haben sie eines Abends gesehen, ah, vor zwei Wochen in einem Laden auf Shelter Island. Dann haben wir sie letzten Samstag wiedergesehen, in derselben Bar. Wo die America's Cup-Segler rumhängen.«

»Und ich habe sie gestern abend gesehen«, sagte Fortney, »wieder in dieser Bar.«

»Tatsache?« sagte Leeds zu Fortney. »Davon hast du gar nichts gesagt.«

»Ich sag's jetzt.«

»Deswegen der ausgewachsene Kater«, sagte Leeds.

»Augenblick mal«, sagte Anne. »Fangen wir von vorn an.«

Fortney legte los, und Anne notierte sich Datum, Uhrzeit und Örtlichkeit ihrer Sichtungen von Blaze Duvall. Dann wurden ihre Fragen präzise.

»Beim erstenmal«, fragte sie, »am Donnerstag, wen hatte sie da dabei?«

»Segler«, sagte Leeds. »Immer America's Cup-Segler. Größtenteils Neuseeländer, paar Aussies.«

»Sonst noch jemand?«

»Irgend so 'ne Bootslagerratte«, sagte Fortney. »Wie er heißt, weiß ich nicht, aber mit dem hat sie jedesmal was getrunken.«

»Wie sah er denn aus?« fragte Anne.

»Wie eine Made«, sagte Fortney. »Ich zeige ihn Ihnen. Wir können uns ja drüben nach Dienstschluß treffen, dann können Sie ihn vernehmen. Also wenn der nicht verdächtig ist. Und dann ist da noch ein Schrank von einem Kiwi namens Miles. Der könnte einen erwürgen, mit links.«

»Beide Male, wo ich sie gesehen habe, hat sie den Großen beinah verschlungen«, sagte Leeds.

»Hat man euch nicht gesagt«, fragte Letch trocken, »daß ein Lude, ein gewisser Oliver Mantleberry, sie umgebracht hat?«

»Maldonado hat was davon am Telefon gesagt«, sagte Fortney, »aber so recht glauben kann ich das nicht.«

»Wieso nicht?« fragte Anne ihn.

»Wieso sollte ein Lude wie der sie den ganzen Weg hier runter in die Mission Bay bringen, um sie ins Wasser zu schmeißen? Und wer immer das gewesen ist, es war noch nicht mal 'ne gute Stelle. Die Südbrücke wär' weitaus sicherer und besser, wenn man eine Leiche loswerden will.«

Anne bedachte Letch mit einem Lächeln. »Siehst du?« besagte es.

Letch warf ihr einen bösen Blick zu. »Alle Welt macht auf Detektiv.«

»Ob als Zeugen oder Verdächtige, wir müssen mit dem Großen und dem Typ vom Bootslager sprechen«, sagte Anne.

»Woher wissen Sie, daß er von 'nem Bootslager ist?« wollte Letch wissen. »Hat er Ihnen gesagt, wo er arbeitet?«

»Wenn man am Wasser zu tun hat, kriegt man eine Nase dafür«, sagte Fortney. »Für mich sieht er wie 'n Arbeiter von einem Bootslagerplatz aus. Wie auch immer, er war gestern abend auch da, und ich hab' mit ihm geplauscht.«

Leeds setzte eine beleidigte Miene auf: »Nie sagst du mir was«, sagte er. »Michael Jackson führt tiefere Gespräche mit seinem Affen Bubbles als wir.«

»Worüber haben Sie sich unterhalten?« fragte Anne.

»Über Blaze Duvall. Natürlich wußte ich da ihren Nachnamen noch nicht.«

»Wieso über sie?«

»Haben Sie sie mal gesehen?«

»Einmal«, sagte Anne.

»Was fragen Sie dann?« sagte Fortney.

»Hätt' ich mir denken können«, sagte Anne. »Was hatte der Typ denn zu sagen?«

»Er behauptete, sie recht gut zu kennen. Ließ irgendwie durchblicken, sie wären dicke Freunde, der verlogene Drecksack.«

»Sie glauben das nicht?«

»Wenn Sie ihn sehen, werden Sie's auch nicht glauben«, sagte Fortney.

»Mein Partner hatte 'n Auge auf sie geworfen«, erklärte Leeds Anne. »Aber ihr war eher nach was aus dem Gruselkabinett. Stand auf große häßliche Kiwis und müffelnde kleine Kairatten. Damit kommt Fortney nicht klar.«

Als Leeds »müffelnd« sagte, streifte sein Blick kurz Letch Boggs. Was Fortney ihm über den Typ erzählt hatte, war wahr.

»Jetzt kapier' ich«, sagte Letch. »Mick hier verknallt sich in eine ermordete Masseuse und denkt, er weiß, wer sie umgebracht hat. Hab' ich schon mal in einem alten Schwarzweißfilm gesehen. *Laura.* Tut mir leid, Leute, aber die hat ein Lude namens Oliver Mantleberry umgebracht. Genau so wie 'ne andere Nutte namens Dawn Coyote.«

»Nicht genau so«, erinnerte Anne ihn.

»Na schön, hatte er gestern abend eben sein Messer nicht am Mann«, sagte Letch. »Das hat er wahrscheinlich vorgestern in die Bucht geworfen.«

»Versteh mich nicht falsch«, sagte Fortney. »Ich versuche ihr hier nichts über Mord und Totschlag zu sagen. Und dir nichts über Nutten. Was weiß ich schon? Ich fahr' nur Boot.«

»Sie haben ein Recht auf eine Meinung«, sagte Anne.

»Ich sage nur, ein gerissener Lude wirft seine Leichen nicht in das bißchen Fahrwasser unter der Brücke auf der Nordseite der Ingraham Street. Meiner Ansicht nach.«

»Wer würde denn dort ein Leiche reinwerfen?« wollte Anne wissen. »Ihrer Ansicht nach?«

Fortney sagte: »Einer, der keine Ahnung hat. Irgend 'n Trottel, aber kein Schwarzer, der vor der da schon 'ne andere aus dem Weg geräumt hat.«

»Wo finde ich denn die neuseeländischen Segler?« fragte Anne. »Ich habe keinen blassen Schimmer vom America's Cup.«

»Das hat keiner«, sagte Leeds. »Einem Mafiakiller ist leichter zu folgen als diesen Regeln.«

»Und wo haben die Neuseeländer ihr Hauptquartier?«

»Shelter Island«, sagte Fortney, »aber am besten ist es, Sie erwischen sie in ihrem inoffiziellen Hauptquartier. Da sind sie heute abend unter Garantie, weil sie eben die Aussies versenkt und den Louis-Vuitton-Cup gewonnen haben. Das heißt, sie übernehmen im Finale die Herausforderung.«

»Ich kapier' diesen Segelmist nicht«, sagte Letch.

»Keiner kapiert den«, sagte Leeds. »Ist in etwa so aufregend wie Kricket zwischen Argentinien und Samoa West.«

Fortney sagte: »Es bedeutet, daß sie heute abend mächtig einen auf die Lampe gießen. Treffen wir uns um sieben, und ich garantiere Ihnen, wir finden sie, den großen Kiwi und die kleine Bazille. Und dann sagen Sie mir, ob Sie ihren Geschmack in Sachen Männer verstehen.«

»Was Besseres vor heut' abend, Letch?« fragte Anne Zorn den skeptischen Mann von der Sitte.

»Ist doch reine Zeitverschwendung«, sagte Letch. »Oliver Mantleberry könnte inzwischen in Hongkong sein, sich für ein Kaschmirsakko Maß nehmen lassen.«

Als Ambrose aufwachte, war es spät am Nachmittag. Einen wunderbaren Augenblick lang dachte er, er hätte alles nur geträumt. Der Augenblick hielt nicht an.

Er schleppte sich aus dem Bett und taumelte unter die Dusche. Er wollte nicht in den Spiegel sehen, mußte sich aber rasieren. Nachdem er geduscht hatte, versuchte er es und stellte fest, daß man sich rasieren konnte, ohne sich in die Augen zu sehen. Er hielt den kleinen Schnurrbarttrimmer mit beiden Händen; an das Zittern hatte er sich fast schon gewöhnt. Er hatte langsam das Gefühl, als hätte er nie in seinem Leben ruhige Hände gehabt.

Es hatte sich eine neue, ausgesprochen beunruhigende Veränderung eingestellt: Er war taub. Nicht die Art Taubheit, die man mit exzessivem Trinken oder Drogenmißbrauch verband.

Er war wirklich taub. Er hatte das Gefühl, sein Herz pumpe nicht mehr. Er legte sogar die Hand drauf, um sich zu vergewissern. Und er hatte keine Angst mehr; er war noch nicht einmal besonders traurig oder gar deprimiert. Nur taub.

Als er den Mut aufbrachte, sich in die Augen zu sehen, sah er, daß sie in tiefen Höhlen lagen. Seine Backenknochen standen unter den Augen wie die eines Greises hervor.

Mechanisch zog Ambrose Lutterworth sich an. Er wußte, was zu tun war. Er hatte es sein Leben lang richtig gemacht. Nur daß er keinen Stolz, keine Befriedigung mehr bei der Wahl der korrekten Krawatte empfand, einer mit Universitätsstreifen: marineblau und silberweiß. Sie würde gut zu einem blauen Blazer aussehen, aber jeder Trottel wußte das. Dann entschied er sich für ein blaues Hemd mit Pierpoint-Kragen. Was konnte einfacher sein? Dann graue Hose und dunkelrote Slipper.

Er fragte sich, wie lange es sich wohl in diesem tauben Zustand leben ließ. Ob wohl auch seine Geschmacksnerven taub waren? Konnte er arbeiten? Konnte er seinem Job als Makler in Point Loma nachgehen, wenn alles an ihm absolut taub war?

Als er ins Büro kam, war nur noch Helen Keys da, eine seiner Kolleginnen. Er kannte Helen seit zehn Jahren, als sie bei ihnen angefangen hatte, gleich nach ihrer Scheidung. Sie hatte sich wieder Arbeit suchen müssen und versuchte sich ihre Brötchen in einem Heer von Freizeitmaklern zu verdienen, die in der gleichen Situation waren wie sie.

Im Jahr zuvor war er sogar einige Male ausgewesen mit ihr. Sie war eine angenehme Gesellschafterin beim Abendessen, und sie war attraktiv, aber er hatte sofort gewußt, etwas Sexuelles könnte zwischen ihnen nie sein. Heute kam ihm der Gedanke, daß er in letzter Zeit das Bedürfnis nach Sex verspürt haben sollte, merkwürdig vor. Er konnte es sich nicht mehr vorstellen. Er konnte sich nicht vorstellen, jemals wieder mit jemandem Sex haben zu wollen.

Der Gedanke an Blaze Duvall erfüllte ihn weder mit Trauer noch Reue. Was schon eine Verbesserung war. Er war taub.

»Hallo, Fremder«, sagte Helen zu ihm.

»Hallo, Helen«, sagte er und dachte: Warum nennen die Leute einen immer gleich »Fremder«, kaum daß sie einen ein paar Tage nicht sehen? Damit man sich schuldig fühlt, nicht aufmerksam genug gewesen zu sein? Mit Schuld konnte man ihm nicht mehr kommen. Bei tauben Menschen zog sie nicht mehr.

»Dich sieht man ja überhaupt nicht mehr«, sagte sie. »Es geht dir doch gut, oder?«

»Mir geht's gut«, sagte Ambrose.

»Tja, es hat wohl auch keinen großen Sinn mehr herzukommen«, sagte sie. »Ist sowieso tote Hose.«

»Tote Hose«, sagte Ambrose. »Ja. Tot.«

»Wenn es mit dem Geschäft nicht bald wieder aufwärts geht, muß ich mich nach einem reichen Gatten umsehen«, sagte Helen mit einem hoffnungsvollen Blick auf ihn.

»Sollte dir nicht schwer fallen«, sagte er und spürte sich lächeln.

»Du siehst müde aus, Ambrose«, sagte Helen. »Bist du sicher, daß du nicht was ausbrütest?«

»Möglicherweise«, sagte er. »Es geht irgendein Virus um.«

»Wahrscheinlich bist du bis spät in die Nacht mit den Damen unterwegs«, sagte Helen kokett.

Ambrose wußte, Helen hatte gehofft, ihre Beziehung würde sich entwickeln, hatte sie jedoch nie darin zu bestärken versucht. Heute wußte er nicht, was er sagen sollte. Er lächelte nur. Er wußte, er lächelte. Er spürte, daß sich seine Gesichtsmuskeln verzogen.

»Du siehst müde aus«, wiederholte sie.

»Mir geht's gut«, sagte er.

»Oh-oh«, machte Helen, als sie das Paar mittleren Alters sah, das die Immobilienanzeigen im Fenster las. »Ich bin heut' im Laden dran, aber ich muß nach Hause. Meine Tochter bringt die Enkel vorbei. Wärst du so lieb und übernimmst sie für mich, falls sie reinkommen?«

»Klar«, sagte Ambrose. Er wußte, er lächelte noch. »Schönen Tag noch.«

Helen schnappte sich ihre Handtasche, küßte ihre Fingerspitzen und tippte ihm damit an die Stirn. Dann lief sie zur Hintertür hinaus auf den Parkplatz.

Ambrose saß da und wartete auf die Gucker. Zaghaft öffneten sie die Tür. Der Mann, in Segelfreizeitkleidung, steckte den Kopf herein und sagte: »Noch auf?«

»Immer reinspaziert«, sagte Ambrose.

Die Frau trug ein neues Sweatshirt mit America's Cup '95 auf dem Rücken, darunter war eine im Wind überliegende Siebdruck-Rennslup zu sehen.

»Wir hoffen nur, Sie haben was in unserer Preislage«, sagte der Mann. »Sind aus Oregon. Extra zur Regatta heruntergekommen. Haben uns in San Diego verliebt. Wissen aber nicht, ob wir's uns leisten können.«

»Hätten aber gern eine Eigentumswohnung hier«, sagte seine Frau.

Sie war eine übergewichtige Rothaarige mit feuriger Mähne wie Blaze Duvall. Natürlich hatte er Blaze nackt gesehen und wußte, daß sie keine echte Rothaarige gewesen war. Trotzdem, ihr Friseur hatte immer wunderbare Arbeit geleistet mit ihrem Haar. Wirklich, wunderbar.

»Wissen nicht, ob es schon zu spät ist, um was anzugucken«, sagte der Mann.

Merkwürdig, dachte Ambrose. Ihre Sprache war so gut wie pronomenlos – wie die des ehemaligen Präsidenten George Bush.

Er versuchte es selbst: »Zeige Ihnen gern ein paar Eigentumswohnungen. Keine Ahnung, ob sie gefallen. Weiß man immer erst, wenn man sie sieht.«

Sie merkten es nicht. Nicht die Spur eines Lächelns. Ambrose fragte sich, ob sie wohl auch taub waren.

Der Mann sagte: »Aber nichts wie das Haus, von dem wir von Freunden auf dem Zuschauerboot gehört haben. Ein großer Bauunternehmer soll sich ein Haus gemietet haben, für dreißigtausend Dollar im Monat, nur für den Cup. Soll allein hunderttausend hingelegt haben, nur um seine Bilder anzuleuchten.«

»Sollen Museumsqualität haben«, sagte seine Frau. »Frage mich, ob Sie das Haus wohl kennen?«

»Hab's gesehen, nachdem er eingezogen ist«, machte Ambrose sie nach. »Kein Geschmack, nicht die Bohne. Schreckliches Licht. Die Monets und Picassos sahen beschissen aus.«

Auf einmal war er nicht mehr taub. Er sah ihre erschreckten Mienen und begann zu kichern. Einen Augenblick später lachte er. Dann begann er zu wiehern.

Schließlich lachte er hysterisch. Tränen strömten ihm übers Gesicht. Er mußte die Arme auf den Schreibtisch legen und begrub das Gesicht darin. Als er aufhörte, waren die beiden fort.

Eine Welle der Traurigkeit schlug über Ambrose Lutterworth zusammen. Er war nicht mehr taub.

Als sie am späten Nachmittag Schluß machten, sagte Leeds zu Fortney: »Das schaffst du allein. Ich gehe schließlich in eine Bar, um was aufzugabeln, nicht um mich nach Mordverdächtigen umzusehen.«

»Bist du sauer auf mich?«

»Ich find's nur ziemlich komisch, mir nichts davon zu sagen, daß du die Frau gestern abend gesehen hast. Ich meine, was denkst du denn, was ich getan hätte? Daß ich dich verdächtige, sie umgebracht zu haben oder was?«

»Ich war nur geschockt, das ist alles«, sagte Fortney. »Seit ich sie da im Wasser liegen sah, steh' ich unter Schock. An gestern abend hab' ich gar nicht gedacht.«

»Du wolltest mir ja noch nicht mal sagen, wo du gestern abend warst.«

»Das war der Kater. Es ging mir lausig. Es geht mir immer noch lausig, und der Tag ist noch nicht mal vorbei.«

»Man kann auch zu verschlossen sein. Und das ist beleidigend, sag' ich dir.«

»Tut mir leid«, sagte Fortney. »Soll ich ehrlich sein?«

»Könnte nichts schaden.«

»Ich hab' mich geniert zu sagen, daß ich sie gestern abend gesehen habe. Daß ich nach ihr suchen ging.«

»Du hast sie gesucht?«

»Letch hat's erfaßt, ohne daß er's überhaupt versucht hätte. Ich hatte mich wirklich verguckt. Irgendwie. Sozusagen. Aber noch bevor sie tot war, nicht hinterher, wie der Bulle im Film. Ich hab' mich geniert, 's dir zu sagen, daß ich sie suchen gegangen bin. Ziemlich krank, was?«

Leeds ließ sich das durch den Kopf gehen und sagte: »Verflucht, ich wollte, ich hätte zehn Cent für jeden Hasen, hinter dem ich her gewesen bin.«

»Bist du sicher, daß du heut' abend nicht mitkommen willst?«

»Ich husch' mal besser nach Hause«, sagte Leeds. »Dann läßt sie mir meinen Zug um die Häuser *morgen* abend durchgehen. Wie auch immer, ich bin ganz Letchs Meinung. Der Lude hat die Kleine erwürgt.« Dann fügte er hinzu: »Reine Mösenverschwendung!«

Letch und Anne hatten einen guten Vorsprung vor Fortney; als er seinen Honda Civic auf den Parkplatz fuhr, hatte jeder bereits eine Portion gefüllte Backkartoffeln und sechs Austern verdrückt. Letch war schlecht drauf, weil man keine Knoblauchzehen hatte, war aber bereits beim dritten Krug Bier, und Anne hatte zwei Margaritas intus, als Fortney eintrat.

Letch winkte, als er Fortney die Menge feiernder Kiwis nach ihnen absuchen sah.

Anne checkte ihn durch: Sweatshirt, weite Jeans, Bootsschuhe, sockenlos. Berechenbar.

Fortney warf einen raschen Blick auf ihre Beine, bevor er sich setzte. Ihr Rock war nach oben gerutscht, aber sie sah ihn glotzen und zog ihn über die Knie.

»Der Laden füllt sich ja schon«, sagte Fortney. »Binnen einer Stunde garantiere ich euch einen Laden voll Mondsüchtiger. Johlende Kiwis.«

»Wie ist denn das Essen hier?« fragte Anne.

Fortney sah sich die leeren Teller an und sagte: »Wie's aussieht, wißt ihr das schon.«

»Nein, ich meine im Restaurant. Nicht das Kneipenfutter.«

»Es geht«, sagte Fortney.

»Ich bin so gut wie Vegetarierin«, sagte Anne. »Und ich finde nicht ein erschwingliches Restaurant in San Diego, in dem 's außer Blumenkohl und Broccoli noch anderes Gemüse gibt. Wenn ich mal als Beilage grüne Bohnen oder Spinat ergattern würde, ich würde aufstehen und applaudieren.«

»Allerdings«, sagte Letch und rülpste. »Schon mal Blumenkohl mit Knoblauch probiert?«

»Was mich angeht, ist Blumenkohl der Bob Dole der Gemüse«, sagte Fortney.

Letch schluckte sein Bier weg, wischte sich über den Mund und sagte: »Mick, erinnerst du dich noch an den kleinen Cowboyschuppen, wo wir immer die Spareribs hatten?«

»Ja«, sagte Fortney. »Hatte den Charme einer Notaufnahme. Man fragte sich unwillkürlich, wer wohl am Sonntagmorgen Blut und Körperteile wegspritzt. Weißt du noch, wie der besoffene Koch auf seinen Boß mit dem Messer losging? Ich spring' auf, richte die Kanone auf den Mann, aber er schmeißt es nicht weg. Dann steckt Letch sich die Finger in die Ohren. Als der Typ das sieht, wirft er das Messer weg und hebt die Hände.«

»Klappt garantiert«, sagte Letch. Dann zu Anne: »Mick war damals mit mir bei der Sitte – war das neunundsiebzig?«

»Achtundsiebzig,« sagte Fortney. »Ich war noch jung und beeinflußbar, wenn auch nicht genug für Hawaiihemden und Knoblauch.«

»Ist das dein Vorname?« fragte Anne. »Mick?«

»Ich bin für alle Fortney«, antwortete er.

»Der Schnelle Mick!« sagte Letch unter alkoholisiertem Gekicher.

»Wieso nennt er dich den Schnellen Mick?« wollte Anne wissen.

Fortney bedachte Letch mit einem Laserblick, aber der Sittenbulle sagte grinsend: »Eines Abends hatten wir unsren jungen Mick auf die Massagepuffs angesetzt. Also geht er in diesen koreanischen Salon –«

»Ist das wirklich nötig?« Fortney funkelte ihn an.

Anne hatte genügend Tequila intus, um zu sagen: »Ich will's hören!«

»Er geht also rein, macht auf Kundschaft«, fuhr Letch fort. »Das Mikro hat er in der Tasche. Wir hören draußen vom Van aus zu. Mick zieht sich aus, hängt die Klamotten an den Haken –«

»Das ist absolut unötig«, sagte Fortney.

»– und ausnahmsweise mal funktioniert das Taschenmikro so richtig gut«, sagte Letch. »Also, wir hören, wie das kleine Schlitzauge reinkommt und meint: ›Uuuuuuh, du wollen, ich massille?‹ Und Mick hier meint: ›Klar.‹ Und sie meint: ›Uuuuuuuuuh, du wollen, ich massille kleine Mann?‹ Und Mick hier sagt –«

»Dir hätte schon vor langer Zeit mal einer eine Kugel verpassen sollen«, sagte Fortney. »Jeder halbwegs mitfühlende Geschworene hätte ihn freigesprochen.«

»Weiter, Letch!« rief Anne. Von ihrer Margarita hatte sie einen Schnurrbart aus Salz.

»Also einigen sie sich auf zwanzig Mäuse, und sie fängt an, ihn zu massieren. Und wir hören unseren Kleinen: ›Ah, ahhh, ahhhh!‹ Und Sie meint: ›Du mögen?‹ Und er sagt: ›Ah, ahhh, ahhhh!‹«

Fortney rief der Kellnerin zu: »Einen doppelten Scotch! Und noch eine Runde für meine *Freunde* hier.«

»Was dann, Letch?« fragte Anne begierig.

»Dann macht unser Mick hier: ›*Ah, ahhh, ahhhh!*‹ Und die Masseuse meint: ›Oh, du schnell. Du sell schnelll!‹ Mick kommt raus, hofft, das Taschenmikro hat nicht funktioniert. Aber wir ziehen alle die Augen zu Schlitzen und meinen zu ihm: ›Ooooooh! Du schnelll! Du Schneller Mick!‹«

Letch sackte auf den Tisch, und Anne mußte sich die Hand über den Mund legen, um nicht loszuprusten. Fortney sah sich in der Bar um in der Hoffnung, den großen Kiwi oder die kleine Bootslagertermite zu sehen – irgendwas, Hauptsache es rettete ihn aus seinem Elend.

Als sich die beiden beruhigt hatten, sagte Letch zu Fortney: »Du bist nicht der einzige mit einem Spitznamen. Weißt du, wie man sie hier nennt? Anne mit den Tausend Namen. Weil sie jeden zweiten Zahltag heiraten muß.«

Fortney sagte grinsend: »Erzähl doch mal.«

Aber Anne wurde plötzlich ernst und sagte: »Ich muß mal aufs Klo. Halte mir den Platz frei. Oder auch nicht.«

Während sie weg war, gab Fortney eine Runde für drei junge Marines am Nachbartisch aus. Man erkannte sie leicht an den kahlgeschorenen Schläfen, und einer von ihnen trug ein T-Shirt mit der Aufschrift: AUF ZU DEN MARINES! SIEH DIR DIE WELT AN, LERN INTERESSANTE LEUTE KENNEN UND BRING SIE UM.

Fortney sagte zu Letch: »Als ich bei den Marines war, stand auf unseren T-Shirts: ›Kill a Commie for Mommie!‹«

»Heute verkaufen wir den Commies Pepsi und bunte Kondome«, sagte Letch. »Eine verrückte Welt ist das.«

Die Kellnerin brachte eine weitere Runde, und Letch sagte zu ihr: »Bring mir das nächste Mal 'n doppelten Scotch, Kleines. Könntest 'n bißchen Knoblauchpulver reingeben? Was ist 'n das für 'ne Küche, die keine Knoblauchzehen hat.«

Die Kellnerin antwortete: »Knoblauch macht Blähungen. Das für die Manneskraft ist Ginseng.«

Erschüttert, so fix durchschaut worden zu sein, wandte sich Letch an Fortney: »Und du, schläfst du dieser Tage schon mit anatomisch korrekten Aufblashäschen?«

»Ist der Warren Beatty in mir, der nach Verwirklichung drängt«, sagte Fortney. »Aber ich knabbere finanziell noch an der zweiten Scheidung.«

»Ja, das kenn' ich«, sagte Letch. »Ich war 'ne Weile mit einer Stewardeß verheiratet. Hatte schon zu viele Luftmeilen drauf, aber mein lieber Scholli, was konnte die einem den Drink rühren!«

Anne kam wieder und war fast beeindruckt, als Fortney andeutungsweise mit dem Hintern hochkam. Dann freilich sah er Letch an, ob der auch so verweichlicht war. Wie jeder Bulle, mit dem sie je ausgewesen oder verheiratet war – ständig die Angst, man könnte ihn für eine Tunte halten bei etwas Benimm.

»Ich werd' dich nicht Anne mit den tausend Namen nennen«, sagte Fortney, »wenn du mich nicht Schneller Mick nennst.«

»Ich werd' dich gar nichts nennen«, sagte Anne. »Wir sind hier, um jemanden zu vernehmen.«

Du kannst mich mal! dachte Fortney. Austeilen konnte sie, aber einstecken konnte sie nichts. Kein Wunder, daß sich jeder von ihr scheiden ließ.

Letch sagte: »Ich bin froh, daß mich mein Beruf nicht in die Mission Bay bringt. Ich würde an einer Überdosis Designer-T-Shirts mit passenden Badehosen krepieren. Und all den Guess-Brillen. Hängt dir das nicht zum Hals raus, Mick? Wenn alles auf Schau macht?«

»Du hättest garantiert nichts gegen all die Spandexbustiers und Radlerhosen«, bemerkte Anne. »Und überhaupt, wie kommst ausgerechnet du dazu, auf Modepolizei zu machen? Dein Hemd da gehört auf einen Hahnenkampf! Einer, der so 'n Hemd trägt, ißt auch Aale.«

»Okay, krieg dich wieder ein. Tut mir leid. Ich hätte ihm deinen Spitznamen nicht sagen sollen. Aber du solltest dich auch nicht jedesmal gleich scheiden lassen, wenn dir einer sagt, daß du die Fenster putzen sollst.«

»Wieso sind wir alle so sauer?« fragte Fortney. »Packen die hier was in die Drinks oder was?«

Als die Kiwi-Segler eintrafen, explodierte die Bar. Alles begann zu jubeln, pfeifen und klatschen. Es waren fünfzehn Mann, einige in Damenbegleitung, und die Leute in der Bar klopften ihnen auf die Schulter und schüttelten jedem die Hand. Steinlager wurden auf den Tresen gestellt, so schnell die drei Barkeeper nur zapfen konnten. Segelnarren überschlugen sich schier, den siegreichen Kiwis was zu spendieren.

Der, den Fortney brauchte, war jedoch nicht dabei. Er wandte sich an Anne: »Verdammt! Ich war sicher, daß er hier wäre. Wo zum Teufel ist er?«

»Vielleicht hätte ich ihn offizieller angehen sollen, in ihrem Hauptquartier, wie ich's vorgehabt hatte«, sagte sie.

»Ich versteh' das nicht«, sagte Fortney. »Er war immer ...« Dann wies er auf die Tür, in der eben, kaum daß er durchging, der größte Mann in der Bar stand.

Miles hielt, in Siegerpose, die Hände über den Kopf, als er Bekannte am Tresen sah, dann kreuzte er schnurstracks in eine Gruppe Kiwi-Fans, die ihren Helden mit Krügen in beiden Händen zuprosteten.

»Wer zeigt ihm die Marke?« fragte Letch.

»Ich«, sagte Anne. »Ich nehm' ihn mit raus.«

»Einer von uns sollte mitgehen«, sagte Fortney.

»Nein, ihr bleibt hier und seht euch nach dem Bootslagertyp um«, sagte Anne. »Ich denke, es ist besser, ich überbringe die Nachricht allein.«

Fortney sagte: »Du hast natürlich dran gedacht, daß du ihm womöglich nichts Neues sagst?«

»Ich hab' dran gedacht«, sagte Anne. »Letch, du bleibst am Vorderfenster und behältst uns im Auge. Wenn ich mich im Nacken kratze, wetzt ihr beide mit der Neunmillimeter im Anschlag hinaus.«

»Wie viele Patronen haben wir denn zusammen?« fragte Letch. »Ich denke, die brauchen wir wohl.«

Letch stand auf und ging ans Fenster neben der Tür, von wo aus sich die Straße vor dem Restaurant überblicken ließ. Fortney blieb sitzen und nippte an seinem Scotch. Anne stieß sich ihren Weg durch die Menge, bis sie hinter dem hünenhaften Kiwi zu stehen kam.

Sie tippte ihm auf die Schulter und sagte: »Entschuldigen Sie. Könnte ich Sie einen Augenblick allein sprechen?«

Sofort begann ihn ein halbes Dutzend Segler zu hänseln, das Anne anerkennend ansah. »Tut mir leid, Freunde«, sagte er, »meine Fans rufen nach mir.«

Anne ging mit Miles im Schlepptau auf den Eingang zu, bis er sie am Ärmel ihres Blazers zog und sagte: »Was gibt's denn, Schätzchen? Kennen wir uns?«

Anne griff in die Handtasche, holte ihr Ledermäppchen mit der Marke heraus, und sagte: »Detective Zorn, Polizei San Diego. Ich muß kurz mit Ihnen reden.«

Der große Mann beugte sich vor, um die Marke zu mustern, sah ihr dann in die Augen und sagte: »Ich hätte den Strafzettel bezahlen sollen, den man mir ans Auto gehängt hat. Tut mir leid. Das läßt sich doch nachholen, oder?«

Anne sah, daß er nicht scherzte. Sie sagte: »Wegen eines Strafzettels bin ich nicht hier. Kommen Sie mit nach draußen, wo es ruhiger ist. Ich habe ein paar Fragen an Sie, dann können Sie wieder zu Ihren Freunden zurück.«

Der große Mann folgte ihr gehorsam die Treppe hinab und zur Tür hinaus, wo am Hauptbecken des America's Cup entlang langsam Autos auf und ab fuhren oder anhielten, um das Lager vom Team New Zealand zu sehen.

Letch sah durchs Fenster zu, wie Anne etwas zu dem Großen sagte. Dann sah er den Kiwi beide Hände auf seinen Bürstenschnitt legen, als hätte er ein weißes Käppi auf, das ihm sonst womöglich wegflog.

Letch sah, wie der Mund des Typen ging. Er war ziemlich außer sich, so viel stand fest.

Anne ließ Miles eine Weile toben, dann sagte sie: »Wie gut kannten Sie Blaze?«

»Das ist doch einfach unglaublich!« schrie Miles. »Ich begreif' so was einfach nicht. Ermordet? Großer Gott!«

»Es ist wahr, glauben Sie mir«, sagte Anne. »Aber zuerst mal, wie lautet Ihr voller Name?«

»Ich begreif's einfach nicht!« wiederholte er und ließ die Hände sinken.

Anne sah sich die Hände an und dann Gesicht und Hals. Keine Kratzwunden. Keine Prellungen. Nichts.

»Ihr Nachname? Miles wie?«

»Hargrave«, sagte er. »Miles Robert Hargrave. Aber sind Sie denn sicher, daß es Blaze war? Dieselbe Blaze, die in letzter Zeit öfter hier war?«

»Wie gut haben Sie sie gekannt?« fragte Anne.

»Eigentlich kaum!« sagte er. »Ich kann's einfach nicht glauben. Tot. Wir haben zwei-, dreimal was mit'nander getrunken, aber da war ich nicht der einzige hier. Fragen Sie die Jungs.«

»Vielleicht mach' ich das auch«, sagte Anne. »Aber gestern abend waren Sie mit ihr zusammen?«

»Und meine Spezis!« sagte Miles. »Sie sind oben, die meisten jedenfalls. Sie können Sie fragen.«

»Ja«, sagte Anne. »Aber erzählen Sie mal, was gestern abend passiert ist. Sie haben was zusammen getrunken, was dann? Sind Sie mit ihr gegangen?«

»Nein!« brüllte er. »Ganz und gar nicht! Alle können Ihnen sagen, daß ich geblieben bin, bis die verdammte Bar dichtgemacht hat!«

»Okay, beruhigen Sie sich«, sagte Anne. »Ich weiß, Sie sind aufgeregt.«

»Aufgeregt? Da steh' ich, ein Ausländer, keine Ahnung, wie meine Rechte aussehen, und man beschuldigt mich eines Mordes!«

»Niemand beschuldigt Sie, irgend etwas getan zu haben. Ich versuche nur festzustellen, was Blaze Duvall passiert ist von dem Zeitpunkt an, an dem Sie den letzten Drink mit ihr hatten, bis sie in der Mission Bay gelandet ist.«

»Mission Bay?« sagte er. »Als Sie gesagt haben, Sie hätten Sie in der Bucht gefunden, habe ich gedacht, Sie meinen hier. In der großen Bucht.«

»Kennen Sie die Mission Bay?«

»Bißchen. Das andere neuseeländische Syndikat hat dort sein Lager. Und die Franzosen, die Spanier, und übrigens auch die Aussies.«

»Haben Sie sie je außerhalb der Bar hier gesehen?«

»Nie!« sagte er. »Ich schwör's.«

»Wieso haben Sie gedacht, man hätte sie in die große Bucht geworfen?«

»Na ja, ich sollte das wahrscheinlich nicht sagen –«

»Sagen Sie's.«

»Wir haben da gestern abend Mist gebaut. Sehen Sie, ich hatte gehofft, na ja, Sie wissen schon, später mit Blaze zusammen zu sein. Aber dann kam dieser Zwerg rein. Simon Cooke heißt er. Arbeitet in dem Bootslager, bei dem wir uns eingemietet haben. Er hat eine fürchterliche Szene gemacht und mußte vor die Tür gesetzt werden. Ich war einer von denen, die das besorgt haben.«

»Was hat das mit Blaze zu tun?«

»Er hat Blaze wegen irgendwas angeschrien. Sie waren offensichtlich gut miteinander bekannt. Ich habe sie mit'nander trinken sehen. Er war eifersüchtig, das war deutlich zu sehen.«

»Woher wissen Sie, wie er heißt?«

»Er ist derjenige, der mir beigebracht hat, mit einem Travellift umzugehen.«

»Mit einem was?«

»Ist 'ne Art Kran, mit dem wir unser Boot zu Wasser bringen und wieder heraus. Einer der Leute aus unserem Team ist sogar mit Simon Cookes Schwester verheiratet. Nettes Mädel, aber bei dem Bruder fürchte ich um ihre Kinder.«

»War Simon Cooke wütend auf Blaze?«

»Zufrieden war er jedenfalls nicht, das kann ich Ihnen sagen. Und außerdem hatte er schwer geladen.«

»Mit geladen meinen Sie aber nicht, daß er wütend war?«

»Ach was. Mit geladen meine ich, er war betrunken. Stockbesoffen. Und mächtig streitlustig.«

»Was ist passiert, nachdem Sie ihn aus der Bar geworfen haben?«

Miles sah hinauf zum Eingang, senkte die Stimme und sagte: »Das ist es ja grade! Heut' morgen, da frag' ich Gordon – das ist Simons Schwager –, was er mit Simon gestern abend angestellt hat, und Gordon meint, er hätte sich nicht nach Hause fahren lassen. Als Gordon ihm die Wagenschlüssel weggenommen hat, ist er zu Fuß losgezogen.«

»Er war also zu Fuß in der Gegend?«

»Ja! Und Blaze ist gleich danach weg. Simon hatte ihr einen Halben übergekippt, als er Krach zu machen begann, und sie meinte, sie müßte nach Hause, sich umziehen.«

»Ich denke, ich spreche wohl besser mal mit Simon Cooke«, sagte Anne.

»Unbedingt!« sagte der große Kiwi. »Wenn Sie mich fragen, ist der zu allem fähig. Er schien irre eifersüchtig auf Blaze, weil sie mit mir einen trank.«

Fortney wartete ungeduldig, bis Letch sich wieder zu ihm setzte. »Stimmt was nicht?« fragte er den Mann von der Sitte.

»Nein, Anne ist eben wieder auf dem Weg nach oben.«

»Wo ist denn der Große?«

»Hat sich auf den Weg gemacht, Richtung Kiwi-Quartier.«

Als Anne sich wieder zu ihnen setzte, nahm sie ihr Margaritaglas, schnitt eine Grimasse und sagte: »Bestell mir einen Scotch, Letch, ja?«

»Also, was war?« fragte Fortney.

»Ich habe ihm den Abend verdorben«, sagte Anne. »Er wollte nach Hause.«

»Und?«

»Wenn er nicht ein sehr guter Lügner ist, denke ich, hat er gestern abend was mit Blaze getrunken und sie dann nie wieder gesehen.«

Fortney platzte schier. Er sagte: »Verdammt, war sie nun seine Freundin oder was?«

Anne sah Fortney an und sagte: »Deine große Liebe zu ihr wurde nicht besudelt. Er sagt, mehr als was trinken, ist zwischen ihnen nicht gewesen. Du hast sie wahrscheinlich sogar jedesmal dabei gesehen.«

Fortney war froh, obwohl er wußte, daß die beiden Detectives ihn wahrscheinlich hinter seinem Rücken auslachen würden. »Was ist denn nun mit dem kleinen Kotzbrocken? Was rausgekriegt über ihn?«

»Eine ganze Menge«, sagte Anne. »Sein Name ist Simon Cooke, und eine Unterhaltung mit ihm lohnt definitiv.«

»Alles, was du von dem kriegst, ist die alte Leier vom Unschuldslamm«, sagte Letch Boggs. »›Ich hab' nichts getan.‹ Wir können uns die halbe Stadt vornehmen, es läuft immer wieder auf Mantleberry hinaus. Sieh der Sache lieber schon mal ins Auge, Annie, du hast dieser Duvall gesagt, du würdest sie vor dem Loddel beschützen, aber du hast's nicht gebracht. Genauso wie ich es Dawn gesagt und nicht gebracht habe. Dieser ganze Mist mit dem Cup führt zu rein gar nichts. Also, ich sag's euch klipp und klar: In dem Augenblick, wo ich Oliver Mantleberry vor mir habe, kommt die ganze Wahrheit raus.«

# 14

Normal. Er war entschlossen, sich ganz normal zu verhalten, also ging er zum Abendessen in den Yachtclub.

Das Geschäft ging an diesem Abend gut. Der Sieg vom Team New Zealand hatte eine Menge Leute auf die Beine gebracht, die alle verblüfft von der Mühelosigkeit waren, mit der die Kiwis sich den Sieg geholt hatten. Ambrose hatte bereits seit eineinhalb Tagen nichts Festes mehr zu sich genommen, und trotzdem war er nicht hungrig. Er wußte, er mußte etwas essen, aber zuerst brauchte er einen Drink.

In der Bar begrüßten ihn mehrere Leute, und er tat, als interessiere ihn, was sie zu sagen hatten. Eine Gruppe diskutierte darüber, daß die Kiwis die Konkurrenz mit einem Budget von »nur« zwanzig Millionen Dollar fertig machten.

Ein anderer sagte: »Wir scheinen dabei zu vergessen, daß zwanzig Millionen viel Geld für eine Regatta sind.«

Keiner beachtete ihn. Sie interessierte mehr, ob Dennis Conner *Young America* und *Mighty Mary* schlagen und damit im America's Cup verteidigen könnte.

Der Citizen Cup, der über die Verteidigung entschied, war in den Wirren der America's Cup-Politik steckengeblieben, die Entscheidung stand also noch aus. Alle Welt jammerte, die drei potentiellen Verteidiger steckten unter einer Decke und hätten sich auf einen »Kompromiß« geeinigt, und das zu einem Zeitpunkt, an dem Dennis Conners *Stars and Stripes* so gut wie ausgeschieden war. Der Kompromiß erlaubte den drei Teams ein Dreier-Finale, um die Sponsoren zufriedenzustellen, die Millionen investiert hatten. Dieser Kompromiß gab *Young America* zwei Bonussiege, die sie nicht verdient hatte. *Mighty Mary* bekam einen Bonussieg, den sie nicht verdient hatte. Und Dennis Conner, der ausgeschieden wäre, war noch im Rennen.

Da der größte Teil des Publikums kein Wort verstand, so die Presse süffisant, habe der Verteidigungsausschuß seine Arbeit getan; der denkende Teil der Segelwelt, so fügte man hinzu, sei der Ansicht, um der Befriedigung der Sponsoren willen verkomme jede potentielle Spannung zur Farce.

Wer immer aus dem Club kein Blatt vor den Mund nahm, hoffte ganz offen, daß die Kiwis gewannen und den Cup irgendwohin mitnahmen, wo ihn Gier, Egos und Politik nicht korrumpierten. Eine derart idiotische Meuterei regte Ambrose Lutterworth auf und verschlimmerte seine Kopfschmerzen. Wo könnte der Cup hin, wo er keine Korruption fand?

Schließlich sprach es jemand aus: Bill Koch und seine *Mighty Mary* und Dennis Conner mit seiner *Stars and Stripes* seien im Club etwa so willkommen wie der Zigarettenqualm anderer Leute; ihnen liege das Segeln in etwa so sehr am Herzen wie Störtebeker oder Captain Kidd.

Das Gemecker ging Ambrose auf die Nerven, der ohnehin schon genug davon hatte, wie sein Club den 29. America's Cup angegangen war. Er ging in den Speisesaal und bat um einen Platz in der hintersten Ecke, fernab des ganzen Traras. Er bestellte das »Harpoon Special«, Seebarschwürfel, Shrimps und Kammuscheln am Spieß, und stellte zu seiner Überraschung fest, daß das Essen ziemlich genauso schmeckte wie früher auch. Nur daß er nur die Hälfte schaffte.

Als er seine Tasse Kaffee leerte, hörte er ein Clubmitglied am Tisch nebenan zu seinen Gästen sagen: »Habt ihr gehört, daß man heute morgen eine Frau aus der Mission Bay gefischt hat?«

»Hat wahrscheinlich was von dem Wasser geschluckt und war mausetot«, sagte ein Gast.

Das Clubmitglied lachte. »Das einzige, was in unserem verschmutzten Wasser überleben kann, ist Plankton und Dennis Conner. Die sind nicht umzubringen, noch nicht mal mit Arsen. Die überleben alles.«

Ambrose verließ seinen Tisch, ohne die Rechnung zu unterschreiben, fuhr direkt nach Hause und saß einige Minuten in der Garage im Wagen. Dann stieg er aus und öffnete, zum ersten Mal seit der Spuk begonnen hatte, den Kofferraum des Cadillac.

Er zog den Betonblock heraus und setzte ihn auf dem Boden der Garage ab. Der Knoten in der Satinschärpe war so fest, daß er ihn nicht aufbekam. Er knipste ihn mit der Baumschere los und schnippelte einfach weiter, zerhackte die Schärpe in ein Dutzend Stücke und schluchzte dabei beim Gedanken an Blaze Duvalls kleegrüne Augen.

Wieder im Haus, merkte er, daß er sich nicht mehr umbringen wollte, und versuchte sich darauf zu konzentrieren, was er bei Tisch gehört hatte. Vielleicht gewann Dennis Conner die Ausscheidungen um die Herausforderung ja doch. Und falls ja, vielleicht fand er einen Weg, die Kiwis kommenden Monat zu schlagen, so daß der Cup in San Diego blieb. Wo Dennis Connor schon wie Plankton war und man ihn mit Arsen nicht tot bekam.

Tamara Taylor versuchte die Wäsche wegzubügeln, während das Baby sich die Seele aus dem Leib schrie. Die beiden älteren stritten sich um den Fernseher, sie hatte noch nicht einmal das Abendessen aufgesetzt – und war's nicht wie verhext? Jemand war an der Tür und schrie: »Tamara! Tamara! Mädchen, bist du da?«

Es war Velma, ihre Nachbarin. Tamara stellte das Bügeleisen auf die Anrichte und ging an die Tür, wischte sich dabei mit einem Geschirrtuch den Schweiß vom Gesicht.

»Komm rein, Velma«, sagte Tamara. »Über die Blagen da steigst du einfach drüber, die geben ja doch keine Ruhe.«

»Anruf für dich.«

»Ein Anruf? Bei dir?«

»Ja, es ist Oliver. Er hat gesagt, er muß mit dir reden, aber nicht über deinen Apparat. Besser, du kommst rüber und redest mit ihm.«

»Kein Wort rede ich mit dem mehr!« sagte Tamara.

»Besser, du redest mit ihm«, erwiderte Velma. »Ich bleib' bei den Kindern.«

Tamara stieß einen tiefen Seufzer aus und trottete nach nebenan in ein kleines Holzhäuschen, das ihrem sehr ähnlich war. Der einzige Unterschied war der, daß Tamaras Kinder älter und weiß Gott wo waren. Es war richtig schön ruhig.

Sie nahm den Hörer zur Hand.

»Ich bin's«, sagte Oliver Mantleberry.

»Ich weiß, daß du's bist«, sagte Tamara. »Was willst du?«

»Was ich will? Verflucht noch mal, Frau! Ich bin dein Mann und der Vater deiner Kinder, und du fragst mich, was ich will?«

»Ich hab' nie 'ne Heiratsurkunde gesehen«, erinnerte Tamara ihn.

»Ich will unter anderem eines, ich will wissen, ob's stimmt, was ich gehört hab'.«

»Und das wäre?«

»Ich hab' gehört, daß Ostersonntag 'n paar Weiße im Anzug im Garten gestanden haben.«

»Das stimmt.«

»Wer waren die?«

»Jedenfalls keine Zeugen Jehovas.«

»Das dacht' ich mir schon.«

»Und ich hab's gar nicht gern, wenn du mir mit deinen Geschichten am Ostersonntag die Polizei ins Haus bringst.«

»Ich hab' sie dir doch nicht gebracht!«

»Die sagen was anderes.«

»Was wollten sie denn?«

»Ich denke, das weißt du.«

»War es wegen Dawn?«

»Ja. Und in den Zeitungen haben sie's auch gebracht, und im

TV. Jemand hat ihr 'n Messer reingerannt. Sie sagen, daß du's gewesen bist.«

»Das ist gelogen, verdammt noch mal!«

»Ist mir schnurz, wer so 'ne asoziale kleine weiße Nutte absticht. Aber keiner bringt mir am Ostersonntag die Bullen ins Haus, verstehst du?«

»Du mußt mir 'n paar Sachen bringen. Ich kann nicht nach Hause, bevor nicht Gras über die Sache gewachsen ist.«

»Dir was bringen?«

»Ich brauch' was zum Anziehen. Und Geld.«

»Wo soll ich denn Geld herkriegen?«

»Harold. Geh zu Harold. Er schuldet mir fünfhundert.«

»Ich hab' die längste Zeit für dich kassiert«, sagte Tamara Taylor. »Ich hatte die längste Zeit mit Luden zu tun. Schluß. 'n Dreck bring' ich dir. Du hast dich da reingeritten, jetzt sieh selber zu, wie du da wieder rauskommst.«

»Du tust, was ich dir sage, Frau.«

»Leck mich am Arsch.«

»Dir könnt's leicht genauso gehen wie Dawn Coyote, du Miststück!«

»Ja? Ich frag' mich, wie du dich an mich ranschleichen willst, an den zwei Kötern vorbei, die ich mir morgen zulegen werd'. Und der 38er, die ich von Velma jederzeit haben kann, wenn ich will. Und den neuen Schlössern an meinen Türen, die ich schon besorgt hab'.«

Er schwieg einen Augenblick, dann sagte er: »Hör zu. Wenn das hier vorbei ist, brauchst du mich wieder, um dir mit den Kindern zu helfen. Ich werd' die große Kohle ranschaffen, und du kriegst was ab. Und jetzt tust du, was ich dir sage, okay?«

»Jetzt hörst du mir mal zu«, sagte Tamara. »Wenn ich du wär', würd' ich mich auf der Stelle verdrücken. Weil man nämlich 'n ziemlich belastendes Beweisstück gegen dich hat.«

»Ich hab's doch gewußt!« sagte er. »Das Luder! Dawns Freundin, diese Blaze Duvall. Sie hat ihnen gesteckt, daß ich's war, stimmt's?«

»Von 'ner Blaze weiß ich nix«, sagte Tamara. »Die haben ihren Fall nicht mit mir diskutiert. Aber ich hab' gesehen, daß sie 'n Beweisstück gefunden haben, das du Trottel hast liegen lassen.«

»Ja? Was denn für eins?«

»Einen Waschlappen.«

»Waschlappen? Was für 'n Waschlappen?«

»Na der, den du genommen hast, als du an dem Morgen nach Hause kamst. Der, den du in die Wanne geschmissen hast, wo ihn die Bullen gefunden haben. Den Waschlappen.«

Sie konnte ihn fast durch die Leitung denken hören. Mucksmäuschenstill. Er versuchte sich zu erinnern. Dann sagte er: »Was ist mit dem Waschlappen?«

»An dem ist Blut dran. Hast du dich beim Rasieren geschnitten?«

»Nein.«

»War's dein Blut?«

»Von Blut weiß ich nichts.«

»Du betest besser drum, daß es dein Blut war. Wenn's nämlich nicht deines war, dann war's das von der weißen Nutte.«

»Das können die nicht beweisen!«

»Das denkst du! Schon mal was von D-N-S gehört?«

»Frau, von was zum Geier redest du da?«

»Hättst du mal was andres gemacht, als dir die Nuß mit Crack zu ruinieren, dann würdst du's vielleicht verstehen. Wenn du mal was für die Bildung tun und fernsehen würdest, dann wüßtest du vielleicht, daß du wegen dem Waschlappen da ganz schön drinsteckst.«

»Alles, worum ich mir Sorgen machen muß, ist das Weib«, sagte Oliver Mantleberry.

»Ja?« antwortete Tamara. »Na, da hab' ich was für dich. Das ganze Leben von der weißen Nutte steht auf dem Lappen da. Was du wüßtest, wenn du dir den Prozeß gegen O. J. angeguckt hättest, anstatt den Leuten mit Crack zu schaden. Und auf dem Boulevard den Weibern nachzulaufen. Na, ich jedenfalls hab' dir nur noch eines zu sagen: Ruf Johnnie Cochran an, so schnell du kannst.«

»Wenn du mir meine Sachen nicht bringst, dann hol' ich mir sie!« rief ein frustrierter Oliver Mantleberry.

»Das versuch mal, dann brauchst du deine spitzen Eidechsenlederschuhe nicht mehr«, informierte Tamara Taylor ihn. »Die passen dann nämlich nicht mehr über die Schildchen an deinen Scheißzehen!«

»Ach, Scheiße, da kann ich mich gleich vollaufen lassen«, sagte Letch Boggs. »Dann ist der Abend nicht total umsonst.«

»Du bist schon voll«, ließ Anne Zorn ihn wissen, obwohl sie selbst nicht mehr allzu nüchtern aussah.

Fortney, der sich noch immer nicht ganz von seinem Kater erholt hatte, war noch am nüchternsten und hielt den Blick auf die Tür gerichtet, wenn er nicht gerade nach Anne Zorns Beinen zu schielen versuchte.

»Ich weiß noch immer nicht, wieso man als Bulle ein Boot fahren will«, sagte Letch. »Schau dir all die blonden Bootsfuzzis an. An denen ist doch nichts echt, Herrgott noch mal! Außer in 'ner chinesischen Wäscherei hab' ich noch nie so viel Bleiche gesehen.«

»Die Arbeit am Meer wächst einem ans Herz«, sagte Fortney. »Du sitzt in deinem Patrouillenboot und guckst dir den Sonnenuntergang an und denkst dir, wie die Sonne so von Eierweiß über Dottergelb ins Feuerrot geht.«

Worauf Anne Fortney zu mustern begann. Die Haut um die Augen war glatt und gebräunt, aber wenn er lächelte, zersprang sie in weiße Fältchen. Was ihr gefiel. »Magst du Sonnenuntergänge?«

»Ja«, sagte er, »ich halte gern Ausschau nach dem grünen Blitz.«

»Mein ganzes Leben höre ich nun schon von diesem grünen Blitz«, sagte Letch. »Es gibt keinen.«

»Ich hab' ihn gesehen«, sagte Fortney. »In genau dem Augenblick, wo die Sonne im Meer versinkt. An einem klaren Tag und bei den richtigen atmosphärischen Bedingungen ist er grüner als ...«

Anne wußte nicht, daß er an Blaze Duvalls Augen dachte. Sie fragte: »Grüner als was?«

»Einfach grün«, sagte er.

»Sehr gesprächig bist du nicht, was?« bemerkte sie.

»Mein Partner meint, ich leide an Lalophobie«, sagte er. »Das ist die Angst vor dem Sprechen.«

»Ich habe eine Gamophobie«, sagte Anne. »Heiratsangst. Ich hätte sie schon viel früher kriegen sollen. Meine Ehen hatten die Haltbarkeit einer Tüte Buttermilch.«

»Hast du Kinder?« fragte er.

»Eines. Sie ist schon erwachsen und Lehrerin. Du?«

»Keine. Ein Glück, wenn man sich die Frauen ansieht, mit denen ich verheiratet war.«

»Was ist mit mir?« fragte Letch und rülpste. »Darf ich noch mitreden? Ich hab'n Kind, falls es jemanden interessiert.«

»Tatsächlich?« Annes Überraschung war echt.

»Ja. Er ist jetzt dreißig. Meine erste Frau hat ihn mitgenommen, als sie mit dem Elektriker durchgebrannt ist, der unsere Ehe kurzgeschlossen hat.«

»Siehst du ihn manchmal?« fragte Anne.

»Ach was«, sagte Letch. »Er lebt in Oregon.«

»Was ist mit deiner zweiten Frau?« fragte Anne. »Hat die auch 'n Abgang gemacht?«

»Ja«, sagte Letch. »Auf die konntest du bauen. Bei der wär' ich geblieben bis zum Ergrauen der Scham.«

Letch tat Anne bereits leid, weil ihn wegen Dawn Coyote das Gewissen plagte, wo eine Menge anderer Polizisten sich einfach gesagt hätte, daß es schließlich »keinen Menschen« getroffen hatte. Jetzt hatte er auch noch ein Kind, das er nie sah, und eine Frau, die er vermißte. Er nahm langsam, aber sicher menschliche Züge an! Sie fragte sich, ob sie betrunken war oder was!

Als Letch sich an Fortney wandte, war er plötzlich wieder der alte: »Diese Blaze hast du in null Komma nichts vergessen. Ich hab' mich auch mal in eine Masseuse – ein Spitzel von mir – verknallt. Ich war so verschossen, daß ich die Putzkaution für die Wohnung hingelegt habe, die sie sich nahm. Dann hab' ich erfahren, daß sie einem auch mit Honig, Mayonnaise und weiß Gott was einen runterholte. Meine ganze Putzkaution ging drauf wegen der Braut. Zweihundert Dollar. Und wenn du nicht aufpaßt, dann bringt dich diese Sorte auch noch auf Drogen. Und auf einen sporadischen Urintest kann man sich schlecht vorbereiten.«

»Was ist aus ihr geworden?« frage Anne.

»Hat sich eines Abends mit Crystal Meth vollgepumpt und überfiel zusammen mit einem anderen Speedmonster einen 7-Eleven. Man hat sie beide erschossen. Ihr Kumpan hatte eine Wasserpistole – die noch nicht mal geladen war.«

»Hast ja 'ne Menge Trauriges hinter dir, Letch«, sagte Fortney.

»Sie hätte mich sowieso die Karriere gekostet«, sagte Letch. »Der Sergeant hat uns eines Abends hinten im Observierungsvan erwischt. Ich hab' ihm weiszumachen versucht, daß sie nur zum Rapport gekommen ist, nur daß ihr der Klettverschluß von meinem Wadenholster in die Haare gekommen war. Und sie hatte eine Mordsmähne. Ganz zu schweigen von einem hübschen Arsch und einem Bankkonto. Alles, was ich je von 'ner Lebensgefährtin wollte, war, daß sie mir den Hasen besser abzieht als ich.«

»Bist eben ein sentimentaler Tropf«, sagte Anne. »Wir sollten heimgehen, bevor wir zu heulen anfangen.«

»Ich will sowie meine Lieblingstalk-Show sehen«, sagte Letch.

»Ich hab' gehört, die haben heute eine zu Gast, die hat noch nie was mit einem Senator gehabt.«

»Noch nicht«, sagte Fortney. »Ich meine, gehen wir noch nicht.«

»Wieso nicht?« fragte Anne.

»Weil eben die kleine Bootslagerbazille gekommen ist.«

Simon Cooke war schon ziemlich breit; er hatte bereits in den anderen Läden nach Blaze gesucht. Er kam gar nicht gern her, da es die Lieblingstränke der Kiwis war und er mit diesen Arschlöchern nichts mehr zu tun haben wollte, vor allem dem größten Arschloch nicht, seinem Schwager, und dem zweitgrößten, dem großen Scheißkerl, diesem Miles. Aber er hatte Blaze nirgendwo gefunden, und so war er nun hier.

Simon hoffte, daß sich die Geschichte mit Blaze vom Abend zuvor wieder einrenken ließ. War schließlich nicht seine Schuld, daß die sich mit ihm angelegt hatten. Er war bereit gewesen, seine Arbeit heute zu tun und das verdammte Boot in Klump zu schmeißen. Herrgott, er brauchte das Geld dringend genug!

Er würde Blaze sagen, er könnte es noch während des Finales tun, jetzt, wo die Kiwis die Herausforderung unter Dach und Fach hatten. Natürlich wußte er, sein Schwager würde ihn noch nicht mal mehr den Stacheldraht über ihrem Maschendrahtzaun anlangen lassen, aber vielleicht könnte er Blaze davon überzeugen, daß sich das mit den Scheißkiwis wieder einrenken ließ.

Wie auch immer, er hatte gerade noch fünf Mäuse in der Tasche, und Blaze gab ihm doch immer soviel aus, wie nur reingehen wollte. Wer weiß? Vielleicht war heute die Nacht, wo er sie mit nach Hause nehmen würde; er würde ihr schon zeigen, was ein kleiner Kerl so drauf hatte, jetzt wo sie keinen Grund mehr hatte, dieses große Stück Kiwischeiße an der Nase herumzuführen. Er würde ihr die Sommersprossen schon zum Kochen bringen!

Er erspähte sie nicht in der Bar, aber dafür die Teamkameraden seines Schwagers, die sich vollaufen ließen und dabei das Maul aufrissen, daß es nicht mehr feierlich war. Diese Wichser!

Den komischen Typ um die fünfzig in dem schauderhaften Hawaiihemd bemerkte er erst, als er ihn ansprach: »Simon Cooke? Jemand möchte Ihnen einen ausgeben.«

Simon sah hinüber zu dem Tisch, auf den der Typ wies, und erkannte das Sackgesicht, wegen dem er gestern abend auf dem Hintern gelandet war. Den er erst für eine Schwuchtel gehalten hatte. Er saß mit einer Puppe zusammen, die geschäftsmäßiger angezogen war als irgendeiner der Segeltypen.

»Worum geht's denn?« Simons Nase zuckte, als sie einen Hauch von Letchs Atem abbekam.

»Die Frau möchte Sie kennenlernen«, sagte Letch. »Getränke gehen auf sie.«

Simon warf Letch einen argwöhnischen Blick zu, aber seine Neugier und sein Durst waren zu groß, als daß er die Einladung hätte ablehnen können. Am Tisch sagte er zu Fortney: »Glaub' nicht, daß ich dich vergessen hab'. Wär' ich nicht besoffen gewesen, du wärst nicht durchgekommen mit dem miesen Trick.«

»Sorry, Kumpel«, sagte Fortney.

»Setzen Sie sich, Mister Cooke«, sagte Anne Zorn und zeigte ihm ihre Marke. »Ich bin Detective Zorn. Das hier ist Detective Boggs. Und das hier ist Officer Fortney.«

Simon Cooke glotzte sie ungläubig an, aber Letch nahm ihn am Ellenbogen und sagte: »Setzen Sie sich.« Er hörte sich an wie ein Bulle, soviel stand fest.

Anne sagte: »Haben Sie von der jungen Frau gehört, die man heute morgen in der Mission Bay gefunden hat?«

»Nein.«

»Den Nachrichten nach war sie eine gewisse Mary Ellen Singleton.«

»Und? Was hat das mit mir zu tun?«

»Das werde ich Ihnen gleich sagen«, sagte Anne. »Möchten Sie was trinken?«

»Ja. Er hat mir schließlich was versprochen«, sagte Simon mit einem Nicken zu Letch.

»Was soll's denn sein?«

»Gin Tonic. Einen doppelten.«

»Ich hol ihn«, sagte Fortney. »Auf die Kellnerin müßten wir eine halbe Stunde warten.«

»Wann sind Sie heute nacht ins Bett gekommen?« fragte Anne.

»Ich?«

Letch verdrehte die Augen und sagte: »Sie.«

»Ziemlich spät. Jemand hat mir die Wagenschlüssel weggenommen, also mußte ich gehen.«

»Hat Sie jemand begleitet?« fragte Anne.

»Nein.«

»Wo wohnen Sie?«

»Ocean Beach.«

»Ganz schöne Strecke.«

»Ja, na ja, ich konnte etwas Luft vertragen. Ich hatte ganz schön getankt.«

»Hat Ihnen niemand angeboten, Sie mitzunehmen?«

»Nein.«

»Was ist mit Blaze?«

Worauf Simon seine gerissene Miene aufsetzte: »Ach, das hat mit Blaze zu tun, ja? Jetzt versteh' ich, wieso der andere Typ da ... Wie heißt er?«

»Officer Fortney.«

»Ja, er hat mich gestern abend ausgequetscht über sie. Jetzt kapier' ich. Sie ermitteln gegen Sie, stimmt's? Na, ich hab' keine Ahnung, was die vorhat. Was immer sie vorhat, ich will's nicht wissen.«

»Wer sagt denn, daß sie was vorhat?« fragte Anne.

Er leckte sich nervös über die Lippen. »Der andere Bulle wollte mich in die Mangel nehmen, stimmt's? Was immer die vorhat, es hat mit mir nichts zu tun, mehr kann ich nicht sagen.«

Anne sah Letch an, der sagte: »Das Gespräch hier hat was von Roseanne im Tüllteddy. Es paßt irgendwie nicht zusammen.«

»Er scheint mir jedenfalls ziemlich nervös«, sagte Anne zu Letch um der Wirkung willen. »Vielleicht sollten wir ihn über seine Rechte aufklären?«

Und urplötzlich war Simon Cookes Verdrossenheit wie weggeblasen. Er sah aus, als wollte er gleich abhauen; dann platzte er heraus: »Okay, sie hat verlangt, daß ich das Boot fallen lasse, aber ich habe nein gesagt! Kam nicht in Frage, daß ich mich auf Sabotage einlaß'!«

Fortney kam eben mit einer Runde zurück, und Letch flüsterte ihm im Aufstehen zu: »Annie hat einen Geheimagenten an der Angel. Sag ihm, er soll nichts sagen, bevor ich nicht vom Klo zurück bin. Ich stehe auf Spionagethriller!«

Als Letch wiederkam, war mit Trinken Schluß. Anne hatte die Rechnung bezahlt, und Fortney führte Simon am Arm hinaus.

Einige Minuten später waren sie alle in Annes Wagen auf dem dunklen Parkplatz. Simon saß mit Fortney auf dem Rücksitz und Letch vorn bei Anne. Sowohl Fortney als auch Anne hatten ein Fenster aufgemacht, als Letch einstieg und ausatmete.

Mit seinem zynischsten Grinsen wandte Letch sich an Simon: »Sie machte also Sabotageakte für die moslemischen Fundamentalisten – oder für wen?«

»Erzählen Sie uns das mit der Sabotage«, sagte Anne. »Was war da von wegen Boot?«

»Hören Sie«, sagte er. »Ich gebe zu, daß sie zu mir kam und wollte, daß ich den Travellift der Neuseeländer sabotiere. Aber ehrlich, ich dachte nicht, daß es ihr ernst damit ist. Um die Wahrheit zu sagen, ich hielt es für einen Scherz!«

»Ah ja«, sagte Anne und warf Fortney und Letch warnende Blicke zu: Haltet den Mund und laßt mich das machen!

Letch schüttelte nur den Kopf. Zum Heulen. Das hier war zum Heulen! Er war froh, daß er bei der Sitte war und nicht beim Mord. Und er war froh, nicht in der Nähe des Meeres arbeiten zu müssen. Das Salz verkleisterte einem wohl den Verstand! Sabotage!

»Was wissen Sie denn?« fragte Simon.

»Die Frage ist«, sagte Anne, »was wissen Sie?«

»Nicht sonderlich viel«, sagte Simon. »Ich meine, bis vor zwei Wochen hab' ich die Kleine noch nicht mal gekannt. Ich dachte, sie versucht mich anzumachen, als sie mir Drinks auszugeben begann. Jetzt bin ich mir nicht mehr so sicher, was da vor sich ging.«

»Was meinen Sie denn, was da vor sich ging?« sagte Anne, jetzt völlig verwirrt.

»Okay, ich denke mir folgendes, jetzt, wo ich Gelegenheit hatte, darüber nachzudenken. Ich denke, Blaze hatte die ganze Zeit über einen Deal mit dem Typ, der bei ihr immer bloß Herr Bonze gewesen ist. Ich denke, es war ihr wirklich ernst damit, daß ich den Travellift für das Regattateam der Kiwis übernehm'.«

»Travellift?«

»Ja, ist so was wie 'n Kran. Sie meinte, ich könnte das große Geld machen, wenn ich den Job kriege. Weil heute das letzte Rennen gegen die Aussies war, und sie wollte, daß ich heute die Schlinge sabotiere und das Boot fallen lasse.«

Fortney, der eine Menge mehr über Segelregatten und den America's Cup wußte, fragte: »Warum?«

»Na, damit das Boot im Eimer wär', natürlich! Die Kiwis haben noch eines, aber Blaze behauptete, daß das Zweiunddreißiger das schnellere wär'.«

»Wieviel hat sie Ihnen geboten?«

»Zehn Mille«, sagte Simon, »aber ich hab's für 'nen Scherz gehalten. Ich hätt' das doch nie getan!«

»Sagen Sie uns eines«, sagte Fortney. »Hatte der große Kerl was damit zu tun? Dieser Miles?«

»Wissen Sie das denn nicht?« fragte Simon.

Dann sah Simon Anne an, die sagte: »Wir müssen es erst von Ihnen hören, bevor wir entscheiden können, daß Sie mit dieser Absprache nicht wirklich was zu tun haben.«

Was Simon genügte. »Okay, sie sollte ihn dopen, wie so 'n Rennpferd, Herrgott noch mal! Sie sollte dafür sorgen, daß er gestern abend krank wird und ich heute seinen Job übernehmen kann, weil ich doch für das Bootslager arbeite, in dem sie sich eingemietet haben. Aber ich hätt' das doch nie und nimmer getan!«

»Haben Sie Blaze gesagt, daß Sie's tun?« fragte Anne.

»Kein Wort!« Dann zögerte er und sagte. »Vielleicht so 'n bißchen im Scherz. So etwa wie: 'Sicher, Baby, für dich würd' ich alles fallen lassen.‹ So in der Art. Im Scherz, weiter nichts!«

»Und warum hat sie den Kiwi nicht betäubt?« fragte Anne.

»Keine Ahnung, was sie gemacht hat. Miles und Gordon, mein Schwager, die beiden haben mich vor die Tür gesetzt, nachdem sie sich mit mir angelegt hatten. Gordon ist Floater auf dem Kiwi-Boot.«

»Was ist ein Floater?« fragte Anne.

»Ein Mädchen für alles«, antwortete Simon. »Er ist einfach da. Nur für den Fall.«

»Hört sich nach 'nem Cop an«, sagte Fortney.

»Wieso hat man Sie vor die Tür gesetzt?« fragte Anne.

»Weil Miles eifersüchtig war. Er wollte Blaze, aber die stand auf mich.« Dann sah er Anne an und fragte: »Kann ich mal was fragen?«

»Nur zu.«

»Ist Blaze im Gefängnis? Haben Sie sie dafür verhaftet? Weil ich Ihnen nämlich eines sagen kann: Ich habe mich auf absolut nichts eingelassen. Ich hätte nie und nimmer so was getan, egal was sie mir geboten hätte. Noch nicht mal, wenn ich sie für ehrlich gehalten hätte, was ich nicht tat.«

»Erinnern Sie sich noch, daß ich Sie gefragt habe, ob Sie von der Frau gehört hätten, die man aus der Bucht gefischt hat? Mary Ellen Singleton?«

»Ja?«

Anne schwieg einen Augenblick, beobachtete ihn dabei sorgfältig in der Dunkelheit. Simon sah Fortney an, dann wieder sie. Dann kapierte er: »Nein!«

»Doch«, sagte Anne.

»Oh, mein Gott!« rief Simon.

»Sehen Sie«, sagte Anne. »Es geht um viel Schlimmeres, als ein Boot kaputtzumachen, finden Sie nicht?«

»Sind Sie sicher, daß es kein Selbstmord war?«

»Sehr sicher.«

»Oh, mein Gott!«

»Sie waren einer der Letzten, die sie lebend gesehen haben«, sagte Anne. »Und Sie haben kein Alibi von dem Zeitpunkt an, an dem sie die Bar allein verlassen hat.«

»Ich bin nach Hause gelaufen!« sagte Simon. »Herrgott, ich könnte doch keinen umbringen. Ich war zu besoffen, um meinen Schwanz zu finden.« Dann hielt er inne und sagte: »'tschuldigen Sie die Ausdruckweise.«

»Vielleicht haben Sie bloß so getan«, sagte Fortney. »Als wären Sie besoffen.«

»Ach ja. Sie sollten's wissen. Sie haben mir ja genug ausgegeben, um mich über Blaze auszuquetschen!«

»Wie oft waren Sie mit ihr zusammen?« fragte Anne.

»Nur dreimal. Und jedesmal in dem Laden da oder in dem gegenüber.«

»Auch mal allein?«

»Nein. Nur in 'ner vollen Bar.«

»Hat sie mal durchblicken lassen, wer dieser Herr Bonze war?« fragte Fortney.

»Nein, aber …«

»Aber was?« fragte Anne.

»Ich meine, ich hab' gewußt, wer es sein *mußte.*«

»Und das wäre?«

»Bill Koch, denke ich.«

»Wer?« fragte Anne.

Fortney sagte: »Der Chef eines der America's Cup-Syndikate. Sein Boot ist die *Mighty Mary*.«

»Oder Dennis Conner«, sagte Simon.

»Wieso denken Sie das?« wollte Anne wissen.

»Weil einer von denen den Kiwis im Finale gegenübersteht. Wer wäre denn sonst dran interessiert, *Black Magic* in Klump zu hauen?«

»*Black Magic*?« sagte Anne.

»Ich erkläre das Regattazeug nachher«, sagte Fortney. Dann sagte er zu Simon: »Woher wissen Sie, daß es nicht die Aussies waren, für die sie gearbeitet hat?«

»Weil sie die Geschichte für heute geplant hat! An dem Tag, von dem wir wußten, da würden die Aussies ausscheiden. Und ich sollte es am Abend machen – dazu hätten die Aussies doch gar keinen Grund. Und *Young America* scheidet in den Rennen um die Verteidigung aus, die grade laufen, bleiben also nur noch Koch oder Conner. Sie wollte nicht sagen, wer's war, aber ich tippe auf Koch. Weniger Mumm, aber dafür um so mehr Moneten.«

»Warum, meinen Sie, hat er sie umgebracht?«

Simon saß einen Augenblick lang schweigend da. »Bitte, Ma'am«, sagte er, Angst in den Augen, »wie haben Sie das von mir rausgekriegt?«

»Wir sind von der Kripo, nicht?«

»Also, wo Sie schon wußten, daß Blaze mich in ihren Plan reinzuziehen versucht hat – was, wenn er weiß, daß Sie's wissen! Vielleicht will er mich auch zum Schweigen bringen wie Blaze!«

»Wer?« fragte Anne.

»Dennis Conner!« rief Simon. »Bill Koch mag ja für üble

Tricks zahlen, aber Dennis Conner hat den Killerinstinkt! Ich lande womöglich mit durchgeschnittener Gurgel im Meer vor Point Loma, verfluchte Scheiße!« Dann starrte Simon Cooke Anne Zorn mit vorquellenden Augen an: »'tschuldigen Sie die Ausdrucksweise.«

# 15

Jetzt, wo die Braut von nebenan ihre verkläffte Töle der Familie von gegenüber vermacht hatte, schlief Letch Boggs am Freitag aus. Als er schließlich aufstand, machte er Kaffee und las den Artikel über die Leiche in der Mission Bay, die am Abend zuvor als Mary Ellen Singleton aus Mission Valley identifiziert worden war. Es stand nicht viel drin, und Dawn Coyote oder Oliver Mantleberry wurden mit keinem Wort erwähnt; die Medien hatten den Zusammenhang also noch nicht gewittert.

Nun, er hoffte, Anne und Fortney hatten auch ausgeschlafen, glaubte es jedoch nicht. Nicht mit so viel Spionage und Intrigen im Kopf. Kaum hatten sie Simon Cooke nach Hause geschickt, ging es wie eine Horde Affen über Dennis Conner, Bill Koch und Mord auf dem Wasser los. Dieser Quatsch mit dem Cup. Die verrückte Verschwörung gehörte in einen Film von Oliver Stone.

Die Wahrheit, so schätzte er, war, daß sie wahrscheinlich scharf aufeinander waren und diese Sabotagegeschichte nur eine Ausrede für ein Tête-à-tête. Womöglich merkten sie es selbst noch nicht mal – zwei einsame Bullen um die fünfzig, die im Finstern auf einen längst abgefahrenen Zug zu springen versuchten. Letch gefiel das Bild irgendwie. Lyrisch wie ihm an diesem Tag war.

Also, genug der Spielchen. Er war der Shadow. Er würde Oliver Mantleberry finden, und die beiden Mordfälle wären gelöst. Sollten sie ihren Spionagetheorien um einen Haufen waschlappiger Segelbonzen hinterherlaufen – die könnten noch nicht mal einem Rasenmäher den Hahn abdrehen, geschweige denn einem Menschen.

Aber bevor er mit dem Team vom Morddezernat fertig war,

hatte er noch eine Kleinigkeit zu erledigen, also zog Letch sich an, wählte ein schwarzes Hawaiihemd voll leuchtend grüner Eidechsen und fuhr in die Stadt.

Anne Zorn hatte die Einsatzbesprechung bereits hinter sich und alles erfahren, was man tags zuvor herausbekommen hatte. Zuerst einmal war Blaze Duvall stranguliert worden, vermutlich mit einem Strick oder einem dicken Draht. Bei der Durchsuchung ihrer Wohnung hatten sie die Adresse ihrer nächsten Verwandten gefunden, einer Schwester in Escondido, die Blaze über einen Monat nicht mehr gesehen hatte. Eine Chance tat sich schließlich auf, als ein Hotel auf Shelter Island einen vermißten Gast, eine gewisse Mary Ellen Singleton, und ein durchsuchtes Zimmer meldete.

Man war inzwischen sorgfältig ihr Adreßbuch durchgegangen, aber die meisten der Nummern schienen harmlos zu sein. Neben der ihrer Schwester fanden sich die ihres Schönheitssalons, ihres Aerobicstudios und dreier Männer, die, wie sich herausstellte, aus ihrer Aerobicklasse waren. Daneben fanden sich jedoch noch ein Dutzend Männer ohne Telefonnummer, aber mit einer zweistelligen Zahl hinter dem Namen. Einer davon lautete »Jeremy 63«.

Außerdem gab es eine Nummer, die bereits als der zweite Anschluß in Dawns Wohnung identifiziert worden war. Kurzum, es war recht einfach, Blaze mit Dawn in Verbindung zu bringen und Dawn mit Oliver Mantleberry, aber etwas, was Blaze mit Oliver Mantleberry in Verbindung gebracht hätte, fand sich nicht. Was Annes Vermutung zu bestätigen schien, daß Blaze Duvall Oliver Mantleberry bei seinem Hinterhalt auf Dawn Coyote gesehen hatte, aber damit war die Verbindung auch schon erschöpft.

Die beste Nachricht war bei alledem, daß erste Ergebnisse der noch nicht abgeschlossenen DNS-Tests darauf hinwiesen, daß es sich bei dem Blut auf dem Waschlappen um das von Dawn Coyote, alias Jane Kelly, handelte.

Es gab etwas, über das Anne Zorn weder mit einem ihrer Kollegen aus dem Team noch mit ihrem Sergeant oder Lieutenant sprach: Ihre Vernehmung Simon Cookes und seine Behauptung, Blaze Duvall wäre von keinem geringeren als Dennis Conner ermordet worden – dem berühmtesten Segler der Welt. Letch hatte es verworfen, und Anne und Fortney waren übereingekommen, Simons Theorie noch ein Weilchen für sich zu behalten. Fortney sagte, er hätte da so eine Idee, er rufe sie am Nachmittag an.

Anne saß mit Sal Maldonado in ihrem Büro, als Letch Boggs hereinkam.

»Schönen guten Tag, ihr Schnüffler«, sagte er.

»Das mit dem blutigen Waschlappen steht zu neunundneunzig Prozent«, sagte sie. »Nicht mehr lange, und wir wissen es genau.«

»Für einen Haftbefehl reicht es«, sagte Letch. »Sogar für ein Todesurteil.«

»Und was den anderen Fall angeht«, sagte Anne, »eine Streife hat einen Anruf von einem Hotel auf Shelter Island gekriegt. Ein Zimmer, das auf den Namen Mary Anne Singleton gemietet war, wurde auf den Kopf gestellt. Ihre Kleidung war da, nicht aber Brieftasche und Wagenschlüssel. Ihr Wagen stand auf dem Parkplatz des Hotels.«

»Oliver Mantleberry«, sagte Letch. »Das sieht so einem Dreckskerl von Luden ähnlich, ihr auch noch das Geld zu klauen, nachdem er sie umgebracht hat.«

»Vielleicht steh' ich ja auf der Leitung«, sagte Anne, »aber wie hat er die Leiche aus ihrem Zimmer geschafft?«

»Ganz einfach: hat er gar nicht. Er hat sie irgendwo anders als im Hotel überfallen, ihr den Zimmerschlüssel abgenommen und ist damit zurück auf das Zimmer.«

»Warum?«

»Er braucht Geld. Er hat sich irgendwo verkrochen und ist blank.«

»Ich hab' ihr genau dasselbe gesagt«, sagte Sal Maldonado.

»Ich würde gern mal ihr Freierbuch sehen«, sagte Letch zu Anne.

Sal sah Letch an und sagte: »Ist kein Freierbuch. Es stehen ein paar Namen mit Zahlen dahinter drin, bei denen es sich um einen Code handeln könnte. Vielleicht ihre Massagekunden. Aber keine Telefonnummern. Wir haben die meisten überprüft. Alles ganz legal.«

»Darf ich mal reinsehen?« fragte Letch.

Sal warf ihm das Telefonbüchlein zu und verließ das Büro, um Kaffee holen zu gehen. Letch ging direkt zu »S« und »J«. Unter »J« fand sich nichts Interessantes, aber unter »S« befand sich eine Telefonnummer. Er notierte sie sich und wandte sich dann an Anne. »Ich nehme an, so richtig überzeugt bist du nicht«, sagte er. »Du und Fortney werdet wohl trotzdem auf dem Wasser nach einem Mörder suchen, hab' ich recht?«

»So ganz bin ich nicht davon überzeugt, daß Oliver Blaze umgebracht hat.«

»Wie du willst«, sagte Letch. »Wenn ich ihn erwische, dann gesteht er mir schon, daß er Blaze ins Wasser geworfen hat, bevor ich ihm eine Kugel zwischen die Hörner jag'.«

»Was wolltest du denn mit Blazes Telefonbuch?« fragte Anne.

»Eine Verbindung zu Dawn. Oder Oliver.«

»Wir haben bereits –«

»Ich weiß, ich weiß«, sagte Letch. »Hat jemand die Nummer hier unter ›S‹ überprüft?«

Er wies auf die Nummer, die er sich notiert hatte. Anne zuckte die Achsel, als Sal Maldonado zurückkam. »Hat jemand die Nummer hier überprüft?« fragte ihn Letch. »Unter ›S‹?«

»Ja«, sagte Sal. »Ist 'ne Tierhandlung.«

»Hatte Blaze ein Tier?«

»Tiere waren in ihrem Haus nicht erlaubt«, sagte Sal Maldonado.

»Wieso sollte sie dann die Nummer einer Tierhandlung haben?« fragte Letch.

»Wahrscheinlich hat sie eine Ziffer vertauscht«, sagte Sal.

»Dann wißt ihr also gar nicht, wieso sie unter ›S‹ steht?«

Sal sagte: »Der Laden heißt Pet's Heaven.«

»Das fängt doch nicht mit ›S‹ an«, sagte Letch. »Muß wohl 'n Fehler sein. Ich denke, ich geh' mal 'n Happen essen. An eurer Stelle würde ich jeden Schwächling als Mörder vergessen. Der, der die Duvall überfallen hat, war ein großer, kräftiger Kerl.«

»Weißt du, was das Gefährlichste ist, das eine Frau sagen kann?« sagte Anne. »›Ich weiß mich schon zu wehren, wenn ein Kerl grob wird.‹ Also, mit das erste, was ich bei der Polizei gelernt habe, war: egal wie fit ich war, selbst ein Durchschnittstyp warf mich durch die Gegend.«

»Und?« sagte Letch.

»Sie hätte so gut wie von jedem Typ erwürgt werden können, mit dem sie in Kontakt kam. Das brauchte gar kein kräftiger Kerl wie Mantleberry zu sein. Selbst ein halbes Hemd von Amateur hätte das gebracht.«

»Oliver Mantleberry ist euer Mann«, sagte Letch stur. »Ciao, Annie.«

Kaum hatte Letch das Morddezernat hinter sich gelassen, rannte er die Treppe hoch zur Sitte. Drei der Knaben von der Tagschicht arbeiteten im Büro, waren aber nicht sonderlich überrascht, Letch so früh schon zu sehen. Keiner hinterfragte den Shadow, nicht solange er Dinge zuwege brachte, mit denen ein gewöhnlicher Sterblicher überfordert war.

Letch ging zu einem Telefon und begann sämtliche Kombinationen mit der ersten Ziffer der Nummer zu wählen, die Sal Maldonado für eine Tierhandlung hielt. Wenn jemand ranging, sagte er einfach: »Hoppla! Da hab' ich mich verwählt!«

Als er fertig war, wiederholte er die Prozedur mit der letzten Ziffer der Nummer. Beim dritten Anruf, er hatte aus der »4«, die dastand, eine »3« gemacht, dauerte es etwas länger, bis es zu klingeln begann.

Als eine alte Braut mit Whiskeystimme ranging, sagte Letch: »Hoppla! Da hab' ich mich verwählt.« Und legte grinsend wieder auf.

Ihm war sein Lebtag keine Nutte untergekommen, die Phantasie genug gehabt hätte, mehr als die erste oder letzte Ziffer der Nummern in einem vertraulichen Kundenbuch auszutauschen. Das verzögerte Klingeln sagte ihm, daß der Anruf weitergeleitet wurde – mit anderen Worten, es war etwas faul.

Er nahm den Hörer wieder auf und wählte die Nummer seines alten Spezis Rudy bei Pacific Bell. »Hier Letch«, sagte er. »Wie geht's denn so? Ich hab' da eine Nummer, die ich gern durch deinen Computer gejagt hätte.«

Als Rudy protestierte, antwortete Letch: »Gerichtsbeschluß? Nee, aber ich kann zwei Spitzenplätze beim Spiel der Padres gegen die Dodgers besorgen. Interessiert? Hier ist die Nummer, aber der Anruf wird zu einer anderen durchgestellt.«

Kurz darauf klingelte das Telefon, und Letch ging ran: »Rudy? Ein Handy? Hab' ich mir schon gedacht. Okay, danke.«

Eine Viertelstunde später hatte Letch AirTouchs Version von Rudy an der Strippe und sagte: »Billy, hier Letch. Tust mir 'n Gefallen? Ja, ich weiß, aber es ist wichtig. Ich habe da die Nummer eines Handys und muß auf der Stelle die Adresse wissen, wo die Rechnung hingeht.«

Heute freute sie sich wirklich auf ihre Show. Sie hatte einen Teller mit Käse, Crackern und Sardinen gefüllt, dazu eine Großpackung Mandelpralinen in Sahne von Thirty-One Flavors und anderthalb Liter Coca-Cola mit Schuß. Der Kater war genauso aufgeregt wie sie. Die Sardinen machten ihn schier verrückt.

Die Talkrunde bestand aus Familienmitgliedern mit schmutzigen kleinen Geheimnissen um sexuelle Erfahrungen außerhalb des menschlichen Bereichs. Der Anreißer hatte durchblicken lassen, daß einer zugab, es mit einem Lama getrieben zu haben. Eine andere behauptete, Sex mit einem Außerirdischen gehabt zu haben, was Serenity langweilig fand. Alle Welt behauptete heutzutage, Sex mit Außerirdischen gehabt zu haben.

Kaum hatte Serenity es sich in ihrem Fernsehsessel bequem gemacht, klingelte es, verdammt noch mal, an der Tür.

Sie seufzte, brummelte, stemmte ihre enorme Körperfülle aus dem Sessel und ging zur Tür. Auf dem Innenhof des Apartmentblocks stand, mit dem Rücken zum Spion, ein Mann. Er war so gut wie kahl, hatte die Form einer Piñata und trug ein abscheuliches Hawaiihemd. Irgend etwas an diesem Hemd …

Sie öffnete die Tür und sagte: »Jaaaaaa?«

Er drehte sich um, grinste sie anzüglich an, und sie erkannte ihn auf der Stelle.

»Ist 'n paar Jahre her, Serenity«, sagte er.

»Großer Gott!« Sie drückte die Hände gegen den enormen Busen, der sich unter dem geblümten Gewand hob.

»Kann ich reinkommen?«

»Mister Boggs!«

»Manche Dinge ändern sich nie, Serenity«, sagte er und ging an der alten Frau vorbei.

Er musterte sie. Dieselbe Dolly-Parton-Frisur. Die Wimpern von Tammy Faye Bakker. Sie hatte vielleicht einen halben Zentner zugelegt, nicht daß es eine Rolle gespielt hätte. Er schätzte sie auf mittlerweile über siebzig, fünfundsiebzig vielleicht. Bei so dicken Bräuten wußte man nie.

»Ist das was Amtliches?« fragte sie.

»Wieso? Hast du was angestellt?« Mit dem anzüglichen Grinsen, das sie noch nie gemocht hatte.

»Falls ja, dann muß ich den Durchsuchungsbefehl sehen«, sagte sie.

»Setzen wir uns doch«, sagte Letch. »Wenn du nicht grade

Fünfzig-Dollar-Scheine im Schlafzimmer druckst, interessiert's mich nicht, was du machst. Ich muß mit dir über jemanden reden, den du kennst.«

Serenity führte Letch in die Küche. Er setzte sich, und sie holte zwei Dosen Bier aus dem Kühlschrank, riß sie auf und stellte ihm eine hin.

»Jetzt muß ich wieder ausziehen«, sagte sie. »Wenn Sie mich so leicht gefunden haben.«

»So leicht war's gar nicht«, sagte er.

»Um was geht's denn nun?« fragte Serenity. »Ich bin nicht mehr im Spiel.«

»Na ja, etwas schon noch«, korrigierte er sie. »Ich hab' mich da mit jemandem über dich unterhalten. Einer Kleinen namens Dawn Coyote. Erinnerst du dich?«

Serenity leckte sich den Schaum von der Lippe und sagte. »Dawn ..., ja, so 'ne magere kleine Blonde? Waren Sie's nicht, der seinerzeit meinen Massagesalon hat hochgehen lassen? Als Dawn für mich gearbeitet hat?«

»Dein Gedächtnis ist nicht mehr so gut wie früher«, sagte Letch. »Nein, es war nicht mein Fall, aber ich habe mir die Akte angesehen. Du hattest damals noch ein anderes Mädchen dabei, Blaze? Erinnerst du dich?«

»Vage«, sagte Serenity Jones. »Ich kann sie mir so ungefähr vorstellen.«

»Rotschopf. Groß. Grüne Augen.«

»So vage erinner' ich mich.«

»Ich hab' das Mädel ja nie gesehen«, sagte Letch, »aber's kommt mir vor, als hätte ich sie gekannt. Na wie auch immer, hast du gelesen, daß Dawn Coyote Ostersonntagmorgen ermordet wurde?«

»Nein!«

Letch sah, daß ihre Überraschung echt war. »Doch. Stand nicht viel in den Zeitungen darüber.«

»Ich les' keine Zeitungen mehr«, sagte Serenity. »Und im

Fernsehen guck' ich bloß Lustiges. Ich bin zu alt, um mir all den Kummer in der Welt anzusehen. Wer hat das arme Mädchen denn umgebracht?«

»Ein Lude namens Oliver Mantleberry.«

»Ein Nigger?«

»Ja. Großer Kerl, kahl, Schnurrbart. Fährt einen weißen Jaguar. Oder hat einen gefahren. Er hat sich verkrochen, aber ich glaube, er ist noch in der Stadt. Wo soll er denn schon hin?«

»Das mit Dawn geht mir schrecklich nah«, sagte Serenity. »Armes kleines Ding. Sie war ein verlorenes kleines Mädel, als ich sie eingestellt hab'.«

»Und hat nie ein Zuhause gefunden«, sagte Letch. »Aber Mantleberry finde ich.«

»Wieso kommen Sie dann zu mir?«

»Dawn und Blaze Duvall haben sich all die Jahre nicht aus den Augen verloren. Und in Blazes Telefonbuch habe ich deine Nummer gefunden.«

»Meine Nummer?«

»Na ja, nachdem ich sie entschlüsselt und über die Umleitung beim Antwortdienst der Funktelefonfirma verfolgt hatte.«

»Sie waren schon immer ein cleverer Bulle, Mister Boggs.«

»Hast du im TV das über eine Frau namens Mary Ellen Singleton gesehen, die man gestern morgen aus der Mission Bay gefischt hat?«

Serenity Jones antwortete nicht. Was auch nicht nötig war. Sie versuchte die Dose abzusetzen und verfehlte den Tisch. Sie knallte auf den Boden, und das Bier spritzte heraus. Letch hob sie auf und stellte sie in den Ausguß.

Auf einmal sah man Serenity Jones ihr Alter an. Ihr rotes Mondgesicht platzte wie ein Ballon, als ihr ein Schluchzen entfuhr. Dann begann die alte Frau zu weinen. Einen Augenblick später lief ihr die Wimperntusche über Lippen und Kinn auf die Brust ihres Kittelkleids.

Letch nippte schweigend an seinem Bier, bis sie fertig war.

»Das … Lämmchen«, sagte sie schließlich. »Das arme, arme kleine Lämmchen! Ich habe mich schon gefragt, wo sie abgeblieben ist die letzten paar Tage!«

»Tut mit leid, daß du's so erfahren mußt, Serenity«, sagte Letch.

»Wer … wer hat sie umgebracht?«

»Derselbe Kerl«, sagte Letch. »Oliver Mantleberry.«

»Ein Lude?« sagte Serenity. »Ein Niggerlude hat mein kleines Lämmchen umgebracht?«

»Ja, wir denken uns, daß sie zufällig dabei war, als er Dawn Coyote aufgelauert hat. Sie hat zuviel gesehen, und er mußte sie zum Schweigen bringen.«

»Ich hoffe, er widersetzt sich der Verhaftung«, sagte Serenity grimmig. »Ich hoffe, Sie bringen ihn um.«

»Ich habe gehofft, daß du vielleicht einen Tip für mich hättest. Daß du vielleicht hin und wieder Verbindung mit Dawn gehabt hast?«

Serenity wischte sich über die Augen und sagte: »Nein, aber ich hab' gewußt, Blaze redet hin und wieder mit ihr. Ich habe Blaze vielleicht einmal im Monat gesehen, aber wir haben telefoniert. Manchmal hat sie beim Chinesen gekauft und was mit rübergebracht, und wir haben zusammen zu Abend gegessen. Und ich habe sie mit ein paar sehr exklusiven Kunden aus meinem alten Geschäft zusammengebracht, nur um ihr auszuhelfen.«

»Deine Kuppelgeschäfte interessieren mich nicht«, sagte Letch. »Man hat sie nicht wegen einer Massage umgebracht. Oliver Mantleberry hat sie überfallen. Ich weiß nur nicht wo, aber wenn ich das wüßte, vielleicht täte ich mich leichter, ihn zu finden. Kannst du dir vorstellen, wie er Blaze ausfindig gemacht haben könnte, nachdem sie aus ihrer Wohnung ausgezogen war? Wir wissen, daß sie vor Oliver davonlief, als sie in einem Hotel auf Shelter Island abstieg. Aber weiter sind wir nicht gekommen.«

»Dawn Coyote war sicher ihre einzige Verbindung zu einem Niggerluden«, sagte Serenity Jones. »Vielleicht ist er ihr zum Hotel gefolgt. Ich hatte mal die Sitte eine ganze Woche am Hacken und hab's noch nicht einmal gemerkt.«

»Vielleicht«, sagte Letch, der sein Bier austrank und aufstand. »Na ja, war auch nur 'ne vage Vermutung. Trotzdem schön, dich mal wieder zu sehen.«

»Klar«, sagte Serenity. »Das bedeutet, daß ich wieder mal umziehen und die Telefonnummer ändern kann.«

»Laß gut sein«, sagte Letch. »Ich schikanier' doch keine Senioren.«

»Da bin ich Ihnen wirklich dankbar, Mister Boggs«, sagte Serenity. »Ich bin zu alt, um ständig durch die Gegend zu ziehen.«

Letch gab ihr eine seiner Karten und sagte: »Ruf mich an, falls dir was einfällt.«

»Mach' ich«, sagte sie und fügte hinzu. »Es gibt da 'ne Farbige, die früher mal für mich gearbeitet hat. Steht jetzt auf dem El Cajon Boulevard und ist voll auf Droge. Sie hat Dawn gekannt. Mal sehen, ob die Oliver Mantleberry finden kann.«

»Dann mach's mal gut«, sagte Letch.

Bevor sie die Tür hinter ihm schloß, hörte er, daß die alte Frau wieder zu schluchzen begann, heftiger noch als zuvor.

Letch war keine fünf Minuten zurück in seinem Büro, als er einen Anruf bekam. »Mister Boggs?«

»Serenity? Was gibt's?«

»Ich hab' überlegt, Mister Boggs. Ich könnte Ihnen womöglich tatsächlich helfen, ihn zu finden, über die kleine Farbige, von der ich Ihnen erzählt habe. Aber sie braucht einen Ausgangspunkt.«

»Ich kann dir seine Privatanschrift in City Heights geben, wenn du nicht weitersagst, woher du sie hast. Seine Alte wohnt dort mit seinen drei Kindern. Eine ehemalige Nutte namens Tamara Taylor.«

»Ich hab 'n Stift«, sagte Serenity. »Es kann losgehen.«

Fortney und Anne Zorn wußten sehr gut, weshalb sie sich an diesem Abend um sieben trafen. Teils um unvertrautes Gelände zu erforschen, teils um sich wiederzusehen. Da beide die Kriege von Polizistenehen hinter sich hatten, kannten sie auch beide den Extrakick, den es einem zuweilen gab, wenn man als Paar gemeinsam einen stressigen Einsatz überstand. Wie alle Polizisten, die sich an der Ehe mit Kollegen die Finger verbrannt hatten, hatten auch sie sich geschworen, nur noch was mit Zivilisten anzufangen und nie wieder einen Markenträger zu heiraten.

Trotzdem eilte Anne nach der Arbeit nach Hause, badete, rasierte sich Beine und Achselhöhlen, gönnte sich eine Haarkur, die ihr kastanienbraunes Kraushaar in eine seidige Mähne verwandeln sollte, und betupfte sich mit Parfüm. Alles nur – oder wenigstens größtenteils –, weil Fortney eine Einladung zu einer America's Cup-Soiree aufgetan hatte, auf der sie vielleicht Gelegenheit hätten, Simon Cookes Verdächtige in natura zu sehen.

Anne entschied sich für ihre jüngste Errungenschaft, die sie sich zwar nicht hatte leisten, der sie aber auch nicht hatte widerstehen können: ein zweiteiliges Cocktailensemble aus beigefarbenem Jäckchen und einem, wie man auf den ersten Blick hätte meinen können, geraden knielangen beigefarbenen Rock. Ohne die Jacke freilich entpuppte sich letzterer als trägerloses, sexy auf Taille geschnittenes Cocktailkleid. Sie hatte fast einen Monatslohn dafür hingelegt.

Fortney verausgabte sich, wenigstens nach seinen Maßstäben, noch mehr. Er machte vorzeitig Schluß, raste nach Hause, rasierte sich, schnitt sich das Haar, duschte noch mal, weil er nicht zu schwitzen aufhören wollte, und brachte mit einem Schuß Tönung etwas Leben in das matte graue Haar.

Leeds hatte ihm ein kariertes Leinensportsakko in Beige und Neutraltönen geborgt. Es paßte gut zu der kakaofarbenen Hose, die er sich für eine Weihnachtsparty gekauft hatte, auf die er dann doch nicht gegangen war. Er trug sein bestes blaues Oxfordhemd und eine gelbe Seidenkrawatte mit Babar, dem Elefanten, darauf. Er war etwas beunruhigt, daß der Schlips vielleicht zu schrullig sein könnte, aber Anne sollte schließlich sehen, daß er jünger war, als er aussah.

Fortney versuchte es mit einem Schulterholster unter dem Sakko, nahm es jedoch wieder ab. Er versuchte es mit einem Gürtelholster, aber auch das gefiel ihm nicht. Rein technisch gesehen begaben sie sich – mit potentiellen Mordverdächtigen – auf unbekanntes Terrain, aber die Pistole ruinierte nun mal die Fasson seines Sakkos, also ließ er sie daheim.

Später, als Fortney dem Parkwart in dem Häuschen an der Einfahrt zum San Diego Yachtclub seinen Namen nannte, konnte er gar nicht glauben, wie nervös er war.

Der Parkwart ging seine Liste durch und sagte: »Sie sind Gast von Mister Page? Okay, Sir. Parken Sie irgendwo auf der Wasserseite.«

Fortney sah, daß er pünktlich war – es war auf den Schlag genau sieben –, aber Anne erwartete ihn bereits auf der Veranda. Er sperrte den Honda Civic erst gar nicht ab und joggte die Treppe hinauf.

Sie lächelte schüchtern, als er sagte: »Du siehst fabelhaft aus!« und öffnete die Jacke, um ihm das trägerlose Kleid zu zeigen.

»Wow!« sagte Fortney.

»Danke«, sagte Anne. »Du siehst selbst ganz reizend aus.«

»Ich denke, der Abend war eine gute Idee.«

»Ich verbuch' das nicht als Überstunden«, sagte Anne. »Ich seh's als Date. Was dich, wohlgemerkt, zu nichts verpflichtet.«

»Sehen wir nach Murray Page«, sagte er, auf einmal verlegen und mit ganz trockenem Mund.

Die Bar ausfindig zu machen war kein Problem; sie folgten nur dem Lärm. Alles war ganz aufgedreht von der Aussicht auf ein Regattawochenende mit einem Duell zwischen allen drei Verteidigerbooten – es bedeutete weitere Partys.

Ein schlanker, gutaussehender Bursche, etwa in Fortneys Alter, in einem maßgeschneiderten grünen Blazer, kam herbei und schüttelte ihnen die Hand.

Fortney sagte: »Darf ich dir Murray Page vorstellen. Murray – Anne Zorn.«

»Hi, Anne«, sagte der Mann. »Ich war achtzig zusammen mit Mick im Nordteil der Stadt. Oder war das einundachtzig?«

»Einundachtzig«, sagte Fortney. »Murray ist jetzt Anwalt – Personenschäden.«

»Ich habe einen ehrlichen Job gegen einen etwas weniger ehrlichen getauscht«, sagte der Anwalt. »Dafür habe ich jetzt Zeit zum Segeln. Und das ist mehr als ein Hobby, es ist fast ein Leben.«

»Danke für die Einladung«, sagte Anne.

»Das konnte ich dem alten Mick hier nicht abschlagen. Er meinte, Sie bräuchten einen Crashkurs in Sachen America's Cup.«

Er nahm Anne beim Arm und führte die beiden Polizisten aus der Bar über einen mit Schwarzweißfotos alter Commodores gesäumten Flur in den Trophäenraum vor den Glaskasten mit dem Cup.

»Das ist er«, sagte er. »Häßlich, was?«

»Aber irgendwie auch niedlich«, sagte Anne. »Wir schnüffeln heute abend nur so ein bißchen herum. Unser Mordopfer hatte möglicherweise mit jemandem aus der Seglergemeinde zu tun. Das ist so ziemlich alles, was wir wissen, aber wir versuchen mehr zu erfahren.«

»Die Details brauche ich gar nicht zu wissen«, sagte der Anwalt. »Ich freue mich nur, daß ich jemandem aus der alten Gang aushelfen kann.«

»Wir wollen sehen, was es mit dieser Regatta auf sich hat«, sagte Anne.

»Wenn ihr 's rauskriegt, laßt es mich wissen«, sagte Murray Page. »Wissen Sie, wie das mit dem Rennen um die Qualifikation geht?«

»Keine Ahnung.«

»Also, alle drei amerikanischen Herausforderer treten übers Wochenende und vielleicht noch am Montag gegeneinander an. Erst *Young America* gegen Bill Kochs *Mighty Mary*. Dann, am Sonntag, *Young America* gegen Dennis Conners *Stars and Stripes. Stars and Stripes* tritt am Montag gegen *Mighty Mary* an, falls *Young America* Conner schlägt. Falls Conner beide Rennen verliert, stehen am Ende alle gleich. Da Dennis im Halbfinale am schlechtesten abschnitt, müßten die beiden anderen zu einem Stechen antreten. Alles klar?«

»Sicher doch«, sagte Anne. »Alles klar.«

»Dann mal rein ins Vergnügen«, sagte der Anwalt. »Ich stelle Sie allen vor.«

Murray Page führte sie an der Bar vorbei hinaus auf die hintere Terrasse mit Blick auf die Marina und den Kanal. So aus der Nähe sahen für Anne die Boote viel größer aus. Es gab Segelboote und Motoryachten von jeder Art und Sorte.

Der Anwalt sagte: »Wir gehen auf eine kleine Party auf einem der Demitasse-Boote.«

»Was ist das denn?« fragte Fortney.

»Riesige Segelyachten. Weißt schon, Mokkatassen, feinstes Porzellan. Sind nur für die Regatta hier. Einige sind von Europa herübergekommen, durch den Panamakanal. Ich habe schon welche mit Swimmingpools und Konzertflügeln gesehen, von Vollzeitcrews mit Koch ganz zu schweigen. Sie haben sogar ihre eigenen Demitasse-Rennen, diese reichen Leute, diese extrem reichen Leute. Die Art von Leuten, die ihren Skipper antreten lassen, um ihm zu sagen: ›Fahren Sie das Boot für eine Party am dritten Juli nach Monte Carlo.‹«

»Hast du solche Kunden, Murray?« fragte Fortney.

»Ich wollte, ich hätte«, sagte der Anwalt. »Doch alles, was ich kriege, sind Harley-Fahrer mit Schädelbruch. Aber es läßt sich leben.«

Nachdem er seine Gäste zu den Anlegestegen und einigen

riesigen Yachten hinabgeführt hatte, sagte Murray Page: »Die hier ist heute abend der Tatort.«

Die *Eyrun* war die größte Segelyacht, die Fortney je gesehen hatte; er mußte stehenbleiben, um sie sich anzusehen. Der Mast schien höher als das Polizeipräsidium. Der Rumpf war kirschrot, und die Sonne, die hinter Point Loma unterging, tauchte das Großsegel, das man um der Wirkung willen gehißt hatte, in rotes Licht.

»Wahnsinn«, sagte Fortney.

Murray Page sagte: »Das Neueste vom Neuesten. Zirka fünfundvierzig Meter. Elektrowinschen, computergesteuerte Segel aus Kevlar und Carbonfaser. Durch die Bank Teak. Zwillingsdiesel. Wieviel? Vielleicht fünfzehn Millionen. Wie ich gehört habe, verchartert der Eigner sie für fünfzigtausend pro Tag. Ohne das Bier, versteht sich.«

»Ob wir mal dran denken sollten, unser nächstes Grillfest hier zu veranstalten anstatt auf dem Pistolenschießplatz der Polizei?« scherzte Anne, die an dem schwimmenden Vermögensfresser hochstarrte.

»Eine zehnköpfige Besatzung hat sie von New York herübergebracht«, sagte der Anwalt, während er sie die Treppe hinab zu den Stegen führte. »Leute mit solchen Schiffen verreisen selten wirklich damit.«

Auf dem Deck tummelten sich wenigstens hundert Leute. Fortney konnte gar nicht hinsehen, wie die Ledersohlen das herrliche Holz zurichteten, aber er dachte sich, vermutlich ging die Crew tags darauf mit Sandpapier drüber und lackierte es neu.

Eine Traube von Gästen stand am Bug und nahm sich Getränke von den Tabletts, die junge Frauen in weißen Deckschuhen, erdbeerroten Polohemden und Khakishorts herumreichten. Einige der Gäste rührten ihre Bloody Marys mit Selleriestäbchen um.

Einer von ihnen winkte Murray Page zu, und er führte Anne und Fortney auf die Gruppe zu: »Gott zum Gruß, Bordkameraden für den Abend!« rief er aus. »Ich möchte euch Mick Fortney und Anne Zorn vorstellen, Freunde aus dem Kampf um das Recht.«

Einige aus der Gruppe stöhnten. Einer sagte: »Noch mehr Anwälte!« Alles schüttelte ihnen die Hände und tauschte Namen aus, die man auf der Stelle wieder vergaß.

Anne hielt sich für besser gekleidet als die meisten der Frauen hier, von denen einige wie Hummel-Figuren aussahen – auch wenn sie so einige Klamotten sah, die mehr gekostet hatten als ihr Wagen. Sie und Fortney bestellten Bloody Marys und unterhielten sich mit einem Trio Segelbegeisterter aus Bangor in Maine, das sich für die ganze Regatta hindurch in einem Haus am Strand eingemietet hatte. Alles, was man bei feuchtfröhlichen Partys im Yachtclub zu tun hatte, so merkte Anne, war von Zeit zu Zeit zu nicken, und jedermann dachte, man kannte sich im Regattajargon und der Cup-Politik aus.

Murray driftete schließlich davon, und Fortney machte Anne Zeichen, ihm unter Deck zu folgen, wo er es noch überwältigender fand als sie. Er hatte eine bessere Vorstellung davon, was diese Art seetauglicher Pracht kostete. Es gab vier Kabinen, zwei davon mit übergroßen Betten, zwei mit Doppelbetten. Drei hatten eigene Badezimmer mit vernickelten Armaturen. In der Eignerkabine gab es platinbelegte Armaturen und einen überdimensionalen Whirlpool.

Salon und Speisesaal hatten einen Marmorkamin, der Speisetisch war aus solidem Mahagoni; das Entertainmentcenter vom Feinsten steckte hinter einer Schiebetür mit einem antiken Gobelin. Die Kombüse verfügte über Gourmetgerätschaften und einen Arbeitsraum, bei dem so manches Restaurant nicht mitkam. Die Mannschaftsquartiere waren so geräumig wie Fortneys Wohnung.

Alles, was er immer wieder zu Anne sagen konnte, war: »Das ist ein Schiff! Das schwimmt nicht im Wasser, das schwimmt in Geld!«

Einige der Leute bedienten sich bereits am Buffet im Speisebereich. Es gab Chateaubriand, Spanferkel und gegrillten Seebarsch, von Matrosen in Kochmützen serviert.

Anne sagte: »Ich habe noch keinen Hunger. Gehen wir zum Sonnenuntergang wieder rauf.«

»Ist vom Kanal aus nicht zu sehen«, sagte Fortney. »Da ist Point Loma im Weg.«

Sie sah ihn über den Rand ihrer Bloody Mary hinweg an und sagte: »Aber den Himmel sieht man.«

Fortney mochte ihre Augen. Sie waren braun, blickten munter und hatten aprikosengoldene Sprengsel. Aber sie waren nicht frech, spöttisch und so herzzerreißend grün wie ihre – wie Blaze Duvalls.

Als sie wieder an Deck waren, sah Anne zu ihrer Überraschung, daß noch viel mehr Gäste angekommen waren. Sie fragte sich, ob das Boot unter dem Gewicht seiner menschlichen Fracht sinken würde. Eine Gruppe von vier Männern und drei Frauen stand im Gespräch mit Murray Page hinten am Heck. Sie sahen ziemlich angetrunken aus, wie übrigens auch der Anwalt.

Als die Polizisten sich zu ihnen gesellten, flüsterte Fortney: »Murray hat früher mal alles gesoffen, wo nicht gerade ein Totenkopf mit Knochen drauf war.«

Anne erwiderte flüsternd: »Alkohol hat schon zu ungezählten Todesfällen und Elend unter Polizisten geführt. Ganz zu schweigen von dem Horror, erraten zu müssen, wer am Morgen nach dem Zahltag auf deinem Kissen liegt.«

Der Anwalt sagte angesäuselt: »Das hier sind meine juristischen Mitstreiter Anne und Mick, Anne und Mick, das hier sind meine Bordkameraden für den Abend, wer immer sie sind.«

Einmal mehr schüttelte sich alles die Hand und tauschte Namen aus. Fortney stoppte einen Steward mit einem Tablett voll Champagnertulpen. Er nahm Anne das leere Cocktailglas ab, ersetzte es durch Champagner, berührte ihr Glas mit seinem eigenen und flüsterte: »Wir sind hier unter Leuten, bei denen kommt der Anruf der Kinder, die sich übers Schulessen beschweren, aus der Schweiz.«

Murray Page sagte: »Meine Freunde sind begeistert, aber das einzige, was sie über Boote wissen, ist, daß sie schwimmen. Ich möchte, daß ihr ihnen alles über das Rennen dieses Wochenende erzählt. Wer mit wem und so weiter.«

»Wer mit wem wissen wir zu Land und zu Wasser«, wandte sich eine ausgesprochen dünne Frau in einem schwarzen Satinkleid an Fortney und Anne. »Wir können Ihnen bestätigen, daß Koch tatsächlich der Mistkerl ist, für den jeder hier ihn hält.«

Aber ein außergewöhnlich großer Mann, der meinte, er gehe nicht gern unter Deck, weil er sich nur ständig den Kopf an der Decke stoßen würde, sagte diplomatisch: »Es gehört neben den Millionen auch Chuzpe dazu, den America's Cup zu gewinnen. Und Koch ist nach Bob Dole der zweitberühmteste Mann aus Kansas. Machen Sie ihn nicht kleiner, als er ist.«

Einer, der sprach, als hätte er ein loses Gebiß, sagte: »Der Kerl ist so was von arrogant, alles was dem noch fehlt ist eine Reitgerte und ein Säbelschmiß. Er hat Leute aus der eigenen Familie verklagt, wissen Sie.«

»Nein, nein! Die haben ihn verklagt«, warf seine Frau ein. Sie trug einen weißen Hosenanzug mit einer leuchtend rosa Bluse, die Anne zu grell fand. »Was erwartest du bei einem solchen Vermögen? Und verklagen einen Verwandte nicht immer?«

»Tja, ich finde, es war mutig, ein Schiff ganz mit Frauen zu besetzen«, sagte der Lange.

»Ich finde, es war mies von ihm zu kneifen und ihnen einen Mann als Taktiker mitzugeben«, entgegnete seine Frau. »Die Mannschaft – oder besser Frauschaft – von *Mighty Mary* war ein Team schneidiger Frauen.«

»Und was ist mit dem Hubschrauberkrieg?« warf der mit dem

losen Gebiß ein. »Ständig spioniert Koch hinter Conner her, schickt ihm Hubschrauber über das Boot, um Fotos von seinem Kiel zu machen.«

»Der Kiel ist unter Wasser«, entgegnete ein Mann mit einem schlechtsitzenden Toupet.

»Ich weiß, aber ich habe gelesen, daß man das Kieldesign auf dem Video elektronisch hervorheben kann.«

»Ich habe gehört, daß Spione während dieser Regatten bis zu fünftausend im Monat verdienen«, sagte die älteste Frau. Sie trug ein seitlich bis über die Schenkel geschlitztes Kleid, obwohl man dadurch die Stützstrumpfhose sah.

»Das ist doch lächerlich!« sagte der mit dem schlechtsitzenden Toupet. »Sie sind nichts weiter als zwei Segler, die völllig verrückt sind. Noch nicht mal mit einer Überdosis Schlaftabletten kann man die beiden ruhigstellen.«

Dann redeten plöltzlich alle auf einmal:

»Wie war das mit den Ninja-Angriffen im Kajak mit Taucherausrüstung und Unterwasserkameras?«

»Das ist ein Mythos!«

»Die Kiwis haben beim letztenmal ein paar Kerls erwischt und krankenhausreif geprügelt.«

»Das glaube ich nicht!«

»Habt ihr gehört, daß mal ein Fernfahrer, der einen neuen Kiel in einem plombierten Container liefern kam, in einem Rasthaus von zwei Nutten abgefangen wurde? Während ihm die eine *ihren* Kiel gezeigt hat, hat die andere den Container aufgebrochen und schoß mit der Kamera drauflos!«

»Koch ist etwa so glaubwürdig wie ein Kläger mit einem Peitschenschlagsyndrom.«

»Ist eigentlich keinem außer mir aufgefallen, daß Dirty Den nicht mit den Augen lächeln kann? Ein total verschlagener Kerl ist das!«

»Lächelt Mike Tyson vielleicht mit den Augen? Was ist mit Jack Nicklaus, wenn er sein Golfgesicht aufhat?«

»Dennis hat durchblicken lassen, die Crew der *Mighty Mary* sei ein Haufen Lesben. Das verzeihe ich ihm nie.«

»Meinst du, darauf ist der scharf?«

»Er ist ein Jammerknochen. Ständig schreit er nach dem Regelbuch. Er sollte es sich auf die Segel drucken lassen.«

»Habt ihr seine neue Verlobte gesehen?« fragte die knochige Frau. »Wie alt dürfte die sein – Mitte zwanzig? Nicht schlecht für einen Säufer mit Doppelkinn, der auf die sechzig zugeht.«

»Hättest du den stattlichen Segler nicht gern mal auf dir?« fragte das alte Mädchen.

»In etwa so gern wie meinen Harry«, sagte die Knochige. »Ständig sag' ich ihm: Die Ellbogen, Harry, die Ellbogen! Nun stütz dich doch Herrgott noch mal ab!«

Alles brüllte, stellte sich den dicken Harry, wie ein Beagle hechelnd, auf den Ellbogen vor.

»Warum macht denn der Spionage keiner ein Ende« fragte Anne.

Die Gattin des dicken Harry sagte: »Ich sag' Ihnen, warum. Weil keiner in der Segelwelt die Traute hat, jemanden zu disqualifizieren, der fünfzehn, zwanzig Millionen Dollar in eine Regatta reingesteckt hat. Die Schiedsrichter haben genau so viel Schiß wie seinerzeit die Anwaltskammer vor Richter Roy Bean.«

Der Große sagte: »Die wahren Betrüger sitzen womöglich im Yachtclub von New York. Ich habe gehört, daß dessen Ausschuß die Kiwis moralisch unterstützt.«

»Wieso das?« fragte Anne.

»Weil die New Yorker vor Jahren die Regeln so formuliert haben, daß eine amerikanische Verteidigung nur unter ihrer Schirmherrschaft erfolgen kann. Das ging in die Hose, als die Aussies ihnen den Cup abgejagt haben und Dennis Conner ihn für den Yachtclub San Diego wieder zurückgewonnen hat. Jetzt profitiert der Yachtclub San Diego von der unfairen Regel. Wenn ihn nicht ein ausländischer Herausforderer von einem für den Yachtclub San Diego segelnden Amerikaner gewinnt, sehen ihn die New Yorker nie wieder. Sie sind hier, um sich als erste Herausforderer eintragen zu lassen, in dem Augenblick, wo die Kiwis den Sieg unter Dach und Fach haben.«

Der mit dem häßlichen Toupet sagte: »Die Sache ist doch die, sowohl Koch als auch Conner sind solche Arschlöcher, daß jeder den Kiwis den Daumen drückt. Punkt.«

»Sie mögen ja Arschlöcher sein«, entgegnete der mit dem Wackelgebiß, »aber sie sind unsere Arschlöcher.«

Der dicke Harry, Veteran zweier Hämorrhoidenoperationen, sagte: »Ich weiß nur eines, und das ist, daß jeder sein eigenes Arschloch behält.«

# 16

Während Fortney und Anne Zorn sich fabelhaft auf einer Luxusyacht amüsierten, kam bei Tamara Taylor so gar keine Freude auf. Eines der Kinder war vom Dreirad gefallen und plärrte sich die Seele aus dem Leib, während Tamara das Kleinste in der Küchenspüle zu baden versuchte.

Tamara schätzte, daß jeden Augenblick einer dieser verdammten Telefonwerber anrufen dürfte, da es schließlich gleich Zeit fürs Abendbrot war. Aber statt einem Telefonwerber klingelte es an der Tür.

Sie zog das Baby aus der Spüle, wickelte den Kleinen in ein Tuch und legte ihn in seinen Laufstall. Dann griff sie sich den 38er, den sie sich von Velma, ihrer Nachbarin, ausgeborgt hatte, und spähte hinaus, um zu sehen, ob Oliver Mantleberry tatsächlich Mumm genug hatte für einen Versuch, ihr etwas zu tun.

Nein, es war eine hübsche junge Schwarze im kurzen Rock und engem Pulli, über den sie eine Seidenjacke trug. Wenn je eine nach einer Nutte ausgesehen hatte, dann diese Kleine; Tamara kannte sich aus.

Sie öffnete die Tür einen Spaltbreit und sagte: »Nach wem suchst du denn?«

»Oliver«, sagte die junge Frau.

Sie hatte ein hübsches Lächeln, das mußte Tamara ihr lassen. Und einen niedlichen kleinen Schönheitsfleck an der linken Wange. Tamara sagte: »Hat der Scheißkerl dir die Adresse gegeben?«

Die Frau sagte: »Ich bin eine alte Bekannte von ihm.«

»Darauf möcht' ich wetten«, sagte Tamara. »Na jedenfalls wohnt der nicht mehr hier, und wo er steckt, weiß ich nicht.«

Tamara wollte die Tür schon wieder schließen, aber die junge

Frau hielt sie mit dem Fuß auf. »Mädel«, sagte Tamara, »nimm deinen Fuß mal besser wieder aus meiner Tür!«

»Tut mir leid«, sagte die junge Frau, »aber es ist wichtig. Ich habe gehört, daß Oliver in Schwierigkeiten ist, und ich schulde ihm etwas Geld. Vielleicht kann er das brauchen?«

Das interessierte Tamara. Sie öffnete die Tür etwas weiter und sagte: »Gib das Geld mir. Ich sorge schon dafür, daß er's kriegt.«

»Ich bin hier, um's ihm persönlich zu geben«, sagte die junge Frau. »Sie wissen doch, wie das ist.«

»Ich sollt's wohl wissen«, sagte Tamara. »Ich bin die Mutter seiner Kinder. Traust du mir nicht mit dem Geld?«

»Schon, aber ich muß es ihm trotzdem persönlich geben.«

Tamara sagte: »Harold hat dich geschickt, stimmt's? Oliver hat gesagt, Harold schuldet ihm fünfhundert. Mädel, hast du etwa fünfhundert Dollar dabei?«

»Harold?« sagte die junge Frau.

»Hör zu, ich hab' keine Zeit für Faxen«, sagte Tamara. »Harold hat dich geschickt, hab' ich recht?«

»Was für 'n Harold?«

Tamara sagte: »Na, Harold, der Dreckskerl von einem Drogendealer aus der Market Street Bar! Der Harold! Hör auf, mich zu verarschen, Mädchen!«

»Tut mir leid«, sagte die junge Frau. »Ich kann Ihnen das Geld nicht geben.«

»Dann sag Harold, daß er seine fünfhundert Dollar in der Crackpfeife rauchen soll! Genau das würde Oliver, dieser Dreckskerl, sowieso tun!«

Damit schlug sie die Tür so heftig zu, daß eine der Scheiben herausfiel und auf dem Fußabstreifer zersprang.

Im Market Street Bar & Grill war an diesem Abend um acht kaum was los. An den Tischen saßen zwei weiße Nutten mit ihren Freiern, alles andere in dem Laden war schwarz. Living

Color dröhnte aus der Musicbox, und das mit genügend Dezibel, um auch der letzten Schabe in den Wänden einen Hörsturz zu verursachen. An einem der beiden Pooltische im hinteren Teil des Raums schossen vier Männer eine Partie 9-Ball aus.

Es war nicht einzusehen, wieso der Laden »Grill« hieß, denn alles, was die Kundschaft zum Essen vor sich hatte, war Knabberzeug. Dafür standen um so mehr Getränke herum, und die Luft sah aus, als hätte ein Sondereinsatzkommando ein paar Rauchgranaten zum Detonieren gebracht.

Eine junge Schwarze mit einer tollen Figur im Minirock kam hereingeschlendert und bedachte die Leute reihum mit einem warmen freundlichen Lächeln.

Die Poolspieler unterbrachen ihre Partie und riefen ihr »He, Süße!«, »Oh, Baby!« zu.

Sie hielt jedoch direkt auf den Barkeeper zu. »Johnnie Black mit Wasser. Doppelstöckig.«

»Schon unterwegs, schönes Kind«, sagte er.

Er war widerlich fett und das Lächeln in seinem Mondgesicht schmierig; was er an Haaren noch hatte, war weiß wie Kokain. Als er der jungen Frau den Drink brachte, sagte er: »Den Fleck da auf Deiner Wange find' ich toll. Ist der echt oder aufgemalt?«

»Der ist nicht echt, Baby«, sagte sie ihm. »Aber ich.«

Er lachte herzhaft, und als sie einen Zehn-Dollar-Schein auf die Bar legte, sagte er: »Bei neuer Kundschaft geht der erste immer aufs Haus.«

Sie sagte zu ihm: »Ich suche Harold. Ist er da?«

»Sie sehen ihn grade an.«

Das überraschte sie; nicht daß sie mit der Wimper gezuckt hätte, sie sagte nur ohne Umschweife: »Oliver braucht das Geld, das Sie ihm schulden.«

Das Lächeln des Dicken verflüchtigte sich, und er sagte: »Komm, Mädchen, reden wir wo, wo wir ungestört sind.«

Als sie in einem schäbigen kleinen Büro hinter der Herrentoilette waren, schlug Harold die Tür zu und sagte: »Also, Mädchen, wer hat dich geschickt?«

»Oliver«, sagte sie, nach wie vor mit einem Lächeln.

»Das ist gelogen. Ich weiß, daß er nicht in der Gegend ist.«

Sie verzog keine Miene. »Okay, willst du die Wahrheit? Tamara und die Kinder brauchen das Geld, das du ihm schuldest. Ich bin hier, um ihr zu helfen.«

»Woher soll ich wissen, daß du kein Bulle bist?«

Worauf die junge Frau den linken Arm aus der Seidenjacke nahm und ihn unter die baumelnde Lampe hielt. Von der Ellenbeuge bis fast zum Handgelenk verlief ein Y aus Narben; viele der Einstiche waren frisch.

»Na schön, bist du eben ein Junkie«, sagte er. »Für die Bullen könntest du trotzdem arbeiten.«

»Ich habe Ihnen gesagt, für wen ich arbeite«, sagte sie. »Haben Sie kein Herz? Die Kinder brauchen was zu essen, was anzuziehen.«

»Ich bin Geschäftsmann. Ich mache Geschäfte.«

»Ich will mit Oliver reden. Ich soll ihm von Tamara was bestellen. Sie meint, wenn er mit fünfzig Cent auf den Dollar zufrieden ist, was Ihre Schulden angeht, dann sollt' er's tun. Das heißt, solange das Geld an sie und die Kinder geht.«

»Du meinst, ich würde ihm nur noch zwo-fuffzig schulden?«

»Ja, die Frau braucht das Geld.«

»Davon hat er mir nichts gesagt.«

»Tamara will, daß ich ihn überrede.«

»Warum macht sie das nicht selber?«

»Weil sie sich nicht in seine Nähe traut. Sie wissen, warum.«

Der Dicke wußte offensichtlich, warum. Er ließ es sich durch den Kopf gehen. Dann sagte er: »Telefonnummer hab' ich keine. Er ruft mich an, wenn er was braucht.«

»Na wie bringen Sie ihm denn dann, was er braucht?«

»Durch einen Boten. Ich habe eine Adresse.«

»Diesmal bring ich's ihm«, sagte sie. »Und bitte ihn, daß er Sie anruft, um zu sagen, daß es in Ordnung geht. Und Sie geben mir die zwo-fuffzig für Tamara.«

»Was bist du denn, ihre Schwester, oder was?«

»Wir sind ziemlich eng befreundet«, sagte sie. »Sie hat meine Mama gekannt, als sie noch anschaffen ging.«

Zögernd sagte Harold: »Also, ich weiß nicht.«

»Ich sag' Ihnen was«, sagte sie. »Ich bezahl', was immer er braucht. Jetzt gleich. Sie geben mir für dreißig Mücken was immer ihn selig macht. Ich bring's ihm rüber und sag' ihm, was Tamara von ihm will.«

Der Dicke sagte: »Ich weiß nicht. Ich weiß wirklich nicht.« Aber er musterte sie von Kopf bis Fuß, vor allem ihre Titten; dann sagte er: »Dolle Milchbar, die du da hast!«

Ihr Lächeln wurde breiter, dann sagte sie: »Sie sind Geschäftsmann, ich bin Geschäftsfrau. Sie geben mir, was ich will, und ich geb' Ihnen 'ne Kostprobe von dem, wofür ich normalerweise vierzig Dollar krieg'. Wie hört sich das an?«

»Echt?«

»Ja.«

Dann griff sie ihm unter die enorme Wanne und zog den Reißverschluß vom Hosenstall auf.

»Viel Glück«, sagte er. »Ich hab' das Ding seit 'n paar Jahren nicht mehr gesehen. Jedenfalls nicht ohne Spiegel.«

»Wenn's noch da ist«, sagte sie, »find' ich es schon.«

Nachdem Anne und Fortney ihr Abendessen hinter sich gebracht hatten, spazierten sie im Mondschein die Stege des Yachtclubs entlang; die ablandige Brise brachte ihnen den Duft von gegrilltem Fisch. Jupiter funkelte. Obwohl Fortney Jupis Monde nicht sehen konnte, war es irgendwie beruhigend zu wissen, daß sie da waren.

Anne sagte zu ihm: »Woran denkst du?«

»Um ganz ehrlich zu sein, an Blaze Duvall.«

»Sie war ein bemerkenswertes Mädchen«, sagte Anne enttäuscht.

»Nein, ich dachte nur, ich bin froh, daß sie schon tot war, als er sie in das kalte finstere Wasser warf.«

»Das war sie«, sagte Anne. »Und wie.«

»Und dann dachte ich mir, daß wir hier völlig auf dem Holzweg sind. Das hier ist nicht der Ort, wo Leute wie wir nach Verbrechern suchen. Dieser Bonzensport ist korrupter als ganz Uganda.«

Anne sagte: »Ist wahrscheinlich ohnehin eine dumme Idee. Vielleicht war's wirklich Mantleberry, der Blaze umgebracht hat.«

Sie schwiegen einen Augenblick, dann sagte Fortney: »Aber du glaubst es nicht.«

»Nein«, gestand sie. »Nie und nimmer.«

»Wenn das bedeutet, daß wir den America's Cup-Mord sausen lassen, heißt das auch, daß du mich nicht mehr anrufen wirst?«

»Warum sollte ich dich anrufen?«

»Och, könnte ja sein, daß du mal auf unsrem Boot mitfahren willst. Oder mit mir draußen an der Südmole Ausschau nach dem grünen Blitz halten möchtest. Oder wir warten auf eins von den Sommergewittern, bei denen in allen Schlössern Leben in totes Zeug kommt, das dann loszieht, um zu spuken. Die Art von Stürmen ist besonders schön auf dem Meer.«

Anne sah sich die Reflexion der Mondsprenkel auf dem Wasser an und sagte: »Hört sich nach 'ner ganz guten Idee an. Wirklich, gar nicht so schlecht.«

Worauf Fortney sich ihr zuwandte: »Willst du jetzt nach Hause? Oder vielleicht einen Schlummertrunk?«

Anne sagte: »Ich bin eigentlich nicht müde. Lieber hätte ich einen Schlummertrunk. War wirklich aufregend hier. Ich habe wohl nie wieder Gelegenheit dazu.«

»Meinst du, die nehmen Bargeld von Nichtmitgliedern?« überlegte Fortney.

Anne sagte: »Bei allem, was wir über die America's Cup-Piraterie gehört haben? Da nehmen die wahrscheinlich Dublonen.«

Oliver Mantleberry versuchte fernzusehen, konnte sich aber auf nichts konzentrieren. Die Enge des Hotelzimmers ging ihm langsam auf die Nerven. Die Armaturen im Bad waren mit rostigem Schorf überzogen, und Waschbecken und Wanne sahen vor lauter Flecken aus wie Tintenklecks-Tests. Er hatte Parkhäuser gesehen, in denen es gemütlicher war. Er wußte nicht, wie lange er es als Flüchtling noch aushalten würde. Die verdammten Schaben waren groß genug, um sich mit einem Pitbull anzulegen.

Aber irgendwie mußte er abwarten, bis er an sie herankam. War sie aus dem Weg geräumt, könnte er in seine Welt zurückkehren und wieder seinen Geschäften nachgehen. Sollten die Bullen ihn doch verhaften. Sollten sie ruhig einen Prozeß gegen ihn anstreben mit nichts weiter als einem blutigen Waschlappen.

Seine Zigaretten waren so gut wie alle, und er dachte eben daran, mal rasch rüber in den Schnapsladen zu laufen, als er es klopfen hörte, ein leises kleines Klopfen an seiner Tür. Er sprang auf, ging an die Tür und lauschte. Nichts.

Dann klopfte es wieder, und eine Frauenstimme sagte: »Oliver? Bist du da?«

»Nein«, sagte er. »Einen Oliver haben wir hier nicht.«

»Bitte, mach auf«, sagte die Stimme. »Harold schickt mich.«

Harold! Vielleicht bezahlte ihn der Drecksgauner endlich! Er wollte, er hätte was zu Schießen, hatte aber nichts. Er öffnete die Tür und spähte hinaus.

Sie lächelte wie ein Schulmädchen, dann sagte sie: »Kann ich reinkommen?«

Er sagte: »Ja, du kannst reinkommen.«

Als sie im Zimmer war, zog sie die Jacke aus und sagte: »Ich hab'n Geschenk von Harold für dich.«

»Wieviel?«

»Kein Geld. Das machen wir später.« Sie zeigte ihm ein kleines Plastiktütchen und sagte: »Soll ich dir 'n Hit aufkochen?«

Er sah sich die Rocks an und sagte: »Ich hab' seit drei Tagen kein Crack mehr gehabt.«

»Hast du aufgehört?«

»Nein, aber ich hab' was Wichtiges zu erledigen. Dafür brauch' ich 'n klaren Kopf.«

»Wenn du's nicht willst ...«

»Sagt doch keiner. Leg's auf die Kommode.«

»Wo ich schon mal da bin«, sagte sie, »frag' ich mich, ob ich 'n bißchen von dem Geschenk haben könnte, das er mir für dich gegeben hat.«

»Was ist es denn?«

Sie brachte einen dicken kleinen Spielzeugballon zum Vorschein und sagte: »Speedball.«

»Ich steh' nicht auf Speedballs«, sagte Oliver Mantleberry.

»Echt? Hab' ich aber was andres gehört. Oder war das deine Freundin, die darauf abfährt?«

»Was für 'ne Freundin?«

»Ich weiß doch nicht, wie deine Freundinnen heißen. Eine Freundin eben.«

»Harold hat 'n loses Maul. Ich werd' mal mit ihm reden müssen.«

»War ja nicht böse gemeint«, sagte sie. »Er will nur seine Schulden bei dir loswerden.«

»Wieso schickt er mir dann nicht einfach Geld, verflucht noch mal?«

»Wird er, Baby, wird er«, sagte sie. »Aber erst mal schickt er dir den Rock. Und mich.«

»Dich? Und was machst du?«

»Alles, was du willst«, sagte sie. »Alles, was dir so einfällt.«

»Tja«, sagte Oliver Mantleberry und lächelte schließlich doch. »Vielleicht nehm' ich ja doch was von dem Rock.«

»Erst will ich mein Geschenk probieren, okay? Ist kein Teer. Ich kann den Essiggeschmack von Teer nicht ab. Das hier ist Mexican Brown. Und Spitzenkoks. Solltest auch was von probieren.«

»Das Mädchen, von dem er geredet hat? Die hat mich von Speedballs weggebracht. Ich hab' gesehen, was sie aus ihr gemacht haben.«

»Oh, Baby!« sagte sie. »Du weißt nicht, was gut ist, bevor du nicht den wahren Stoff probiert hast. Überleg's dir. Ich versprech' dir, ein kleiner Hit, und du gehst ab wie 'n D-Zug!«

Als Murray Page die Yachtparty schließlich verließ, war er definitiv ein Kandidat für einen Wagenschlüsselentzug. Er schwankte in die Bar und erspähte an einem der Tische Fortney und Anne. Der Anwalt schlängelte sich zwischen den Tischen durch und plumpste auf einen freien Stuhl.

»Amüsiert ihr euch gut, ihr zwei?« fragte er.

»Bombig, Murray«, sagte Fortney. »Danke.«

»Kein Problem! Habt ihr erfahren, was ihr über den America's Cup wissen wolltet?«

Anne sagte: »Wir wissen jetzt, daß die Regattaregeln in etwa so durchsichtig sind wie die Gesichter toter Leute auf Briefmarken.«

»Und in etwa so zuträglich wie Gangsta Rap«, fügte Fortney hinzu. »Aber immerhin hatten wir Gelegenheit, ein paar Leute kennenzulernen, wegen denen selbst Paula Barbieri O. J. Simpson verlassen würde, so reich sind sie.«

Murray wandte sich im Stuhl um und rief: »Ambrose, komm doch mal einen Augenblick rüber, ja?« Dann sagte er zu Anne: »Das ist der Mann, der einfach alles über den America's Cup weiß. Fragt ihn irgendwas.«

Anne sah einen Mann an der Bar, der sich umdrehte, zögerte, dann sein Glas abstellte und herüberkam. Es war ein piekfein gekleideter älterer Herr, elegant und gutaussehend, aber mit einer ausgesprochenen Trauermiene für einen so festlichen Anlaß.

Ambrose blieb vor ihnen stehen und sagte: »Ja, Murray?«

»Ambrose Lutterworth, das hier ist Mick. Und das hier ist Anne. Sie sind meine Gäste und versuchen das ein oder andere über den Cup zu erfahren. Du bist dafür genau der richtige Mann.«

Als Anne ihm die Hand schüttelte, sagte sie: »Hallo. Anne Zorn.«

Fortney drückte ihm nur lächelnd die Hand.

Die Polizisten sahen auf den ersten Blick, daß Ambrose Lutterworth verlegen und bekümmert war und kein Gespräch wollte, aber Murray Page war ihr Gastgeber, und sie wußten nicht, was sie machen sollten, um ihn nicht zu beleidigen.

»Ich möchte Mister Lutterworth keine Ungelegenheiten bereiten«, sagte Anne. »Es wird schon spät, und wir sollten nach Hause.«

»Fragt ihn!« verlangte der Anwalt. »Fragt ihn *irgend*was!«

Um den angesäuselten Anwalt zu beschwichtigen, sagte Anne: »Na ja, wir haben da eine Menge Geschichten über die Millionen gehört, die man in solche Regatten steckt. Wir haben gehört, daß Leute vor nichts zurückschrecken, um zu gewinnen. Da habe ich mich gefragt, wie einem nur derart viel an einer Trophäe liegen kann?«

»Gute Frage, Anne!« brüllte Murray Page. »Sag's uns, Ambrose, was bedeutet der Cup in existentieller Hinsicht?« Dann rülpste er.

Die Leute an den Tischen nebenan flüsterten einander jetzt zu. Aller Blicke waren auf Murray Page gerichtet, der schwankend auf seinem Stuhl saß und gluckste.

Ambrose Lutterworth starrte auf die Marina hinaus, bevor er antwortete. »Der Staat verwendet mehr Geld darauf, den Kalifornischen Mückenfänger vor dem Aussterben zu bewahren. Wieso sollte irgend jemandem derart viel an einem Vogel liegen?« Dann sagte er: »Wenn Sie mich bitte entschuldigen«, wandte sich ab und ging zurück an die Bar.

Die Polizisten waren erleichtert. Anne sagte: »Armer Kerl. Das war ihm sichtlich peinlich.«

»Das ist das Problem mit den Leuten«, brummte Murray Page. »Daß ihnen immer alles gleich peinlich ist.«

»Ich denke, wir gehen besser mal«, sagte Fortney zu seinem Gastgeber.

»Wieso so früh?« beklagte sich der Anwalt. »Habt ihr euch nicht amüsiert?«

Ambrose unterschrieb an der Bar seine Rechnung und schickte sich zum Gehen, als eine Frau auf dem Hocker neben ihm zu ihrem Gatten sagte. »Murray ist heute abend noch betrunkener als sonst. Und die Frau bei ihm, also ich weiß nicht.«

»Was meinst du damit?« fragte ihr Mann.

»Als wir zusammen auf der Toilette waren und sie ihren Lippenstift nachgezogen hat, habe ich zufällig in ihre offene Handtasche gesehen. Sie hat eine Pistole dabei!«

»Was?«

»Eine Pistole in einem Halfter. Ich habe sie gesehen.«

»Kaum zu glauben, mit wem Murray Page sich dieser Tage so rumtreibt«, bemerkte ihr Mann. »Er geht ja in letzter Zeit bei Betty Ford ein und aus.«

»Das kannst du auch von Jerry Ford sagen«, sagte die Frau. »Na, vielleicht nicht in letzter Zeit – bei seinem Alter.«

Als er Anne zu ihrem Wagen brachte, sagte Fortney: »Aus unserer Unterhaltung schließe ich, daß du vielleicht ein Jahr älter bist als ich.«

»Das mußte ja wohl noch kommen, ja?«

»Du siehst viel jünger aus«, sagte Fortney rasch. »Du hast eine sehr sportliche Figur.«

»Ich mach' dir zwanzig Klimmzüge«, sagte sie. »Mit hängenden Füßen! Ganz rauf, bis übers Kinn. Und du?«

»Das mußte ja wohl noch kommen, ja?«

Anne sagte: »Bist du sicher, daß wir nie mit'nander verheiratet waren? Ich krieg' da so ein komisches Gefühl.«

»Die Arbeit mit dir hat mir Spaß gemacht«, sagte er, als sie bei ihrem Wagen ankamen. »Und das komische Gefühl habe ich auch. Das war doch ernst gemeint, oder, das mit der Bootsfahrt?«

»Ruf mich an«, sagte sie, »dann wirst du schon sehen.«

»Okay«, sagte Fortney und stopfte verlegen die Hände in die Taschen. Er fragte sich, ob er ihr wohl ein Küßchen auf die Wange drücken sollte.

Sie sagte: »Bin ich aber froh, daß du nicht wegen einer toten Frau durchdrehst. Wie der Bulle aus dem alten Film.«

»Mir sind lebendige Frauen definitiv lieber. Aber heiraten werde ich keine mehr.«

»Eine weitere Namensänderung würde ich nicht überleben«, sagte sie. »Wir haben also wirklich eine Menge gemeinsam.«

Ganz unvermittelt sagte er: »Ich frage mich, ob wir mit unserem Job je was bewirken? Bist du sicher, daß du je was ausgelöst hast? Oder passiert alles von ganz allein, und wir schleppen nur die Trümmer vor Gericht?«

»Sicher bin ich nicht, daß ich was bewirkt habe«, sagte Anne. Und dann: »Weißt du was? Du denkst sogar wie ich. Wir sollten einen DNS-Test machen lassen, um sicher zu gehen, daß du nicht mein verschollener Zwilling bist.«

Fortney streckte die Hand aus und berührte ihre Fingerspitzen. »Wir könnten mal deine Fingerabdrücke nehmen«, sagte er, »und sie mit den meinen vergleichen. Glaubst du an Alter egos?«

»Ich ruf' dich an«, sagte sie. »Vielleicht sehen wir ja den grünen Blitz, wenn wir oft genug rausfahren.«

»Es heißt, daß er Liebe und Glück bringen soll«, sagte er. Und fügte rasch hinzu: »Sagt man sich jedenfalls.«

»Man kann ihn nicht erzwingen«, sagte sie. »Den grünen Blitz, meine ich.«

»Nicht mehr, als die Segler hier den Wind zum Wehen bringen können«, sagte er. »Man versucht einfach da zu sein, wenn's passiert.«

»Man versucht einfach da zu sein«, pflichtete sie ihm bei. »Mehr läßt sich wohl nicht tun.«

»Man läßt sich treiben und hofft«, sagte Fortney zu ihr.

»Wir treiben alle nur so dahin«, sagte Anne Zorn.

# 17

Obwohl man einen Spinnaker hatte fallen lassen, schlug *Mighty Mary* das Team der *Young America* um achtundsechzig Sekunden. Das Damenteam war damit noch im Rennen, brauchte jedoch am Sonntag *Young Americas* Sieg über Dennis Conners *Stars and Stripes*. Kein Mensch konnte vorhersagen, wie es ausgehen würde.

Ambrose saß auf seiner Sonnenterrasse beim Morgenkaffee und las alles über die Regatta. Er hatte in beunruhigendem Tempo an Gewicht verloren; Zähne und Kiefer taten ihm weh, so knirschte er damit während seines unruhigen Schlafs. Früher hatte ihm das nächtliche Bellen der eingesperrten Seelöwen, die die US-Marine unten in der Bucht zur Unterwasserüberwachung abrichtete, Freude gemacht; jetzt hörte sich ihr Bellen wie die klagenden Schreie von Häftlingen an und erfüllte ihn mit Trauer.

Plötzlich stob, unter Katzengeschrei, eine Schar verwilderter Papageien aus dem blühenden Jakarandabaum nebenan. Die einst zahmen Vögel waren im Lauf der Jahre, einer nach dem anderen, ihrer Gefangenschaft entkommen und hatten sich in den Bäumen von Point Loma zu einer wilden Kolonie zusammengefunden. Die Papageienexplosion hörte sich an wie ein zerspringendes Kirchenfenster; funkelnde Federn landeten wie Buntglassplitter auf einem der knorrigen Olivenbäume am Hang. Ambrose hätte am liebsten geheult, konnte dem aber unmöglich nachgeben. Er mußte sich auf den Anruf konzentrieren, den es zu machen galt.

Ambrose hatte auf den Beginn der Behördenöffnungszeit gewartet und war fast schon überzeugt davon, daß ihm die Phantasie durchgegangen war. Die Frau hatte eine Waffe in der Handtasche, aber was bedeutete das? Jeder wußte, daß Murray Page früher Polizist gewesen war, es war also durchaus möglich, wenn auch keinesfalls sicher, daß auch sie bei der Polizei war. Es wäre völlig normal. Sie war etwa in Murrays Alter, sie könnten also mal Kollegen gewesen sein. Da noch mehr hineinzulesen, war einfach dumm.

Wartete er nicht schon seit Tagen auf einen Besuch der Polizei? Daß man ihn holen kam? Irgendwie hatte er sich vorgestellt, es würde nachts passieren, aber es war nicht passiert. Was bedeutete, daß es von der Kassette, die er vernichtet hatte, keine Kopien gab. Falls die Polizei ihre Wohnung durchsucht und Kopien gefunden hätte, wäre er längst in Haft.

Also: Eine Frau hatte eine Pistole in der Handtasche – was bedeutete das? Nichts. Trotzdem wollte er anrufen, nur um sich zu vergewissern. Und dann wollte er ausgehen, sich die Regatta angucken, sehen, ob Dennis Conner *Young America* besiegen und damit seine Hoffnung am Leben erhalten könnte.

Um zehn nach neun machte er seinen Anruf bei der Polizei von San Diego, der Anruf, den er machen mußte, um sich davon zu überzeugen, daß er einem albernen Verfolgungswahn aufgesessen war. Er erreichte die Zentrale und sagte: »Ich hätte gern jemanden Ihrer Kripobeamten gesprochen.« Fast mußte er lächeln dabei.

Die Frau sagte: »Die arbeiten samstags nicht, Sir. Handelt es sich um einen Notfall?«

»Nein«, sagte er. »Wie ist es mit Detective Zorn? Könnte ich ihr eine Nachricht hinterlassen?« Er kam sich absolut lächerlich vor. Natürlich gab es dort niemanden dieses Namens –

»Ich stelle Sie zu ihrer Voice mail durch«, sagte die Telefonistin.

Und dann hörte Ambrose Lutterworth eine aufgezeichnete Stimme sagen: »Detective Anne Zorn, Stadtpolizei San Diego, Morddezernat. Ich bin im Augenblick nicht im Haus, aber wenn Sie eine Nachricht hin ...«

Und damit war sein Leben vorbei. Damit hatte es sich. Blaze

Duvall hatte doch Kopien von der Kassette gemacht, und die Polizei hatte sie. Aus irgendeinem Grund waren sie noch nicht soweit, ihn zu verhaften, aber sie beobachteten ihn, in seinem Club, und Murray Page half ihnen dabei. Und wahrscheinlich beobachtete man auch sein Büro. Ganz gewiß hatten sie im Augenblick jemanden vor dem Haus.

Das erklärte den Mann in dem blauen Kombi von gestern nachmittag. Der Mann, der vorgegeben hatte, auf einem Stadtplan nachzusehen und eine Adresse zu suchen. Und es erklärte den Anrufer von letzter Nacht, der sich angeblich verwählt hatte. Er fragte sich, wie viele Beamte man wohl auf ihn angesetzt hatte. Selbstverständlich war der Mann, mit dem Anne Zorn im Yachtclub gewesen war, ein Kollege von ihr.

Er wußte noch genau, was sie gesagt hatte: »Wir haben gehört, daß Leute vor nichts zurückschrecken, um zu gewinnen ... wie kann einem nur derart viel an einer Trophäe liegen?«

Er hätte sofort Bescheid wissen sollen. Sie spielte mit ihm. Sie wollte ihm sagen, daß die Schlinge sich enger zog. Welch ironisches Bild: eine Schlinge. Es wäre wirklich die reine Ironie, ausgesprochen passend, sich am Geländer seines Balkons aufzuhängen. Den toten Blick auf den Hafen von San Diego gerichtet, auf Dennis Conners *Stars and Stripes*, wenn sie aus der Bucht segelte, vielleicht gar zum Sieg. Aber das konnte er nicht. So konnte er nicht sterben ... nicht wie *sie*.

Er war zeitlebens ein begeisterter, wenn auch mittelmäßiger Segler gewesen, wie schon sein Vater vor ihm. Er wußte, was er zu tun hatte. Aber so erschöpft wie er war, konnte er nur hoffen, daß er die Kraft dafür fand.

Etwas später an diesem Vormittag erhielt Serenity Jones Besuch.

Die alte Frau spähte hinaus, öffnete dann die Tür und umarmte ihre Besucherin herzlich. »Dank dir, Mäuschen! Ich danke dir!«

Ihre Besucherin, eine hübsche junge Schwarze mit einem aufgemalten Schönheitsfleck auf der Wange, sagte: »Freut einen doch immer, 'ner alten Freundin helfen zu können. Du hast soviel für mich getan, als ich für dich gearbeitet habe.«

»Es ist auf dem Küchentisch«, sagte die alte Frau und watschelte dann zu ihrem Sessel zurück, wo sie den Kater von ihrem Platz schmeißen mußte. Als die junge Frau wieder ins Wohnzimmer kam, steckte sie das Geldpäckchen in ihre Handtasche.

»Wenn ich mehr hätte, ich hätt's bezahlt«, sagte Serenity.

»Das hier ist nicht gerade Kleingeld«, sagte die junge Frau. »Ich bin zufrieden.«

»Du solltest hin und wieder mal vorbeischauen«, sagte Serenity. »Ich bin oft recht allein.«

»Vielleicht mach' ich's sogar.«

»Magst du Chinesisch?« fragte Serenity. »Du rufst an, und ich bestelle für uns was beim Chinesen. Wir plauschen über die alten Zeiten im Massagesalon. Du und Dawn und Blaze und ich, wir hatten doch eine schöne Zeit.«

»Mach' ich«, sagte die junge Frau. »Ganz bestimmt, Serenity.«

»Dufte, Mäuschen«, sagte Serenity Jones und winkte ihr zum Abschied zu. »Einfach dufte.«

Die Zuschauerflotte war draußen auf der Regattastrecke, als jemand, dem ein Wettsegeln nun wirklich egal war, in seinem Haus in City Heights einen dringenden Anruf bekam.

»Tamara!« sagte der Anrufer. »Ich bin's, Harold!«

»Ja?« sagte Tamara Taylor. »Was willst du denn?«

»Ich muß dir was sagen, Tamara. Was Schreckliches! Ich bin hier in 'nem Hotelzimmer. Ich hab' eben Oliver gefunden. Er ist tot!«

Tamara dachte das einen Augenblick durch, dann sagte sie: »Was ist passiert? Hat ihm eine seiner Schnallen 'ne Kugel verpaßt?«

»Nein!«

»Erstochen?«

»Nein! Er ist an 'ner Überdosis gestorben. Die verdammte Nadel hängt ihm noch aus dem Arm.«

»Was du nicht sagst«, sagte Tamara. »Na ja, ich hab' immer gewußt, daß er entweder an Weibern oder Drogen krepiert. Ich hätt' aber eher auf Weiber getippt.«

»Was soll ich machen?«

»Wieso fragste das mich?«

»Herrgott, Frau! Er war doch dein Scheich!«

»Ist nicht mein Problem.«

»Nicht dein Problem? Ist das alles, was dir dazu einfällt? Ich bin hier bei deinem Alten, verflucht noch mal, und der liegt steifer als dein Bügelbrett auf dem Bett!«

»Ich sag' dir was«, sagte Tamara Taylor. »Pack ihn auf einen Laster und schaff ihn auf die Brücke an der Sixth Avenue. Lad den Scheißkerl auf dem Freeway ab und laß 'n paar drüberfahren. Dann wird er schon wieder weich.«

# 18

Am Mittwoch, den 26. April, besiegte Dennis Conners *Stars and Stripes* in einem »Comebackwunder«, wie die Segelwelt es nannte, Bill Kochs *Mighty Mary*. Conners Team lag an der letzten Marke eine Regattaewigkeit von vier Minuten und acht Sekunden zurück, machte jedoch, im denkwürdigsten Finish der Cup-Geschichte, irgendwie ein Defizit von zweiundvierzig Bootslängen wett. Noch nie hatte ein zurückliegendes Boot auf drei Meilen fünf Minuten aufgeholt und mit Abstand gewonnen. Immerhin hatte Dennis Conners Team sich damit das Recht, den America's Cup gegen Team New Zealand zu verteidigen, wirklich verdient.

Internationale Journalisten fielen im Yachtclub von San Diego ein, nicht weniger anmaßend und verdrießlich als der durchschnittliche Zollbeamte; sie wußten, daß sie hier über einen Snob-Sport berichten würden, für den sich in Amerika in der Hauptsache Leute aus dem Nordosten interessierten, Leute mit einem Faible für den Diebstahl bei Arbitragegeschäften, Squash und Lacrosse. Bei all den Drähten, Kabeln und elektronischen Mätzchen, mit denen die Journalisten behängt waren, sahen sie aus wie die Kreaturen, auf die man in Videospielen schießt.

Der gewöhnliche San Diegoer lachte über ein »Rennen«, das mit dem Tempo eines Basalzellenkarzinoms vonstatten ging. Er meinte, so langsam, um da mitzukommen, könnte man gar nicht schauen. Die Regatta sei so lahm, hieß es, daß die Stimme des Kommentators ein Echo bekam.

Kurzum, der Welt außerhalb der Yachtgemeinde war es scheißegal, ob Team New Zealand Dennis Conner nun den Hintern versohlte und mit seiner Packung nach New York, oder wo immer er sich niederlassen wollte, zurückschickte.

Offiziell betrachtete man den Mord an Dawn Coyote – und inoffiziell auch den an Blaze Duvall – mit dem Ableben Oliver Mantleberrys durch eine versehentliche Überdosis ungewöhnlich reinen Heroins als gelöst. Die Beamten des Morddezernats, vor allem Anne Zorn, vermuteten, daß Letch Boggs mehr über den Tod des Zuhälters wußte, aber Letch schwieg sich aus. Sein anzügliches Kichern trug nur zu seiner Legende bei, weil es durchblicken ließ, daß »der Shadow weiß«.

Ambrose Lutterworth hatte man seit der Party am Freitag nicht mehr gesehen. Sein Büro hatte zahlreiche Nachrichten hinterlassen, die er erst am Montag beantwortete, als er den Kollegen sagte, er hätte die Grippe. Dann, am Donnerstag, nach Dennis Conners spektakulärem Comeback, rasierte sich Ambrose Lutterworth, duschte und legte sich den zweireihig geknöpften Blazer zurecht, seine weiße Flannelhose und das Oxfordhemd mit dem spitzesten Kragen, das er nur hatte. Er wählte die Krawatte des Royal Temple Yacht Club und Deckschuhe, damit auch alles seine Richtigkeit hatte.

Sorgfältig packte Ambrose ein Picknick in einen stabilen Korb, für den er in London dreihundert Dollar bezahlt hatte. Er legte den Stilton in das Käsefach und gab eine Flasche alten Château Margaux und einen Leib französisches Brot dazu. Er vergewisserte sich, einen Korkenzieher dabeizuhaben, Käsebrett, Käsemesser. Fast hätte er den Porzellanteller vergessen, aber er fiel ihm noch ein und wickelte ihn sorgfältig in eine weiße Leinenserviette.

Als er an diesem Nachmittag in den Yachtclub kam, trat er vor den Glaskasten, in dem der America's Cup stand. Er sah sich den Cup lange an. Er war jetzt zufrieden, überzeugt davon, daß er nicht nach Neuseeland gehen würde. Dennis Conner war noch immer der beste Segler der Welt.

Dann ging er zum Anlegeplatz seines alten Freundes Henry Roth, der bei der Arbeit an seinem 20-Meter-Motorsegler war.

Henry war überrascht, als Ambrose ihn fragte, ob er mit der 7-Meter-Catalina-Slup hinausfahren könnte.

Henry Roth überließ ihm die Slup gern, machte sich jedoch Sorgen um das hagere, fast gespenstische Erscheinungsbild des alten Freundes.

»Ich hatte eine schreckliche Grippe«, erklärte Ambrose. »Wenn ich nicht etwas frische Seeluft um die Nase bekomme, fürchte ich, werde ich sie überhaupt nicht mehr los.«

Es war windig an diesem Tag, und der Himmel vor Point Loma war düster; die Wolken hingen tief. Zerzauste Kormorane und Möwen schwenkten, in der Hoffnung auf einige Bissen, in Richtung der Slup. Ambrose fröstelte leicht, aber der Rotwein wärmte ihn etwas auf. Während er sich auf seinem Kurs einrichtete, nippte er an dem Margaux und knabberte etwas Käse und Brot.

Als er die Fahrrinne etwa eine halbe Meile hinter sich hatte, trimmte er die Segel und lief mit weit aufgefierter Fock- und Großschot vor dem Wind. Er setzte einen Priwenter, den er an der Fußreling befestigte, um das Großsegel am Flattern zu hindern, falls das Boot in den Wind drehen sollte, und einem unbeabsichtigten Halsen vorzubeugen, solange es vor dem Wind lief. Dann fixierte er die Pinne so, daß sie genau in der Bootsmitte lag. Er war sicher, daß das Boot irgendwo am Strand von Coronado auf Grund laufen und keinen Schaden nehmen würde.

Ambrose wünschte, er hätte wenigstens das erste Rennen am 6. Mai sehen können, aber er wagte nicht, noch länger zu warten. Wie nahe mußten sie ihm mittlerweile schon sein; kurz vor dem Klopfen an seiner Tür. Wie dicht war er der Entehrung und Schande, nicht nur für sich selbst, sondern auch für den Club und die Regatta. Und den Cup selbst. Das konnte er nicht ertragen, und er hoffte, die Polizei würde, wenn er das Richtige tat, nicht alles enthüllen, was man über ihn erfahren hatte.

Vor Jahren hatte er an Regatten teilgenommen, zusammen mit einem Mann, der am Ende eines jeden Rennens Bobby Darins »Beyond the Sea« in seinen Kassettenrecorder gab. Jetzt erinnerte Ambrose sich kaum mehr an ihn, hörte jedoch noch immer den flotten Song.

*How happy we'll be beyond the sea*
*And never again I'll go sailing.*
*No more sailing. So long sailing. Bye-bye sailing …*

Ambrose stand behutsam auf, um den Picknickkorb nicht umzukippen. Er zog den Blazer aus, faltete ihn sorgfältig zusammen und legte ihn dann auf den Sitz.

Es würde wie ein Segelunfall aussehen. Davon gab es in diesen Gewässern genug, selbst bei erfahrenen Seglern. Man würde denken, er hätte das Boot für eine entspannte Segelpartie eingerichtet. Dann war er womöglich aufgestanden, um zu pinkeln und hatte die Balance verloren. Leute, die sich das Leben nehmen wollten, brachten doch keinen so sorgfältig gepackten und arrangierten Picknickkorb mit an Bord. Und hätten weder den Stilton noch das Brot probiert. Oder den Margaux gekostet.

Er wußte, daß Wasser war eiskalt, es wäre also das Beste, so schnell und so weit wie möglich hinauszuschwimmen. Er war nie ein guter Schwimmer gewesen. Es würde nicht lange dauern.

Jetzt bräuchte keiner mehr zu erfahren, was für ein Feigling er war. Was für ein Feigling er zeitlebens gewesen war. Seine Mutter hatte es immer gewußt, und sie hatte immer recht gehabt.

Dann schrie eine Möwe, die auf dem Wind liegend wie ein Pendel hin und her trieb; das Pendel einer Uhr, die ihm sagte, daß es Zeit war.

Das Blau und das Grün waren aus der See verschwunden. Das Wasser war grau wie eine Haiflosse. Dann jedoch brach die Sonne durch die Wolkenfetzen und warf ein goldenes Licht auf den Leuchtturm und die Sandsteinsteilküste von Point Loma.

Wolkenschatten, gesprenkelte weiße Schaumkronen, die schimmernde Steilküste verschwindet. Kaltes, finsteres Wasser hüllt ihn ein.

Die geliebte Erinnerung gibt ihm die Kraft: Ein Balkon unter der sengenden Sonne von Cap d'Antibes. Und er aalt sich im silbernen Widerschein des Sonnenlichts auf dem Cup.

# EPILOG

Man nannte es eine »Wasserschlacht«. Dennis Conner hatte den geschlagenen Rivalen Pact 95 überreden können, ihn auf deren schnellem Boot *Young America* antreten zu lassen, nichtsdestoweniger segelte *Black Magic* Connors Crew in fünf Rennen davon. Die Kiwis führten an allen dreißig Marken, fuhren auf fünfundzwanzig der dreißig Bahnen Zeit heraus und lagen bei dreizehn Segelstunden unter einer halben Stunde zurück. Es war einer der einseitigsten Siege in der Geschichte des Cup.

Die sterbliche Hülle von Ambrose Lutterworth, augenscheinlich Opfer eines Segelunglücks vor Point Loma, fand ein Fischtrawler am 6. Mai, dem Tag des australischen Siegs, in den Tangwiesen vor Point Loma. Nachdem eine Autopsie Tod durch Ertrinken festgestellt hatte, begrub man ihn am 14. Mai, dem Tag des neuseeländischen Siegs, an dem die Kiwis den America's Cup offiziell entgegennahmen, der damit auf dem Weg nach Auckland war.

Selbst Dennis Conner gab zu, daß dem Cup sein Aufenthalt in der Stadt der Segel wahrscheinlich gefiel. »Der America's Cup wird es in Neuseeland gut haben«, sagte Conner und gesellte sich damit zu der unendlichen Zahl derer, die der silbernen Kanne im Laufe von anderthalb Jahrhunderten menschliche Züge gegeben hatten.

Dieses spezielle Thema – leblosen Gegenständen menschliche Qualitäten zuzuschreiben – kam auf, als eine der Nachrichtenkameras die jubelnden Menschenmassen in neuseeländischen Pubs mit Spruchbändern zeigte, auf denen CONNER IST BADEN GEGANGEN und BOOT SCHWARZ, GEGNER BLASS geschrieben stand. Der Sprecher meinte hämisch, der Erzfeind hätte die schlimmsten Prügel bezogen, die je einer bezogen hat – außerhalb eines englischen Internats.

Der Fernsehbericht endete mit den Bildern eines Mitglieds der Royal New Zealand Yacht Squadron, das sich im Freudentaumel befand: »Wenn die Jungs nach Hause kommen«, sagte der Glückliche, »werde ich den Cup mit einem dicken Kuß begrüßen und ihm versichern, daß er es unter meiner Fürsorge gut haben wird.«

Auf die Frage, ob es normal und gesund sei, einer Trophäe menschliche Eigenschaften zu geben, erwiderte der Yachtsportler: »Wir machen das auch bei Hunden, Katzen, Pferden, Booten und Anwälten. Wieso also nicht bei einer Trophäe mit so glorreicher Vergangenheit?«

Als man den Segler fragte, was ihn denn so sicher mache, daß er dem Cup als Hüter recht sei, sagte er: »Keiner könnte den Cup inniger lieben. Ich werde der ehrerbietigste Hüter sein, den der Cup je gehabt hat. Ich bin mir der Verantwortung und der Ehre vollauf bewußt.«